Metaphern in den Märchen der Brüder Grimm
Yoshiko Noguchi

# グリム童話のメタファー
### 固定観念を覆す解釈

## 野口芳子

勁草書房

Dornröschen' illustrated as a part of a fairy tale calender
by Heinrich Lefler (1863-1919), published 1905,
Berger & Wirth, Leipzig ,Copyright 2012
by the Brothers Grimm-Gesellschaft e.V.

# はじめに

　「白雪姫」「いばら姫（眠り姫）」「赤ずきん」「灰かぶり（シンデレラ）」などの話は、多くの日本人が幼いころから絵本やアニメなどで知っている。これらの話はグリム童話、すなわち、グリム兄弟によって収集された西洋のメルヒェン（昔話）である。
　女子大学で100名の受講者を対象にアンケートを取ると、好きな話は１位「シンデレラ」(51人)、２位「白雪姫」(20人)、３位「ヘンゼルとグレーテル」(14人)、４位「いばら姫」(10人)、５位「赤ずきん」(５人) という順であった[1]。しかし、彼女たちは本当にグリム童話を知っているのだろうか。「シンデレラ」「白雪姫」「いばら姫」の内容を確認すると、大半はグリム版の内容ではなく、ディズニー版の内容を知っているにすぎなかった。それをグリム童話だと思い込んでいるのである。なぜなら、子ども用のアニメや絵本に紹介されているのは、ディズニー版のものが圧倒的に多いからだ。
　グリム童話とはグリム兄弟が自分の想像力で作り上げた創作童話ではなく、かれらが収集したメルヒェン（Märchen　昔話)[2]を収録したものである。正式な題名は『グリム兄弟によって収集された──子どもと家庭のメルヒェン集』という。初版が出版されたのは1812年（１巻）と1815年（２巻)、２版が1819年、３版が1837年、４版が1840年、５版が1843年、６版が1850年、７版（決定版）が1857年である。手書き原稿である初稿（1810）を入れると、グリム童話集のテキストは８種類も存在する。つまり、グリム兄弟は原稿執筆後、48年にわたってメルヒェン集に手を加え続けたのである。各版のテキストを比較してみると、改変個所には「近代化」された面と「中世化」された面が併存しているのがわかる。なぜなら、グリム兄弟はメルヒェン集を普及させるため、読者であるビュルガー（都市富裕市民）の価値観に合うよう近代化したが、同時にメルヒェンを昔の調和に満ちた時代に民族全体の中からあふれ出た自然文学（Naturpoesie）であると捉えていたので[3]、「中世化」をことさら強調する必要

i

はじめに

があったのである。ようするに、グリム童話のなかには、グリム兄弟が生きていた近代という時代の価値観と、ドイツ民族が1つの国に所属していた神聖ローマ帝国時代[4]の中世の価値観が交錯しているのである。

第Ⅰ部では、固定観念を覆す解釈を展開している。まず、上記の4話について、グリム童話決定版とディズニー版の相違点を明らかにし、それが伝えるメッセージの相違をジェンダー社会学の視点から考察している。次に、グリム童話とドイツ伝説集を包括的に捉えた考察を、父親像と母親像に焦点を当てて行っている。最後に、ジェンダー（分野）を男女に限定する狭義な捉え方ではなく、あらゆる思い込みやきめつけを検証する学問という広義な捉え方をして、7の数字に関する思い込みを覆す解釈を展開している。

ここではグリム兄弟による書き変えに目を向けながら、伝承文学であるメルヒェンが持つ様々なメタファーを解読しながら論を進めている。その際、そのなかに含まれている中世や近世や近代の価値観についての検証が不可欠となる。それによって、女性や男性に求められる社会的期待、ジェンダーが異なるからである。ようするに、異なるジェンダー観に視座を据えるので、固定観念を覆す新解釈が可能となるのである。

第Ⅱ部では、グリム童話の日本への導入について考察している。そもそもグリム童話はどのような経緯で日本に導入されたのであろう。ドイツ語からではなく英語からの重訳によって導入されている。ドイツ語の原典に忠実なグリム童話が紹介されたのは、いつ頃からなのであろう。それらのことを明らかにするために、グリム童話の日本への導入について、長年、詳しく調査してきた。明治時代の古い文献に当たりながら、英語教科書に取り上げられたグリム童話について詳しく紹介している。また、重訳により、ヴィクトリア朝英国の価値観による改変を踏襲した形で邦訳されたことを明らかにしている。さらに、「ローマ字雑誌」に邦訳されたグリム童話について、その詳細を明らかにしている。2人の訳者については、漢字名、経歴、動機などすべてが不明で、長年、謎とされてきた。筆者は昨年（2015年）、その謎を解明することに成功した。多くの発見を秘めたその拙論をここに収録している。最後に、「白雪姫」を取り上げて、明治の導入期から現在までの訳本を調査し、どのような改変が施されているのか、またそれはなぜなのか、について考察している。これはドイ

はじめに

のハインツ・レレケ教授の退官記念本に収録された拙論で、レレケ教授から高い評価をうけたものである。アメリカの学者のジェンダー論的解釈には批判的なレレケが、拙論に対して非常に好意的な評価を行い、その後、レレケから何度か執筆依頼がきたほどである。

第Ⅲ部では、初稿、初版、決定版の邦訳を同一人物が行った本がないため、これまで初稿、初版、決定版の比較をする場合、ドイツ語を読めない人は、異なる人が別々に訳したものを見比べながら、両者の違いについて論じざるを得なかった。そのため、訳者による誤訳や表現の相違までもが、グリム兄弟による改変と誤解されることがあった。その弊害を除くため、ここでは初稿、初版、決定版の原典を見比べながら、同じドイツ語は同じ日本語に置き換えるという原則に基づいた邦訳を心がけている。この拙訳を見ると、初稿、初版、決定版の相違が一目瞭然になり、誤解が生じることはなくなると思う。

いばら姫が危険だと予告される年齢は、生後15年目（in ihrem fünfzehnten Jahr）、すなわち14歳のときであるが、初版の吉原訳も決定版の池田訳も「15歳のとき」になっている。赤ずきんの祖母が住む家は、初版でも決定版でも3本の「ナラ」（Eich）の木があり、「クルミ」（Nuß）の垣根がある場所なのに、吉原訳（初版）では「ブナ」（Buche）の木と「クルミ」の垣根になり、池田訳（決定版）では「ナラ」の木と「ハシバミ」（Hasel）の木となっている。両者とも１本ずつ木の種類を誤訳しているのである。キリスト教以前の樹木信仰の名残を受けて、グリム童話に出現する木は法的メタファーを持つものが多く、重要な意味を持つ。木の種類の誤訳は極力避けてほしいものである。

ここでは、出来るだけ原文に忠実な日本語に置き換えるように努めたが、物語としての面白さを損なわないよう、意訳も用いている。誤訳がないよう細心の注意を払ったつもりだ。第Ⅲ部での初稿、初版、決定版の拙訳は、１章と２章で取り上げたグリム童話に関する拙論を理解する際に、大きな助けとなろう。メタファー解読で、固定観念を覆す解釈を展開する本書は、研究者や学生だけでなく、グリム童話に興味を抱くすべての人に、驚きや喜びを与えることであろう。大学の講義やゼミだけでなく、読み聞かせグループの人々にとっても、この本が必読書となることを願っている。

なお、本書の各章には他章と重複する文章や内容が頻出する。それは本書が

はじめに

2000年から2016年の間に著者が書き溜めた論文をまとめたものであり、著者の長年の研究の集大成であるからである。また、本書で使用しているグリム童話原典のテキストは注5に記載したものである[5]。

**注**

1) 2016年4月14日に武庫川女子大学で筆者が担当する講義「グリム童話の中の女性たち」（共通教育科目、1年生から4年生までの女子学生が受講対象）の最初の授業で、100人の受講者に配布したアンケート調査の結果である。

2) メルヒェン（Märchen）というドイツ語は、日本語に直すと「昔話」に相当する。童話という訳語は厳密には不適切だが、日本語では『グリム童話集』という訳語が定着しているのでここでも使用する。しかし、より正確に表現したいときには、「メルヒェン」と表示することにする。

3) Reinhold Steig: *Achim von Arnim und Jacob und Wilhelm Grimm.* 2. Aufl. Bern 1970 (1.Aufl 1894), S. 89.

4) Heiliges Römisches Reich. 962-1806年、中世に現在のドイツ、オーストリア、チェコ、イタリア北部を中心に存在していた政体。

5) 使用テキスト一覧

初稿（1810） Brüder Grimm: *Die Älteste Märchensammlung der Brüder Grimm. Synopse der handschriftlichen Urfassung von 1810 und der Erstdrucke von 1812.* Hrsg. v. Heinz Rölleke. Cologny-Genéve 1975.

初版（1812/15） Brüder Grimm: *Kinder- und Hausmärchen der Brüder Grimm.* Volständige Ausgabe in der Urfassung. Hrsg. v. Panzer, Friedrich. Wiesbaden 1953.

2版（1819） Brüder Grimm: *Kinder- und Hausmärchen.* Hrsg. v. Heinz Rölleke. 2 Bde. Köln 1982.

3版（1837） *Kinder- und Hausmärchen gesammelt durch die Brüder Grimm.* Hrsg. v. Heinz Rölleke. Frankfurt a. M 1983.

4版（1840） *Kinder- und Hausmärchen gesammelt durch die Brüder Grimm.* 2 Bde. Göttingen 1840（Berlin Staatsbibliothek所蔵）.

5版（1843） *Kinder- und Hausmärchen gesammelt durch die Brüder Grimm.* 2 Bde. Göttingen 1843（Göttingen Seminar Bibliothek所蔵）.

6版（1850） *Kinder- und Hausmärchen gesammelt durch die Brüder Grimm.* 2 Bde. Göttingen 1850（Gießen Uni. Biliothek所蔵）.

7版＝決定版（1857） *Kinder- und Hausmärchen.* 3 Bde, Hrsg. v. Heinz Röllele, Stuttgart 1980.

目　次

はじめに　i

## 第Ⅰ部　固定観念を覆す解釈──ジェンダー社会学的視点から … 1
第1章　「白雪姫」　3
第2章　「いばら姫」　23
第3章　「赤ずきん」　49
第4章　「灰かぶり」（シンデレラ）　65
第5章　グリム童話における7の数字　85
　　　　──不運な7の出現を巡って
第6章　『グリム童話集』における父親像と母親像　109
第7章　『ドイツ伝説集』における父親像と母親像　123

## 第Ⅱ部　グリム童話の日本への導入について … 139
第1章　明治期における『グリム童話』の翻訳と受容　141
　　　　──初期の英語訳からの重訳を中心に
第2章　『RŌMAJI ZASSI』に邦訳されたグリム童話について　165
　　　　──日本初のグリム童話邦訳をローマ字で訳出した訳者について
第3章　改変された日本の「白雪姫」　185
　　　　──明治期から現代まで

## 第Ⅲ部　初稿、初版と決定版の邦訳 … 209
第1章　「白雪姫」　211
第2章　「いばら姫」　235
第3章　「赤ずきん」　243
第4章　「灰かぶり」（シンデレラ）　251

目　次

おわりに　269
初出一覧　272
図版出所一覧　273
事項索引　275
人名索引　297

# 第Ⅰ部
# 固定観念を覆す解釈
ジェンダー社会学的視点から

# 第1章 「白雪姫」

## 1．序論

　「白雪姫」は「シンデレラ」と並んで日本で最もよく知られているグリム童話であるが、たいていの場合、その話はグリム童話の原文の内容ではなく、ディズニー版の内容と思われる。なぜなら、子ども用のアニメや絵本に紹介されているのは、ウォルト・ディズニー（Walt Disney,1901-1966）版のものが圧倒的に多いからだ。

　この論文ではまず、グリム童話決定版 KHM53[1]「白雪姫」とディズニー版「白雪姫」の相違を明らかにし、それが伝えるメッセージの相違についてジェンダーの視点から考察していく。次に、グリム兄弟による改変に目を向けながら、伝承文学であるメルヒェンが持つ様々なメタファーを解明することによって、「白雪姫」に含まれている中世や近代の価値観を検証していく。それによって、女性や男性に求められる社会的期待「ジェンダー」が時代によって社会によって異なるということを明らかにしたうえで、ジェンダーに視座を据えた新解釈を提示していく。

## 2．グリム童話集成立の時代背景

　ところでグリム兄弟が童話集編集に当たった1810年（手書き原稿）から1857年の間とは、どのような時代なのだろう。グリム童話の解釈に入る前に、まず時代背景について概観しておく必要がある。

　グリム兄弟がメルヒェン集の初稿を書きあげた1810年は、ドイツはナポレオンが率いるフランス軍の支配に苦しみ、諸侯の分割統治の中で、政治的にも文化的にも打ちひしがれていた頃であった。敗者であったドイツは、勝者であっ

第Ⅰ部　固定観念を覆す解釈

図1　白雪姫

たフランスから流れ込んできたり、押し付けられたりした市民的改革や、産業革命以降の資本主義体制を歴史的必然として捉えることができず、逆にそれに激しく反発して、自らの理想をドイツ民族が結束していたかつての神聖ローマ帝国（Heiliges Römisches Reich. 962-1806年、中世に現在のドイツ、オーストリア、チェコ、イタリア北部を中心に存在していた政体）に見ようとしていた。そのような時代のなかで当時ロマン派の人々が中心となって、民族文学によって愛国心を高め、連帯感を強めようという動向が活発になり、文学におけるフランスへの追従を避け、ドイツ民族全体の独自の文学を追求し、自らの再生と統一を目指す傾向が顕著になったのだ。

　グリム兄弟の調和に満ちた輝かしい古代とは、キリスト教の神の楽園が実現していた時代を指すようであるが、歴史的、政治的に実在していた栄光に満ちた中世の統一国家、神聖ローマ帝国を指していたのである。彼らは当時の政治的束縛を越えたドイツ民族全体の文学を「国民文学」であり、同時に「自然文学」であると捉え、メルヒェンの中にそれを見ていたのである[2]。グリム童話を読み解く際に注意しなければならないのは、グリム兄弟のメルヒェンに対す

るこの複雑な捉え方である。

## 3．ディズニー童話とグリム童話の「白雪姫」の概観と相違

### ⑴　ディズニー版「白雪姫」のあらすじ

　継母の后に酷使されている白雪姫は、水を汲みに行ったとき王子に出会い恋をする。魔法の鏡に「白雪姫が世界で1番美しい」と言われて激怒した后は、狩人に白雪姫を森で殺し、証拠に心臓を持ち帰るよう命じる。狩人は可愛い姫を殺せず逃がしてやる。7人の小人の家に迷い込んだ姫は、散らかっている小人の部屋を掃除し、料理や洗濯をする。鏡の答えから白雪姫が生きており、森の小人の家にいることを知った后は毒林檎を作り、姫殺害を企む。姫は赤い林檎を食べて死ぬ。小人は姫をガラスの棺に入れて葬式をする。隣の国の王子が通りかかり、棺の中の姫の美しさに心を奪われ姫にキスする。そのとたん姫が生き返る。小人に追いかけられた后は岩の上で雷に打たれて即死する。白雪姫は王子と結婚して幸せに暮らす[3]。

### ⑵　グリム童話決定版KHM53「白雪姫」のあらすじ

　実母は白雪姫を産むと同時に亡くなり、白雪姫は美しく高慢な継母に育てられる。継母は不思議な鏡に国中で1番美しいのは誰かと聞く。いつもは后だと答える鏡が白雪姫と答えたので激怒した后は、狩人に白雪姫を森で殺し、肺と肝を持ち帰るよう命じる。狩人が姫を殺そうとすると、かわいい姫は泣いて命乞いする。狩人は姫を逃がしてやり、代わりに猪の肺と肝を后に渡す。后はそれを塩ゆでにして食べ、白雪姫の肺と肝を食べたと思いこむ。一方、白雪姫は森で小人の家を見つけて中に入る。家は奇麗に片付いていて、食事の準備もできている。空腹だった姫は小人の食事をつまみ食いし、ベッドで眠り込む。帰宅した7人の小人は姫を発見して驚くが、あまりに可愛いので7種類の家事をすることを条件に家に置いてやる。鏡の答えから白雪姫が生きていることを知った后は、物売りの老婆に変装して姫に紐を売りつけ、きつく締めて殺す。倒れた姫を発見した小人が紐を緩めると、姫は生き返る。2度目は老婆に毒の櫛

を髪に刺され、姫は倒れる。小人が櫛を抜くと、姫は蘇る。3度目は老婆にもらった毒の林檎をかじると、姫は死んでしまう。小人はガラスの棺に姫を入れて山の上に安置する。道に迷った王子が柩を見て、譲ってくれるよう小人に頼む。運ぶときに家来が躓いて柩が揺れると、林檎が喉から飛び出し、白雪姫が生き返る。王子は喜んで白雪姫に求婚する。結婚式には后も招待され、焼けた鉄の靴を履かされて死ぬまで踊らされる[4]。

(3) ディズニー版とグリム版(決定版)「白雪姫」の相違について

## 恋愛の有無

　ディズニー版の「白雪姫」は姫が水汲みに行ったとき、偶然王子に出会い、2人は恋をするという設定になっている。毒林檎を買って姫が食べたのは、老婆が「願いがかなう林檎」であることを強調したので、王子に会えることを願ったからだ。死んでから王子のキスで甦った姫は、林檎が願をかなえてくれたと思う[5]。この林檎は毒入りではあるが、王子のキスで蘇るという魔法がかけられていたとすると、王子以外の男性から姫を守る役割を果たしていたことになる。そこには魔女の魔術を打ち負かすことができるのは「愛する人のキス」、「愛の力」だけであるというメッセージが込められている。だが、そのような林檎を作った后は魔女だと断言されている。人に害を及ぼす害悪魔術ではなく益をもたらす有益魔術をかけたのだから、后は魔女ではなく賢女に値する[6]。なぜなら、恋する2人を結びつけたのは、愛の呪縛がかけられた后の毒林檎に他ならなかったからだ。

　グリム童話の場合、白雪姫は生前に王子に出会うことはなく、死後棺桶に入ってから初めて出会う。したがってこの王子は生きた女性にではなく、死んだ女性に興味を持ち惚れ込んだことになる(死体フェチ?)。さらに姫が目覚めたときに出会う王子は、恋人ではなく初対面の男性だ。そのうえ姫が目覚めたのは、愛しい王子がキスしたからではなく、家来が躓いて棺を揺らしたからだ。揺れた拍子に姫の口から林檎が飛び出し(ゲロ、吐出物)、姫が生き返ったのだ。王子は喜んで直ぐ姫に求婚し、姫も喜んで受諾する。しかしそれは、2人が恋人同士だったからではなく、どちらも王家出身で身分や家柄が釣り合った者同士だったからだ。なぜなら外観に対する好みを前面に出して結婚相手を決める

のは、西洋中世の王家では不可能であったからだ。中世では結婚は法行為であり、家の存続のため子孫の確保と財力の強化を期待して行われ[7]、愛情の有無が重視されることはなかった。そこで棺の上に書かれた「王家の姫」というメッセージが重要な意味を持つことになる。白雪姫の美しさが、王子に求婚を決意させたのだという解釈も不可能ではないが、王子が姫に魅かれたのは、死体のときであった。死んだ女性の美しさに魅かれるのと、生きた女性の美しさに魅かれるのとでは訳が違う。物言わぬ死体と、人格が反映された生体とでは、美しさに対する定義が異なる。生存中の白雪姫の美しさに心を奪われたのならまだしも、この場合は明らかにそうではない。

結婚式に関する描写は、王子と姫の豪華な衣装や愛情確認の儀式であるべきなのに、ここでは継母である后を罰する報復行為に終始する。つまり、グリム童話には結婚は恋愛によってするものであるという近代の価値観ではなく、不当な扱いを受けた者は報復しなければ相手の行動を正当と認めたことになるという中世の価値観が前面に出されているのである。

### 性別役割分担の有無

ディズニー版では小人の家は散らかっていて、白雪姫が片づけて掃除をして清潔な部屋にするが、グリム童話では小人の家は「すべてが小さかったが、言葉で表現できないほど愛らしく、きれいに片付いていた」[8]、とされている。山での鉱物掘りを仕事とするドイツの小人（Zwerg）は、男性であるが抜群の家事能力を持つ。外で労働するのは男性、家で家事をするのは女性という性別役割分担が前面に出されているディズニー版に対して、グリム版では男性である小人の優れた家事能力が描き出されている。ドイツの小人には卓越した家事能力を持つ者がいる。ケルンのハインツェルメンヒェン（Heinzelmännchen）という小人は夜寝ている間に家事をしてくれる存在で、家の精（Kobold）とされている[9]。

男は外で生産活動に携わり、女は家の中で家事をするという性別役割分担は、近代が生み出した概念である。産業革命による鉄道の普及によって、これまでの職住一致の家庭を通勤により職住分離の家庭に変えたのである。これにより家庭は生産の場から消費の場へと変化し、男女の性別役割分担が定着する[10]。

第Ⅰ部　固定観念を覆す解釈

図2　白雪姫

夫は外で働き、妻は専業主婦として家庭を守る、いわゆる近代家族が誕生したのだ。ドイツではビュルガー（都市富裕市民）の女性が公的生活で禁治産化していくと同時に、家庭の内的領域の情緒化が顕著になる。いわゆるビーダーマイヤー期（1815-1848）の誕生である。「結婚は精神的感情的に結ばれた共同体であり、家族は人を社会的文化的存在へと教育する場である」という発想は[11]、ビーダーマイヤー期の所産である。結婚や家庭生活の中で感情や愛情の価値が、「かつてなかったほど高く評価され」[12]、恋愛結婚が称揚され、母性愛や父性愛、家族愛が自明の理であるかのごとく捉えられていく。女性にはかつてのように生産能力ではなく、再生産を支える能力（家族の世話や子どもを教育する能力）が求められるようになる。生産力のある人間が「男らしく」、再生産力のある人間が「女らしい」、換言すると、労働能力がある男性が「男らしく」、家事能力がある女性が「女らしい」ということになり、近代社会が要求する性別役割分担に適合した男性像と女性像が創出されていく。ディズニー版には明確に現れている近代の性別役割分担は、グリム童話にはさほど明確には現れていない。つまり、近代のジェンダー観に染まっているディズニー版

に対して、グリム版には近代以前のジェンダー観が残存しているのである。

**継母に対する白雪姫の制裁の有無**

　ディズニー版では白雪姫は継母に殺されるが、復讐したりしない。近代が女性に求める「優しさと美しさ」という美徳を持つ白雪姫は、「女らしさ」を損なうような行為はせず、あくまで近代の「理想の女」として振舞う。一方、グリム童話では白雪姫は自分を殺した継母を結婚式に招待して、真っ赤に焼けた鉄の靴を履かせて死ぬまで踊らせる。これは「真っ赤に焼けた鉄による判定を信じるゲルマン信仰を暗に示している。なぜなら、この鉄は正しい人、まったく罪のない人だけが危険な目に合わずに触れることができるからである」とヴィルヘルム・グリムは2版の序文に書いている[13]。中世では火審、水審などの神明裁判で真偽が判断され、焼けた鉄による審査は火審に相当する[14]。もし、継母が無罪なら火は害を与えず、有罪であれば害を与えると信じられていたのだ。グリム版では姫は結婚式という公の場で継母を火審にかけ神の判断を仰ぐ。なぜなら中世では危害を加えられた者がフェーデ（組織的な復讐）を行わない場合、相手の行動を正当だと認めたことになるからである[15]。一方、近代社会ではこのような残酷な行為は女性に相応しくないとされる。そこでディズニー版では后は小人に追いかけられ、岩の上で雷に打たれて即死するという筋書きに変更される。白雪姫の復讐はメルヒェンから削除され、天罰という神の意志による制裁に変えられたのである。

## 4．グリム兄弟による版による書き換えについて

(1)　グリム童話の8種類のテキストについての概観

　グリム童話「白雪姫」には8種類のテキストが存在する。手書き原稿である初稿（1810）、初版（1812）、2版（1819）、3版（1837）、4版（1840）、5版（1843）、6版（1850）、7版（1857決定版）である。白雪姫の話は初稿では43番目に置かれ、「白雪姫」に「不幸な子ども」という副題がつけられており、ヤーコプ・グリムが1808年にマリー・ハッセンプフルークから聞いた話を書き取ったもの

であろうと推測されている[16]。初版では53番目に置かれ、ヴィルヘルム・グリムによってフェルディナント・ジーベルトが送ってきた類話 (Variant) との混成が行われる[17]。その後、53番の位置は決定版まで変更されない。1810年の初稿 (46話) から1857年の決定版 (211話) 出版まで、グリム兄弟は48年間にわたってメルヒェンに手を加え続けた。どのように書き換えていったのか、その手法を「白雪姫」を中心に検討していく。

(2) 実母から継母への変更

　初稿 (1810) と初版 (1812) では実の母親である后が、2版 (1819) から継母に変えられる。ヴィルヘルム・グリムがハインリッヒ・レオポルト・シュタインから送られた類話 (Variante) との混成を行ったからである。それに伴って后の行動も変更される。

　初稿の后は窓際に座って「雪のように白く、血のように赤い頬で、窓枠のように黒い瞳の子どもがほしい」と願い、その通りの美しい娘を授かる。鏡に「鏡や壁の鏡、エンゲルランド[18]で一番美しい女は誰」と聞くと、鏡は「后は美しいが、白雪姫は后より10万倍美しい」と答える。それを聞いて后は我慢できなくなる。なぜなら、彼女は国中で最も美しい女でありたかったからだ。そこで王が戦争に出かけている間に、后は白雪姫を馬車に乗せて森の奥深くに行き、赤いバラが咲いているところで馬車を停め、姫を降して花を摘んできてくれと言う。姫が降りる否や馬車を出発させ、姫を置き去りにする。野生の獣が姫を食い殺すと思ったからだ[19]。

　初稿の実母は白雪姫の美しさに嫉妬し、自ら白雪姫を連れだして森に捨てる。彼女は娘を捨てはしたが、家来に殺すよう命じたわけでも、自ら殺したわけでもない。初版の母親は同様に実母ではあるが、残酷さが初稿とは異なる。「雪のように白く、血のように赤く、黒檀のように黒い」娘を授かった后は、白雪姫が7歳になった時、「鏡や壁の鏡、国中で1番美しい女は誰？」と鏡に聞く。「后、ここではあなたが美しいが、白雪姫はあなたより千倍も美しい」と鏡が答えたので、后は嫉妬で真っ青になり、狩人を呼び出し、白雪姫を森の奥で殺し、証拠に肺と肝臓を持って帰るよう命じる。后はそれを塩ゆでにして食べるのだという[20]。

## 第 1 章 「白雪姫」

　実母である后が実の娘を殺させて、娘の肺と肝臓を食べるというのだ。森に置き去りにする実母から、はるかに残酷な実母に改変されている。これは一体、何を意味するのだろう。グリム童話で、一見訳が分からないような改変が行われている個所は、古代化か中世化が行われた結果である場合が多い。この場合もグリム兄弟が原始の「人食いの風習」（Kannibalisumus）という民間信仰（臓器を食べるとその人の美や能力を獲得できる）を偲ばせる要素を挿入することによって[21]、メルヒェンの古代性を強調しようとしたのだ。この改変は 7 版の決定版（1857）まで踏襲されるが、2 版以降の版では実母が継母に変えられる。これによって実の母が実の娘を殺したり、食べたりするのではなく、血縁関係のない継母が継子の臓器を食べるという話に変更される。

　現代の読者には、美しさを求めて嫉妬する后は愚かな存在であるかのように受け取られる。しかし、中世の女性が果たしてここまで美しさを追求しただろうか。女性に美の価値が規範として押し付けられたのは、産業革命にともなって、女性が労働から疎外されてからである。機械化され、工場化された生産の場では、産む性としての女性は、定時労働には不向きな存在となり、男性に比べて役に立たない存在となると同時に美的存在となっていった[22]。結婚の条件に女性の美が求められるようになったのは、近代以降のことである。中世では結婚は法行為であり、家の存続のため子孫の確保と財力の強化を期待して行われた[23]。愛情の有無が重視されることはなかったのだ。妻にする女性にまず求められるのは、家柄と財産と出産能力であり、美しさではなかった。美しさは恋愛においては重視されたが、それは結婚に結びつくものではなかった。恋と結婚は結びつかないものとされ、娘をいかに恋愛から遠ざけ、うまく結婚させるかが親の関心事項であった[24]。西洋中世では「美」とは「豊かさ」を示すものであった[25]。豊かな女性には、財力や家柄や地位があるだけでなく、豊穣であること、つまり「出産能力がある」ことが求められた。白雪姫の后は娘を 1 人しか産まず、男性の後継者を産んでいない。王家にとってこれはかなり危険な状態である。出産能力に関しては、年配の后より若い白雪姫の方が優れている。「白雪姫が后より千倍も美しい」という鏡の答えはそのことを暗示しているのであろう。

　豊かさを失いつつあり、地位を追われる危険に晒されている后にとって、白

雪姫の存在は疎ましいものに感じられる。それは実の娘であっても継娘であっても同じあろう。しかし、グリム兄弟は娘に危害を加える母親を継母という表現に書き換える。弟のヴィルヘルム・グリムによる変更であるが、おそらく彼は、実の母親についての悪いイメージを与えるのは子どもにとってもよくないと考えたのであろう。また、購買者が母親であることを考えると、自分の悪口を書かれている本の購入は控えると思われる。初版の売れ行きが芳しくなかったので、再版を出すには、グリム兄弟は出版社や購買者の意向に迎合した改筆を断行しなければならなかったのである。

(3)　7の数字の出現に対する変更

　白雪姫の話では7の数字が頻出する。初稿では7（sieben）は14回（同じものを除くと9回）出現するが、初版では18回（14回）[26]に増え、更に2版では26回（14回）になり、決定版では30回（14回）に増える。これはグリム兄弟が意図的に増やしたと思われる。7人の小人の持ち物は、初稿では（皿、スプーン、ナイフ、フォーク、コップ、ベッド）の6種類だったのが、初版以降の版ではランプが挿入されて7種類にされる。后が鏡にする質問の回数は初稿では1回なのに、初版以降では7回に増やされている。また小人の家があるところは初版以降では7つの山を越えたところとされている。初版から決定版まで出現する7は14種類で同じだが、後の版になるほど小人や山に対する呼びかけに繰り返し7をつける傾向がみられる。

　「黄泉の世界の存在でもある」(sie heissen auch die Unterirdischen)[27] 7人の小人の住処を7つの山を越えた森の奥としたことや、后の嫉妬を呼び起こす鏡への質問回数を7回に増やしたのは、7が占星術や魔術や異界と結び付いた不吉な数だということをグリム兄弟が認識していたからであろう[28]。白雪姫の年齢は初稿では示されていないが、初版以降では7歳とされている。青年期に向かう年齢としてイニシエーションの対象とされていた歳だ。西洋中世では保護を必要とするのは7歳までとされていた[29]。1794年のプロイセン一般ラント法は7歳までが子ども、14歳までが後見を必要とする年齢と定めている[30]。7と7の倍数は法的に重要な数として認識されていたのだ。7歳が過ぎると子ども期を修了するので、修了に値するかどうか確認する必要がある。そのため

7歳の子に試練が課されるのだ。永久歯が生えて幼児期を脱する年齢である7歳は[31]、最初の通過儀礼（Initiation）が子どもに課される時期だったのである。幼児期を脱した白雪姫は、危険な青年期に向かう前に、母親によって森の中に隔離されて通過儀礼に晒されたという解釈も成り立つ。7歳の娘が送られた先は、通過儀礼が課される場所である森の奥深く（7つの山を越えたところ）で、異界の存在である7人の小人が住む家である。家事能力抜群の小人の下で修業し、何もできない子どもの白雪姫は7つの家事をこなせる娘として成長していく。子どもから娘になるには、これまでの自分を殺して、新しい自分に生まれ変わる必要がある。仮死状態を体験してこそ、子どもは大人になることができると信じるからこそ、近代以前の社会ではイニシエーションが課されたのだ。

　数秘学によると、7は「最も神秘的で魔術的な数」で、「宗教と魔術に頻出する」、「唯一無比」の数だという[32]。太陽の7番目の惑星と信じられていた月と関連があり、「7日ごとに4つの相を持つ月は、原始信仰ではその満ち欠けによって人生の盛衰を支配すると考えられた」[33]。月の周期は月経をもつ女性のバイオリズムとも関係している。昔の女性は7歳で子ども期を脱し、14歳で初潮を迎え、49歳で更年期を迎え、70歳で死亡すると考えると[34]、7の倍数年は女性の人生の転換期を示していたことになる。月の女神であるディアナ信仰は穀物や女性の実りと密接に結びついた信仰として農民の間に広く浸透していた。グリム童話のなかの7の数字が通過儀礼と結びついているのも、ディアナ信仰の名残かもしれない。7が続出する「白雪姫」の話は、父性宗教のキリスト教ではなく、それ以前の母性（豊穣）宗教であるディアナ信仰と結びついた話とも考えられる。

⑷　天使の国（Engelland）から国（Land）への変更

　初稿では后が鏡に問いかける言葉は、「鏡よ、壁の鏡、エンゲルラント（Engelland）で一番美しいのは誰」である。初版以降は単なる「国（Land）」に変更されるが、最初の原稿（初稿）では「天使の国（Engelland）」だったのだ。ドイツの百科事典ではEngellandはEnglandのこととされている[35]。グリム兄弟の『ドイツ語辞典』にもEngellandはEnglandの昔の表記法だと書かれている[36]。それではこの話はイギリスでの話なのだろうか。Engellandには

イギリスという意味と「天使の国」と言う意味がある。天国は「神の国」であるので、天使が作る国とは「堕天使の国」を意味することになる。神が地上に天使を遣わされたとき、天使たちは誘惑に負けて人間の娘たちと交わり息子を産ませるに至った。そのため堕天使は天国から追放され、悪魔に仕えるデーモンとなった。それら堕落した天使たちが住む国が「天使の国」つまり「地獄」なのである（創世記第6章1－4に関するラクタンティウスの解釈）[37]。つまり「天使の国」とは堕天使ルシファーが支配する国、地獄、異端者や異教徒たちの国を指すことになる。

　16世紀初期の魔女裁判で数人が、南チロルの「オーバーヴェール出身の被告人アンナ・ヨプスティンがエンゲルラントの女王に選ばれ、エンゲルラントの王である悪魔と豪奢に飾り立てて結婚した」と証言しているところをみると[38]、エンゲルラントが地獄だというという認識は魔女狩りを経験した人々の間で共有されていたようだ。エンゲルラントは古い綴りの英国ではなく、文字通り「天使の国」、「堕天使の国」、「地獄」を指す言葉と考えてよいと、フリッツ・ビロフは主張している[39]。

　白雪姫の話が「堕天使の国」の話であるとすると、キリスト教徒から見ると地獄に行く人々、すなわち異端者や異教徒たちの国の話ということになる。キリスト教道徳や一夫一婦制がゆきわたっていない国における王にとって、女の子1人しか産まない后の美しさ（豊穣）は限定的で、若さを誇る娘がより美しい（豊穣な）存在に見えたのであろう。鏡は「月と関連し、女性の誇りを表す」という[40]。鏡の言葉を盲信する后にとって、鏡は「神」そのものといえる。后が崇拝していたのは、キリスト教が悪魔視する豊穣の女神、月の女神であるディアナではないのだろうか。なぜなら「中世初期においても農村の住民が森や耕地の女神としてディアナを崇拝したことは十分ありえる」からであり[41]、そのことが伝承文学の中に保持されていると考えられるからである[42]。

⑸　白雪姫を蘇らせる人物と方法の変更

　毒の林檎を食べて死んでしまった白雪姫を蘇らせるのは、初稿では実の父である王であるのに、初版ではどこかの国の王子に変えられ、その変更が決定版まで踏襲される。姫の蘇りを伝える初稿のテキストは下記のとおりである。

## 第1章 「白雪姫」

　「ある日、白雪姫の父親である王が自国に戻ってきて、7人の小人が住む森を通過しなければならなかった。棺とその上に書かれた碑銘を見て、王は愛する娘の死を知り、非常に悲しんだ。しかし、王は経験豊かな医者を随行員として連れていたので、小人に死体を譲ってくれるよう頼み、柩をもらいうけた。お抱えの医者が部屋の四隅に縄を結び付けると、姫は再び息を吹き返し、棺から飛び出す。白雪姫は父王と一緒に家に帰る。そしてある美しい王子と結婚する。結婚式には1足の上靴が火にかけられ、后はそれを履いて死ぬまで踊らなければならなかった」(初稿)[43]。

ここでは死んだ姫を見つけるのは実の父であり、蘇らせるのは父王の家来である医者だ。しかしこの医者は医術ではなく、魔術で姫を蘇らせる。四隅に縄を張って結界を作り、害悪魔術を遮断する対抗魔術で林檎の毒を遠ざけたのだ。魔術師を医師として抱えている王自身も、おそらく魔術に親しんでいる人間であろう。
　姫が蘇る同じ場面の初版テキストは下記のとおりである。

　「あるとき、若い王子が泊めてもらおうと、小人の家にやってきた。部屋に入り、7つの光にくっきりと照らされて白雪姫がガラスの棺に横たわっているのを見たとき、王子はその美しさに魅せられ、いくら見ても見あきることがなかった。金文字で書かれた碑文を読み、彼女が王女であることがわかった。そこで王子は小人たちに死んだ白雪姫を棺ごと売ってほしいと頼んだ。しかし小人たちはどんなに金を積んでもだめだと言った。そこで王子は柩を譲ってくれ、白雪姫を見ることなしに生きていくことはできない、この世で最も愛しい存在として敬い大切にするからと言った。すると小人たちは王子に同情して、柩を王子に譲ってやった。王子は柩を城に運ばせ、自分の部屋に置かせた。……あるとき家来の1人が棺を開けて、白雪姫を高く持ちあげた。『死んだ娘ひとりのせいで、おれたちは1日中ひどい目にあっている』と言い、白雪姫の背中をドンと殴った。すると白雪姫が呑み込んだ恐ろしい林檎の芯が喉から飛び出し、白雪姫は生き

15

返った。そこで白雪姫は王子のところに行った。王子は愛しい白雪姫が生き返ったので、嬉しさのあまりどうしたらいいかわからなかった」[44]。

　この後、結婚式が行われ、白雪姫の母親（后）も招待される。彼女は真っ赤に焼けた鉄の靴を履かされ、死ぬまで踊らされる。姫を救済する人物が父王から若い王子に変えられるが、愛の力で姫を目覚めさせたのではなく、家来の予想外の行動が姫を目覚めさせたのだ。乱暴で予測不能な行動が幸せをもたらすのは、メルヒェンの常套手段だ。蛙を壁に投げつけたり（KHM1「蛙の王様」）、援助者である狐を撃ち殺して頭と足を切り取ったり（KHM57「黄金の鳥」）することが、幸せを獲得する行為とされているからだ。しかし、これらの話と異なる点は、ここでは主人公でも救済者でもない脇役の家来が主人の変質狂的趣味（死体フェチ）の片棒を担ぐことを拒否し、姫を棺から出し、高く持ち上げて背中を叩いたことだ。そのような行為が姫を蘇らせることができるなど予測不能だ。荒唐無稽なこの救済方法は、メルヒェン的ではあるがロマンティックではない。近代の愛による救済とは無縁の世界がここには存在する。おそらく、近代以前の社会で大人になる前に課されたイニシエーションを反映したものであろう。

　ジェネップによるとコンゴやギニヤの部族には「イニシエートされるものは以前の環境から分離される（森の中にはこびこみ、そこに隔離すること、祓い式、笞打ち、知覚を失うまで、椰子酒を飲ませて酔わせること）。彼は以前の環境にとっては『死んだ』ものとされ、新たな環境へと合体される」のだそうだ[45]。またイニシエーションの際に背中をユッカの枝で打つ「笞打ちの行為」が分離儀礼の意味と合体儀礼の意味をもつのだという[46]。「殴打の清め」という打擲の慣習は西洋でも古代から存在し、結婚式で花嫁や花婿が招待客からは白樺の木の笞で打たれる打撲の慣習は多くの地域に存在した[47]。笞による殴打の力が「生命と生産力を呼び起こす」と信じられていたのだ[48]。

　白雪姫が背中を叩かれて目覚めたのは、イニシエーションの儀式を暗示しているのではないだろうか。そうなると、この話はまったく異なるメッセージを持つ話になる。初稿では四隅に縄を張る魔術で蘇り、初版では背中の殴打で蘇る白雪姫は、大人になるための資格を問う試練であるイニシエーションの儀式

を受けるために、仮死状態にあったことになる。なぜなら、魔術や殴打による再生はイニシエーションの常套手段であるからだ[49]。

　2版以降の版では家来たちによって目覚めさせられるのは同じだが、殴打によるのではなく、「藪に足を取られて棺が揺れた」ことによるという表現に変えられる。初版のテキストは前近代のイニシエーションを偲ばせる興味深い表現ではあるが、家来が姫の死体を持ち上げて背中を叩くという行為は、主従間の行為を逸脱したものであり、家父長制をとる国家や家族にとって望ましいものではないと判断されたのであろう。おそらくグリム兄弟は再版の意向を斟酌したのだろう。しかし殴打ではなく、揺さぶりによって目覚めさせるという行為も予測外の行為でもあり、イニシエーションとの関連を仄めかすものであると考えられる。

## 5．結論

　ディズニー版が決定版グリム童話と異なる点は、愛による救済を演出したこと、性別役割分担を挿入したこと、姫の后への復讐を天罰（雷）による制裁に変更したことである。これらの変更はすべて近代のジェンダー観に基づいて行われたものといえる。

　グリム兄弟の書き換えの手法を版による比較から探ると、決定版の話は中世の価値観を保持している部分と、曖昧にされ近代化された部分があることがわかる。保持している部分は、救済方法が愛ではなく、イニシエーションを仄めかせる方法であること、性別役割分担を挿入していないこと、姫の后に対する復讐のプロットを保持していること、7の数字の頻出によって魔術や異界との結びつきを暗示させていることなどである。曖昧にされ近代化された部分は、実母を継母にしたこと、話の舞台を「天使の国」から「国」に変えたこと、救済者を父王から王子に変更したこと、蘇らせる方法を医者の魔術から家来の殴打や揺さぶりに変更したことが挙げられる。これらの改変は近親婚を仄めかす表現を避けて、ビュルガーの道徳観に適合させようした近代的改変といえる。以上の点を踏まえて、この話を初稿に重点を置いて読み直すと、次のような解釈が可能となる。

第Ⅰ部　固定観念を覆す解釈

　1番美しい女性であることを否定されて嫉妬に狂う后が、自分より美しい娘を殺害させるという「白雪姫」の話は、美という概念が時代によって、その意味が異なるということを念頭に置くと、別のストーリーが見えてくる。中世における美とは「豊かさ」を表すもの、すなわち財力や地位だけでなく女性の豊穣、出産能力を意味するものであった。顔や容姿の端麗さを指す近代の「美しさ」ではなく、「豊かな実り」をもたらす女性であることを願った后が、自らの地位や命を守るため考え抜いた末、娘を成人するまで森に隔離する（初稿の白雪姫は年齢不詳だが、后が脅威を感じたとすれば、おそらく7の倍数である14歳、初潮が始まる年齢と推測される）。なぜなら、この国はキリスト教徒から見た地獄、「堕天使の国」[50]、異教の女神信仰を保持する異教徒の国であるからだ。おそらく父性宗教であるキリスト教信仰ではなく、キリスト教以前の豊穣神であり「三相一体（月、母、狩猟）」の女神であるディアナ（アルテミス）信仰が支配している国であろう。

　月は7の周期でその姿を変え、太陰暦は7の倍数で成り立っている。また、サタンは7つの頭を持つ竜として絵画に描かれている。西洋絵画では悪魔が竜の姿で描かれる場合が多い。ルネッサンスの画家ラファエロは黙示録に登場する竜（悪魔）と闘う「聖ミカエル」や「聖ゲオルギウス」の絵（1503-05）を描いているし[51]、頭を7つ持つ竜はドイツのアルブレヒト・デューラーが木版画集『黙示録』（1497-1498）に詳細に描いている[52]。さらに、7つの頭を持つ竜がサタンであり、堕天使ルシファーであるという記述は、聖書の黙示録にも存在する[53]。

　7の数字が頻出する白雪姫の話は、エンゲルラント、地獄、異教とされたディアナを崇拝する人々の国であるとすると、父親の娘に対する近親姦[54]の可能性が浮上してくる。なぜなら近親婚の禁止が一般的になるのは16世紀以降のことであり、それ以前の社会ではさほど珍しいことではなかったからだ[55]。そのことを月や豊穣のシンボルである鏡の、「白雪姫のほうが、后より美しい（豊穣だ）」という言葉で察知した母親が、娘を森に逃がしたのであろう。母親である后は紐や櫛や林檎を持参して娘の貞操観や成熟度を確認しに行ったのではないだろうか。本気で殺すつもりなら殺せたものを、魔術で蘇る種類の毒を林檎に入れたのは、娘を父王から隔離するのが目的だったからではないのか。

第1章 「白雪姫」

　苦労して森の中に仮死状態で安置した娘を、実の父が見つけ出し、張り縄の魔術で結界を作って魔術（林檎の毒）を遮断し、娘を蘇えらせたと知ったとき、后はさぞ落胆したことだろう。物語はそれについて述べていないが、おそらく娘は蘇らせてくれた父王と結婚したのであろう。突然、とってつけたように「白雪姫はある美しい王子と結婚した」という文章が挿入されるが、どこの国の王子かは不明のままである。

　グリム童話には初稿や初版には娘が実の父親である王と結婚する話が数話存在する。KHM65「千枚皮」やKHM31「手無し娘」などがそうである。初版では実父と結婚するが、決定版では改変されてどこかの王子と結婚するとされている。「白雪姫」もその種の話だったのではないだろうか。

　男子を出産せず娘を1人しか産んでいない后は、王家の正妻としての地位が危ういものであると自覚していたのだろう。自分の美（豊穣）について鏡に聞くのはそのような不安を抱えていたからであろう。豊穣と愛のシンボルである鏡は「ギリシアでは豊穣をもたらすお守り」であった[56]。

　初稿に添付された類話では伯爵は夫人と馬車で出かけているときに、雪のように白く、血のように赤く、カラスのように黒い女の子が欲しいという。するとそのような容貌の少女、白雪姫に出会う。伯爵は少女を馬車の中に入れるが、夫人は面白くない。そこで夫人は手袋を落として、少女に取ってくるよう命じる。少女が馬車から降りるや否や、夫人は全速力で馬車を出発させる[57]。

　この場合、白雪姫は王の娘ではなく、道端で見初めた少女である。王がこの少女を愛人にしようとしたことは、后が手袋を投げるという行動を取ったことで判明する。なぜなら、敵に「戦闘開始を告げる印として手袋を投げる慣習は、中世全期間を通じて行われていた」からだ[58]。初稿に添付された類話では王の浮気が手袋のメタファーで示唆され、初稿に採用された話では王の近親姦が仄めかされる。いずれにしろこのメルヒェンにおける悪人は実母である后ではない。豊かな出産能力を保持しない彼女は悪の首謀者ではなく、むしろ被害者といえる。真の悪人は后に受胎能力の衰えを指摘し后の地位や命が危険に晒されていることを認識させ、娘への近親姦を察知させた権力者である父王であろう。

　王家の后にとって、出産能力（美しさ）は何よりも大切であり、それがない

場合は命の危険に晒されるのは、英国のヘンリー8世の例からも明らかである[59]。この話はおそらく男子を産まない女性を「悪」とみなす、王家や中世社会のジェンダー観が生み出した物語であろう。嫉妬に狂う后の話ではなく、女の豊穣さを失いつつある后を追い詰めた王の話である、と解釈することができる。

　白雪姫の后の行動は、父娘近親姦を阻止しようとしたものである。社会的に禁止されていなくても望ましいものではないと后が考えたからであろう。動機は、おそらく娘に対する愛情というより、自己保身であろう。なぜなら、細やかな愛情で結び付いた親子関係は近代家族の創出物であるからである。西洋中世の親子関係は後継者の出産を巡って厳しい緊張関係に晒されていた。後継者創出は夫婦愛や親子愛よりも重視すべき最優先事項であったのだ。このように、夫婦愛や親子愛も不変のものではなく、時代によって社会によって変わるものなのである。

**注**

1)『グリム童話集』(Kinder- und Hausmärchen) はKHMと略し、その後に決定版の番号を記入して表示する。
2) Steig, Reinhold: *Achim von Arnim und Jacob und Wilhelm Grimm*. 2. Aufl. Bern 1970, (1.Aufl 1894), S. 139.
3) ウォルト・ディズニー著、立原えりか訳『ディズニー名作ライブラリーⅠ』講談社、1994年、6-16頁。
4) Brüder Grimm: *Kinder- und Hausmärchen*. Stuttgart 1980, Bd. 1, S. 269-278.
5) 神田由布子訳『ディズニープリンセス 6 姫の夢物語』沙文社、89-102頁。
6) Ingrid Ahrendt=Schulte: *Weise Frauen － Böse Weiber*. Freiburg 1994, S. 83.
7) Ingeborg Weber=Kellermann: *Die deutsche Familie*. Frankfurt/M. 1974, S. 20-21.
8) Brüder Grimm: a.a.O., S. 271.
9) Jacob Grimm / Wilhelm Grimm: *Deutsches Wörterbuch*. Leipzig 1877, Bd.10, S. 890.
10) 長島伸一『世紀末までの大英帝国』法政大学出版会、1987年、248-249頁。
11) Ingeborg Weber=Kellermann, a.a.O., S. 106-107.
12) Ebd. S. 107-108.
13) Wilhelm Grimm: Einleitung. Über das Wesen der Märchen. In: *Kleinere Shriften*. Hildesheim. 1922 (1.Aufl. 1881). Bd. 1, S. 340.
14) ハインリッヒ・ミッタイス著、世良晃志郎訳『ドイツ法制史概説』創文社、1954年、58-61頁。
15) 同上、45-46頁。

16) Heinz Rölleke: *Die Älteste Märchensammlung der Brüder Grimm*. Cologny-Genève 1975, S. 380-381.
17) Ebd. S. 380-381.
18) Engellandについては後の項、1章-4-4）で詳述している。
19) Heinz Rölleke, a.a.O., S. 244-246.
20) Ebd. S. 245-247.
21) Lutz Röhrich: *Märchen und Wirklichkeit*. Wiesbaden 1974, S. 132.
22) 上野千鶴子『発情装置』筑摩書房、1998年、99頁。
23) Ingeborg Weber=Kellermann, a.a.O., S. 20-21.
24) 前野みち子『恋愛結婚の成立』名古屋大学出版会、2006年、332-333頁。
25) ジャック・ル・コブ著、桐村泰次訳『中世西欧文明』論創社、2007年、532頁。
26) （　）の数字は同じものを除いた回数。
27) Wilhelm Grimm: *Einleitung*. a.a.O., Bd. 1, S. 349.
28) 本書Ⅰ部5章の抽論「グリム童話における7の数字 ── 不吉な7の出現を巡って」を参照。
29) Irene Hardach-Pinke / Gerd Hardach (Hg.): *Deutsche Kindheiten. Autobiographische Zeugnisse 1700-1900*. Kronberg/Ts. 1978, S. 2.
30) Hans Hattenhauer (Hs.): *Allgemeines Landrecht für die Preußischen Staaten von 1794*. Frankfurt / M. 1970, S. 55 (1.Teil, 1.Titel, §25).
31) Franz Carl Endres / Annemarie Schimmel: *Das Mysterium der Zahl. Zahlensymbolik im Kulturvergleich*. München 2005, S. 143f.
32) Rosemary Ellen Guiley: *The Encyclopedia of Witches and Witchcraft*. New York 1989, S. 251.
33) Ebd. S. 251.
34) Franz Carl Endres / Annemarie Schimmel: a.a.O., S. 143f.
35) *dtv-Lexikon ─ Ein Konversationslexikon*. München 1974, Bd. 5, S. 105.
36) Jacob Grimm / Wilhelm Grimm: *Deutsches Wörterbuch*. Leipzig 1862, Bd. 3, S. 474f.
37) Hildegard Schmölzer: *Phänomen Hexe-Wahn und Wirklichkeit im Laufe der Jahrhunderte*. Wien 1986. S. 15-16.
38) Fritz Byloff: *Hexenglaube und Hexenverfolgung in den österreichischen Alpenländern*. Berlin / Leipzig 1917, S. 63.
39) Ebd. S. 63. Man wird hier nicht, wie Soldan-Heppe 1534 an Groß-Britanien denken dürfen, sondern an das Land des Engels.（1534年にゾルダン・ヘッペが述べているように、ここでは大英帝国ではなく、天使の国を意図すると考えてよい。）
40) Ad de Vries: *Dictionary of Symbols and Imagery*. Amsterdam / London 1974, S. 323.
41) Hildegard Schmölzer, a.a.O., S. 17.
42) Ebd. S. 17.
43) Heinz Rölleke, a.a.O., S. 250.
44) Heinz Rölleke, a.a.O., S. 257-259.

第I部　固定観念を覆す解釈

45) アーノルド・ヴァン・ジェネップ著、秋山さと子他訳『通過儀礼』新思索社、1998年、87頁。
46) 同上、84頁。
47) ハンス・フリードリヒ・ローゼンフェルト／ヘルムート・ローゼンフェルト著、鎌野多美子訳『中世後期のドイツ文化・1250年から1500年まで』三修社、19991年、149頁。
48) 同上、149頁。
49) アーノルド・ヴァン・ジェネップ著、前掲書、87頁。
50) Hildegard Schmölzer: a.a.O., S. 15.
51) Laura Ward / Will Steeds: *Demons: Visions of Evil in Art*. London 2007, S. 8.
52) Ebd. S. 225.
53) *Das Neue Testament*. Übers. v. Hans Bruns. Giessen 1960, S. 694.
54) 「近親相姦」は両者の合意に基づいた行為を意味する言葉なので、一方的に犯されるインセストは「近親姦」と表現する。石川義之『社会学とその周辺』大学教育出版、2002年、218頁。
55) クロード・レヴィー・ストロース著、馬渕東一他訳『親族の基本構造　上巻』番町書房、1977年、72頁。
56) Ad de Vries: a.a.O., S. 323.
57) Heinz Rölleke: a.a.O., S. 250, 252.
58) Jabob Grimm: *Deutsche Rechtsalterthümer*. Göttingen 1828, S. 154.
59) 1人目キャサリン・オブ・アラゴンは結婚無効（毒殺説あり）、2人目アン・ブーリンは処刑、3人目ジェーン・シーモアは王子出産後死亡、4人目アン・オブ・クレーブズは離婚、5人目キャサリン・ハワードは処刑、6人目キャサリン・パーは最後まで添いとげ王の死をみとる。ヘンリー8世が6人も妻を取り替えたのは、妻が男子を産まなかったからである。その証拠に王は王子出産後死亡したジェーン・シーモアを終生愛し、死後は彼女とともに埋葬されている。渡辺みどり『英国王室物語　ヘンリー八世と六人の妃』講談社、1994年、50-217頁。

# 第2章 「いばら姫」

## 1. 序論

　「いばら姫」は「白雪姫」や「シンデレラ」の次に人気のあるグリム童話である。しかし、たいていの場合、その話はグリム版の内容ではなく、ディズニー版の「眠れる森の美女」の内容と思われる。なぜなら、子ども用のアニメや絵本に紹介されているのは、ディズニー版のものが圧倒的に多いからだ。
　この論文では、まず、グリム童話決定版KHM50「いばら姫」とディズニー版「眠れる森の美女」の相違を明らかにし、それが伝えるメッセージについてジェンダーの視点から考察していく。次に、グリム兄弟による改変に目を向けながら、伝承文学であるメルヒェンが持つ様々なメタファーを解明することによって、「いばら姫」に含まれている中世や近代の価値観を検証していく。
　なお、この話をヤーコプ・グリムに語った語り手マリー・ハッセンプフルークは、宗教迫害を受けてフランスからドイツに逃れてきたユグノー（カルヴァン派を信じるフランス人）の家系の知事令嬢である。当然、ペロー版「眠れる森の美女」を熟知していたと思われる。そこで、ペロー版の類話やそれ以前の類話とも比較しながら、グリム版「いばら姫」が持つ特徴をジェンダーの視点から考察していく。

## 2. ディズニー童話とグリム童話の「いばら姫」の概観と相違

(1) ディズニー版「眠れる森の美女」のあらすじ

　オーロラ姫が誕生したとき、招待された妖精たちは姫に「美しさ」や「歌唱力」など様々な贈り物をする。しかし、邪悪な魔女マレフィセント（ラテン語

第 I 部　固定観念を覆す解釈

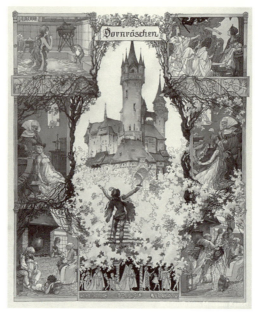

図3　いばら姫

で魔女術は maleficium）だけは、「16歳の誕生日（on her sixteenth birthday）に、姫は紡ぎ車の針に指を刺されて死ぬ」と予言する。しかし、3人目の妖精が、その予言を和らげて、死ぬのではなく眠るだけで、「真実のキスで、目を覚ます」という。心配した王は、姫を森の奥に隠し、妖精たちに育てさせる。オーロラ姫は成長し、森の奥で歌っていると、王子に出会う。2人は恋に落ちる。16歳の誕生日にオーロラ姫は城に帰る。城に着くや否や姫は魔女に誘導されて塔に登り、錘の針で指を刺してしまう。そのとたん、姫は眠り込み、城中のすべてのものも眠ってしまう。妖精は王子のところに行き、助けを請う。駆けつけようとする王子をドラゴンに変身した魔女が阻止する。王子は妖精がくれた「正義の剣」で火を吐くドラゴンを倒す。ドラゴンは谷底に落ち、魔女は滅ぶ。王子は塔に登り、姫にキスをする。そのとたん、姫は目を覚まし「あなたの夢を見ていました」という。城の中のあらゆるものが目覚め、王は結婚式の用意をするよう命じる[1]。

(2) グリム童話決定版KHM50「いばら姫」のあらすじ

　子宝に恵まれない后は蛙の予言どおり、女の子を出産する。出産祝いの宴に賢女（治癒、予言、祝福など有益魔術に通じる女）[2]を招待する。王国には13人の賢女がいたが、王は12人しか招待しない。金の皿が12枚しかなかったからだ。賢女たちは姫に「徳」や「美」や「富」などの能力を贈る。11番目の賢女が贈り物を言い終わったとき、招待されなかった13番目の賢女が入って来て、「王女は14歳（in ihrem fünfzehnten Jahr、生後15年目の年）に、錘を指に刺して死ぬ」と言う。そのとき12番目の賢女が「姫は死ぬのではなく、百年間眠るだけだ」と言う。彼女には呪いを取り消す力はなく、和らげることしかできなかったからだ。王は姫を守るため、国中の錘を焼き払うよう命じる。姫が15歳になった日、王と后は外出する。姫は城の中を歩き回り、古い塔の小部屋に入り、老婆が紡いでいる錘に触れ、指を刺してしまう。そのとたん姫は深い眠りに陥る。城中のすべてが眠り、王や后も眠る。いばら姫の伝説は国中に広まり、多くの若者がいばらを突破しようとするができない。百年たったとき、王子がやって来る。彼が近づくと、いばらの垣根はひとりでに開いて通してくれる。塔の部屋で眠っているいばら姫があまりに美しいので、王子はキスをする。そのとたん姫は目覚め、王も后も城中のすべてのものが目覚める。王子といばら姫の結婚式が行われ、ふたりは死ぬまで幸せに暮らす[3]。

(3) ディズニー版とグリム版（決定版）「いばら姫」の相違について

**恋愛の有無**

　ディズニー版ではオーロラ姫と王子は森の奥で出会っており、お互いに一目惚れの恋愛をする。姫を目覚めさせるのは恋愛相手の王子である。彼は恋人を救うため、魔女が変身したドラゴンと闘い、「正義の剣」でとどめを刺す。王子のキスで目覚めた姫は、恋人による救出を予想していた。「あなたの夢を見ていました」という言葉が、そのことを物語っている。姫を救出した王子の行為は、愛しい女性を救出した恋人の行為とされている。

　一方、グリム版ではキスで姫を目覚めさせた王子は、いばら姫にとっては初対面の男性である。どのような男性であるか、外見についての描写は一切ない。

王子であるということ以外何も書かれていない。一見、勇敢であるような錯覚に陥るが、そうではない。タイミングが良かっただけである。彼がいばらを通り抜けることができたのは、ちょうど百年目だったからだ。それゆえ、いばらはひとりでに開いて、彼を通してくれたのだ。彼はドラゴンと闘ったわけでも、いばらと闘ったわけでもない。ただひたすら、運が良かったのだ。

　ディズニー版では姫の救出は、王子の愛の力によるものであり、それは何よりも強く尊いものであるというメッセージが読み取れる。いわゆる近代の「ロマンティック・ラブ」の力が強調されているのだ。恋愛を美しく尊いものだとみなしているからこそ、妖精は王子に「正義の剣」を与えたのだ。王子がドラゴンを倒したのは、王子の実力ではなく、妖精から受け取った「正義の剣」の力なのだ。ようするに、ディズニー版の王子に求められているのは、ひたすら恋する男なのである。それも一目惚れの恋である。外観が美しく歌が上手な娘に一目惚れし、すぐ恋に陥り、そのまま突進するタイプの男性である。ただし、男の方も外観は美しくなければならない。美男美女の王子と王女が恋愛により結婚する。これがディズニー定番のストーリーである。

　グリム版では、愛の力の強調や恋愛至上主義はみられない。なぜなら、「ロマンティック・ラブ」崇拝は近代の現象であるからだ[4]。西洋中世の価値観を多く秘めている伝承文学であるメルヒェンでは、「一目惚れ」という恋愛感情で結婚相手を決めることは許されない。KHM6「忠臣ヨハネス」やKHM134「6人の家来」では父王は王子が美しい娘に一目惚れしないよう、あらん限りの努力をする。なぜなら、西洋中世では結婚は法行為であり、家の存続のため子孫の確保と財力の強化を期待して行われ[5]、愛情の有無が重視されることはなかったからである。

### 悪い存在を王から魔女に変更

　ディズニー版では姫に死の呪いをかけるのは「いじわるな魔女マレフィセント」であり、最初から悪い存在とされている。彼女がなぜ呪いをかけたのかについての説明は削除され、悪い存在である魔女だからということにされている。しかし、グリム版では死の呪いをかけるのは、13番目の賢女であり、魔女ではない。賢女は有益魔術で紛失物を見つけ出したり、将来を予言したり、病気を

治癒したりするが、魔女は害悪魔術で人に損害を与えたり、病をもたらしたりする。グリム版に登場する13人は、全員が賢女である。13番目の賢女だけが姫に呪いをかけたのは、自分だけ宴に招待されなかったからだ。

　王は13人いる賢女のうち12人しか招待しなかった。金の皿が12枚しかないからというのがその理由だ。招待されなかった13人目の賢女は、自分だけ招かれなかったことを悲しみ激怒する。そこで、他の賢女たちが姫に祝福を与えているとき、彼女は姫に死の呪いをかける。この呪いは12人目の賢女によって和らげられ、姫が14歳（15歳ではない）[6]のとき錘で指を刺し百年間眠るという形に変えられる。

　もし、13人目の賢女を王が宴に招待していたら、呪いは祝福に変わっていたであろう。また、王が金の皿の数ではなく、賢女の数に応じて招待状を出していれば、姫への呪いはそもそも存在しなかったはずである。

　西洋中世では子の誕生を祝う宴は、庶民にとってはたらふく食べられるまたとない機会である。特に王が催す誕生の宴には、通常、産婆をはじめ賢女たちが多く招待される[7]。賢女たちにとってそれはどれほど大きな楽しみであったことだろう。ところが、その宴に、他の賢女仲間は全員招待されているのに、自分だけ招待されない。なぜなのか理由は不明だ。自分に落ち度があるのならまだ納得がいく。しかし、何の説明もないまま、自分だけ招待されないということを知ったとき、この賢女がいかに嘆き悲しんだか[8]、美食や刺激に慣れている現代人には理解できないであろう。

　もし13人目の賢女が、招待されなかった理由は自分にあるのではなく、王の金の皿へのこだわりにあるということを知れば、彼女の怒りは心頭に達するであろう。ようするに、この話で最も悪いのは、招待されなかった賢女ではなく、差別扱いをした王なのである。それなのに、恨みを買う行為をした王自身の罪は棚上げにされ、差別された賢女が恨みを晴らそうとした行為のみが悪としてクローズアップされていく。

　挙句の果てに、ディズニー版では、彼女はついに、有益魔術を使う賢女ではなく、害悪魔術を使う魔女マレフィセントとして定着されてしまう。そもそもマレフィセントという名自体、ラテン語のマレフィクス（悪をなす者）からとったもので、害悪魔術や魔女術を行使する魔女を意味する語なのである。

ディズニーはこの話をグリム版からではなく、チャイコフスキーのバレエ台本（1890）から取ったといわれている[9]。フランス人のマリウス・プティパ（1818-1910）がペロー版に基づいて書いたという台本には、最初から悪の精カラボスと善の精リラが対照的な存在として登場する。そこではリラが善、カラボスが悪、王が神として描かれているのである[10]。それは徹底した反動政策を採ったロシア皇帝アレクサンドロス3世に帝室マリインスキー劇場総支配人に任命されたイワン・フセヴォロジスキー（1835-1909）が、プティパに徹底的に皇帝を讃美する台本を作成するよう依頼したからである[11]。王権を讃美するバレエ台本に基づいているので、ディズニー版には悪い王は登場せず、代わりに悪の精が魔女マレフィセントとして登場するのである。つまり、ディズニーは悪の度合いをさらに強め、妖精を魔女に変えてしまったのである。
　ところで、中世で使用されたのは、通常、金食器ではなく、毒物反応する銀食器である。黄金は小麦色との類似から豊饒や生命力の象徴とみなされていた[12]。金色が葬式には避けられ、誕生日に好んで使われるのはそのせいである。王が金の皿にこだわったのは、権力を誇示するためだけではなく、生まれた姫の生命力を保護するためとも考えられる。しかし、王は生命力を授けるその金の皿を命の誕生に関わる賢女の数だけ用意しなかった。これは明らかに王の過失である。命を与えることができる者は命を奪うこともできる。そのことに対する王の認識不足が、姫に災いの種を蒔いたのである。

## 眠りに落ちる年齢が、14歳から16歳に変更

　ディズニー版では姫が眠りに陥るのは16歳の誕生日である。この日に彼女は森から城に戻って来て、すぐ被害にあう。グリム版では15年目の年が終わる日、15歳の誕生日に被害にあう。1歳の誤差はどこからくるのだろう。まず、考えられるのは英語訳による改変である。13人目の賢女が呪いをかけた年齢は姫の15年目の年（in ihrem fünfzehnten Jahr）、すなわち14歳の年である。これをディズニーは16歳の年にしている。英語訳における改変で最も古いものは、調査の結果、1853年出版のアディ社編『家庭の物語』（Household Stories, ed. Addey）[13]である。そこでは「彼女の生後15年目の年（in her fifteenth year）」ではなく、「彼女の15回目の誕生日」（on her fifteenth birthday）、に改変されて

いる。つまり、14歳から15歳に変更されているのだ。しかし、ディズニーはさらにそれを16歳に変更している。考えられるのは、ペロー版の影響である。そこでは姫が眠りに陥るのは生後15年か16年経った頃となっている。16歳という年齢はペロー版からとったものであろう。ディズニーが参考にしたチャイコフスキーのバレエの台本では、オーロラ姫が16歳の誕生日に眠りに陥るとなっている。プティパはペロー版をもとに台本化したのである。なぜなら、フランスのルイ14世を熱愛する帝室劇場総支配人フセヴォロジスキーが、ペローの「眠れる森の美女」を台本化するよう依頼したからである[14]。しかし、ディズニーは「白雪姫」でも姫の年齢をグリム版の7歳から、14歳にしている[15]。近代の結婚適齢期に適合するよう、おそらく彼自身が意識して元の年齢を上げたのであろう。

　211話あるグリムのメルヒェン集では[16]、女主人公が危険に遭遇するのは、14歳のときで、15歳ではない。「いばら姫」だけでなく、KHM3「マリアの子」でも少女が開けてはならない部屋の戸を開けるのは14歳のときである[17]。15歳になると大人として扱われるのか、財産分与の話が多くなる。(KHM179「泉のそばの鵞鳥番の女」[18]、KHM188「紡錘と杼と針」[19]) したがって、主人公にとって危険な年齢は、メルヒェンでは女性は14歳ということになる。

　いばら姫が塔の部屋で錘に刺されて倒れたのは、15歳の誕生日の誕生時間以前の時間帯、つまり、もう少しで15歳になる子ども時代の最後の一瞬だったのである。成人女性の仕事を象徴する錘に刺されたということは、性的メタファーに富んだメルヒェン特有の表現で、子どもに大人になるまでは身を慎むことを教えているのであろう。

　グリム童話では14歳になると少女は好奇心を制御できるかを試される。禁じられた部屋の鍵を開けたマリアの子も、塔の扉の鍵を開けたいばら姫も、14歳のときに大人になるための通過儀礼を課される。14歳とは初潮が始まるときで、少女が子どもから出産能力のある大人の女性の仲間入りをする年齢である。「女性は月経、妊娠、出産という一連の経過を通して、月の周期をたどると」みなされていた[20]。7の倍数で変化する月と同じように、昔の女性は7歳で子ども期を脱し、14歳で初潮を迎え、21歳で出産し、49歳で閉経期を迎え、70歳で死亡するとみなされていたのである[21]。

アルゼンチン北部の先住民族マタコ族には、14歳の少女に月が初潮をもたらし、その結果、女性の生殖周期ができたという話が伝承されている[22]。なお、グリム童話のなかの通過儀礼を意味する14歳は、初稿や初版から存在するもので、グリム兄弟によって加筆されたものではない。

## 3. グリム兄弟による版による書き換えについて

(1) グリム兄弟の8種類のテキストの概観と語り手について

グリム童話「いばら姫」には「白雪姫」と同様、初稿から決定版まで8種類のテキストが存在する。この話は1810年の初稿では19番であったが、1812年の初版から1857年の決定版まで常に50番である。初稿はヤーコプ・グリムがカッセルでマリー・ハッセンプフルークの話を書きとったもので、最後に「ペローの『眠れる森の美女』から大部分（ganz）引用したものと思われる」と記している[23]。初版ではヴィルヘルム・グリムがペローの「眠れる森の美女」(1697)を意識した改変を施すが、2版からは一転して、ゲルマン神話の影響を汲み取れるよう「ドイツ化」を意識した改変に切り替えている。

(2) 姫の誕生を予言する生き物の変更

初稿、初版、2版では后が水浴びをしているとき、ザリガニが娘の誕生を予言するが、3版からカエルに変えられる。赤子を授けるコウノトリとの結びつきが深いことから、カエルの方がザリガニより良いと判断したのであろうとレレケは推測している[24]。そもそも、ザリガニはグリム兄弟が出典と考えていたペローの類話には出現しない。おそらくオーノア夫人の類話から取ったものであろう[25]。ザリガニはドイツ語でKrebsといい、これはカニ類すべてを指す総称である。甲殻類であるカニは脱皮するところから、「生まれ変わり」や「復活のしるし」とされており[26]、誕生を予言する力があるとみなされていた。しかし、横歩きすることから、夢の中にカニが現れると、「道徳的に禁じられている嫌なセックスを表す」[27]ともいわれている。一方、水陸両方で生きる両棲類であるカエルは、地上と水中の両方の世界に通じており、此岸と彼岸の世

界を知っていると信じられていた。また、水中で多くの卵を産むので、水中から命をもたらす存在、豊穣の化身とみなされていた[28]。カエルの姿をしたエジプトの女神ヘケトは生物の誕生を司り、カエルは「出産のお守り」としてヒエログリフ（象形文字）にも描かれているという[29]。バイエルンやオーストリアの教会でもカエルは「出産の護符」として処女マリアに献じられており、この慣習は数千年前の古ヨーロッパ文化までさかのぼるという[30]。そのうえ、ノルウェーには「子どもを欲しがる夫人にカエルが触れると、願いがかなえられる」という俗信まで存在する[31]。

ヴィルヘルムはザリガニがもつエロチックな要素や負のイメージ（癌のことを Krebs という）を払拭するために、より古くから「出産の護符」としての存在が確認されるカエルに、3版（1837）から、正確には選集版（kleine Ausgabe、1825）から、差し替えたのであろう。

(3) フランス語からの外来語をドイツ語に直す変更

初稿や初版では妖精（Fee、ラテン語の Fata、運命の女神が語源）[32]という表現であったが、決定版では賢女（weise Frau）という表現に変えられている。また王子という語も外来語の Prinz から Königssohn に、王女も Prinzessin から Königstochter に、フランス語系外来語がドイツ語化されている。これらの改変はすべて2版で行われており、ヴィルヘルム・グリムによってなされたものである。マリーから聞き取った「いばら姫」の初稿には、「ペローの『眠れる森の美女』から大部分引用したものと思われる」[33]とヤーコプはルーツを明記している。

フランス系移民出身のマリーから聞いた話は、ペローの『昔話』からとったものであるとヤーコプが指摘しているにもかかわらず、2版からヴィルヘルムはフランス系外来語をドイツ語化していく。おそらく、フランス出自の話であるということを読者に感じさせないようにしたかったからであろう。そのことは、タイトルを「眠れる森の美女」ではなく、「いばら姫」にしたところからも察することができる。ヴィルヘルムはこの話のルーツを北欧のゲルマン伝説に見ており、自注に次のように書いている。「古い北欧伝説によると、彼女は炎の壁に囲まれた城の中で眠っているブリュンヒルトであり、ジーグルトだけ

がその壁を突破して彼女を目覚めさせることができるのである。彼女を刺して眠らせた錘は眠りのいばらで、オーディンはそれでブリュンヒルトを刺したのである」[34]。この断定的な表現によって、KHM50番の話は「眠れる森の美女」型のものではなく、ゲルマン神話や英雄伝説を集めた『エッダ』の流れを汲む「いばら姫」なのであるという解釈が研究者の間で一般化する[35]。燃え盛る炎の中を馬に乗って飛び越えて眠っている女性を助けると、ジーグルトは剣を姫との間に置いて同床で眠る。つまり、彼は姫の純潔を守ったのである。

一方、ペローの「眠れる森の美女」(1697)では王子が姫と性的な交わりを持ち妊娠出産させる。さらに、ペロー以前のイタリアのバジーレの類話「太陽と月とターリア」(1637)では、妻帯者の王が眠っている姫と性交して妊娠させる。フランスやイタリアに分布する「眠り姫」型の類話は姫と非合法な性交をし、相手を妊娠させ出産させる話なのである。

ペロー版の影響を明確にしながらも、その流れを汲む「眠り姫」型の類話ではなく、ゲルマン民族である北欧の神話や英雄伝説に話のルーツを見ようとしたのは、ヴィルヘルムだけではなく、おそらくヤーコプも同じであろう。しかし、とりわけヴィルヘルムは、2版1巻の序章の論文「メルヒェンの本質について」(1819)でそのことを明言している。「メルヒェンのなかに、太古の信仰や教義が浮かび上がり、肉体に姿を変えて描き出される。……失われたと信じられていたいにしえのドイツ神話が、ここにこのような形で、今なお生き続けている」[36]。ようするに彼は、神話はメルヒェンという形で語られると確信していたのである。さらにそれ以前、すでに初版2巻の序論(著者保存用の本の表紙には、序論はヴィルヘルムによると自筆で明記)でも[37]、彼は「錘に刺されて眠りに落ちたいばら姫は、いばらによって眠りに落ちたブルーンヒルデ、すなわちニーベルンゲンのではなく、古代北欧のブルーンヒルデなのである」[38]と断言している。後期ロマン派の流れを汲むグリム兄弟は中世志向が強く、メルヒェンのなかにも中世や古代のポエジー(文学、詩心)を見ようとしていた。『エッダ』のブリュンヒルトの話は、13世紀に成立したキリスト教化以前のドイツ英雄伝説を集めた『ニーベルンゲンの歌』(13世紀)にも「ジークフリートとブリュンヒルデ」の話として収められている。しかし、彼はこのメルヒェンのルーツはより古い『エッダ』(9世紀から13世紀に成立)にある

と明言している。1815年にグリム兄弟は『エッダ』の中の英雄伝説を出版している。古アイスランド語とドイツ語の対訳を併記し脚注を付けて共同で出版したこの本の影響を無視することはできない。純潔を守る性道徳が現れているゲルマン神話を、性的に放縦なロマンス語系（フランス、イタリア）の「眠り姫」と明確に区別して、「いばら姫」を古ゲルマン民族の神話の名残を引くメルヒェンであると主張したのである。

　初版の2巻を出版した1815年にヤーコプは「法の内なるポエジー」（Von der Poesie im Recht）を『歴史法学雑誌』2巻1号に発表している。ナポレオン戦争に勝利したドイツが、近代国家として歩み出したときである。そこで彼は自らを「古事探究者」として、恩師ザヴィニーの「歴史法学者」とは異なる立場をとることを宣言している[39]。ドイツ中世古事をもとに、法のうちにポエジーを発見する手法は、メルヒェンのなかに慣習法を見ようとする手法と重なる。「法と文学と歴史（Gerichte, Gedichte, Geschichte）」はヤーコブにとって同じものなのである[40]。その後ヤーコプはゲルマン法（彼はこれをドイツ法と呼ぶ）に、ザヴィニーはローマ法に邁進し、2人は異なる道を歩むことになる。「いばら姫」のメルヒェンの出自を、ロマンス語系の「眠り姫」型とは異なったもの、古ゲルマン伝説『エッダ』の流れを汲むものであると主張したのは、ロマンス語系の流れとは異なる、ゲルマン語系のルーツをその中に見ようとしたからであろう。ゲルマンとドイツにこだわるグリム兄弟の傾向は、「いばら姫」のメルヒェンの書き換えと注釈のなかに如実に表れている。ビーダーマイヤー期のビュルガーの市民道徳に合わせたという見方が研究者の間では主流となっているが[41]、メルヒェンの中に古いドイツの神話や慣習法を見ようとする気持ちが、強い書き換えの動機であったことも見逃すことはできない。

⑷　繰り返しを2回から3回にする変更

　初稿や初版では、妖精が赤子に与える贈り物は「徳」と「美」の2つだけだが、2版から「徳」「美」「富」の3つになる。繰り返しを3回にするという作業が、彼らの書き換えによってなされている。ここでの3の数字へのこだわりは、人が生まれたときその将来を定めるためにやってくるという北欧神話の「運命の3女神（ノルン）」から来ていると思われる。『古エッダ』に登場する

運命の女神ノルンは、過去を司るウルト、現在を司るスクルド、未来を司るヴェルタンディの3人であり、赤子に美徳を授ける賢女の姿にゲルマンの運命の女神ノルンを重ね合わそうとしたのであろう。一方、ローマの運命の女神パルカはラテン語の parere（出産する）が語源で、「生まれてくる赤ん坊への『贈り物』を織る出産の女神」で、元来2人で出現する[42]。パルカは誕生と寿命の女神であり、その役割は「神話によれば、1つのものを2つに断ち切ったのであり、したがって司法上の評決も1つのものを『分配する』こと、つまり法を不法から引き離すことである」とヤーコプは述べている[43]。贈り物を2つから3つに変えたのは、2人のローマのパルカからではなく、3人のゲルマンのノルンからであることを強調するためだったのではないだろうか。

(5) その他の変更

初稿から2版までは塔の部屋の鍵は「金色」であったのが、3版（1837）以降、「錆びた」鍵にされている。時間の経過を感じさせる表現が挿入されているのである。211話あるグリム童話集のなかで、鍵は34本出現する[44]。防犯上の鍵が最も多く17本[45]、イニシエーションのための鍵が5本[46]、異界に通じる鍵が5本[47]、権力や支配を象徴する鍵が4本[48]、出現する。鍵の所有者は男性が15人で、女性は7人であるが、鍵の使用者は男性が13人、女性が11人である。城や蔵の鍵を所有するのは男性だが、権力者の妻である后も鍵を所有するよう依頼される。つまり既婚の女性に許されているのはこの世の家や蔵の鍵であるが、未婚女性が所有するのは異界（KHM25）への鍵なのである。いばら姫は未婚の娘であるので城の部屋の鍵を所有する権利がない。それにもかかわらず、彼女は自ら鍵を開けてしまう。つまり、この鍵は子どもから大人になったことを確認する「イニシエーションの鍵」だったのであろう。所有者の許可なく鍵を開けてしまった姫は試験に落第したのである。鍵の色を豊穣や愛を表す黄色から[49]、錆びた色に3版（1837）で変えたのは、そのなかで行われた性行為を暗示するメタファーを取り除こうとしたのではないだろうか。

また、初版から5版までは王が国中の錘を「捨てる（abgeschaft）」よう命じるのだが、6版（1850）からは「燃やす（verbrannt）」に変えられている。さらに、茨が姫を刺す体の部位は、初稿から5版までは明記されず、姫自身

(sich) という表現で済まされていたが、6版から「指」と明記される。

　この変更は、おそらくルードヴィヒ・ウーラント (1787-1862) のバラード「メルヒェン」の影響を受けたものであろう[50]。ウーラントのバラードでは「錘で刺されて早逝する」と言った妖精の予言を、「400年間の眠りの後、王子に救われる」ともう1人の妖精が変更する。そこで王は国中の錘を広場に集めて焼き払え、命令に従わない者は殺すと言う。ここでは錘が刺すのは姫の「かかと」(Ferse) と明記されている[51]。それまで体の部位を明記していなかったグリム兄弟は、誤解を避けるため、またエロチックな想像を避けるため、6版で急遽「指」と明記したのであろう。

　シュヴァーベン派の詩人として有名であったウーラントは、法律を学んだ弁護士でもあり、ヤーコプが議長を務めたゲルマニステン大会 (1846) にも、フランクフルト国民議会 (1848) にも、チュービンゲン自由党代表として参加している。ヤーコプ同様、法と歴史と言語が一体となっているゲルマン法をローマ法より重視する立場をとる人物である。ウーラントを意識したのが1848年であったとしたら、1850年に出版された6版の改変に、ウーラントのバラードの影響が見えるのも納得がいく。法律を学び、伝承文学にも造詣が深いという点で、この2人は共通点を多く持つ存在なのである。

## 4．ペローの「眠れる森の美女」(la belle au bois dormant) との比較

### (1) シャルル・ペローの『教訓をともなった昔話』について

　グリム童話が影響を受けたシャルル・ペロー (Charles Perrault 1628-1703) の「眠れる森の美女」(La belle au bois dormant) は、1697年に出版されたペローの『教訓をともなった昔話』(Histoires ou Contes du temps passé avec des moralités) に収録されたものである。最初のドイツ語訳は1760年から1761年にかけて銅版画入りの本で出たが、訳者は不明である[52]。

　ペローはルイ14世の大蔵大臣コルベール (1619-1683) の下で働いていた有能な官僚で、アカデミー・フランセーズの会員であった。ペローは古代ギリシア・ローマの権威を否定し、ルイ14世の治世を賛美する近代派の作家である。

彼は『教訓をともなった昔話』を三男、ピエール・ダルマンクールの名前で出版する。当時19歳であった「ピエールの書き留めた昔話ノートをもとに、父ペローが手を加えた、もしくは全面的に書き直した」のであろうといわれている[53]。息子の名で出版したのは、古代人に対して近代人の優越性を説く近代派のペローが、古い昔話を発表することを恥ずべきことと考え、躊躇したからであろうといわれている[54]。いずれにせよ、『昔話』の実際の著者はシャルル・ペローなのである。付加されている教訓を読むと、ペローは貴族の子女の教育のためにこの本を書いたのであって、民衆文化に対する理解や愛情から書いたものではないということがよくわかる。

(2) ペローの「眠れる森の美女」のあらすじ

姫の誕生の宴に招待された妖精の数は7人で、8人目の妖精は行方不明であったので招待されない。彼女は自ら宴にやってくるが、自分だけ金のカトラリーケース（ナイフ、フォーク、スプーンを入れるケース）がないので、馬鹿にされたと思い、姫に死の呪いをかける。妖精が姫に贈るものは、美しさ、賢さ、しとやかさ、ダンスが上手、歌が上手、楽器演奏が上手という6つの能力である。7番目の妖精が8番目の妖精の死の呪いを百年の眠りに緩和し、百年経つと王子が来て目を覚ますと予言する。15年か16年経って、王と后が別荘に出かけたとき、姫は老婆の錘に手を触れ、刺されて眠り込んでしまう。王は姫を宮殿の最も美しい部屋に運び金銀の縫い取りの有るベッドに寝かせる。7番目の妖精がやって来て、城のなかのすべてのものを姫と共に眠らせると、王と后は城から立ち去る。15分もたつと城の周りにはいばらが生え城を包み込み誰も入れなくなる。百年目に王子が来ると、いばらは道を開けて王子を通す。王子は金色に輝いている部屋に入り、15歳か16歳の光輝く美しい姫を見る。王子がベッドに近づくと、ちょうど魔法が解ける時が来て、姫は目を覚ます。姫は「あなたでしたの、王子さま、ずいぶんお待ちしましたわ」と言う。

この言葉と、それにもまして、この言葉を口にした時の態度に魅せられて、王子は喜びと感謝の気持をどのように伝えていいかわからず、自分よりもずっと姫を愛していると誓う。王子は姫の服が祖母の時代に流行った服で襟が高すぎるし、食事中に演奏された曲も百年前の曲だと思う。城の礼拝堂で宮中司祭

長が2人を結婚させると、2人は床入りをする。朝になると王子は国に帰る。姫との結婚を親に秘密にしたまま、王子は姫の城に通い、娘（オロール、曙）と息子（ジュール、太陽）が誕生する。2年後に父王が亡くなり王位を継ぐと、王子は正式に姫を王妃に迎える。王が戦争で出征している間、姑は料理長に2人の子と后を調理するよう命じる。料理長は3人の代わりに子羊や子山羊や雌鹿を料理して姑を欺く。嘘がばれて、激怒した姑は3人を毒蛇入りの桶に投げ込もうとする。そのとき王が帰国し、逆上した姑は自ら桶の中に飛び込み死んでしまう。母を亡くして王は悲しむが、后や子どものおかげで悲しみを克服する[55]。

## (3) ペロー版とグリム版との相違

### 悪人を妖精から王に変更

妖精の数がペロー版は7人で8番目が招待されないが、グリム版は12人で13番目が招待されない。その理由は8番目の妖精自身にある。彼女は50年以上も塔に閉じこもり、死んだのかもしれないと思われていたからである。彼女は自ら宴に出かけて行き、食事を共にするが、自分だけ金のカトラリーケースがないことに気づき憤る。なぜなら、金のカトラリーケースは、招待状を出した妖精の数に合わせて王が特注したからである。一方、グリム版では13番目が招待されなかった理由は王にある。12枚ある金の皿にこだわり、皿の数に合わせて賢女を招待したからだ。13番目の賢女に落ち度があったわけではない。

ルイ14世の治世下で大蔵大臣を務めたコルベールの下で働いていた有能な官僚ペローは、王に非があるような話を貴族の子女に読み聞かせることはできない。それゆえ、非は8番目の妖精自身にあることを事細かに加筆したのであろう。それに対してグリム兄弟は、王に対する批判をためらわない。グリム童話には約束を守らない貪欲な悪い王（KHM29）を罰して、渡し守の身分に落とす話まである。いばら姫でも12枚の金の皿に固執する王の頑な態度が、姫に不幸をもたらしたことを明記している。

### 妖精と賢女の贈り物の相違

ペロー版では妖精が姫に贈るものは、美しさ、賢さ、淑やかさ、ダンスが上

手、歌が上手、楽器演奏が上手という6つの能力である。これらはルイ14世の治世下で貴族女性に求められた教養であろう。ルイ14世はオペラを保護し、王権賛美と貴族社会の女性観を反映させたフランス独自のオペラを作らせた王として知られている[56]。彼自身も13歳から始めたバレエの名手であり、「舞曲と舞踏を特別に好んだ」という[57]。ダンスと歌と楽器演奏が妖精の贈り物の中に入れられたのは、王が女性に求めていた条件であったのだろう。パーティ主催者として客を退屈させないホスピタリティーには、美しく淑やかであるだけでなく、話題にコメントできる賢さ、優雅に踊れ、美しい声で歌え、楽器を演奏する能力が求められていたのであろう。これらが満たされた女性が、この時代の貴族の「女らしさ」を身に着けた「理想の女性」なのであろう。一方、グリム版では賢女がもたらす贈り物は、徳、美、富の3つしか挙げられていない。貴族ではなく、ビュルガー（都市富裕市民）の女性にとって最も重要な資質は徳である。その次が美と富である。それらの資質を身に着けた「いばら姫」は、19世紀ビュルガーの「理想の女性」と言えよう。

## 結末の相違

　ペロー版では目覚めた姫は王子がこっそり通ってくる秘密婚を続け、王子の父が逝去して王子が王位に着いて、初めて正式な結婚をする。しかし、姑が人食いで、嫁と孫を食べようとする。危機一髪のところで王が帰国し、后と子どもは救われ、姑が処刑されるという結末になっている。ようするにグリム版のように王子と姫の結婚で終わる「ハッピーエンド」の話ではなく、結婚後の嫁と姑の確執が描かれているのである。その際、悪者はすべて女性ということにされ、王は人食いの母の死すら嘆く、親孝行で慈悲深い男性として描かれている。

　グリム版では王と后も姫と一緒に眠るので、目覚めたときに挙げられる王子と姫の結婚式は、父王の承認を得た合法的なものとなる。市民道徳から見ても、カルヴァン派道徳から見ても、非難されようがない正真正銘の結婚式が挙げられ、2人は死ぬまで幸せに暮らすのである。そのうえ、姫に呪いをもたらしたのは、金皿の数に基づいて招待人数を決めた王自身の配慮のなさであることを明記している。

第2章 「いばら姫」

　ペロー版では姫と王子の婚姻はどちらの親権者（父親）も認めていない非公式のもの、いわゆる秘密婚に当たる。したがって行われた性交渉は婚前交渉ということになる。

　このように「眠り姫」型の類話は非合法の性交渉を語るエロチックな要素を秘めた話なのである。しかし、それはルイ14世自身も行っていたことなので、道徳的に問題視されることではない。マントノン夫人との秘密の結婚で多くの子どもを設けていた王は、スペインの王女を正妻に迎えながら、多くの愛人をもっていたのである。

　そのことはバジーレのペンタメローネに収められた「太陽と月とターリア」の話ではより極端に描かれている[58]。妻帯者である王が、鷹狩りに来て眠っている姫を見つけて「愛の果実を摘む」のである。詩的な表現が使われているが、眠っている相手を犯すことは、本人の了解を得ず一方的にする性交であり、レイプ罪にあたる。しかも相手は妻帯者であるので姦通罪も成立する。「眠り姫」型類話は多分にエロチックで卑猥な要素を秘めた話なのである。ジェンダーの視点から見れば性犯罪の話というべきであろう。

## ５．グリム版「いばら姫」のメタファー解読

### (1)　13の数字が持つメタファー

　皿の数は１ダースで12枚しかなかった。13という数は現代では不吉とされているが、ヘブライ人の間では繁栄の数とされていたように[59]、元々は縁起のいい数で、神霊が宿る聖なる数字だといわれていた。西洋中世では教会公認の太陽暦と農民が用いた非公認の太陰暦が併用されていた。太陰暦は月の満ち欠けによる暦で、１年は「28日×13ヶ月＋１日＝365日」とされており、月の周期と同じ月経を持つ女性が女神として崇められていた[60]。月母神は創造、成長、衰退という月の周期を体現する三相一体の女神で、創造主であると同時に破壊者であった[61]。母なる月を神とする太陰暦は農耕生活と深く結びつき、父なる神を持つキリスト教が太陽暦を採用しても排除しきれなかった。キリスト教徒が13を敵視し不吉な数としたのはそのためであろう。さらに支配者側が

太陽暦にこだわったのは、給与月間を30日か31日にしたかったからであろう。一方、農民上がりの傭兵たちは太陰暦の「28日を給料月間として」認識していたという。それゆえ、しばしば労使間で諍いが生じたという記録が15世紀になってもまだ存在している[62]。

キリスト教以前の宗教で聖なる数だった13は、決定力を持つ数として機能し続けていた。例えば、大司祭の胸当ての宝石は13個あり、キリストと12使徒、アーサー王と12人の円卓の騎士、裁判官と12人の陪審員など、13人目が最重要人物である例は数多くある[63]。神は「自らを13人目の弟子に数えた」（DS450「カール王とフリース族」）とドイツ伝説集で明言されているように[64]、決定権を持つのは常に13人目なのである。

「いばら姫」でもまたそうである。13人目の賢女は強力な呪力を保持しているので、他の賢女にはその呪力を打ち消す力がない。決定権のある最重要人物を誕生の宴に招待し、金の皿でもてなしていたら、いばら姫にはすばらしい生命力が与えられ、ひょっとしたら彼女は百歳まで生きていたかもしれない。すべては王がもたらした災いあるいは策略といえる。なぜなら、王が13を避けて12にこだわったのは、民衆に対するキリスト教化政策の一環を暗示するものだという解釈が可能だからだ。つまり、それまで使われていた太陰暦を廃止し、グレゴリウス13世によって1582年に導入された太陽暦に切り替えたのは[65]、民衆の中に息づくゲルマンやケルトの自然信仰の教えを排除しようとしたからなのである。

この話でも決定力のある数は12ではなく、13であるように、太陰暦の影響は容易に払拭できるものではなかった。13番目の賢女の「死の呪い」を「百年の眠り」に和らげることができたのは、12番目の賢女の贈り物（Wunsch）が13番目に与えられたからである。そして、13番目の賢女が与えた「死の呪い」が実現しなかったのは、12番目に与えられたからなのである。

(2) キスの持つメタファー

眠っている姫に王子がキスをすると目覚めるという場面は、バジーレやペローのメルヒェンには見当たらず、グリム版だけに存在する。ディズニーでも同様に王子のキスで目覚める場面はある。しかし、グリム版では眠っている百年

第2章 「いばら姫」

図4　いばら姫

の期間が終了した日であったので、勇敢な行動を示すまでもなく、王子はキスするだけで姫が目覚めてしまう。一方、ディズニー版では王子はいばらを切り開き、巨大なドラゴンに変身した魔女と闘い、「正義の剣」を相手に突き刺して滅ぼすや否や眠っている姫がいる塔に駆けあがり、キスをするのである。そのとたん姫は目覚める。この場合、彼女が眠っていた期間はほんの数日間である。約束の百年が経過した後のグリム版の王子のキスは、伝承文学特有の呪文を解くキスである[66]。キスの慣習は「相手の口や鼻に触れることによって、呼吸の中に潜む魂（Hauchseele）の交換が行われるという考え方から生じたものであろう」[67]といわれている。つまり、王子はキスによって、自分の魂の力で姫の魂を目覚めさせ、呪いから解放したのである。一方、ディズニー版のフィリップ王子のキスは、一目惚れの相手にするのであるから、呪を解くだけでなく、姫に心を奪われ身も心も捧げるという意味が込められている。

　ヤーコプの『ドイツ法律故事誌』によると、古代ではキスは法的意味を秘めたものであり、克服されたものが勝利者に対してするものであったという[68]。フィリップ王子のキスには、姫に心を奪われた王子が身を捧げるという法的意

第Ⅰ部　固定観念を覆す解釈

味が込められているという解釈もできなくはない。しかし、この場合、法的意味というより、自分の恋愛感情を伝える行為として解釈すべきであろう。いずれにしろ、ここでのキスは性的な意味ではなく、精神的な意味を持ったものなのである。

　精神的な愛情を表現する「キス」を姫救出の道具として採用したことが、グリム兄弟の「いばら姫」の重要な特徴といえる。なぜなら、それ以前の語りの伝承で主要な位置を占める「眠り姫」型の類話では[69]、キスは出現しないからである。ペロー版の「眠れる森の美女」(1697)やバジーレ版の「太陽と月とターリア」(1637)では、王子は姫を目覚めさせる時に「キス」という精神的な行為をせず、「性交」という肉体的な行為をするのである。ペローのオーロラ姫は正式な結婚をする以前、つまり婚前交渉で妊娠し出産するし、バジーレ版の既婚の王は、眠ったままのターリアを犯して、妊娠出産させるのである。つまり姦通罪と強姦罪が成立する行為をするのである。グリム版の王子は眠っている美しい姫を見て性的に興奮して犯すなどということはせず、精神的な愛情や正義心にかられて、呪いから姫を解放するためにキスをするのである。王や王子の行為は肉欲を満足させる性欲の行為から、精神的愛情や勇気ある救済行為に変換されたのである。ようするに口承版「眠り姫」型類話の背景には、王や王子が姫と婚姻しないまま性交渉を持つ、淫乱で身勝手で暴力的な男性権力者の姿が潜んでいるのである。一方、グリム版「いばら姫」型の話には、弱者である女性を救済する清廉潔白な男性権力者の姿が描き出されている。そこには炎を潜り抜けたジークルトがブリュンヒルトと同床するとき、両者の間に「剣」を置いて眠ったのと同じ性的潔癖さがみられるのである。

(3)　人食い女が持つメタファー

　ペローの「眠れる森の美女」では、宮中司祭長が城の礼拝堂で王子と姫を結婚させるが、この結婚は双方の両親の同意がなく行われたもので、いわゆる秘密婚である。王家に認められた正式な結婚でない以上、姫が産んだ2人の子どもは嫡出子ではない。父王が認める相手ではないと知っていた王子は、姫との結婚を父王に隠し続ける。父王が亡くなり自分が王位を継承したとき、彼は初めて姫との結婚を公表し、正式に妻として姫を城に迎え入れる。しかし、問題

は母親である。彼女はこの結婚に異議を唱え、姫を息子の正妻とは認めず、城から追い出そうとする。物語ではそのような母は人喰いだと紹介され、一貫して王子の側に立った表現が貫かれる。姫の子を嫡出子として認めることを王家の恥だと確信する母は、姫と子を亡きものにしようと画策する。母が3人を処刑しようとしていたときに王が帰国し、姫と子どもは救われるが、絶望した母は自ら命を断ってしまう。見方を変えれば、哀れなのはこの姑である。夫の意志と王家の格式を死守しようとしただけであるのに、人喰いと誹しられ、嫁の側に立つ息子に疎まれ、邪魔者扱いされ、揚げ句の果てに殺されてしまうのである。

　また、バジーレが書いたイタリアのペンタメローネ（1634-36）の中の類話「太陽と月とターリア」では、妻帯者である王が他人の屋敷に侵入し、眠っているターリアを見て恋をし、犯してしまう。帰国した王は自分のしたことを忘れてしまうが、突然思い出して、もう一度ターリアに会いに行く。彼女は目覚めていて双子を産んでいる。狂喜した王は城に帰っても息子や娘のことが忘れられず、正妻に勘づかれてしまう。嫉妬した正妻は双子を料理して王に食べさせ、ターリアも殺そうとする。しかし、料理人が子羊にすり替えて双子の命を救う。正妻はターリアを焚殺しようとするが、危機一髪のところで王が駆けつけ、ターリアを救い、代わりに正妻を火刑に処す。悪人が罰せられて「めでたし」で話は終る[70]。

　しかし、この話で本当に悪いのは正妻なのだろうか。事の発端は王の浮気にある。王が鷹狩りの途上で他人の屋敷に押し入り（不法侵入）、眠っている見知らぬ女をレイプして、妊娠させてしまうということがなければ、正妻は嫉妬に狂うこともなかったのである。子のない正妻にとって子持ちの愛人は自らの地位と命を脅かす強敵である。心安らかでないのは当然である。

　英国のヘンリー8世が殺したり離婚したりして妻を6人も取り替えたのは[71]、色好みというより、妻が男の子を産まなかったからである[72]。その証拠に、王は王子を出産後死亡した3番目の妻ジェーン・シーモアを終生愛し、「自分が死んだときにはジェーン・シーモアとともに埋めてほしい」と遺言している[73]。子のない女性がどれほど差別され、不安に満ちた人生を送ったかは改めて言うまでもない。まして跡継ぎが嘱望される王家では、子のない妻は

命の危険に晒されたのである。一夫一婦制を原則とする西洋キリスト教社会では、簡単に離婚することができないという事情がその背景にある。

ヴォルムスの司教ブルヒャルト（Burchard von Worms, 950-1025）の『教令集』（Le Decretum de Bourchard de Worms, 1107-1112）によると、夫に対して合法的離婚が認められるのは、「妻が自分の命を狙ったと立証できる場合、妻が親族（近親相姦）であることを証明できる場合」の2つであるそうだ[74]。そのいずれにも当てはまらない「太陽と月とターリア」の正妻に対して、合法的離婚は成立しない。そこで、産まない女は「悪者」のレッテルを張られて殺されてしまうのである。なぜなら、結婚の機能とは、とりわけ王家では、後継者である息子を産む女性を迎えることだったからである。

この話はジェンダー社会学では、産んだ女と産まなかった女がたどる人生が、明と暗で提示された話と読むことができる。なお、ターリアの産んだ息子は婚姻外の子どもだが、妻に嫡出子がいないので、この際、その是非は問われない。ただし、彼女の息子が相続権をもつ王国の正当な後継者になるには、嫡出子として認定される必要がある。それには息子の母であるターリアが妾ではなく、正妻であることが必要条件となる。要するに、すべての善悪は王の視点で決定されるのである。人物の善悪にジェンダーバイヤスが見られるのはそのせいである。

ペローやバジーレの話は結婚後の女性の人生が、「嫁と姑」、「正妻と妾」の確執という形で語られる。そして、結局は王の後継者を産んだ女性を善、産まない女性または産んだ女性を迫害する女性（姑）を悪とする図式が読み取れる。

## 6．結論

ペロー版やディズニー版には出現しないが、グリム版には「悪い王」や「過ちを犯す王」が出現する。この点はグリム兄弟自身が憲法を破棄した王に対して抗議の声をあげたこともあり[75]、権力者に媚びるような表現はみられない。しかし、同時に性的に放縦である王もまた登場しない。権力者である王のなかには性道徳を逸脱した王も存在したであろうに、グリムのメルヒェンには存在しない。

## 第2章 「いばら姫」

　ペロー版やバジーレ版では性道徳を無視した王が登場し、処女である姫と性交し妊娠出産させる。しかし、グリム版ではそのような王は登場しない。森で見つけた姫であっても、必ず正式に結婚してから妊娠させる。その背後には、19世紀のビュルガーの道徳観というより、カルヴァン派信者として彼らの道徳観が反映しているように思える。

　「結婚＝ハッピーエンド」で終るグリム兄弟のメルヒェンでは、結婚後に待ち受けている嫁姑の確執や受難が語られない。意図的に削除されているのである。浮気あり、嫁いびりあり、嫉妬ありの人生の諸問題がすっぽり抜け落ちているのである。姑に殺されそうになったり、正妻に殺されそうになったりする話が盛り込まれているロマンス語圏の「眠り姫」型の類話は、悲しい別れで終わる「日本昔話」と同様、人生を語っているのである。

　グリム兄弟の「いばら姫」は、人生すべてではなく、子どもが大人になって結婚するまでの過程に焦点を当てたメルヒェンである。苦しく長い人生すべてではなく、子どもから大人の仲間入りする「結婚」までを語る、つまり、イニシエーションを語るメルヒェンなのである。彼らがメルヒェン集に「子どもと家庭」という形容詞をつけたのは、このあたりに遠因があるのかもしれない。人生全体を語る伝承メルヒェンを結婚までを語るメルヒェンにすることによって、彼らはメルヒェンの「ハッピーエンド」を創出したのである。

　伝承文学であるメルヒェンには、夢と同時に厳しい現実がメタファーとして語られている。しかし、グリム兄弟は結婚後の生活がいばらの道であることを語るメルヒェンを改変し、女性の結婚願望を助長する役目を果たしたのである。その功罪が今、ジェンダー社会学の視点から問い直されねばならない。

### 注

1) Walt Diesney: *Sleeping Beauty*. New York 1997, S. 1-23. ウォルト・ディズニー、窪田僚他訳『ディズニー名作ライブラリーⅠ』講談社、1994年、168-177頁。
2) Ingrid Ahrendt-Schulte: Weise Frauen - Böse Weiber. Freiburg 1994, S. 85.
邦訳：イングリット・アーレント－シュルテ著、野口芳子他訳『魔女にされた女性たち』勁草書房、2003年、83頁。
3) Brüder Grimm: *Kinder- und Hausmärchen*. Stuttgart 1980, Bd. 1, S. 257-260.
4) 「婚姻において愛と性が一致することが唯一の正しい性行動である」と説く近代イデオロギー。「婚前交渉や愛のない結婚、不倫などは逸脱行為として糾弾され、男

女の精神的・人格的結びつきが強調される一方、女性には処女性の尊重や貞操の観念など性の二重規範が課せられる。」吉澤夏子「ロマンティック・ラブ・イデオロギー」大澤真幸他編『現代社会学事典』弘文堂、2012年、1364頁。

5) Ingeborg Weber=Kellermann: *Die deutsche Familie*. Frankfurt/M 1974, S. 20-21.
6) 姫への呪いは姫が誕生して15年目の年、つまり14歳のときにかけられている。詳しくは2章28頁参照。
7) Ingrid Ahrendt-Schulte: *Weise Frauen - Böse Weiber*. Freiburg 1994, S. 59f.
8) 「＜腹一杯食べること（マンジェ・ア・サ・ファン）＞こそフランス農民が常に心に描いていた夢であり、しかも生涯に滅多に実現し得なかった夢なのである。」ロバート・ダーントン著、海保貞夫他訳『猫の大虐殺』岩波書店、1990年、43頁。
9) 桑野聡「いばら姫と魔女」郡山女子大学紀要、48集、2012年、2頁。
10) 村山久美子「マリウス・プティパの創作の変遷──『眠れる森の美女』と『ライモンダ』」昭和音楽大学研究紀要24号、2005年、31頁。
11) 鈴木晶『バレエ誕生』新書館、2002年、370-372頁。
12) アト・ド・フリース著、山下主一郎他訳『イメージ・シンボル事典』大修館書店、1984年、287-288頁。
13) *Household Stories,* ed. By Addey, London 1853, S. 244.
14) 鈴木晶、前掲書、370-373頁。村山久美子、前掲書、32頁。
15) She befriends the seven dwarfs during her stay at their cottage. At 14, she's the youngest of the Princesses, *Disney Princess*, Diseny Wiki, http://disney.wikia.com/wiki/Disney_Princess.
16) グリム童話集にはメルヒェン200話と子ども聖者伝説10話の計210話が収められているが、151番が重複して2話入っているので、正確には全211話となる。
17) Brüder Grimm: *Kinder- und Hausmärchen*, a.a.O., Bd. 1, S. 36.
18) Ebd. Bd. 2, S. 343.
19) End. Bd. 2, S. 380.
20) ジュールズ・キャッシュフォード著、別宮貞徳他訳『図説月の文化史』柊風舎、2010年、下巻4頁。
21) Franz Carl Endres / Annemarie Schimmel: *Das Mysterium der Zahl.Zahlensymbolik im Kulturvergleich*. München 2005, S. 143f.
22) ジュールズ・キャッシュフォード、前掲書、6-7頁。
23) Brüder Grimm: *Kinder- und Haumärchen*. Stuttgart 1980, Bd. 1, S. 463.
24) Heinz Rölleke: *Die Märchen der Brüder Grimm -Quellen und Studien-*, Trier 2000, S. 163.
25) Ebd. S. 162. オーノア夫人の『新しい物語集あるいは現代風の妖精たち』（Contes nouveaux ou Lesn Fées á la mode）の第1巻第3話「森の牝鹿」（La viche au bois）にザリガニが出現する。
26) ハンス・ビーダーマン著、藤代幸一他訳『図説世界シンボル事典』八坂書房、2000年、108頁。
27) アト・ド・フリース著、山下主一郎他訳『イメージ・シンボル事典』大修館書店1984年、147頁。

28）同上、267頁。
29）ジュールズ・キャッシュフォード著、前掲書、上巻222頁。
30）同上、223頁。
31）Hanns Bächtold-Stäubli（Hg.）: *Handwörterbuch des deutschen Aberglaubens*. Berlin / New York 1987, Bd. 3, S. 131.
32）Duden 7 *Etymologie*, Mannheim / Wien / Zürich 1898, S. 180.
33）Heinz Rölleke: *Die Älteste Märchensammlung der Brüder Grimm*. Cologny-Genève 1975, S. 108.
34）Brüder Grimm: *Kinder- und Haumärchen*. Stuttgart 1980, Bd. 3, S. 85.
35）Robert Petsch, Harmannus Willem Rutgers, Albert Wesselskiなどの研究者が挙げられる。
36）Wilhelm Grimm: Über das Wesen der Märchen, In: *Kleinere Schriften* Bd. 1, Berlin 1881, S. 338. 拙訳「メルヘンの本質について」関西学院大学ドイツ文学科編『ＫＧ ゲルマニスティク』第6・7合併号 2003年、56頁。
37）Brüder Grimm: *Kinder- und Haumärchen gesammelt durch die Brüder Grimm*. Vergrößerter Nachdruck der zweibändigen Erstausgabe von 1812 und 1815 nach dem Handexemplar der Brüder Grimm: Göttingen 1989.
38）Ebd. Bd. 2, S. vi
39）Jacob Grimm: Von der Poesie im Recht, In：*Kleinere Schriften* Bd. 6. Berlin 1882, S. 152-191. 堅田剛訳「法の内なるポエジー」『ドイツロマン派全集15巻』国書刊行会、1989年、217-272頁。
40）Jacob Grimm: Über dieAltherthümer des deutschn Rechts, In: *Kleinere Schriften*, Bd. 8. Berlin 1884, S. 547. 堅田剛『法の詩学』新曜社、1985年、187頁。
41）Alfred Romain, Heinz Röllele, Ingeborg Weber-Kellermannなど。
42）ジュールズ・キャッシュフォード著、前掲書、下巻、116頁。
43）Jacob Grimm: Von der Poesie im Recht, In：*Kleinere Schriften* Bd. 6. Berlin 1882, S. 157.
44）KHM3,6,9,16,17,25,34,36,38,45（2）,46,50,55,61（2）,62（3）,67,81, 87,93,113,123（3）,126,136, 165, 166, 167,192,200.（ ）の数字は複数回数を示す。
45）KHM17,34,36,38,45,61（2）,62（3）,81,87,123（3）,165,192.
46）KHM3,6,46,50,126.
47）KHM9,16,25,93,167.
48）KHM55,113,136,166.
49）アト・ド・フリース、前掲書、705頁。
50）Brüder Grimm: *Kinder- und Haumärchen*. Stuttgart 1980, Bd. 3, S. 85.
51）Ludwig Uhland: *Ludwig Uhland Werke*. München 1980, Bd. 1, S. 261,263.
52）Hans-Jörg Uther: *Handbuch zu den „Kinder- und Hausmärchen" der Brüder Grimm*. Berlin / Boston 2013, S. 64.
53）シャルル・ペロー著、新倉朗子訳『ペロー童話集』岩波書店、1982年、271頁。
54）石澤小枝子『フランス児童文学の研究』久山社、1991年、28-29頁。
55）シャルル・ペロー著、新倉朗子訳『ペロー童話集』岩波書店、1982年、18-173頁。

第Ⅰ部　固定観念を覆す解釈

56）川崎りんこ「ルイ14世（1638-1715）時代の女性表象」横浜国立大学大学院環境情報学府『博士学位論文要旨』2012年、37頁。
57）同上、38頁。
58）Gianbatista Basile: *Das Märchen aller Märchen*（Der Pentamerone）.Deutsch von Felix. Hrsg. v. Walter Boehlich. Frankfurt／M. 1982, S. 55-59.
59）上野富美夫（編）『数の話題事典』東京堂出版、1995年、63頁。
60）バーバラ・ウォーカー著、山下主一郎他訳『神話・伝承事典』大修館書店、1988年、521-522頁。
61）同上、524頁。
62）ラインハルト・バウマン著、菊池良生訳『ドイツ傭兵の文化史』新評論、2002年、125頁。
63）アト・ド・フリース、前掲書、632頁。
64）Jacob Grimm／Wilhelm Grimm（Hrsg.）: *Deutsche Sagen*.Bd. 2, Frankfurt／M. 1981, S. 101. Heinz Meyer／Rudolf Suntrup: *Lexikon der Mittelalterlichen Zahlenbedeutungen*. München 1987, S. 648. „eine latente Zahlenangabe der Bibel, die Cassiodor auf Chirstus und die zwölf Apostel auslegte."（キリストと12人の使徒を引き合いに出して、カッシオドルスは聖書の隠された数字であると説明している。）
65）*dtv-Lexikon*. erarbeitet von Deutschen Taschenbuch Verlag nach dem lexikalischen Unterlagen von F. A. Brockhaus. München 1974. Bd. 8, S. 59.
66）アト・ド・フリース、前掲書、378頁。
67）Duden 7 *Etymologie*, a.a.O., S. 369.
68）Jacob Grimm／Wilhelm Grimm: *Deutsches Wörterbuch*, Trier 1889, Bd. 11. Sp. 2869.
69）「いばら姫」の話は、初版の最後にヤーコプが「この話は完全にペローの『眠れる森の美女』に由来するものと思われる」と書いている。Heinz Rölleke, *Die Älteste Märchensammlung der Brüder Grimm*. a.a.O., S. 108. また、熱心な調査にもかかわらず、「いばら姫」型の類話を口承の伝統に発見することはできなかった。それゆえ、この話はペローやオーノア夫人のフランス妖精メルヒェンがドイツ的雰囲気に変えられて語られたものであるとレレケは結論付けている。Heinz Rölleke: *Die Märchen der Brüder Grimm -Quellen und Studien-*, a.a.O., S. 161.
70）ジャン・バッティスタ・バジーレ、前掲書、421-426頁。
71）1部1章の注59を参照。
72）森護『英国王室史話』大修館書店、1986年、307-330頁。
73）渡辺みどり『英国王室物語　ヘンリー八世と六人の妃』講談社、1994年、145頁。
74）"Le Decretum de Bourchard de Worms" ジョルジュ・デュビー著、篠田勝英訳、『中世の結婚』新評論、1984年、126頁。
75）ゲッティンゲン7教授事件を指す。

# 第3章「赤ずきん」

## 1．序論

「赤ずきん」というと母親との約束を破って道草をしたせいで、森の中で出会った狼に食べられてしまうが、猟師のおかげで無事救出される「ハッピーエンド」の話として知られている。たしかに、グリム兄弟によって収集されたKHM26番「赤ずきん」の筋書きではそうなっている。しかし、ヨーロッパに流布するこの話の類話（バリアンテ Variannte）では、狼に食べられて終わる「アン・ハッピーエンド」の話や、赤ずきんが自分の才覚で狼を出し抜いて家に逃げ帰る話の方が主流だという[1]。確かに、グリム童話「赤ずきん」には第2話として、赤ずきんと祖母が協力して狼の企みを見抜き、狼を溺死させてしまう話が付け加えられている。それは、この種の話が多く存在したからであろうか。そのことも踏まえて、ここでは「赤ずきん」について詳しく考察していくことにする。

## 2．語り手について

グリム童話26番「赤ずきん」は初版から常に26番目に置かれ、2つの異なったマイン地方の話が紹介されている。第1話はジャネット・ハッセンプフルーク（1791-1860）が語ったもので、第2話はマリー・ハッセンプフルーク（1788-1856）が語ったものである。いずれもヤーコプが1812年秋にカッセルで書き取ったものである[2]。シャルル・ペローの「赤ずきん」の影響と、ルードヴィッヒ・ティーク（Ludwig Tieck, 1773-1853）のメルヒェン劇「小さな赤ずきんの生と死」の影響を受けたものであるとグリム兄弟は自注に書いている[3]。

ジャネット・ハッセンプフルークとマリー・ハッセンプフルークは当時

(1812) 21歳と24歳の知事令嬢であった。ハッセンプフルーク家は宗教迫害でフランスからドイツに逃れてきたユグノー（カルヴァン派信者）の家系で、「1880年頃になっても、まだ家庭内の会話はフランス語でなされていた」という[4]。ジャネットはペローのメルヒェンをフランス語で知っていて、それをヤーコプにドイツ語で語ったのであろうか。それともペローの話がマイン地方に入ってドイツ語で流布していた類話を伝えたのであろうか。ヤーコプによって編集された初版の「あかずきん」は悲劇的結末ではなく、猟師によって無事救出される幸運な結末（ハッピーエンド）で終わっている。これはペローの話にはない結末である。この改変はどこで行われたのであろう。ジャネットが伝えた類話でなのだろうか、それともヤーコプが編集する過程でなのだろうか、詳細は不明のままである。ここでは、グリム兄弟が初版に収めた話が、ヨーロッパに流布する類話と比較してどう異なるのか、またそれは何故なのかについて考察していく。

　グリム兄弟が編集した「赤ずきん」は、ペローのように狼に食べられて終わる話ではなく、猟師によって救出される話として定着している。しかし、それはジャネットが語った第１話についての話である。グリム兄弟は初版から一貫して「赤ずきん」の話として２話紹介している。ジャネットの話とマリーの話である。ジャネットの話の後に別の話として紹介したマリーの話（第２話）については、これまであまり議論の対象とされてこなかった。しかし、この第２話はジェンダー学の視点から考察すると、重要なメッセージを含んだものなのである。

　マリー（24歳）が語った類話（第２話）では、孫娘と祖母は狼に騙されて食べられるのではなく、知恵を駆使して狼を騙し溺死させるのである。ソーセージのゆで汁で屋根の上の狼を誘い出し、熱湯で溺死させる祖母の知恵と、狼に話しかけられても無視し、祖母の家に直行する孫娘の賢さが、獰猛で性悪な狼に打ち勝つのである。ここでは少女と祖母は「保護すべきか弱く無力な存在」などではなく、知恵と勇気で獰猛な狼を騙して殺してしまう「賢くしたたかな存在」なのである。忘れてはならないのは、グリム兄弟は「赤ずきん」の話として対称的な話を２人の独身の娘から聞き、２話とも紹介しているということである。そのうえ、彼らはティークの話も参考にして初版のテキストを書いた

と自注で述べている。ティークの話から借用した箇所はどの部分なのか。それを明らかにするには、まず、彼らの改変の手法を把握しなければならない。

## 3．グリム兄弟による「赤ずきん」の改変について
　——初版から決定版までの比較

　初版の「赤ずきんはお母さんの言いつけをちゃんと（gehorosam）守ると約束した」という表現が[5]、2版では「赤ずきんは『はい、私、ぜんぶうまくやるわ（ausrichiten）』と言って、お母さんと握手して約束した」という表現に変えられている[6]。子どもと親との約束に握手という契約表現が挿入されたのである。この変更はグリム兄弟が保持していた初版本（Handexemplar）に修正の書き込みを入れて行われている[7]。つまり、ヤーコプが初版のジャネットの話に「握手」を挿入したのである。ジャネットが伝えたペローの話にはなかった握手が、ヤーコプによって挿入されたのである。頬にキスするフランス式挨拶ではなく、握手というドイツ式挨拶や契約を意味する慣習が挿入されたのである。社会的複合体（sozialer Komplex）であるメルヒェンは、伝承の過程で時代や地域に適合するよう改変される。しかし、この部分は伝承者ではなく、編集者であるグリム兄弟のドイツ化を意図した改変といえよう。

　「暑くならないうちに出かけなさい」や「部屋の中に入ったら、忘れずに、おはようと言うのよ。入るなり、部屋をきょろきょろ見回したりするんじゃないわよ」という表現が付加されるのは6版からである[8]。出かけるのが早朝であることがわかる表現が、子どもに礼儀作法を教える母親の言葉が、グリム兄弟によって1850年に付加されたのである。これらは、農民の価値観というより、よい躾を意図したビュルガー（都市富裕市民）の価値観を反映した改変といえよう。赤ずきんが早朝に出かけるなら、挨拶は狼がした「こんにちは」ではなく、「おはよう」であろう。狼が森で赤ずきんに出会った時の挨拶は、初版から決定版まで一貫して早朝であるにもかかわらず「こんにちは（Guten Tag）」であり、赤ずきんの返答は「ありがとう（Shönen Dank）」である。主人公である少女が祖母にする挨拶のみ「おはよう」という正しい標準語の挨拶に書き改められている。

　なお、祖母の家がある場所を描写するときに指摘される3本の木は、ナラ

（Eich）であり、家の下にある生垣はクルミ（Nuß）の木である。この表現は初版から決定版まで変更されていない。しかし、邦訳本では初版と決定版のいずれにも誤訳が存在するので[9]、日本語訳のみを読んで比較すると、グリム兄弟による改変と誤解されてしまう。ドイツ語原典では初版から決定版まで一貫してナラとクルミである。

　ところで、グリム兄弟が初版テキストでティークのメルヒェン劇からも混入した箇所は、おそらく鉄砲を持った猟師の出現であろう。1800年に出版されたティークの『赤ずきんちゃんの生と死——ある悲劇』の戯曲では、最後に猟師が現れて狼を銃で撃ち殺す。「邪悪な輩は、遅かれ早かれ、復讐を受けるもの」という言葉で幕が下りる[10]。悲劇で終わるペローの話を語ったジャネットの話には出現しない猟師をグリム兄弟が出現させたのは、ティークの戯曲の影響を受けたからであろう[11]。しかし、ティークの猟師は狼を銃で撃ち殺して復讐を遂げるだけであるが、グリム兄弟の猟師は銃を使わず、ハサミで狼の腹を切って赤ずきんと祖母を救出する。つまり、主人公の死で終わる悲劇から、主人公が救済されるハッピーエンドの話に改変したのである。ハッピーエンドで話を終えるこの種の改変を、グリム兄弟は「いばら姫」でも行っている。

　西洋で銃が一般化したのは18世紀末であるので[12]、1697年に出版されたペローの話に銃を持つ猟人が出現することは物理的に不可能である。18世紀末に普及した銃をティークが1800年に自らの戯曲に取り入れたのは、時代の新しい要素を取り込んだからなのであろう。グリム兄弟はティークが挿入した近代的な「猟銃」を取り入れたが、敢えてそれを使わず、人命救助の立場から銃ではなくハサミで狼の腹を切り裂くという手法を採用する。猟師が山刀ではなくハサミを持っていること自体、不自然である。おそらくKHM5「狼と七匹の子山羊」から借用したモチーフであろう[13]。彼らは人間を獣に食べられたままにせず、救済される話に改変したのである。そこには「人間を動物や無生物などと同じに扱うことはできない。人間のみが被造物の間でひとり『神の形』なのである」[14]と説くカルヴァンの「人間尊重主義（ヒューマニズム）」の考え方が反映されているように思われる。なぜなら、カルヴァン派を信じるフランス人「ユグノー」と親しく交際していたグリム兄弟は、自らがカルヴァン派を信じるドイツ人「改革派（Reformierte）」であったからだ。精神を重視し勤勉を

美徳として精進するカルヴァン派の人々は、ユグノー（フランス人）、ゴイセン（オランダ人）、ピューリタン（イギリス人）、レフォルミールテ（ドイツ人）と呼ばれ、迫害されてカトリックやイギリス国教会の母国を去り、ドイツやアメリカに移住し、近代文化創出の礎となっていく。フランスで伝承された赤ずきんが、フランス移民によってドイツで伝承され、異なった文脈で書き留められたことによって世界中に普及したのは、おそらく、グリム兄弟というレフォルミールテ（カルヴァン派を信じるドイツ人）の近代的道徳観が付加されたからであろう。

## 4．シャルル・ペローの「赤ずきん」について

　グリム童話が影響を受けたシャルル・ペローの「赤ずきん」（Le petit chaperon rouge）は、1697年に出版されたペローの『教訓をともなった昔話』に収録されたものである[15]。そこではフランス語のずきん（chaperon）が、ドイツ語の小さな帽子（Käppchen）と訳出されている。

　赤ずきんが祖母に持参するものは「ケーキとバター」であり、（グリム版では「ケーキとワイン」）、祖母が住んでいるのは森を抜けたところの村（グリム版では森の中）であり、森で出会った狼が赤ずきんを食べなかったのは、あちこちに樵がいたから（グリム版では理由は未記載）である。狼は、自分は「こっちの道」をいくから、赤ずきんは「そっちの道」を行くように指示し、どちらが早く着くか競争しようという（グリム版では花を摘んでいくよう助言する）。祖母の家に着いた赤ずきんは服を脱いで、祖母に変装した狼が寝ているベッドに入ろうとする（グリム版では服も脱がず、ベッドにも入らない）。赤ずきんは祖母に、手、脚、耳、目、歯の順に異常に大きい理由を聞く（グリム版では耳、目、手、口の順）。赤ずきんが「おばあさんの歯は、なんて大きいの！」と言うと、狼は「おまえを食べるためさ」と言うや否や跳び起きて、赤ずきんを食べてしまう。それで話が終了するのである。その後に、若い娘が知らない男の言葉に耳を貸すと、食べられてしまうよ、という内容の教訓（モラリテ moralité）が韻文で添えられている[16]。

　「オオカミにも、いろんな種類のやつがいるんです。……なれなれしく、ね

第Ⅰ部　固定観念を覆す解釈

図5　赤ずきん

こなで声でやさしいことを言いながら、若いお嬢さんのあとについて、家のなかまで、部屋のなかまではいってきます。……そういうねこかぶりのオオカミこそ、どんなオオカミよりも危険なやつなんです」[17]。

　シャルル・ペローは、ルイ14世の大蔵大臣で重商主義を唱えたコルベール（1619-1683）の下で働いていた有能な官僚で、アカデミー・フランセーズの会員であった[18]。付加されている教訓を読むと、ペローは貴族の子女の教育のためにこの本を書いたのであって、民衆文化に対する理解や愛情から書いたものではないということがよくわかる。ペローが伝承を書き変えた箇所は、狼が赤ずきんに「針の道、それともピンの道」と聞く場面を、「こっちの道、それともあっちの道」に変更したところだ[19]。成人女性になるために針を拾いながら道を行くというイニシエーション（通過儀礼）の要素を秘めた質問を削除したのである。また祖母の血と肉を食べさせるというカニバリズム的要素（同時に通過儀礼の要素）を省略し、代わりに赤ずきんがエプロンから順に服を脱ぎ始めて「どこにおいたらいいの」「火にくべておしまい、もう要らないから」と繰り返す会話を挿入する[20]。ベッドに入った赤ずきんが「おばあちゃん、

第 3 章 「赤ずきん」

図 6　赤ずきん

なんて毛深いの」と言う伝承版のセリフは削除される。おそらく当時の礼儀作法にそぐわない表現と判断されたのであろう[21]。

## 5. 赤いずきんについて

ドイツ語では赤ずきんはロートケプヒェン（Rotkäppchen）といい、正確には「赤帽子」という意味である。頭の上に乗せる赤い小さな帽子のことで、シュバルム地方の女性の民族衣装とされている。赤い帽子は未婚の少女、緑は40歳までの既婚の若妻、紫は50歳までの既婚女性、黒は50歳以上の高齢者および喪服用というように、色によって女性の地位や立場がわかる民族衣装なのである[22]。そうだとすると、赤帽子は、自分が処女であることを誇示しながら森を歩いていたことになり、危険きわまりない状況を演出していたことになる。

フランスのペローの話（1697年）では小帽子（ケプヒェン Käppchen）ではなく、ずきん（シャプロン chaperon）であり、それも赤いビロード布で作ったものである。シャプロンとは「後ろに長い垂れのついた頭巾、フード」のことで、

16世紀では男性は主として「司法関係者、行政官、大学教授や芸術の師匠」が被っていたそうである[23]。女性に関しては、「ブルジョア階級の女性はウールのchaperonを、貴族女性はビロードのchaperonを被っていた」[24]。17世紀後半のルイ14世(1643-1715)は、厳しい儀礼を打ち立てることに腐心し、身分や階級による服飾規定を順守させ、秩序や威厳を取り戻そうとしていた[25]。鮮やかな色彩と多くのリボンや羽飾りの時代は終わり、黒っぽい色彩と簡素な装飾の衣服が貴族階級の間で主流となる[26]。しかし、農村の若い娘のファッションは時代遅れのものが多い。なぜなら「17世紀にはまだ庶民特有の服装はなく、……貧民は施しをうけた服装や古着屋で買った服装をしていた」からである[27]。貧しい庶民だけでなく、一般に子どもも子ども服が出現する近代以前は、1世紀前の大人たちの服を着用していたという[28]。17世紀末には黒っぽい色が主流で上流階層の女性は赤いシャプロンを被ることはなかった。しかし、農村の女性や子どもは流行遅れの鮮やかな色のシャプロンを被る可能性はあった。ただし、それは「ハレの日」の衣装としてなのである。18世紀以前の農村地帯では花嫁は赤い衣装を着ていた。なぜなら花嫁は結婚式の日に自分が持っているもののなかで1番綺麗なドレスを着たからである[29]。赤の染料は高価であったので、1番綺麗なドレスは「ほとんど決まって赤いドレスだった」という[30]。赤は最も高貴な色であったのだ。普段着る服や帽子や靴などに赤を用いることは、ルイ14世の頃には贅沢取締法によって、宮廷人だけに許されたことであった[31]。

　ルイ14世の頃、絹や木綿の生産が軌道に乗ると、上流階級用の商品に使えない品質の悪い素材が出てきた。それを薄い灰色の布地に織り上げたものを「グリゼット」と称して売り出すと、庶民の女性が競って買い求めたという[32]。そして「その名は下賤な下層の女性を表すようになった」のである[33]。つまり、この時代の庶民の娘は主として灰色の布地「グリゼット」で作った服や帽子を身に着けていたのである。

　17世紀末の口承の類話に「赤いシャプロン」を身に着けた少女が出現しないのも納得できる。1614年の三部会に提出されたパリの陳情書で「労働者および下層民に対してビロードとビゼット(黒や褐色のレース)を禁ずる規制を厳重にするよう訴えている」[34]。これらの人々や下僕には「ラシャではなく、褐

色の粗末な毛織物を着せるべき」であるとも記されている[35]。こういう陳情書が出るということは、身分相応の布地や色を身に着けるという服飾規程が、庶民の間では守られていなかったからであろう。赤いビロードのシャプロンは、農民の娘が被るものとしては色においても布地においても明らかに規則違反ということになる。

　口承の類話では被っていない赤いシャプロンをペローが少女に着せたのは、おそらく2つの理由からであろう。1つは時代遅れのファッション感覚を挿入することによって、農民の娘であることを貴族の読者に可視化させようとしたからであろう。もう1つは、農民が「ハレの日」に着る正装の赤を普段着に着用するのは贅沢取締法違反であることを戒めかし、処罰対象であることを示唆したのであろう。なぜなら、ペローはコルベールの片腕として規律と礼儀作法を重視するルイ14世の政策を積極的に推進し、貴族階級の子女を躾けるために『昔話』の本を出版したからである。

　ポール・ドラリュ（1889-1956）の調査によれば、ペロー以前の口承の類話には、シャプロンの色が赤であるものにはないという[36]。赤いシャプロンは明らかにペローによって加筆されたものなのである。農民の女の子に赤いシャプロンを被せた時点で、ペローにとって、彼女の死は避けられないものだったのであろう。

## 6．最後の結末について

　服飾規定違反を犯して「ハレの日」でもないのに、人目を惹く赤いシャプロンを被って危険な森を通過する愚かな農民の娘「赤ずきん」は、祖母も巻き込んで一緒に狼、すなわち人狼に食べられてしまう。つまりレイプされてしまうのである。これがペロー童話の結末である。それゆえ、優しい言葉で誘惑する男には注意するようにという教訓が最後に付け加えられているのである。貴族の子女を導くために書かれた本であることを考えると、悲劇的結末は恐怖感を植え付けることによって、彼女たちを正しい行動に導こうという意図から生み出されたものであろう。

　赤ずきんと祖母が死んで悲劇で終わるペローの結末を、ティークは猟師によ

って救出される話に変え、それをグリム兄弟が採用して、2人が猟師によって無事救出される話、いわゆる「ハッピーエンド」の話に改変したのである。その理由はおそらく上述したカルヴァン派の近代的価値観によるものであろう。メルヒェンの形式論を出してグリムの正当性を主張する研究者もいるが、メルヒェンの形式は時代によって社会によって変化するものである。マックス・リュティの形式論はグリム兄弟が創出した近代メルヒェンを元にして論じているので、当然、グリム兄弟が採用した手法がメルヒェン本来の形式に則ったものという結論になる。何が本来のメルヒェンの形式であるかは、悲しい別れで終わる日本の昔話、結婚後の嫁姑の争いを語るバジレやペローの昔話、口承の類話などに目を向けると、軽率に断言することはできない。そもそも「ハッピーエンド」がメルヒェンの本来の形式であることには、現在では多くの研究者が疑問の目を向けている。

「赤ずきん」については口承の多くの類話を検討したドゥラリュの研究成果が発表されている。それによると、彼は35種類の口承の類話を収集した結果、少女が狼に食べられるのではなく、知恵を使って狼を騙し、無事に家に逃げ帰る話が主流を占めるという結論に達しいている[37]。ブズー（人狼）に食べられそうになると、おしっこがしたいと言う。人狼は娘の足に毛糸を結び付けて娘を外に出す。外に出るや否な娘は毛糸をスモモの木に結び付け、全速力で走って逃げる。待ちくたびれた人狼が、「大の方でもしているのかい」と聞くが、誰も答えない。人狼は慌てて外に出るが、追いつくことができない。一方、赤ずきんの方は無事に家にたどり着くという話である。ここでは赤ずきんは無知で騙されやすい少女などではなく、知恵を絞って狼を出し抜く賢明で逞しい農家の娘なのである。この種の話は主に「ロワール河流域からアルプス山脈北半分、イタリア北部にそれにチロル地方にまたがる西＝東地帯にほぼ位置づけられる」という[38]。ペロー版の類話は2話しかなく、口承版の類話は20話ほどあり、広くフランス語圏に分布しているという[39]。またドイツ語圏での口承版は2話しかなく、その2話もグリム版に由来したものだという[40]。グリム兄弟はペロー版を知るフランス系移民ハッセンプフルーク家の姉妹、ブルジョア階層の娘たちから聞き書きしたことを考えると、昔話「赤ずきん」は「ドイツの口承民話の伝統に連なるものではない」というアシル・ミリアンの主張は的

を射たものであろう[41]。

　貴族の子女とは異なって中世の農民の女性は、子どもの時から労働しており、保護される存在というより、生活力を身に着けた逞しい存在であった。規則違反ではない灰色や褐色のずきんを被った少女は、罰すべき存在ではなく、見習うべき存在として人々にその知恵を讃えられてきたのである。猟師である男性の助けを借りるまでもなく、彼女は自ら狼の悪だくみを見抜き、寄り道せず、真っ直ぐに祖母の家に行く。そして祖母と相談して、ソーセージのゆで汁で狼をおびき出し、そのなかで溺死させるのである。祖母の知恵と娘の知恵が、恐ろしい狼に勝利する類話をマリーから聞いたグリム兄弟は、その話を無視することができなかったのであろう。それゆえ、KHM26番「赤ずきん」の話には初版から決定版まで常に第2話としてこの類話を付記しているのである。ところが第2話の類話は、子ども用の絵本などでは取り上げられることはなかった。なぜなのだろう。その理由を探っていく。

　産業革命によって、男は生産者として外で働く、女は消費者として家政を預かるという男女の性別役割分担が唱えられると、女性は男性によって保護されるべき存在という見方が定着する。それによって近代の「女らしさ、男らしさ」というジェンダー観が成立する。「強い男、弱い女」というジェンダー観に適合するよう道徳が説かれ、価値観が作られる。グリム版「赤ずきん」の第1話はそのジェンダー観を植え付けるのに格好の話として、家庭や教育現場で取り上げられていく。一方、近代以前の社会では生産者であった強く賢い農民の女を描いた第2話の方は、消費者である富裕市民の女性のジェンダー観を損なうものとして、取り上げられなくなったのではないだろうか。しかし、グリム兄弟は初版から決定版まで一貫して2話とも紹介しているのである。グリム兄弟のジェンダー観を問題視する場合、その事実も見据えた評価を下すべきであろう。

　ドラリュの調査により集められた口承による「赤ずきん」の類話は、グリム版の第2話とはまた異なった趣を有する。そこにはエロティシズムとスカトロジー（糞尿趣味）の要素が盛り込まれている。赤ずきんが狼の前で衣服を順番に脱いでストリップショーを繰り広げるエロティックな場面や、狼のベッドに入ってから「おしっこ」と言って抜け出そうとするスカトロジーな場面は、庶

民は好んで語る場面かもしれないが、ビュルガー（富裕市民層）は眉をしかめる場面であろう。それゆえペロー版でもグリム版でもその場面は削除されているのである。貴族の子どもにとっても、ビュルガーの子どもにとっても、この2つの要素は躾や礼儀作法からみて、削除すべきであると判断されたのであろう。

　知らなかったとはいえ、狼に指示されるまま祖母の血と肉を食べ、洋服を1枚ずつ順に脱いで裸で狼のベッドに滑り込むと、女の子は狼と会話をする。「まあ、おばあちゃん、なんて大きな歯をしてるの」、「よく食べられるようにね」、「あーあ、おばあちゃん、おしっこがしたくてたまらないのよ。逃げちゃうのを心配するなら、わたしの足に1針分の毛糸をつけてよ」。女の子は外に出ると、毛糸を切り、木に結びつけた[42]。そして、裸のまま家を目指して一目散に逃げ帰る。なんと滑稽でエロティックな姿だろう。農民が語る赤ずきんの姿は、貴族層や富裕市民層には到底受け入れられるものではない。

　メルヒェンという伝承文学はそれを口承で伝える人々、書き留める人々が所属する社会的身分や地位によって変形していく「社会的複合体」なのである。出版された「赤ずきん」と口承で伝えられる類話の相違は、そのことを見事に物語っている。

## 7．結論

　現在、絵本などで多くの人に親しまれている「赤ずきん」の話は、グリム版の第1話のほうであろう。母親の注意を無視して寄り道したせいで、娘も祖母も狼に食べられてしまう。しかし、猟師がやって来て狼の腹を切ったので、2人は無事救出されるという話である。善良な女の子と善良な祖母が、邪悪な狼に食べられて終わるという結末は、「悪が善に勝つ」ことを示唆しており、獣欲（食欲）が精神を持つ人間に勝つのである。これはカルヴァン派信者にとってはとうてい受け入れられない結末であろう。そこで、善良な2人が救出されてハッピーエンドで終わる話に変えられたのであろう。強い男性である猟師が、弱い女性である娘や祖母を救出するという構図は、近代のジェンダー観を体現したものであり、理想的な教育書として近代家族に受け入れられていく。グリ

ム版はしかしながら、もう1話、娘と祖母が狼を出し抜く類話を第2話として紹介している。2人の女の知恵により、ソーセージのゆで汁のなかに狼を誘導し溺死させる話である。この話もおそらくフランスの口承の話を源流に持つものであろう。なぜならユグノーの血を引くマリー・ハッセンプフルークが語ったものだからである。ただし、ドラリュが収録したフランスの口承の類話とはまた趣が異なる。口承の話に含まれるエロティックで糞尿趣味が伺われる要素が、削除されているのである。卑猥なことを好んで語る農民の話から、グリム兄弟は肉欲や卑猥さを排除したのである。なぜならカルヴァンは神の恩寵は神が選んだもののみに限られるという「予定説」を唱え、救済を得るには社会生活における実践が重視され、徹底した禁欲主義を貫いて快楽を戒め、自己の職業を天職として勤労に励むべきであると説くからである[43]。カルヴァン派信者であるグリム兄弟にとって、口承の類話にみられる性的快楽や猥雑な笑いを誘う表現は、許容できないものであったのであろう。ドラリュの調査で明らかにされたように、大多数の口承の類話には含まれていたと思われるその種の表現は排除されたのか、あるいは排除された類話のみがカルヴァン派信者である語り手マリーにより、選別されて語られたのであろう。

　グリム兄弟がメルヒェン集に収めた話は庶民が語り伝えたメルヒェンではなく、ビュルガーメルヒェンであり、近代メルヒェンであり、読むメルヒェンである[44]、といわれる理由は、まさにこの点にあるのであろう。

### 注

1) *Enzyklopädie des Märchens*. Hrsg. v. Rolf Wilhelm Brednich. Berlin / New York 2004, S. 855.
2) Brüder Grimm: *Kinder- und Hausmärchen*. Bd. 3. Hrsg. v. Heinz Rölleke. Stuttgart 1890, S. 454.
3) Ebd. S. 59, 454.
4) Rolf Hagen: Perraults Märchen und die Brüder Grimm. *Zeitschrift für deutsche Philologie*. 74, 1955, S. 409.
5) Brüder Grimm: *Kinder- und Hausmärchen der Brüder Grimm*. Hrsg. v. Friedrich Panzer, Wiesbaden 1953, S. 125.
6) Brüder Grimm: *Kinder- und Hausmärchen*. Hrsg. v. Heinz Rölleke. Köln 1982 (1. Aufl. 1819), Bd. 1, S. 100.
7) *Die Grimmschen Märchen der jungen Marie*. Hrsg. v. Albert Schindehütte, Mar-

burg 1991, S. 66.
8) Brüder Grimm: *Kinder- und Hausmärchen gesammelt durch die Brüder Grimm*. Göttingen 1850, Bd. 1, S. 162.
9) 初版の吉原訳では「ぶな」と「胡桃」、2版の小澤訳では「カシ」と「クルミ,」決定版の金田訳と野村訳では「かしわ」と「はしばみ」、高橋訳と池内訳では「カシ」と「クルミ」、池田訳では「ナラ」と「ハシバミ」と訳されている。
10) Ludwig Tieg: *Ludwig Tieg's Schriften*: Bd. 2, Berlin 1828, S. 362.
11) Hans-Jörg Uther: *Handbuch zu den „Kinder- und Hausmärchen" der Brüder Grimm*. Berlin / Boston 2013, S. 64-65.
12) 木村尚三郎『物語に見る中世ヨーロッパ』光村図書、1985年、33頁。
13) Hans-Jörg Uther, a.a.O., S. 65.
14) 渡辺信人『カルヴァン』清水書店、1968年、130頁。
15) Hans-Jörg Uther, a.a.O., S. 64.
16) シャルル・ペロー著、今野一雄訳『ペローの昔ばなし』白水社、1984年、52-61頁。
17) 同上、61頁。
18) ペローについての詳細はⅠ部2章35-36頁を参照。
19) アシル・ミリアン／ポール・ドラリュ著、新倉朗子訳『フランスの昔話』大修館書店、1988年、279-280頁。
20) 同上。
21) シャルル・ペロー著、新倉朗子訳『ペロー童話集』岩波書店、1982年、277頁。
22) *Die Schwälmer Tracht*. Hrsg. v. Heinz Rübeling / Heinz Metz / Dirk Ordemann, Ziegenhain 1988, S. 20.
23) 金山愛子「『赤ずきん』の類話の比較考察」敬和学園大学、人文社会科学研究所年報 No.3、2005年、46頁。
24) 同上。
25) フランソワ・ブーシェ著、石山彰訳『西洋服装史』文化出版局、1973年、260頁。
26) 同上。
27) フィリップ・アリエス著、杉山光信／杉山恵美子訳『＜子ども＞の誕生』みすず書房、1980年、58頁。
28) 同上、56頁。
29) ミッシェル・パストロー著、石井直志／野崎三郎訳『ヨーロッパの色彩』パピルス、1995年、41-42頁。
30) 同上、42頁。
31) ブランシュ・ペイン著、古賀敬子訳『ファッションの歴史 ―― 西洋中世から19世紀まで』八坂書房、2006年、261頁。
32) マックス・フォン・ベーン著、インブーリト・ロシェク編、永野藤夫他訳『モードの生活文化史Ⅰ』河出書房、1989年、404頁。
33) 同上、丹野郁編『西洋服飾史 図説編』東京堂出版、2003年、95頁。
34) フランソワ・ブーシェ著、前掲書、254頁。
35) 同上。

36) アシル・ミリアン／ポール・ドラリュ著、前掲書、281-282頁。
37) アラン・ダンダス編、池上嘉彦／山崎和恕訳『「赤ずきん」の秘密』紀伊國屋書店、1996年、20-29頁。
38) アシル・ミリアン／ポール・ドラリュ著、前掲書、281頁。
39) アラン・ダンダス編、前掲書、25-26頁。
40) アシル・ミリアン／ポール・ドラリュ著、前掲書、281頁。
41) アラン・ダンダス編、前掲書、26頁。
42) アシル・ミリアン／ポール・ドラリュ著、前掲書、74-75頁。
43) 渡辺信人、前掲書、122、135、164、190頁。
44) Ingeborg Weber=Kellermann; Interethnische Gedanken beim Lesen der Grimmschen Märchen. In: *Acta Ethnographica Academiae Scientiarum Hungaricae*. Tumus 19. Budapest 1970, S. 425-434.s

# 第4章 「灰かぶり」(シンデレラ)

## 1．序論

　シンデレラはグリム童話の中で最も知名度が高く、最も好まれている話である。「はじめに」で紹介した女子大学でのアンケート結果でも、最も好きなグリム童話は他を大きく引き離して「シンデレラ」が1位である。好きな理由で多かったのは、苦しくても我慢して前向きに生きると幸せになるから、サクセスストーリーだから、ハッピーエンドだからである。しかし、おそらく彼女たちが知っていて好きな話はグリム童話版の「灰かぶり」ではなく、ディズニー版の「シンデレラ」であろう。なぜなら、子ども用のアニメや絵本に紹介されているのは、ディズニー版のものが圧倒的に多いからだ。

　この論文では、まず、グリム童話決定版KHM21「灰かぶり」とディズニー版「シンデレラ」の相違を明らかにし、それが伝えるメッセージについてジェンダーの視点から考察していく。次に、グリム兄弟による改変に目を向けながら、伝承文学であるメルヒェンが持つ様々なメタファーを解明することによって、「灰かぶり」に含まれている中世や近代の価値観を検証していく。

　なお、この話はヴィルヘルム・グリムがマールブルクの「エリーザベト養老院」で老夫人(名称不明)から口承で集めたものである。初稿では50番に収められていたが、その原稿は紛失して消息不明となっている。それゆえ、現存する話で最も古いものは初版のテキストということになる。2版からツヴェーレン出身のドロテーア・フィーマンの話、フランクフルト出身のもハインリヒ・レオポルト・シュタインの話、パダーボルン出身のヘクストハウゼン家の話などが混成される。なお、父親にもらった枝を実母の墓に植えるモチーフは、シュタインの話から取ったものである。そのほか、ペローの版「サンドリオン」の影響もうけているという[1]。ここでは、ペロー版の類話とも比較しなが

ら、グリム版「灰かぶり」が持つ特徴をジェンダーの視点から考察していく。

## 2．ディズニー版「シンデレラ」とグリム版「灰かぶり」

### (1)「シンデレラ」と「灰かぶり」について

　「灰かぶり」はグリム童話集の21番（KHM21）目に収録されている話である。「灰かぶり」には魔法を使う妖精も、かぼちゃの馬車も、ガラスの靴も出てこない。ハシバミの木（ヘーゼルナッツの木）が出てくるだけである。また、灰かぶりは過酷な仕事に黙って耐える消極的な女性ではなく、運命を自分で切り開く知性と運動能力に富んだ積極的な女性である。そのうえ、彼女は自分が幸せになると、いじめた人に報復を行う。ようするに、彼女はか弱く従順でおとなしい娘などではなく、賢明で機敏でしたたかな娘なのである。
　ここでは、現代の私たちが読んでも圧倒されるそのグリム版「灰かぶり」について詳しく見ていくことにする。しかし、その前にまず、ディズニー版とグリム版の「シンデレラ」について、それぞれのあらすじを確認しておこう。

### (2) ウォルト・ディズニー版「シンデレラ」のあらすじ

　継母と2人の姉たちは、朝から晩までシンデレラをこき使う。ある日、国中の娘たちを集めて舞踏会を開催するという知らせが城から届く。ネズミや小鳥が作ってくれたドレスを着て、シンデレラも一緒に舞踏会に行こうとするが、姉たちに拒否され、ドレスを破られる。泣いているシンデレラの前に妖精が現れ、杖を振って「ビビデ・バビデ・ブー」と呪文を唱えると、かぼちゃが馬車になり、ネズミが馬になり、犬が召使になる。また、シンデレラ自身の服も素敵なドレスになり、靴はガラスの靴になる。妖精と夜中の12時までに帰宅するという約束をして彼女は城に行く。城に着くとすぐ王子が来て、シンデレラをダンスに誘う。シンデレラは素敵な王子にうっとりする。12時になり、大急ぎで家に戻ろうとするが、ガラスの靴を片方落してしまう。ガラスの靴が合う娘を后にすると王子が宣言したので、ガラスの靴を娘に試着させるため、家来が国中の家を訪問する。シンデレラの家にも来たので、姉たちは履こうとするが、

足が大きすぎて入らない。シンデレラの番になると、継母は杖でガラスの靴を壊してしまう。すると彼女は「もう片方を持っているわ」と言って、それを履くと足にぴったり合う。家来たちは大喜びで彼女を城に連れて帰る。シンデレラは王子と結婚して、いつまでも幸せに暮らす[2]。

(3) グリム版（決定版）の「灰かぶり（KHM21）」のあらすじ

　母が死んでから、娘は毎日母の墓に行って泣く。金持ちの父は再婚し、2人の娘を連れて継母がやってくる。姉たちは、顔はきれいで色白だが、心は汚く真っ黒だ。継母と姉たちは娘を「灰かぶり」と呼び、女中として酷使する。父は歳(とし)の市に行くとき、土産に何がほしいかと娘たちに聞く。姉たちは「きれいなドレス」や「真珠と宝石」と答えるが、灰かぶりは「父さんの帽子に当たった若枝」と答える。父は灰かぶりに「ハシバミの若枝」をやる。灰かぶりはそれを母の墓に植えて泣く。

　王が婿選びのため3日間宴を催し、国中の美しい娘を招待する。灰かぶりは姉たちと一緒に自分も連れて行ってくれるよう継母に懇願するが、拒否される。執拗に頼むと継母は根負けして、灰の中に撒いたひら豆を時間内に選りわけることができたら連れて行くと言う。その課題を2度ともこなすが、ドレスがないという理由で継母は灰かぶりを置き去りにする。灰かぶりは墓に行き、ハシバミの木にドレスが欲しいと訴える。すると木は金と銀のドレスと銀糸で刺繍した靴を落してくれる。それを身につけて灰かぶりは宴に行く。王子が来て、灰かぶりをダンスに誘う。日が暮れてきたので灰かぶりは暇乞いをする。送るという王子を振り切って、灰かぶりは鳩小屋に飛び込む。娘が鳩小屋に飛び込んだと王子が言うと、出てきた父親は灰かぶりではないかと思い、斧とつるはしで鳩小屋をたたき割る。しかし、中には誰もいない。次の日も灰かぶりはハシバミの木に金銀のドレスを出してもらい、宴に行く。王子と踊ってから、全速力で走って帰り、梨の木に飛び乗る。娘が梨の木に飛び乗ったと王子が言うと、そこにいた父親は斧で梨の木を切り倒すが、木の上には誰もいない。3日目はハシバミの木は金のドレスと金の靴を出してくれる。それを身につけた灰かぶりは最高に美しい。彼女は王子と踊ってから、また1人で走って帰ろうとする。しかし王子が階段にタールを塗っていたので、左の靴がくっついて脱げ

第Ⅰ部　固定観念を覆す解釈

図7　シンデレラ

てしまう。

　王子は金の靴を持って、娘の父親の家に行き、この靴がぴったり合う人を后にするという。上の姉が試着するが、親指が大きすぎては入らない。母はナイフを渡して親指を切れという。親指を切って足を靴に押し込んで王子の前に出ると、王子は花嫁であると思う。彼女を馬に乗せて墓の前を通ると、ハシバミの木に止まった2羽の鳩が、靴から血が出ている、偽の花嫁だと知らせる。王子は偽の花嫁を連れて引き返す。下の姉が試着すると、かかとが大きすぎて入らない。継母の助言に従って、ナイフで切って足を靴に押し込むと、王子は花嫁だと信じて連れていく。墓の前で鳩に言われて、出血しているのを見て偽者だと悟り、引き返す。他に娘はいないかと王子が聞くと、「おりません。前妻の娘がいるが、できそこないなので、とても花嫁になぞなれない」と父親が答える。継母も猛反対するが、王子は娘を連れてくるよう命じる。灰かぶりが来て、金の靴に足を入れるとぴったり合う。立ち上がったとき顔を見ると、王子はあの娘だということに気づく。

　王子は灰かぶりと結婚する。結婚式に招待された姉たちは教会に行くとき花

嫁花婿の左右に付き添う。鳩たちがやってきて姉たちの目玉をつつき出す。教会から出るときも鳩たちがきてもう片方の目玉をつつき出したので、姉たちは全盲になってしまう。意地悪をしたり嘘をついたりした罰が当たったのだ[3]。

(4) ディズニー版とグリム版の比較

　ディズニー版ではシンデレラに美しい衣装を与えてくれるのは、どこからともなく突然現れる妖精だが、グリム版では灰かぶりが自ら父親に持参するよう頼んだハシバミの木だ。また、ディズニー版ではガラスの靴だが、グリム版では金の靴だ。宴が開催されるのはディズニー版では夜で、12時までに帰宅するという約束だが、グリム版では日中に行われ、夕方に帰宅する。継母の連れ子の姉さんたちは、ディズニー版では意地悪で外見も醜いが、グリム版では意地悪だが外見は美しい。王子に関してはディズニー版ではシンデレラがうっとりとするほど美しいが、グリム版では美醜に関する描写がない。ただ、自分より走るのが速くて追いつけないので、王子は階段にタールを塗って娘を捕まえようと画策する。ディズニー版では、家来が靴を持って国中の家を訪問するが、グリム版ではあらかじめ見当をつけたシンデレラの家にだけ、王子が自ら靴を持って現れる。ディズニー版では父親は現れないが、グリム版では実の娘に残酷な仕打ちをする父親が登場する。ディズニー版ではシンデレラは1人で走って帰るが、グリム版では毎回王子が追いかける。全速力で走るシンデレラに追いつけず、家の近くに来ると木の枝に飛び移ったり、鳩小屋に潜り込んだりする運動神経抜群の娘に王子はお手上げ状態で、そばにいた父親らしき男に助けを求める。父親は王子の訴えを聞いて、その娘はシンデレラだと思う。娘を捕まえるというより、殺そうとして斧で木を切り倒したり、鳩小屋を打ち壊したりする。娘は毎回、すばやく移動してことなきを得る。ディズニー版では靴を試着するとき足が大きすぎて入らないと、姉たちはすぐあきらめるが、グリム版では継母がナイフを出して足を切らせて、無理やり靴に入れさせる。王子は靴に足が入ると、花嫁だと信じて顔も見ずに連れていく。鳩に出血を教えられて、初めて王子は偽者だとわかる。ディズニー版ではシンデレラと王子の結婚式で話が終わるが、グリム版では悪い姉たちは鳩に目を突かれて全盲にされるという懲罰で話が終わる。

これらの相違点がそれぞれどのような意味をもっているのか、次章ではそれぞれの項目に分けて詳しく考察していく。

## 3．グリム版とディズニー版の相違点についての考察

### (1) ハシバミの若枝

　父に土産に何が欲しいかと聞かれて、灰かぶりは「帰り道で最初にとうさんの帽子に当たった若枝」が欲しいという[4]。洋服や宝石を頼む姉たちに比べて、灰かぶりの依頼は一風変わっている。これは一体何を意味するのだろう。彼女は姉たちと違って自然の草木を愛する慎ましい娘だという解釈も成り立つ。だが、そうだろうか。ハシバミの若枝は母の墓に植えると、望むものを何でも与えてくれるのだからただの若枝ではない。特別な意味を秘めた若枝であることは確かだ。決定版に出現する若枝は、最も古いテキストである初版（この話は初稿には収録されていない）では、ハシバミの若枝（Haselreis）ではなく、ただの小さな木（Bäumlein）である。そして、その小さな木を娘が父に要求するのではなく、臨終の床で母から植えるよう言われるのだ。「小さな木を私の墓に植えなさい。欲しいものがあれば木を揺すりなさい。落してくれるから」と言い残して母は亡くなる[5]。

　グリム兄弟が単なる若枝をハシバミの若枝に変えたのは2版からだ。決定版と同じ表現で「父親は緑の藪に馬を進めたとき、ハシバミの若枝が帽子を突き落としたので、その枝を折り取った」[6]とある。小さな木をハシバミの若枝に変えたのはなぜなのか。また、なぜ若枝がこれほど強力な力を保持しているのだろう。

　グリム兄弟の『ドイツ語辞典』（Deuchtes Wörterbuch）によると、「若枝は法律の象徴」であり、渡された若枝を土（Scholle）に埋めるということは、慣習法では遺産の譲渡と相続の完了を意味する[7]。また、ヤーコプ・グリムの『ドイツ神話学』（Deutsche Mythologie）によると、ハシバミの若枝は「魔法の枝」（Wünschelrute）として用いられ、それは、「宝物をもたらしただけでなく、姿形をより一層優れたものにしてくれる」[8]そうだ。例えば地下の水脈や

鉱脈を当てるときにも、ハシバミの若枝が「占い棒」（Wünschelruthe）として用いられたそうで[9]、その場合 Wünschelruthe は「金の枝」と呼ばれたそうだ[10]。ハシバミの若枝（Haselreis）は古代から'Wünschelruthe'として、呪力や魔力を持った存在、つまり「魔法の枝」、「占い棒」、「金の枝」として民衆に親しまれていたのである。

　グリム兄弟はマールブルクのエリーザベト養老院にいた年老いた女性からこの話を聞いたそうだが、残念ながらその原稿は紛失している[11]。初版の話はおそらくその原稿にもとづいたものであろう。初版の小さな木を彼らは2版からハシバミの若枝に変える。その理由は後から口承で収集した2つの類話を入れて話を再構成したからだ[12]。ハインリッヒ・レオポルド・シュタインが語った「ハシバミの若枝を墓に植える話」に彼らが飛びついたのは[13]、ハシバミには'Wünschelruthe'としての力があり、魔法の力で娘を美しくし、金の服や金の靴を与え、素晴らしい未来をもたらす「占い棒」としての力があるという民間信仰を知っていたからであろう。

　そうなると父親にハシバミの若枝を要求した灰かぶりは、古い時代のゲルマンの法律や慣習に明るい賢明な女性ということになる。彼女はハシバミの若枝をもらうことで、実の母親が亡くなったときの遺産譲渡を父親に迫ったのだ。権力や地位の象徴である帽子[14]を突き落とした枝を娘に与えるということは、亡き実母の遺産を父親から娘に移譲するということを意味する。ゲルマン社会には、女性が死んだ場合、女性から女性へと受け継がれるゲラーデ（Gerade）という財産がある。主として女性が結婚時に持ってきた品物で、家財道具や衣服、装飾品、化粧品などを指すが、そのゲラーデは、母親が死んだら娘が相続することになっている[15]。妖精が現れて美しくしてくれるのではなく、灰かぶりは「債務を負った者が債権者に木の枝あるいは藁楷を渡す」[16]という法律の知識を駆使し、法的手段で遺産を獲得し、財力を身につけたのである。

　初版では母親の遺言であったものを、2版以降、グリム兄弟の書き換えにより、娘は自らの知識と行動力によって、それらを獲得したことになる。そこには家の外での生産者と家の中での消費者という男女の役割分業を生み出した近代社会の価値観ではなく、様々な生産活動に従事していた中世の女性[17]の権利意識が表われている。母親が遺言する初版にせよ、娘が慣習法を駆使して主

張する決定版にせよ、グリム版の「灰かぶり」では豊かな法知識を持って積極的に行動している女性が、自ら幸せを呼びよせている。妖精がどこからともなく現れて、魔法の杖であらゆるものを出し、美しく変身させてくれるディズニー版「シンデレラ」とは、自力本願か他力本願かという点で大きく異なる。

(2) 金の靴

　靴という語はドイツ語では、通常 Schuh（靴の総称）という。しかし、Stiefel（長靴）や Pantoffel（ミュール）という言葉も存在する。「灰かぶり」に出てくる金の靴は、Schuh ではなく Pantoffel である。つまり、後部が開いているサンダル状の靴、ミュールなのだ。ミュールだとサイズが小さくても足は靴に入る。それが入らないということはどういうことなのだろう。足ではなくて、体の他の部位のサイズを暗示しているのではないだろうか。

　王子は足が靴に入ると、顔も見ずに花嫁だと確信する。しかし靴から出血しているのを見ると、すぐ偽者だと悟る。出血しないのは、靴が足にぴったり合う灰かぶりだけだ。まるで足と靴はペニスとヴァギナを象徴しているかのようである。結婚相手を選ぶ王家の宴ではダンスが行われた。

　ダンスは元来農民が豊穣を祈願して神々に捧げた儀式であった。実りを象徴する行為（性交）があったり[18]、対舞では「男と女がセックスで引き寄せられ、近づいたり、離れたりたり」する動きがあったり[19]、エロティックな要素を多分に含んでいた。実際、フランスのアルビ市（タルン県）では「カーニヴァルの最終日、働く少女のためのダンス『灰色のダンス』に出かけたこの町の娘たちのうち24人が妊娠した」とクテール医師が1809年の診断書に記入している[20]。また、ドイツのバイエルンでも19世紀初期に、「ダンスに行った若い女性が家に送ってもらう途中でセックスをするということに驚いた」と役人が報告している[21]。

　集団で踊る農民に対して、貴族は男女が対になったカップルダンスを踊るので[22]、ダンスに名を借りて、性的相性を試す行為が行われたとしても不思議ではない。なぜなら、王家にとっての最大の関心事は後継者の有無であったからだ。王家の宴というと、現在では上品で格調高いものと思われているが、中世では宴はアジール（聖域）として[23]、法的制裁を受けない場とされていた。

当然、無礼講が横行する可能性はあった。「靴を脱がされることは、恥辱を表す」[24]といわれているが、タール塗布という謀略によって無理やり左の靴を脱がされたという表現は、性行為の強要をメタファーとして伝えているとも読める。

そもそも靴は非常にエロティックな意味を持っている。中世の女性は通常長いスカートを履いているので、足や靴は外からあまり見えない。西洋では家の中でも靴を履いているので、靴を脱ぐのは寝るときだけだ。「靴を渡すことは、所有権の移譲を表す」[25]とか「左の靴が脱げないために彼女は出産できない」と謡うバラードも存在する[26]。灰かぶりの靴が脱げるのは、初版では「片方の靴」だが、決定版では「左の靴」になっている。グリム兄弟が2版で「左の靴」に変えたのだ。左の靴が脱げる女性は出産できるという言い伝えを知っていたからであろう。そのうえ灰かぶりの靴は金である。金は小麦の穂の色で豊穣を表す[27]。つまり、彼女は出産可能というだけでなく、出産能力に富んだ女性であるのだ。また、サンダル（ミュール）は貴族の履きものとされており[28]、ケルト人の「金箔をはった靴」は王権を表すといわれている[29]。金の靴（ミュール）に王子がこだわるのは、おそらく灰かぶりの富と地位と出産能力に心を奪われたからであろう。少なくとも顔や姿の美しさではなかった。

## (3) 美しさの基準と価値

結婚の条件に女性の美が求められるようになったのは、近代以降のことである。中世では結婚は法行為であり、家の存続のため子孫の確保と財力の強化を期待して行われた[30]。愛情の有無が重視されることはなかったのである。妻にする女性にまず求められたのは、家柄と財産と出産能力であり、美しさではなかった。美しさは恋愛においては重視されたが、それは結婚に結びつくものではなかった。恋と結婚は結びつかないものとされ、娘をいかに恋愛から遠ざけ、うまく結婚させるかが親の関心事項であった[31]。恋愛結婚が推奨されるようになったのは、近代になってからの話である。

女性に美の価値が規範として押しつけられたのは、産業革命にともなって、女性が労働から疎外されたからである。機械化され、工場化された生産の場では、産む性としての女性は、定時労働には不向きな存在となり、男性に比べて

役に立たない存在となると同時に、美的存在となっていった[32]。「男は美しくあってはいけない。それは労働の価値を損なうからだ」[33]。つまり、近代化にともなって、「男は美から疎外され、女は美へと疎外される。別な言い方をすれば、男は生産へと疎外され、女は生産から疎外」されていったのである[34]。

　ペローの話でも醜くはない継姉たちをディズニーが変え、「シンデレラを美人、継姉たちを醜人」にしたのは、「美しい女は善人、醜い女は悪人」という近代のステレオタイプのイデオロギーを挿入したからであろう。所有される性としての女性は、美しくなければ男性にとって「いい女性」ではなく、価値のない存在、すなわち「悪い女性」であるということになる。だが、近代の価値観に染まっていないグリム童話では、女性の美しさは容姿ではなく、豪華な衣装や髪の毛で表現されている。なぜなら、中世では「美」とは、「豊かさ」を示すものであったからだ[35]。灰かぶりの場合もそうだ。美しいとは表現されているが、それは金や銀の衣装や靴であって、女性の目鼻立ちやスタイルではない。王子の場合は美しさに関する記述自体がない。ディズニーでは「シンデレラは素敵な王子にうっとりする」と王子の美しさに関する描写を入れているが、グリムではまったくない。地位や名誉や財産がある王子には、美しさなど重視すべき事項でなかったからだ。中世では結婚は恋愛感情の有無でするのではなく、平和と家と財産のためにするべきものだったのである。

(4)　ガラスの靴

　ガラスの靴という表現はシャルル・ペローの『昔話』(1697年) からとったものだ[36]。ヴェールというフランス語には銀リスの毛皮 (vair) とガラス (verre) という同音意義の単語があり、書き取る際に両者を間違ったのではないかという説がある。上級貴族しか使用できない素材である銀リスの毛皮[37]なのか、現実にはあり得ないファンタジックなガラスなのか、長年、靴の素材が論争の的になっていたが、どうやらガラス説に落ち着いたようだ[38]豊穣の象徴である金と処女や冥土の象徴であるガラスと[39]、どちらが王の嫁の靴の素材として相応しいかというと、中世の現実に照らし合わすと金に軍配があがる。しかし、17世紀末に貴族の子女教育のために童話集を出版したペローは、

処女性を強調するガラスの靴を選んだというのが通説である。しかし、ペローはもっと現実的な理由で靴をガラスにしたのではないだろうか。当時、ルイ14世と宰相コルベールは平板ガラス工業に大金を投じていた。1688年にイタリアからの移民者ベルナール・ペローが平板ガラスの鋳込み法を発明し、1693年にピカルディのサン・ゴバンに王室ガラス工場が建設される。高級ガラスが生産されると、フランスはヴェネツィアを上回る最重要ガラス輸出国に躍り出た[40]。コルベールの部下であるシャルル・ペローは、フランスが誇る商品「ガラス」をシンデレラの靴に採用することによって、おそらくガラス商品の美しさをアピールしようとしたのであろう。

　近代のディズニーは「白雪姫」や「眠り姫」ではグリムの話を採用しているのに、シンデレラではペローの話を採用する。処女教育や受動的存在としての女性像に、近代社会が求めている「女らしさ」を見たからであろう。ディズニーの「シンデレラ」は爆発的人気を呼び、「シンデレラ・シンドローム（症候群）」という現象を巻き起こす。苦しくても黙って耐えていれば、いつかは私にも王子様が現れると信じて、ひたすら待っている女の子の出現を表す言葉である。やたら理想が高くて、そのくせ自分は理想の女性から程遠い存在なのに、いつかは理想の男性が現れると信じて待っているのは、ガラスの靴を履くディズニー版のシンデレラに自分を同化させているからであろう。民衆が口承で伝えたグリム版のシンデレラは、金の靴を履く豊穣な女性で、法的知識を駆使して積極的に行動したということを、もし彼女たちが知っていたら、果たして待ち続けるだろうか。

(5)　女性の運動神経

　ディズニー版では夜中の12時が過ぎたので魔法が解け、シンデレラはみすぼらしい姿で走って帰る。グリム版では12時に魔法が解けるなどという約束はなく、日暮れになったので灰かぶりは王子に暇乞いする。貴族の子女教育のために書かれたペローの本には、12時という門限が設けられているが、ディズニーもそれを採用したのだろう。しかし、グリム版の灰かぶりには門限はない。そもそも宴は夕方ではなく昼間に開催される。初版では夕方に開催され、12時の門限が設けられているが、2版以降の版では、フィーマン夫人やシュタイン氏

が語る類話を採り入れて話が再構成されたので、昼間開催の話に変更される。

近代以前の社会では「ゲッティンゲンでは、堅信礼を受けていない少女（16歳ぐらい）が、母親の付き添いなしでダンスに参加することは認められていなかった」[41]。しかし、フランスでは昼間なら、少女が1人でダンスに行ってもよかったが、夜は母親を伴わなければならなかった[42]。共同体の伝統的取り決めに従うには、少女が1人で参加するダンスは、夜ではなく昼間に開催されるべきである、とグリム兄弟が判断したのであろう。

初版出版後に収集した類話には鳩小屋に飛び込んだり、梨の木に飛び乗ったり、運動神経抜群の女の子が出現する。灰かぶりは送らせてくれという王子を振り切り、さっと身をかわして1回目は鳩小屋に飛び込み、2回目はリスのように素早く裏庭の梨の木に飛び乗る。3回目はタールを塗られた階段に金の靴を片方（左の靴）とられてしまうが、そのまま走り去る。王子は足の速い娘に追いつくのは不可能と判断して、翌朝、金の靴を持って灰かぶりの家を訪れる。グリム版のシンデレラは運動神経が抜群に発達している。俊足で跳躍力があり障害物にも強く平衡感覚にも優れている。しかも彼女は正装用のドレスを着てサンダル状のミュールを履いているのだ。ズボンを履いて普通の靴を履いている王子が、彼女に追いつけないとすると、彼女の脚力がよほど優れているか、王子の脚力がよほど劣っているか、どちらかであろう。彼女は裕福な家庭で育ったが、継母や継姉たちに酷使され、過酷な家事を押し付けられていたので、筋力がついていたのだろう。電気や水道がなかったころの家事は、水汲みや洗濯にしてもかなりの重労働で、体の筋力は当然、鍛えられる。一方、王子は中世貴族として騎士のスポーツ（馬上槍試合）は嗜んだであろうが[43]、馬車や馬で移動したので、自分の脚力を鍛える機会はほとんどなかったのであろう。出産能力だけでなく、運動神経抜群の健康な体を持つ灰かぶりは、王子にとってこの上なく魅力的な相手に思えたことであろう。しかも彼女は王子を振り切って帰ろうとする。名前も素性も明かさないところが、物欲しげでなく実にミステリアスだ。王子が虜になるのも理解できる。自分の周りにいる貴族女性にはまず見当たらないタイプである。花嫁を王家からではなく、一般の富裕市民階層から募るということは、王家に豊穣をもたらす女性、すなわち後継者である子孫や富をもたらす女性を公募したのであろう。金の服に金の靴を身につけた

灰かぶりは、抜群のダンス力と運動神経でその試験に見事合格したのである。

(6) 冷酷な父親

　ディズニー版では父親はまったく出現しない。しかし、彼が参考にしたペロー版では父親は存在する。そこではシンデレラはいじめられていることを父親に訴えても無駄だと思って、自分の窮状を伝えない。なぜなら父は、すっかり継母の尻に敷かれていたからだ[44]。このような情けない父親が出現する場合、ディズニーは父親を登場させない。再婚後すぐ死んだことにしてしまう。近代家族のなかで家父長である父親のイメージを損なう表現を、ディズニーは巧みに削除する。ディズニー作品が近代の多くの家族に受け入れられたのは、このあたりに理由があるのかもしれない。

　一方、グリム童話では実子に冷酷な父親が現れる。初版では現れなかった冷酷な父親を、2版以降にあえて入れている。自分の娘とわかっていて、父親が鳩小屋を斧で叩き割ったり、梨の木を切り倒したりするのはなぜなのか。新しい妻とその連れ子たちとの生活が大切で、亡き妻の忘れ形見である灰かぶりの存在が疎ましくなっていたからであろう。子どもを出産後、死亡する妻が多かった中世では、男性は再婚することが多かった[45]。その場合、新しい妻を中心とした新しい家族との幸せを死守しようとして、父親はできるだけ過去のことを忘れようとする。血を分けた実子より、後妻と連れ子を大切にする父親は、近代家族の父親像とはかけ離れた存在だ。近世や中世の父親像に近い存在といえよう。

　近世や中世では家庭は愛情で結ばれた情緒的共同体ではなく、生産の場であった。家父と家母が共同組織の長として、経済機構としての所帯を管理していた[46]。灰かぶりの父親は、農民や職人ではなく、裕福な市民で商業に携わっている人のようだが、近代のビュルガー（富裕市民）ではない。家父長としての家族愛が感じられないからだ。家族愛や母性愛や「ロマンティック・ラブ」[47]は近代家族の産物であって、近代以前の家族の間では見られなかった。近代以前の社会で夫婦を結びつけていたのは情緒ではなく、経済観念だったのである[48]。

　灰かぶりが女中として酷使されているのを見ても、父親は何も感じず何もし

ない。近代家族の父親なら、3人の娘を平等に扱うよう、継母をたしなめるだろう。しかし、灰かぶりの父親は実の娘に興味を示さない。邪険に扱い殺そうとさえする。経済的機構としての家族にとって大切なのは、まずパートナーである配偶者であって子どもではない。結婚が経済契約[49]であったとすれば、継母は再婚するときに相当の持参金をもってきたはずだ。それは商人である彼にとっては、このうえもなく大切なものであった。実子より後妻を大切にしなければならなかったわけである。「男には一生に2度幸せな日がある。それは妻を娶るときと、葬るときである」というアンジェ地方の農民の諺[50]、そのことを端的に表現している。

　子どもに限りない愛情が注がれるようになるのは、近代家族になってからである。「今日では繊細な優しさとか愛情あふれる親しさなどは通常の両親と子どもの関係の一部分であるかのように思われているので、われわれはそれが歴史的に見て常に不変なものだと思いがちだ。しかしながらこういった特性は、1850年以前においては、母親と小さな子どもとの関係のなかでは相対的にまれであった」[51]。母親と小さな子との関係が、現代のような愛情で結ばれていなかったのなら、父親と子どもとの関係は推して知るべしである。

　母性愛や父性愛は自然に備わっている本能ではなく、経済状態や人間関係などの環境によって左右される後天的なものなのである。それは慈しみながら子どもを育てる過程のなかで芽生えてくるものなのであろう。何が「母親らしく」、何が「父親らしい」かは、時代によって、社会によって、文化によって基準が異なるジェンダーなのである。灰かぶりの父親が子どもに無関心なのは、近代以前の社会における家族関係を反映しているからなのである。

(7)　灰かぶりの復讐

　ディズニーでは、シンデレラは王子と結婚していつまでも幸せに暮らしました[52]、で話が終わり、復讐のエピソードはない。ディズニーが参考にしたペローの話では、シンデレラは王妃になると、姉たちが謝罪に来たので許してやり、重臣と結婚させてやる。心優しいペローのシンデレラは、女性の「しとやかさ」を何より大切な美徳とする[53]、16世紀末のフランス宮廷社会の規範を体現している。なぜなら、「しとやかさ」というフランス語「グラース

(grâce)」には、「恩赦、慈悲」という意味も含まれているからだ。一方、近代社会は女性の「しとやかさや慈悲」より「美しさ」を重視する。結婚するシンデレラの美しい姿で話を終えて、その後のエピソードを省略したのは、ディズニーの卓見であろう。その方が花嫁の美しい姿を読者の心に強く刻みつけることができるからである。

　一方、グリム版の灰かぶりは幸せになったからといって、これまで自分に対して不当な扱いをしてきた人々を許しはしない。相応の報いとして罰を与える。結婚式の日に 2 羽の鳩がやってきて、行列に付き添う継姉たちの両目をつつきだし、盲目にしてしまう。「彼女たちは意地悪をしたり、嘘をついたりしたので、罰として一生盲目でいなければならなかった」[54]で話は終わる。

　決定版にあるこの復讐のエピソードは初版にはない。2 版で挿入されたものだ。初版では王子が花嫁だと確信して灰かぶりを馬車で連れて帰ると、門のところで鳩たちが「本当の花嫁だ」と保証してくれる。それで話が終了する。結婚式にも復讐にも触れないまま話が終わっている。継姉たちが鳩によって罰せられるエピソードが挿入されたのは、グリム兄弟がそこに中世人の思考法を読み取ったからであろう。中世社会では自分が不当な扱いを受けたのに抗議しなかったら、相手の行動を正当だと認めたことになる。

　「灰かぶり」では彼女が自ら復讐するのではなく、神的存在である鳩によって、「眼球除去の罰」[55]が与えられる。眼球除去は死刑ではなく、切断刑である。罪を犯した者は、その罪を犯すときに使った部位が除去されれば、悪が退治されると信じられていた[56]。姉たちの目がえぐり取られたのは、彼女たちが性悪で強欲だったからである。目は「人格の鏡」、「心の窓」と信じられていた[57]。継姉たちの目を除去すると、悪い心根が除去されると判断されたのであろう。

　「眼球除去」の刑を実行した鳩は、灰かぶりと無関係な存在ではない。彼女がハシバミの木に願掛けをすると現れ、彼女の願いをかなえてくれる神的存在である。つまり、これは天罰ではなく、彼女の復讐だったのである。

## 4. 結論

　グリム童話の灰かぶりは、ディズニーのシンデレラとまったく異なる。継母にいじめられても泣き寝入りするのではなく、亡くなった実母の遺産相続を父親に法的メタファーを使って主張する。洋服や宝石を求めた継姉たちには、ハシバミの若枝を頼んだ彼女の意図は解せなかったであろう。枝の授受は遺産の譲渡と相続の完了を意味するという慣習法の知識を、灰かぶりは密かに身につけていたのである。その枝を実母の墓に埋めて、彼女は財産を墓に隠す。そして継母や継姉たちが出かけると、彼女は墓に行き、金銀のドレスや靴を身につけて、舞踏会に出かける。ドレスがなくて泣いていると、妖精が現れて変身させてくれる他力本願なディズニーの娘とは対称的な娘である。王子と踊っても、送ってもらうことを拒否し、信じられないほどの俊足で走り去る。鳩小屋に飛び込んだり、梨の木に飛びついたり、追いかける王子をあの手この手で振り切る。タールに左の靴がくっついて脱げてしまっても、あわてることなくそのまま走り去る。もしかすると彼女は、ヤーコプが「灰かぶり」との関連を指摘しているように、「左の靴を花婿に履かせてもらった花嫁は家を支配する」という慣習法も知っていたのかもしれない[58]。左の金の靴を王子に委ねた時点で、自分は王子のものになり、後継者を産んで城を支配すると確信していた彼女は、余裕を持って王子の到来を待っていたのであろう。法的メタファーを駆使して王子を懐柔するグリム版の灰かぶりは、なんと知的で賢い娘なのだろう。そのうえ運動神経が発達している。徒競争でも、障害物競争（鳩小屋突破）でも、垂直飛び（梨の木に跳躍）でも、男性顔負けの実力を発揮する。こんな知力にも体力にも優れたしたたかな娘と結婚したら、おっとりとして育ちのよい王子は尻に敷かれることだろう。

　グリム版の灰かぶりには貴族社会の女性の姿ではなく、生産活動に積極的に関与していた近世や中世の平民女性の姿が反映している。「女は内で消費者、男は外で生産者」とされた近代女性の姿でもない。ディズニーのシンデレラが「従順で受動的な女性」であるのは、性別役割分業が叫ばれた近代女性の理想像が描かれているからである。男性は逞しく積極的、女性は従順で消極的とい

第 4 章 「灰かぶり」（シンデレラ）

う、近代の「男らしさ」、「女らしさ」が、絵本やアニメーションに巧みに挿入されているのである。

　性別役割分業社会が崩壊し、男も女も再び生産活動に携わるようになったポスト近代になっても、シンデレラ・シンドロームにかかっている女性たちは少なくない。2016年の現在でも、女らしいとは「淑やかで、美しいこと」、男らしいとは「力強く、逞しいこと」と答える女性が多いということが（武庫川女子大学でのアンケート結果）[59]、そのことを端的に物語っている。彼女たちは知的でしたたかなグリム版シンデレラの存在を知っても、相変わらず「王子の出現」を待ち続けるのであろうか。

**注**

1) Brüder Grimm: *Kinder- und Hausmärchen*. Hrsg. v. Heinz Rölleke. Frankfurt 1980, Bd. 3, S. 451.
2) 山下尚子／柳沢泰彦編『ディズニー・名作ライブラリーⅠ』文：立原えりか、講談社、1994年、114-121頁。
3) Brüder Grimm: *Kinder- und Hausmärchen*. Hrsg. v. Heinz Rölleke. a.a.O., Bd. 1, S. 137-144. 決定版訳本：池田香代子訳『完訳グリム童話集1-3』講談社、2008年。
4) Brüder Grimm: *Kinder- und Hausmärchen*. Hrsg. v. Heinz Rölleke, a.a.O., Bd. 1, S. 138.
5) Brüder Grimm: *Kinder- und Hausmärchen der Brüder Grimm*. Vollständige Ausgabe in der Urfassung. Hrsg. v. Friedrich Panzer, Wiesbaden 1953. S. 111. 初版訳本：吉原素子他訳『初版グリム童話集1-4』白水社、1997年。
6) Brüder Grimm: *Kinder- und Hausmärchen*. Hrsg. v. Heinz Rölleke. Köln 1982（1. Auf. 1819) S. 86. 2版訳本：小澤俊夫訳『完訳グリム童話1-2』ぎょうせい、1985年。
7) Jacob Grimm / Wilhelm Grimm: *Deutsches Wörterbuch*. Bd. 14. München 1984（1. Aufl. 1893) S. 714.
8) Jacob Grimm: *Deutsche Mythologie*. Frankfurt／M. Nachdruck 1985（1. Aufl. 1835). S. 546.
9) Jacob Grimm／Wilhelm Grimm: *Deutsches Wörterbuch*. Bd. 30. München 1984（1. Aufl. 1960) S. 2037.
10) Jacob Grimm: *Deutsche Mythologie*, a.a.O., S. 546.
11) Brüder Grimm: *Kinder- und Hausmärchen*. Hrsg. v. Heinz Rölleke. Frankfurt 1980, Bd. 3, S. 451.
12) Ebd.
13) Ebd.
14) 永森羽純『帽子物語』河出書房新社、1995年、140頁。
15) Jacob Grimm／Wilhelm Grimm: *Deutsches Wörterbuch*. Bd. 5. München 1984

(1. Aufl. 1897) S. 3554.
16) 阿部謹也『中世の窓から』朝日新聞社、1981年、213頁。
17) 13世紀から15世紀にかけて様々な職種に数多くの婦人たちが働いている姿が見られた。同上、235-236頁。
18) アト・ド・フリース著、山下主一郎他訳『イメージ・シンボル事典』大修館書店、1984年、164頁。
19) 同上。
20) Edward Shorter: *The Making of the Modern Family*. New York 1975, S. 90. エドワード・ショーター著、田中俊宏他訳『近代家族の形成』昭和堂、1987年。
21) Ebd. S. 95.
22) 池上俊一『歴史としての身体』柏書房、1992年、26頁。
23) 網野善彦・阿部謹也『中性の再発見』平凡社、1994年、137頁。
24) アト・ド・フリース著、山下主一郎他訳、前掲書、577頁。
25) 同上。
26) 同上。
27) 同上、287頁。
28) 同上、545頁。
29) 同上、577頁。
30) Ingeborg Weber=Kellermann: *Die deutsche Familie*. Frankfurt / M. 1974, S. 20-21. インゲボルク・ヴェーバー=ケラーマン著、鳥光美緒子訳『ドイツの家族』勁草書房、1991年。
31) 前野みち子『恋愛結婚の成立』名古屋大学出版会、2006年、332-333頁。
32) 上野千鶴子『発情装置』筑摩書房、1998年、99頁。
33) 同上。
34) 同上。
35) ジャック・ル・コブ著、桐村泰次訳『中世西欧文明』論創社、2007年、532頁。
36) シャルル・ペロー著、今野一雄訳『ペローの昔ばなし』白水社、1996年、120-142頁。
37) ジャック・ル・コブ著、桐村泰次訳『中世西欧文明』前掲書、563頁。
38) アラン・ダンデス編、池上嘉彦他訳『シンデレラ』紀伊國屋書店、1991年、145頁。
39) アト・ド・フリース著、山下主一郎他訳、前掲書、282-283頁。
40) 黒川高明『ガラスの技術史』アグネ技術センター、2005年、46頁。
41) Edward Shorter, a.a.O., S. 127.
42) Ebd. S. 127-128.
43) 池上俊一『歴史としての身体』前掲書、33-34頁。
44) シャルル・ペロー著、前掲書、121頁。
45) ロバート・ダントン著、海保真夫他訳『猫の大虐殺』岩波書店、1990年、33-39頁。
46) Ingeborg Weber=Kellermann, a.a.O., S. 73.
47) I部2章の注4参照。

48) Edward Shorter, a.a.O., S. 57.
49) Ingeborg Weber=Kellermann, a.a.O., S. 19.
50) Edward Shorter, a.a.O., S. 58.
51) 阿部謹也『甦える中世ヨーロッパ』日本エディタースクール出版部、1987年、224頁。Edward Shorter, a.a.O., S. 75, 191-193.
52) 山下尚子・柳沢泰彦編『ディズニー・名作ライブラリーⅠ』前掲書、122頁。
53) ペローは教訓として、美しさより、「しとやかさと言われるものこそ、なによりだいじなもの、もっとも値打ちのあるもの」と書いている。シャルル・ペロー著、前掲書、141頁。Charles Perrault: *Contes de Fées*. München 1975, S. 92.
54) Brüder Grimm: *Kinder- und Hausmärchen*. Hrsg. v. Heinz Rölleke. Frankfurt 1980. Bd. 1, S. 144.
55) 阿部謹也『甦える中世ヨーロッパ』前掲書、255頁。
56) カレン・ファリトン著、飯泉恵美子訳『拷問と刑罰の歴史』河出書房新社、2004年、25頁。
57) 池上俊一『歴史としての身体』前掲書、95頁。
58) Jacob Grimm: *Deutsche Rechtsaltertümer*. Darmstadt 1965（1. Aufl. 1899）, S. 214.
59) アンケートの詳細は「はじめに」注1を参照。

# 第5章　グリム童話における7の数字
## ——不運な7の出現を巡って

## 1. 序論

　現在では一般に7は幸運な数と思われている。しかし、ドイツの百科事典では7は「古くから神聖な数とされており、民間信仰では今日でも重要な意味を持っている。しかし、しばしば不幸な数字とみなされ」[1)]、神聖さと不吉さを併せ持つ数だと指摘されている[2)]。また7は魔術や迷信と結びついた数とも捉えられている[3)]。ひと足で遠くまで飛ぶ魔法の靴は7マイル靴と命名され、不可解な謎を持つ本は「7つの封印を持つ本」と表現される[4)]。さらに中世では「死人に触れた者は7日間不浄」とされ、「女性は月経の後7日間不浄」とされた[5)]。

　一方、旧約聖書の創世記では神は天地創造を6日間で終え、最後の7日目は休養をとり、神聖な日と宣告したと記されている[6)]。『中世数義百科事典』には「7は聖別された完全な数であり、サバトの数として安息を意味している」ので、「永遠の安息、永遠の幸せ」を象徴する数と記されている[7)]。さらに「いかなる数によっても分割できないので、解答できないものを表す神のような数である」[8)]と説明されている。しかし、この説明は同時に7が不可解な謎を表す神秘的な数であることの説明にもなっている。

　数秘学（Numerologie）では、「7は一般に大きな幸運をもたらす特別な吉数とみなされているが、その幸運は長続きしない」[9)]とされている。つまり、7がもたらす幸運は一時的なもので、永遠ではないのだ。要するに、7は幸運とも不運とも結びつくアンビヴァレントな数ということになる。価値観というものが時代によって、社会によって異なるものであるとすれば、7の価値観も時代や社会や文化によって変化してきたと考えられる。本章では7に焦点を当ててグリム童話を見ていくことによって価値観の変化を把握し、その理由につい

第Ⅰ部　固定観念を覆す解釈

図8　7羽の鴉

て考察する。

　伝承されてきたメルヒェンであるグリム童話には、様々な時代の価値観が交錯している。グリム兄弟は手書き原稿（初稿）を完成した1810年から7版（決定版）を出す1857年まで、48年間もメルヒェン集にかかわってきた。その間、彼らは購買者であるビュルガー（富裕市民層）や出版社の意向に合わせた近代的改変も行ったが、同時にメルヒェンの古代化や中世化にも手を染めたのである。なぜなら彼らはメルヒェンを昔の調和に満ちた時代に民族全体から溢れ出た「自然文学」であり、「民族文学」であると捉えていたからだ[10]。彼らにとってメルヒェンとは古い時代の神話やゲルマン信仰が残存している大切な民族の詩心の賜物だったのである。

　グリム童話では「太陽のドレス」や「月のドレス」より、「星のドレス」が最も威力を発揮する。それは星辰の動きで天候を予測する占星術を重視していた中世および古代の人々の価値観が投影されているからである[11]。現代ではゴミを漁る鳥として嫌悪されている鴉は、グリム童話では予言（KHM6、61、93）や裁き（KHM107）を行う神的存在である。それは鴉がゲルマン神話の主

神オーディンに仕えるフギンとムニンであるからだ、とヴィルヘルム・グリムは２版（1819年）の序文で述べている[12]。白雪姫の継母が真っ赤に焼けた鉄の靴を履かされるのは（KHM53）、「真っ赤に焼けた鉄による判定を信じるゲルマン信仰を暗に示している。なぜなら、この鉄は正しい人、まったく罪のない人だけが危険な目にあわずに触れることができるからだ」[13]。灰かぶり（KHM21）が父親に要求する「小枝」が２版から「ハシバミの枝」に変えられたのは、ハシバミが「占い棒」として水脈や鉱脈を当てるだけでなく、「姿形をより一層優れたものにする」力を持っていたからだ[14]、とヤーコプ・グリムは『ドイツ神話学』で述べている。娘に金のドレスや金の靴を出してくれる枝をハシバミの枝に変更したのは、ゲルマン信仰との結びつきをより明確にするためだったのである。

　グリム童話のなかにゲルマンの神々や慣習法など中世の人々の思考法や価値観が温存されているのは、人々が語り伝えてきたからだけでなく、古い時代の神話や慣習法に精通しているグリム兄弟が度重なる改変作業のなかで敢えて加筆していったからでもある。

　それでは、７の場合はどうなのであろう。この数字はグリム童話のなかでいかなる捉え方をされているのであろう。本章ではグリム童話に出現する７をすべて抽出し、その使用法を分析しながら、７を巡る価値観の変遷について考察していく。

## ２．グリム童話に出現する７について

### (1) 出現する７の頻度と種類についての概観

　グリム童話決定版には７は144回出現する。同じものを除くと35話中68回の７が出現する。そのうち幸運を表すものは６回（９％）しかなく、不運を表すものは50回（74％）もある。これらの７は出現形態によって、個数、期間、年齢、順番の４種類に分類できる。個数を表す７が最も多く29回、期間を表す７が19回、順番を表す７が16回、年齢を表す７が４回である。個数を表す７は29回中22回（76％）不運と結びつく。期間（19回）を表す７や年齢（４回）を表

す7は、必ず不運になる。唯一、順番（16回）を表す場合のみ、7は不運（5回）より幸運（6回）と結びつく場合の方が多い。ここではまず、7を出現形態によって、個数、期間、年齢、順番に分類し詳しく検討してから、不運な7が頻出する理由について考察していく。

(2) 個数を表す7

29回の個数を表す7のうち、人間（死刑囚、兄弟、子ども、兵隊、平民、シュヴァーベン人）[15]に関わる場合が6回、異界の存在（小人、竜の頭と口と舌、鳥）に関わる場合が5回、動物や鳥は3回（子山羊、蝿、鴉）、道具や品物など無生物は12回（風車、パン、鳥籠、荷車、山、ベッド、皿、コップ、スプーン、ナイフ、フォーク、ランプ）、貨幣は1回（ターラー金貨）、会話は1回（鏡への7回の質問）、小人の持物の種類は1回（7種類の道具の存在）出現する。個数での出現が多いのは、KHM53「白雪姫」で10回の7が出現するからだ。7人の小人の持物であるベッド、ナイフ、スプーン、フォーク、皿、コップ、ランプの7種類に、7人の小人、7つの山、7回の「鏡への質問」を加えると10回になる。「黄泉の世界の存在でもある」[16] 7人の小人は、7つの山を越えた森の奥に住んでいる。后が鏡にする7回の質問は嫉妬を生み出す。上記のうち小人の7種類の持ち物は幸運にも不運にも分類できない。しかし、黄泉の世界の小人の持物が7種類であるということ自体は、不気味な7に分類できる（1回）。

KHM60「2人兄弟」にも7が3回出現する。竜が持つ7つの頭と口と舌である。悪魔の象徴である竜が7と結びついて表現されている。さらにKHM69「ヨリンデとヨリンゲル」では魔女の7千個の鳥籠が出現する。籠のなかにいるのは魔術で鳥に変身させられた娘たちだ。

人間の場合は6回出現する。7人の死刑囚（KHM9）、鴉に変身させられた7人兄弟（KHM25）、継母に追い出された7人の継子（KHM49）、リュックを叩くと現れる魔力を持つ7人の兵隊（KHM54）、数珠つながりにされた7人の人々（KHM64）、溺死した7人のシュヴァーベン人（KHM119）などだ。これらの7人はすべて不吉や不運と結びついている。

生物と結びつく7は4回で、狼に食べられる7匹の子山羊（KHM5）、仕立屋に叩き殺される7匹の蝿（KHM20）、兄弟が変身させられた7羽の鴉

(KHM25)、娘が変身させられた7千羽の鳥と受難の7ばかりだ。

　事物と結びつく7は6回あるが、小人の持物が7種類であること、奥深い7つの山（KHM53）、魔女の7千個の鳥籠（KHM69）、眼球除去の罪を犯させる7個のパン（KHM107）、風無しで回る不気味な7台の風車（KHM71）、略奪される金貨を積んだ7千台の荷車（KHM71）など、6回ともすべて異界や不運と結びついている。

(3)　期間を表す7

　次に多いのが期間を表す7で19回出現するが、すべて苦難や不運と結びついている。最も多いのは7年間で16回、次が7日間で2回、最も少ないのが7ヶ月間で1回である。16回出現する7年間のうち10回が男性と結びつき、6回が女性と結びついている。最も多いのは兵隊が悪魔に仕える期間（KHM100、101、125）で3回ある。粉挽きの息子が洞穴に住む雌猫に仕える期間（KHM106）、ハンスが死神を樹の上に閉じ込める期間（HM82）、王子が魔女の娘に恋して病気になる期間（KHM134）、ライオン王子が竜の魔力で鳩に変身させられる期間（KHM188）、ハンスが年季奉公をする期間（KHM83）、王が追放した后を捜しだす期間（KHM31）、王子が托鉢する期間（KHM204）など、すべて苦難や不運にあう期間といえる。女性は塔に幽閉される期間が最も多く2回ある。王が無実の后を塔に幽閉する期間（KHM76）と、父王が決めた相手との結婚を承諾しない王女を塔に幽閉する期間（KHM198）だ。その他、両手を切断された后が森で天使と暮らす期間（KHM31）や女中が森の小人の家で過ごす期間（KHM39-Ⅱ）など、異界の存在と過ごす期間も多い。妹が沈黙を強いられる期間（KHM9）も、妻が鳩に変身した夫を追いかける期間（KHM88）も、辛く厳しい7年間である。

　男性は除隊兵が金をもらい、7年間汚らしい姿で過ごすという約束を悪魔とする場合が多い。一方、女性は7年間小人や幽霊のような天使と暮らしたり、塔のなかに幽閉されたり、沈黙を強いられたりする。要するに男性は塔や森や沈黙という手段で女性を世間から隔離しているのである。男性は悪魔によって7年間の受難を強いられ、女性は男性によって7年間の受難を強いられる。同じ受難でも男性と女性で受ける相手が異なるのである。男が悪魔に仕える期間

と女が男によって隔離される期間が、同じ視点で語られているところが興味深い。いずれにしろ、男にとっても女にとっても7年間は受難の期間といえる。7カ月間という表現は1話に出てくるが、それは妊娠7ヶ月で生まれたのが、親指小僧だったという話だ（KHM37）。9ヶ月の妊娠期間を全うせず、早産で生まれた子は、背丈が小さな特異な子だ。7日間という表現は2話に登場する。7日の間に山を動かせと王に命じられたり（KHM57）、森を抜けるのに7日間もかかり、餓死寸前の状態にまで追い詰められたり（KHM107）、いずれも男性が受難者だ。

このように7は年、月、日のいずれの期間と結びついても受難を表している。そして、そのような受難の7を乗り越えたとき、つまり8に突入したとき、主人公は初めて幸運への道を見出すのである。

(4) 年齢を表す7

年齢を表す7は4回あるが、いずれの登場人物も7歳のときに不幸に遭遇する。白雪姫が継母（初稿、初版では実母）に殺害されそうになるのも7歳の時であるし、KHM109「死に装束」でかわいい息子が急死するのも7歳の時だ。それゆえ母の涙が死に装束を濡らすので、天国に行けないと訴える幽霊も7歳の姿のままだ。KHM126「誠ありフェレナントと誠なしフェレナント」の7歳の息子は自分だけ名付け親から贈り物をもらえない。KHM92「黄金の山の王」で妻との約束を破って7歳の息子のことを話すや否や王は不幸になる。要するに、7歳は危機に遭遇する年齢なのだ。何故7歳であるのか、その理由については後で詳しく考察していく。

(5) 順番を表す7

順番を意味する7は16回あり、13話に出現する。そのうち幸運をもたらすのは6回、不運をもたらすのは5回、どちらでもないのが5回である。

幸運をもたらすのは次の6回だ。KHM5「狼と7匹の子山羊」では7番目の子山羊だけ狼に食べられなかったので全員命拾いする。KHM25「7羽の鴉」では7番目のコップに入っていた指輪のおかげで呪いが解け、鴉は兄弟の姿に戻ることができる。KHM88「歌って跳ねる雲雀」では鳩が7歩ごとに血と羽

根を落としてくれるので、娘は迷わず道を進むことができる。KHM101「熊皮男」では男は7年間[17]体を洗わず、髭や髪の手入れもせず、爪も切らず、神に祈らず、熊の皮を着て過ごし、生き延びたら大金をもらえるが、死んだら魂を取られるという契約を悪魔とする。悪魔が契約の実行を迫るのは7年目の最終日だ。熊皮男は善行を施したので悪魔に勝ち、7年目に幸運を手に入れることができる。ここでは受難の7年間を乗り越えれば幸せになれる。KHM106「貧乏な粉挽きの小僧と猫」では7頭目の美しい馬がハンスのものになる。KHM125「悪魔と老婆」では兵隊は7年目に謎を解き、悪魔に勝つことができる。

　不運を表す7番目の数が出現するのは次の5回だ。KHM53「白雪姫」では姫が7番目の小人のベッドで眠ってしまったので、7番目の小人は他の小人たちのベッドで1時間ずつ寝て夜を明かすことになる。KHM107「2人の旅職人」では仕立屋は7日目に空腹で死にそうになり、両目を取られてしまう。KHM119「シュヴァーベン7人衆」では7人目の男の誤解が原因で全員溺死することになる。ここでは7人目や7日目に災難に遭遇し、場合によっては死んでしまう。しかし、7年間の修行や7日間の課題を成し遂げた後、つまり7を通過すると、救われる話もある。KHM88「歌って跳ねる雲雀」では7年を過ぎて8年目になると、鳩はライオンに戻る。さらにKHM57「金の鳥」では7日が過ぎても山を動かすことができず困っていると、狐が現れて夜の間に山を動かしてくれる。翌日、つまり8日目になって、王子は初めて課題を成し遂げたことを知る。

　このように見ていくと、7は苦難の最後の期間であり、それを乗り越えて8になると幸運が待っているということがわかる。7のこのような特徴はどこから来るのであろうか、その理由について、次の章で詳しく見ていく。

## 3．グリム童話で「不運な7」が出現する理由について

⑴　7番目が悪いとされる理由について

　KHM4「こわがり修業に出た男」では、首つり台の木に7人の罪人の死体

第Ⅰ部　固定観念を覆す解釈

がぶら下がっている。なぜ7人なのか、その理由がグリムの『ドイツ語辞典』（1835）には次のように記されている。「7番は絞首台と牢獄を意味する婉曲表現である」というのだ[18]。さらに「7番目の悪い女（eine böse sieben）は無愛想な悪い女（ein böses unumgängliches weib）を表すときに非常に頻繁に使われている」というのだ[19]。辞書によっては「ガミガミ女」などと訳されているが、本来の意味は „ein unumgängliches weib" なのだから「無愛想で陰気な女」と訳すべきであろう。1980年出版のドゥーデンの『ドイツ語大辞典』では、「年老いて、口やかましく、喧嘩好きな妻」（verältende, zänkische, streitsüchtige Ehefrau）の俗称とされている[20]。1835年版のグリムの辞典では「無愛想で陰気な女」にすぎなかったのに、1980年版のドゥーデンの辞典では「ガミガミ女」にされている。悪の種類が攻撃的なものに変えられているのである。

　不愛想や口うるさいと訳されている unumgänglich というドイツ語は「交際、つきあい、性交」[21]を意味する Umgang という名詞から派生した形容詞および副詞である。前に逆を表す接頭語 un がついているので、「非社交的、つきあいにくい、性交しない」と言う意味にも解釈することができる。男性にとって「性交を拒否する」女性は都合の「悪い」女性ということになるのであろう。これは元来、三相一体（月、母、狩猟）の処女神ディアナを意図したものではないだろうか。なぜなら、キリスト教はディアナを敵視し、福音書で神殿の破壊を何度も命じているからである[22]。「性交を拒否する」という原意から、「付き合いにくい女、口やかましく喧嘩好きな女」にまで言葉の意味が変遷していくところに、西洋中世のキリスト教社会がもつジェンダー観が現れているように思える。そこには性交は女性ではなく、男性が主導権を握るべきものであるという社会規範が読み取れる。

　ところで、7番が絞首台と牢獄を意味するのは何故なのか、その理由について考察していく。悪魔、魔物、幽霊、小人など異界の存在が7と結びつき、それらのもとで主人公は7年間か7日間の修業を積む。それが達成されると主人公は幸せになる。つまり7とかかわっている間は困難に陥っているが、7から脱出すると幸せになるのだ。これはユダヤ教や初期キリスト教では、7日目（土曜日）が神の安息日（Sabbath）であるからではないだろうか。ユダヤ教のサバトは元来、7日目ごとに位相を変える月の女神の豊穣神を崇める日であっ

たが、モーゼが一神教へと純化する過程で排除され、豊穣宗教そのものが罪悪視されていったのである[23]。キリスト教徒も最初は礼拝の集会を、「ユダヤ教の安息日であるサバトの日に行っていた。しかし間もなく、ユダヤ教と区別するために、その次の日、つまり日曜日を安息日とし、かつ週の最初の日にしたのである」[24]。つまりユダヤ教のサバト（7日目）の次の日（8日目）がキリスト復活の日（日曜日）となり、使徒時代（約90-140年）から8日目である「主の日」に礼拝が行われるようになり、人々はその日に労働を休んだのである[25]。だが神の安息日はあくまで土曜日で日曜日ではない。「創造主の安息日と救済者に関する類型学上の関連についてはこれまでほとんど強調されてこなかったが、6－7－8という数列の意味が持つ背景として、それは非常に重要な事項である。なぜなら墓場の安息日（Grabsruhe）の後に来る復活の日である8の数字を抜きにして、7の意味を考えることはできないからである」[26]。イエスの遺体は安息日の前日（6日目）に墓場に埋葬され、安息日（7日目）に墓場に放置され、8日目に復活したのだから[27]、7は墓場の安息を、8は主の復活を意味する数だというのだ。

アウグスティヌスは永遠の安息と現世の安息の混同を戒め、「7によって示されているのは1週間サイクルの時間経過であり、彼岸における永遠の時間の永遠の安息を意味しているのではない。それは8によって示されている」と主張している[28]。7による幸運はあくまで現世でのことであり、永遠の幸福は8によって示されていると主張する彼は、安息日の翌日に神が復活した8こそが、現世ではなく来世での幸せを求めるキリスト教にとって救済を意味する幸運な数だというのだ。つまり7はあくまで現世での幸せを追求するユダヤ教の安息日にすぎないということになる。

本来は7日目の土曜日であった安息日が、8日目の日曜日に変更されると同時に、ユダヤ教のサバト（土曜日）はキリスト教以前の豊穣神である三相一体（月、母、狩猟）の女神ディアナ（アルテミス）やローマのサトゥルヌスなどの異教の神々が暗躍する日とされ[29]、魔女集会の日に貶められていく。キリスト教はディアナを「魔女の女王」として敵視し[30]、福音書で全ディアナ神殿の破壊を命じる[31]。「キリスト教は脱魔術化——異教の神を悪魔におとしめることをこう表現するとすれば——の運動を起こしながらも、少なくとも中世初

期までは、民衆の心の表層にしか浸透せず、基層にある呪術的なものを一掃することはできなかった」[32]。異教の神々はキリスト教によって悪魔視され、神が墓場の安息を貪る日に暗躍したのである。

392年にキリスト教が国教化されるまで、ローマ帝国ではキリスト教とローマ人の民間信仰との闘争があった。キリスト教擁護論者は豊穣と秘儀をもったギリシア・ローマの古代信仰を、不道徳と情欲の源として排除し、悪魔視していったのである[33]。

異教の神々が悪魔化して暗躍する日は、死者（先祖）崇拝や月崇拝を掲げるユダヤ教では新月の土曜日であり[34]、週の7日目である。現在でもユダヤ教では、金曜の日没から土曜日の日没まで家事を含む一切の労働および入浴や火の使用まで禁じられている。交通手段を使っての外出も禁じられており、家や教会で祈りながら静かに過ごす。彼らは土曜日が神の安息日で「自然の秩序を越えた時」であると信じている[35]。神聖な日であると同時に異教の神々である悪霊が跋扈する日という認識もあったのであろう。外出を控えて家や教会で拝んで過ごす風習は、そのような宗教的文脈のなかで考察されねばならない。

実際、ユダヤ教以前のバビロン暦（BC.1728-1686）では月の位相が変わる「7日目、14日目、21日目、28日目は毎月不吉な日とされ、その日は労働を避けねばならなかった」。それが「ユダヤ教になったときに、宗教史ではよく起こることであるが、古い否定的な安息日の戒律が肯定的な意味に変えられ、7日目は聖別された神の安息日になった」のである[36]。

土曜日を意味するドイツ語は2種類あるが、Samstag は古高ドイツ語では Sambaztag といい、語源的にはユダヤ教の安息日（Sabbat）に由来するという[37]。また英語の Sturday はラテン語 Saturni・dies（Tag der Saturn）から来たもので[38]、サトゥルヌスの日という意味だ。

ローマ神話のサトゥルヌス（Saturnus）はギリシア神話の巨人クロノスと同一視され、自分の子どもたちを貪り食う「破壊者」であり「死の王」である[39]。異教の神サトゥルヌスは元来、農耕の神で12月下旬のサトゥルナリア祭では通常の秩序が逆転し、主人が奴隷に仕えたりする[40]。この逆転の発想は魔女集会に取り込まれ[41]、サトゥルヌスは次第にサタンと同一視されていく。「古代イタリアにおいて、サトゥルヌス崇拝が盛んであったところでは、

神の役割を演じる者を選ぶことが普遍的に行われていた。彼は伝統的なサトゥルヌスの特権をすべて享受するが、その後で死んでいった。自らの手であるいは他の者の手によって、小刀あるいは火、あるいは絞首台の木にかけられて死んでいった」[42]。7番が絞首台を意味するのは、この祭りの生贄の儀式に由来すると思われる。古代の異教の神サトゥルヌスが暗躍する日に火や小刀を使わず外出を控えるユダヤ人は、異教の神の生贄にされることを恐れていたのではないだろうか。「謝肉祭の王を処刑する真似事は古代サトゥルナリア祭の遺物である。……この習慣はキリスト教時代になっても続けられた」[43]という。

不吉な要素に満ちた土曜日は「中世の魔術では月よりも強い魔力を持つ星とされた」土星の日であり、この星の下に生まれた人は「すべてがうまくいかず」、色は黒く「不運、魔力、罪深い性格、貪欲、偽善」の資質を持つと言われている[44]。占星術の予言が人々の未来を支配することに危機感を抱いたキリスト教は、357年にコンスタンティヌス帝が占星術禁止令を、409年にテオドシウス2世が占星術図書焚書令を出す[45]。さらに、アウグスティヌスは占星術を悪魔（Dämon）の未来知であると断言する[46]。

12月末の安息日の土曜日はキリスト教以前の異教の神サトゥルヌスの祝祭日であり、太陽神ミトラの誕生日であった。異教の神を悪魔化していったキリスト教は、サトゥルヌスやミトラも悪魔化していくが、サトゥルナリア祭やミトラ祭の定着度が強いことを知ると、キリスト生誕を祝うクリスマス祭に塗り替えて慣習の継続を図ろうとした[47]。しかし、一旦慣習という形で定着していたものは、そうたやすく変更できるものではない。背後にある異教の神々の姿に怯えながら、自らの神の祭（クリスマス）へと衣替えさせていったのである。土曜日は異教の神々である悪魔が暗躍する日という見方はキリスト教徒も共有していたがゆえに、安心して休めるようキリスト教の安息日を土曜日から日曜日に移したのであろう。13世紀のキリスト教の説教小話（Predigtmärlein）では悪魔を「安息を乱す者」（Ruhestörer）と表現している[48]。悪霊が暗躍する7日目を無事に過ごすことができると、「主の日」である日曜日が来る。つまり、苦難の7を無事通過すると幸運が待っているのである。

2回のユダヤ戦争でエルサレム神殿を破壊しユダヤ人を壊滅状態にしたローマは、135年にユダヤ教、ユダヤ文化、ユダヤ暦の廃止を命じた。一方、キリ

スト教はローマに受け入れられ、392年にテオドシウス 1世によりローマ帝国の国教に指定される[49]。それに先立ち、キリスト教を公認したコンスタンティヌス帝は321年に日曜日強制休業令を発布したが、彼は日曜日が安息日であるからではなく、「太陽の麗しき日」であるゆえに休業を命じたのだ。つまり、日曜休業令は「不敗の太陽神」に捧げられたものであり[50]、ユダヤの安息日を意味するものではなかったのだ。ローマ皇帝アウレリアヌスが274年12月25日（ユリウス暦の冬至）にパルミラ女王ゼノビアに先勝した日を「不敗の太陽」の日とし、ローマでは太陽神ミトラを祝う風習があった。この「太陽神の日」とユダヤ教から受け継いだ「主の日」を習合させ、キリスト教は「クリスマス祭」を創出したのだ[51]。太陽暦を採用したキリスト教徒には、ユダヤ教から受け継いだ月の信仰はもはや見られない。教会側は日曜の安息日化には慎重な態度をとった。主要な宗教会議でこの件が話題に上ることはなく、唯一ラオディキア教会会議（343-381）のみ安息日化決定の報告を伝えている[52]。世俗の権力と結びついたキリスト教はユダヤ教との差異化を強調するため、6世紀頃から戒律の厳しいユダヤ教の安息日ではなく、礼拝と休業を主目的とした日曜安息日を定着させていく[53]。同時にキリスト教はユダヤ教のサバトを蔑視し、「魔女集会」を意味する言葉にしてしまう。魔女が集う土曜日は悪霊が飛び交い、悪魔のもとに集うというのである。

　グリム童話のなかで 7日目が過ぎると幸運がやってくるのは、上記のことを反映したものであろう。神は 6日間ですべてを創り、「7日目にすべての創造の業を休まれた」[54]。つまり、7日目は作業を終えて神が休まれた日であり、「神は 7日目の日を祝福し、聖別された。何故なら、その日に神は創造の業によって生み出したすべての作品から離れて、休養されたからである」と聖書に記されている[55]。神に祝福された「聖なる 7」「幸運な 7」が出現するのは、聖書のこの記述に起因すると思われる。しかし、神が休んでいる間は悪霊がはびこる危険性も伴う。「聖なる 7」は同時に「不吉な 7」「魔術的ユダヤ教の 7」にもつながる[56]。聖と邪を併せ持つ 7の両義性は聖書という共通の聖典をもちながらユダヤ教と袂を分かち、蔑視することによって己を正当化し、敢えて 8日目の「復活の日」を安息日に指定したキリスト教の曜日変更に原因があると思われる。聖書を読むことなどできなかった中世の民は、神が墓場で安

息している間は一神教以前の神々が悪霊として彷徨し、誘惑されるかもしれないという不安に怯えていたのであろう。

　KHM107「2人の旅職人」で7日目に「靴屋は自分の心のなかから神様を追い出して」[57]、仕立屋の目玉をえぐり出すという悪魔のような所業を断行したのは、安息日で神が休んでいた隙に、悪魔が彼の心に入りこんだからではないだろうか。彼が救われるのは7日目が終わった翌日（8日目）の明け方、つまり神が休息を終え、その威光をあまねく示した時なのだ。朝露を塗ると目玉が生えるという話を首つり台にぶら下がっていた罪人から聞いた仕立屋は、それを実行して目玉を取り戻すと「神の慈悲に感謝して朝の祈りを唱えた」[58]。つまり、神が休養から戻り再臨する8日目に神の加護を受け、その慈悲で助けられたのだ。

(2)　7個が不吉とされる理由について

　7が悪魔と関係する数字であるのは、サタンが竜として、それも7つの頭を持つ竜として描かれているということと関連があると思われる。7つの頭を持つ竜がサタンであり、堕天使ルシファーであるという記述は、聖書の黙示録にもある[59]。「火のように赤い大きな竜。その竜は7つの頭と10本の角をもち、頭に7つの冠をかぶっていた」[60]。この竜が悪魔であることは、「この巨大な竜、老いた蛇、悪魔とかサタンとか呼ばれるもの」[61]という記述から明らかである。西洋絵画では悪魔が竜の姿で描かれる場合が多い。ルネッサンスの画家ラファエロは黙示録に登場する竜（悪魔）と闘う「聖ミカエル」や「聖ゲオルギウス」の絵（1503-05）を描いているし[62]、頭を7つ持つ竜はドイツのアルブレヒト・デューラーが、木版画集『黙示録』（1497-98）で詳細に描いている[63]。このような図像を見ていると、7が邪悪なサタンや竜と結びついた数というイメージが刷り込まれてしまう。

　グリム童話には7台の風車、金貨を積んだ7千台の荷車など、多くの数を象徴する7が出現するが、不吉の象徴だったり、奪われる黄金であったり、否定的文脈で使用されている。同じような使用法はネーデルランド出身の司祭であり人文主義者であるエラスムス（1466-1536）の著書『痴愚神礼讃』（1511）にも見られる。彼は、托鉢する修道士たちのなかには最後の審判で、「7艘の貨

物船でも積みきれないほど勤行をつんだという者もいよう」と皮肉交じりに書き、主が聞くのは「永遠の掟の実現、つまり愛について尋ねるだろうということを、彼らは考えもしない」として、儀式や托鉢などの勤行を愚行として批判している[64]。また、エラスムスとは逆の立場、すなわちローマ教会とハプスブルク家側に立つドミニコ会修道士、ハインリッヒ・インスティトリスやヤーコプ・シュプレンガーもその著書『魔女の鉄槌』(1487)で女性による魔術の7つの様態を挙げている。それらは、①人の心を異常な愛に変える、②生殖能力を奪う、③生殖器官を切り取る、④妖術（Gaukelkunst）で人を動物に変える⑤女性を不妊不能にする、⑥早産を引き起こす、⑦子どもを悪霊の生贄にするの7つだ[65]。以上のことから、7は魔術と絡む数字として使われていたことがわかる。このように7は中世から近世にかけて否定的文脈のなかで数多く使用されていた。そのことがグリム童話のなかにも反映されていると思われる。

(3) 7歳が不運に見舞われる年齢である理由について

子どもは7歳になると、急死したり(KHM109)、父親を不幸にしたり(KHM92)、贈り物がもらえなかったり (KHM126)、殺されかけたりする (KHM53)。それは西洋中世では保護を必要とするのは7歳までとされていたからだ[66]。1794年のプロイセン一般ラント法は7歳までが子ども、14歳までが後見を必要とする年齢と定めている[67]。7と7の倍数は法的に重要な数として認識されていたのだ。7歳が過ぎると子ども期を修了するので、修了に値するかどうか確認する必要がある。そのため7歳の子に試練が課されるのだ。つまり7歳は最初の通過儀礼（Initiation）が子どもに課される時期だったのである。困難な課題に直面する7歳は、子どもにとって受難の年であると同時に、大人になるためには避けて通れない重要な試練の年、運よく無事に通過できることを、すなわち幸運であることを強く願う年だったのである。

(4) 7が罪と結びつく理由について

7が不吉な数と結びつく理由は、「7つの大罪」という考え方が古くからあったからと思われる。キリスト教では傲慢、嫉妬、憤怒、強欲、悲嘆、貪食、色欲を「7つの罪源」というが[68]、そもそも「7つの大罪」という概念は、4

世紀のギリシアの修道士エヴァグリオス・ポンティコスの著作『８つの悪しき思考』のなかで罪と有害な感情を列挙したのが起源とされている。６世紀後半にはグレゴリウス１世が『モラリア』（ヨブ記の注釈）で大罪を８から現在の７に改正し、「７つの大罪」を罪が重い順に①傲慢（Superdia）、②嫉妬（Invidia）、③憤怒（Ira）、④強欲（Avaritia）、⑤非嘆（後に怠惰 Acedia）、⑥貪食（Gula）、⑦色欲（Luxuria）の罪と規定した[69]。

この「７つの大罪」に対応する形で「７つの美徳」がキリスト教に導入されたのは13世紀で、トマス・アクィナスによってである。彼は『神学大全』で３つの対神徳と４つの枢要徳を挙げている[70]。対神徳は信仰、希望、従順を指し[71]、枢要徳は正義、節制、剛毅、思慮を指すとしている[72]。大罪を意味する７は13世紀以降善行も意味するようになる。しかし７は悪徳とは直接結びついているが、美徳とは直接結びついていない。美徳は７というより３つの神徳と４つの枢要徳と認識されていたようだ。人々の心のなかには「７つの大罪」の概念が浸透しており、前述の人文主義者エラスムスや彼と対立するスコラ学者のドミニコ会士シュプレンガーだけでなく、多くの人々がそのような考えを共有していたと思われる。

そのことは当時の絵画からも読み取れる。ヒエロニムス・ボッシュ（1450-1516）は「７つの大罪」を絵画で目に見える形で具体的に表現し[73]、ハンス・ブルクマイヤーの木版画（1510）では、獣が振り回す刀に「７つの大罪」の名称が書き込まれている[74]。さらにニコラ・ル・ルージュ著の『羊飼いの暦』（1523）の挿絵にも「７つの大罪」に対する地獄の処遇が描かれている。この本は初版が1496年にトロワで印刷されたフランスで初めての暦本で、「占星術、科学的知識、実用的な情報、天国に行くための教訓など」が盛り込まれており、40年にわたって版を重ねたベストセラー的存在であったという[75]。「７つの大罪」は数多くの画家たちによって描き出されているが、「７つの美徳」は主としてルネッサンス期の画家、コレッジョやラファエロなどによって描かれている。しかし、彼らが描いているのはほとんどの場合、キリスト教の神に対する美徳、３つの対神徳である。コレッジョは「美徳の寓意」（1532-33）で、ラファエロは「三美神」（1504-05）で、キリスト教の３美徳「信徳、徳望、愛徳」を３人の女性に擬人化して描いているが、７つの美徳をすべて擬人化した絵画

は見当たらない。こうした絵画などによって、人々は7を善より、悪と結びついた数として認識していったのではないだろうか。

　1589年にペーター・ビンスフェルトは罪と悪魔の関係を記した著作で、「7つの大罪」を特定の悪魔と関連付けている。それ以降、通俗のグリモワール（grimoire、魔術書）や絵画で「7つの大罪」が引用されるようになる[76]。中世のキリスト教の世界観を巧みに表現したダンテは『神曲』の煉獄編で次のように書いている。「天使は私の額に剣の先で7つのPの文字を記した。そして『なかに入ったならば、この傷を洗いおとすよう努めよ』と言った」[77]。このPが7つの大罪を意味し、第10歌から順番に現れるが、煉獄で求められる弁明に対して改心が認められると消えていくので、罪の象徴であり、償いでもある[78]。ダンテが天国へ行くには、それら7つの罪に問われる理由がないことを順番に証明していかねばならない。重い順に罪が問われるので、7番目は1番罪が軽い色欲について問われることになる。7つの大罪のなかで7番目が1番軽いのは、7番目が幸運とつながる一因かもしれない。神はノアの箱舟に「すべての潔い動物のなかから雌雄7匹ずつを、潔くない動物のなかから雌雄2匹ずつを」持って入るよう命じた[79]。ここでは7は「良いものを多く」という意味で使われている。ノアの洪水は40日間続いて止む。水が引いたかどうかを確認するため、その7日後にノアは鳩を放つ。鳩はオリーブの葉を咥えて戻って来る。それからまた7日後に鳩を放つ。鳩は戻ってこなかったので、ノアは水が引いたことを知る[80]。ここでは鳩は7日ごとに吉報を持ってくる鳥として登場している。しかし、聖書には7の否定的使用法もみられる。「神殿から7つの災いを携えた7人の天使が出てきた。」1つの生き物が「神の怒りが盛られた7つの金の鉢を、この7人の天使に渡した」。「第7の天使が、その鉢の中身を空中に注ぐと、神殿の玉座から大声が聞こえ、『ことは成就した』と言った。」その瞬間稲妻や雷に続き人類最大の地震が起こり、バビロンの都が3つに引き裂かれた[81]。ここでは7つの鉢と7番目の天使は人類最大の災害をもたらすものとして登場している。

　7が罪と結びつく理由としてもう1つ考えられるのは、7が占星術と結びつく数だということである。7惑星で占う占星術をキリスト教は悪魔の技として攻撃し、占星術図書焚書令まで出している。それはキリスト教にすがるより、

第5章　グリム童話における7の数字

占星術にすがって未来の生き方を決めようとする人々が、侮れない数に達していたからであろう。

## 4．グリム兄弟による7の加筆について

　グリム童話集のなかには初期の版には登場しない7をグリム兄弟が後の版で書き加えた話が3話ある。それはKHM9「12人の兄弟」、KHM39-Ⅱ「屋敷ぼっこⅡ」、KHM25「7羽の鴉」だ。KHM9の初稿や初版では妹の沈黙は12年間であったが、2版から7年間に書き換えられている。またKHM39-Ⅱの初版と2版では女中が森の小人の家にいたのは1年間だったが、3版から7年間に書き換えられている。さらにKHM25「7羽の鴉」は初稿（1810）や初版（1812）では「3羽の鴉」という題で、鴉に変えられた息子は3人である。また呪いを解く指輪が存在する場所が、初版では3番目のコップ[82]、初稿では机の上[83]であったが、2版（1819年）から7番目のコップに変えられている[84]。

　KHM9の初稿はカッセルのラムス姉妹からヤーコプが口承で収集したものである。それをヴィルヘルムが初版で加筆し、2版でさらに改筆している。12年を7年に換えたのもヴィルヘルムの書き換えによるものである[85]。

　KHM39-Ⅱの初版はヴィルヘルム・グリムがカッセルのヴィルト家の娘ドロテーアから聞いたものを口承で書き取ったものだ[86]。彼はドロテーアからまた別の類話（Variant）を1830年に聞きとり、それを挿入した[87]。ヴィルヘルムは1825年5月15日にドロテーアと結婚したので[88]、妻から聞きとったことになる。第3版に収められた類話では、女中が小人の家にいた期間が1年から7年に変わっているだけでなく、新しく箒（Besen）が登場する。「女中は小人から手紙を受け取ると字が読めなかったので、箒を隅に立てかけて、主人のところに持っていった」。また、森のなかの小人の家から戻ってきたときも、「自分の仕事をしようと思って、あのまま隅に立てかけてあった箒を手にとって掃き始めた」。すると家のなかから見知らぬ人が出てきたので、女中は自分が3日だと思ったのは実は7年で、前の主人一家は全員死んだということを知る[89]。冥界の存在である小人の家に滞在した期間を1年から7年に換え、しかも魔術と関わりがある箒を付加したのは、1830年に聞いた話の方が「19世紀

第Ⅰ部　固定観念を覆す解釈

初期のカッセルの口承伝統を少なからず反映したもの」とヴィルヘルムが判断したからであろうとレレケは推測している[90]。彼はこれを「メルヒェン特有の7年間期限（märchengerechte 7-Jahren-Frist）」と規定しており、ヴィルヘルム・ハウフもそのメルヒェン「鼻という名の小人」(Der Zwerg Nase)で、「魔女のもとで7年間仕える」という表現を使っていると指摘している[91]。伝承されてきたメルヒェンだけでなく、創作童話にも「7年期限の原則」は広く適用されているというのだ。

KHM25の初版はヤーコプがハッセンプフルーク家の人々（マイン地方）から書き取ったものだが、2版でヤーコプは1815年にウイーンから届いた類話を取り入れて改変している[92]。7番目のコップの指輪が幸運をもたらすとしたのは、3版でのヤーコプの書き換えによるものである。おそらくグリム兄弟は7の上記のような特徴を知っていたので、魔術がらみの期間や困難な仕事をする期間を意図的に7年に統一したのであろう。

グリム童話のなかで苦労する期間が7年間であるのは、グリム兄弟の改変によるものが2回、伝承段階で入っているものが17回である。この2回は「メルヒェン特有の7年間期限」の原則に気づいたグリム兄弟が意図的に入れたものといえよう。

ところで7が苦難と結びつくのはメルヒェンだけなのだろうか、伝説ではどうなのだろう。そのことを確認するため、同じグリム兄弟が編集し、再版も改変もしなかった『ドイツ伝説集』(1816-1818)[93]について調査してみた。その結果、27話中37回（出現回数は53回）7が出現していることが判明した。そのうち幸運と結びつく7は4回、不運と結びつく7は28回、判断不明の7は5回である。つまり伝説集でも7割以上の7が不運と結びついているのだ。メルヒェン集で8割以上、伝説集で7割以上の7が不運と結びつくということは、レレケが定義した「メルヒェン特有の7年間」という表現では不十分であり、「伝承文学特有の7年期限」と定義するべきであろう。ハウフの創作童話にも同種の7が出現するのは、ハウフが7年期限原則を取り入れることによって、創作童話に昔話の雰囲気や要素を盛り込もうとしたのであろう。

## 5．結論

　グリム童話に出現する7は、幸運よりもむしろ不運と結びつく場合が多い。それはキリスト教以前の古代宗教の考え方が反映しているからであろう。ユダヤ教では神の安息日をさす7日目、土曜日は神聖な日であるとされていたが、ディアナ信仰では新月、占星術では土星と結びついた不吉な日であった。さらに異教の神々の教えを風習という形で保持していた農民たちは、冥界の神サトゥルヌスの日である7日目を無事に過ごせたら幸せが訪れると考えていたと思われる。

　数秘学によると、7は「最も神秘的で魔術的な数」で、「宗教と魔術に頻出する」、「唯一無比」の数だという[94]。太陽の7番目の惑星と信じられていた月と関連があり、「7日ごとに4つの相を持つ月は、原始信仰ではその満ち欠けによって人生の盛衰を支配すると考えられた」[95]。月の周期は月経をもつ女性のバイオリズムとも関係している。昔の女性は7歳で子ども期を脱し、14歳で初潮を迎え、49歳で更年期を迎え、70歳で死亡すると考えると[96]、7の倍数年は女性の人生の転換期を示していたことになる。月の女神であるディアナ信仰は穀物や女性の実りと密接に結びついた信仰として農民の間に広く浸透していた。グリム童話のなかの7の数字が通過儀礼と結びついているのも、ディアナ信仰の名残かもしれない。

　ドイツ人の民俗習慣や迷信のなかにユダヤのそれが流入していることは、民俗学者ポイケルトによって1932年に指摘されている。ファウスト伝説のメフィストフェレスという名前はユダヤの悪霊の名前に由来し、その魔術もユダヤの魔術書から取ったものだという彼の指摘は[97]、伝承のなかに純ゲルマン的伝統を求めてきたナチスドイツに衝撃を与えた。聖書やキリスト教を通じて、ユダヤ文献を通じて、ユダヤ人との同居を通じて、ドイツの精神的遺産のなかにユダヤ信仰から多くのものが引き継がれているということは、最近の研究では確認されている[98]。

　ユダヤ教や初期キリスト教では神が天地創造を終えて休んだ7日目は、幸運と同時に不運を意味する。なぜなら、7日目にはあらゆる活動が禁止されたた

め、すべての計画が無に帰するからである[99]。実際、マカベア戦争（BC.167-164）では「ユダヤ人たちは、はじめ安息日には無抵抗で殺されるままになっていた」[100]。なぜなら、「安息日に仕事をする者は、誰でも必ず殺されなければならない（出エジプト33:15、レビ16:31）」[101]からだ。安息日戒命違反に対する厳しい罰則は旧約聖書に明記されており、ユダヤ人だけでなく、メシアであるイエス以外は初期キリスト教徒も遵守していたと考えられている[102]。そして「3-5世紀には異邦人キリスト教会においても安息日の新たな尊重が顕著」[103]となっていく。働くこと、闘うこと、治療することなどあらゆる活動を禁止する安息日の厳格な掟は、悲劇をもたらしたと思われる。仕事の納期や手術が安息日に重なると、人は「不運な7」を嘆くことになる。

ローマの国教となったキリスト教はユダヤ教と差別化するため、4世紀に安息日を7日目から8日目の日曜日に移行し、6世紀になると礼拝と休業に重点を置いたキリスト教の日曜日の安息日が普及していく[104]。それにより、ユダヤ教の7日目のサバトは悪霊が集う魔女集会の日に貶められていったのである。

中世では罪はモーゼの「十戒」よりも、「7つの大罪」のほうが普及していたが、近世になると「十戒」が支配的になる。なぜなら、魔術や呪術が「不正」とされたことと、「わたしの他に神があってはならない」という第1の戒律が、すべてに勝って重視されたからである[105]。モーゼの十戒はプロテスタント運動が盛んになるにつれて息を吹き返し、あらゆる種類の占術や魔術が禁止されていく[106]。印刷技術の発達に伴ってグリモワールが普及し、高度な魔術が大衆化され、高度な教育を受けた教区司祭はグリモワールに記された呪文を読み、理解し、実際に使うことができた[107]。17世紀後半まで占星術は医学分野でも広く受け入れられ実践されていた[108]。そうなるとキリスト教当局は占星術や魔術や異教の神々との結びつきが強い7を無視できなくなる[109]。そこで、7から呪力を取り除こうとする試みがなされた。「7つの大罪」ではなく「十戒」が重視されたのも、プロテスタント聖職者による脱魔術化運動の一環であったのである。

そのような聖職者の努力を無視するかのように、グリム童話に出現する7は魔術と結びついた不吉な数のままである。民間信仰というかたちで人々の心に潜んでいたのは「幸運な7」ではなく、占星術やディアナ信仰と強く結びつい

た「不吉で受難の7」だったのだ。7に焦点を当ててグリム童話を読んでいくと、現代とは異なった西洋中世の庶民の価値観が息づいていることに気づく。幸と不幸というアンビヴァレントな価値観を併せもつ7の数字は、グリム童話集やドイツ伝説集などの伝承文学のなかで、「幸運な7」という人口に膾炙している認識とは異なる「不吉で受難の7」というイメージを発信し続けているのである。

## 注

1) *dtv-Lexikon—Ein Konversationslexikon*. München 1974, Bd. 17, S. 47.
2) Gerhard Wahrig: *Deutsches Wörterbuch*. Gütersloh 1968, S. 3286.
3) *dtv-Lexikon*, a.a.O., Bd. 20, S. 221.
4) Rolf W. Brednich (Hg.): *Enzyklopädie des Märchens*. Berlin 2006, Bd. 12, S. 646.
5) Heinz Meyer / Rudolf Suntrup: *Lexikon der Mittelalterlichen Zahlenbedeutungen*. München 1987, S. 515, 511.
6) *Das Alte Testament*. Übers. v. Eugen Henne, Paderborn 1936, 1.Teil, S. 15.
7) Heinz Meyer / Rudolf Suntrup, a.a.O., S. 540, 497.
8) Ebd. S. 481.
9) Jaen-Polde Kersaint: *Numerologie. Zahlen lenken Ihr Schicksal*. Freiburg 1979, S. 39.
10) Wilhelm Grimm: Über die Entstehung der Altdeutschen Poesie und ihr Verhältnis zu der Nordischen. In: Gustav Hinrichs (Hg.) *Kleinere Schriften*. Hildesheim 1992 (1. Aufl. 1881), Bd. 1, S. 112-114.
11) 太陽、月、星のドレスが出現する話はKHM65,186,193の3話である。
12) Wilhelm Grimm: Einleitung. Über das Wesen der Märchen. In: *Kleinere Schriften*. Hildesheim 1992 (1. Aufl. 1881), Bd. 1, S. 340.
13) Ebd. S. 346.
14) Jacob Grimm: *Deutsche Mythologie*. Frankfurt / M. 1985, (1. Aufl 1835), S. 546.
15) シュヴァーベンはドイツ南西部を指し、伝統的に「シュヴァーベン人」といえば「田舎者」の代名詞のように使用されている。
16) Wilhelm Grimm: Einleitung, a.a.O., Bd. 1, S. 349.
17) 期間の7に算入済み、兵隊が悪魔に仕える期間（KHM100、101、125）参照。
18) Jacob Grimm / Wilhelm Grimm: *Deutsches Wörterbuch*. Bd. 16, München 1984, S. 802.
19) Ebd. S. 800.
20) Duden Verlag (Hrsg.) *Das große Wörterbuch der deutschen Sprache*. Mannheim 1980, Bd. 5. S. 2394.
21) 国松孝二編『小学館　独和大辞典』小学館、1985年、2289頁。
22) *Das Neue Testament*. Übers. v. Hans Bruns. Giessen 1960, S. 382.

23) 上山安敏『魔女とキリスト教』人文書院、1993年、43-44頁。
24) 同53頁。
25) 小林珍雄編『キリスト教百科事典』エンデルレ書店、1960年、95頁。
26) Heinz Meyer / Rudolf Suntrup, a.a.O., S. 493.
27) *Das Neue Testament*, a.a.O., S. 142f.
28) Heinz Meyer / Rudolf Suntrup, a.a.O., S. 498.
29) *Das Alte Testament*, a.a.O., Bd. 2, S. 524, 1020.
30) Barbara G. Walker: *The Woman's Encyclopedia of Myths and Secrets*. New York 1983, S. 233.
31) *Das Neue Testament*, a.a.O., S. 382.
32) 上山安敏、前掲書、83頁。
33) 上山安敏、前掲書、36、43頁。
34) *Das Alte Testament*, a.a.O., Bd. 1, S. 732.
35) Alan Unterman: *Jews — Their Religious Beliefs and Practices*. London, New York 1981, S. 170f. ユダヤ教の安息日の禁止事項は旧約聖書の安息日戒命（出エジプト6-23-30, 20-8-11, 35-1-3）を厳守しているにすぎない。
36) Franz Carl Endres / Annemarie Schimmel: *Das Mysterium der Zahl — Zahlensymbolik im Kulturvergleich*. München 2005, S. 145f.
37) *Duden Bd. 7, Etymologie*. Mannheim 1989, S. 611.
38) Ebd. S. 681.
39) Barbara G. Walker, a.a.O., S. 897.
40) Ad de Vries: *Dictionary of Symbols and Imagery*. Amsterdam / London 1974, S. 401.
41) 魔女は「無秩序」や「逆の世界」を象徴する。Ingrid Ahrendt-Schulte: *Weise Frauen — Böse Weiber*. Freiburg / Basel / Wien 1994, S. 28.
42) James George Frazer: *The Golden Bough. A Study in Magic and Religion*. New York 1963, S. 678f.
43) Gertrude Moakley: *The Tarot Card*. New York 1966, S. 55.
44) Ad de Vries, a.a.O., S. 401.
45) ジョルジュ・ミノワ著、菅野賢治他訳『未来の歴史』筑摩書房、2000年、167頁。
46) 同、174-175頁。
47) Barbara G. Walker, a.a.O., S. 897, S. 663.
48) Lütz Röhrich: *Sage und Märchen. Erzählforschung heute*. Freiburg 1976, S. 256.
49) 小田垣雅也『キリスト教の歴史』講談社、1995年、58頁。
50) A.H.M. ジョーンズ著、戸田聡訳『ヨーロッパの改宗』教文館、2008年、104頁。
51) 上山安敏、前掲書、54頁。
52) Hans Huber: *Geist und Buchstabe der Sonntagsruhe*. Salzburg 1958, S. 81f.
53) Willy Rordorf: *Der Sonntag. — Geschichte des Ruhe- und Gottesdiensttages im ältesten Christentum*. Zürich 1962, S. 169.
54) *Das Alte Testament*. a.a.O., 1.Teil, S. 15.
55) Ebd. S. 15.

56）J. ジュリアス・スコット著、井上誠訳『中間時代のユダヤ世界』いのちのことば社、2007年、223頁。
57）Brüder Grimm: *Kinder-und Hausmärchen*. Ausgabe letzter Hand mit den Originalanmerkungen der Brüder Grimm. Hg. v. Heinz Rölleke. Stuttgart 1980, Bd. 2, S. 109.
58）Ebd. S.110.
59）*Das Neue Testament*, a.a.O., S.694.
60）Ebd. S. 693.
61）Ebd. S. 694.
62）Laura Ward / Will Steeds: *Demons. Visions of Evil in Art*. London 2007, S. 8.
63）Ebd. S.225.
64）Erasmus von Rotterdam: *Das Lob der Torheit*. Übers. v. Alfred Hartmann, Hg. v. Emil Major. Basel 1945（1. Aufl. 1929）, S. 128f.
65）Jakob Sprenger / Heinrich Institoris: *Der Hexenhammer*. 11 Aufl.（1. Aufl. 1982）München 1993. 1. Teil, S. 107.
66）Irene Hardach-Pinke / Gerd Hardach（Hg.）: *Deutsche Kindheiten. Autobiographische Zeugnisse 1700-1900*. Kronberg/Ts, 1978, S. 2.
67）Hans Hattenhauer（Hs.）: *Allgemeines Landrecht für die Preußischen Staaten von 1794*. Frankfurt / M. 1970, S. 55（1.Teil, 1.Titel, § 25）.
68）Laura Ward / Will Steeds, a.a.O., S. 49.
69）Ebd. S.49.
70）トマス・アクィナス著、稲垣良典訳『神学大全』15巻、創文社、1982年、2頁。
71）同15巻、123頁。
72）同11巻、230頁。
73）Rosemarie Schuder: *Welt und Traum des Hieronymus Bosch*. Berlin 1991, S. 102.
74）Laura Ward / Will Steeds, a.a.O., S. 69.
75）Ebd. S. 89.
76）William E Burns: *Witch hunts in Europe and America. An Encyclopedia*. Westport 2003, S. 33f.
77）Dante Alighieri: *Göttliche Comödie*. Übres. v. Philalethes. 5. Aufl. Leipzig und Berlin 1904（1. Aufl. 1865-66）, Zweiter Theil, S. 88.
78）Ebd. S. 88. 罪はラテン語でpeccatumと綴る。
79）*Das Alte Testament*. a.a.O., Bd. 1, S. 23.
80）Ebd. S. 25.
81）*Das Neue Testament*. a.a.O., S 701f.
82）Jacob Grimm / Wilhelm Grimm: *Kinder- und Hausmärchen der Brüder Grimm*. Vollständige Ausgabe in der Urfassung. Hg. v. Friedrich Panzer. Wiesbaden 1953, S. 125.
83）Jacob Grimm / Wilhelm Grimm: *Die Älteste Märchensammlung der Brüder Grimm. Synopse der handschriftlichen Urfassung von 1810 und der Erstdrucke*

*von 1812.* Hg. v. Heinz Rölleke, Cologny-Genéve 1975, S. 226.
84）Brüder Grimm: *Kinder- und Hausmärchen. Nach der zweiten vermehrten und verbesserten Ausgabe von 1819.* Hg. v. Heinz Rölleke. Köln 1982, Bd. 1, S. 99.
85）Brüder Grimm: *Kinder- und Hausmärchen.* Ausgabe letzter Hand. a.a.O., Bd. 3, S. 445f.
86）Ebd. Bd. 3, S. 459.
87）Heinz Rölleke: *Die Märchen der Brüder Grimm — Quellen und Studien.* Trier 2000, S. 97.
88）Gabriele Saiz: *Die Brüder Grimm — Leben-Werk-Zeit.* München 1984, S. 177.
89）*Kinder- und Hausmärchen gesammelt durch die Brüder Grimm.* Vollständige Ausgabe auf der Grundlage der dritten Auflage. Hg. v. Heinz Rölleke. Frankfurt/M. 1983, S. 189f.
90）Heinz Rölleke: *Die Märchen der Brüder Grimm — Quellen und Studien.* a.a.O., S. 98.
91）Ebd. S. 272. Vgl. Wilhelm Hauff: Der Zwerg Nase. In: *Hauffs Werke.* Berlin 1970, Bd. 2, S. 134-163（hier S. 141）.
92）Brüder Grimm: *Kinder- und Hausmärchen.* Ausgabe letzter Hand. a.a.O., Bd. 3, S. 453.
93）ドイツ伝説集から7を抽出する際には次のテキストを使用した。
　Brüder Grimm: *Deutsche Sagen.* 2 Bde. Frankfurt / M. 1981.
94）Rosemary Ellen Guiley: *The Encyclopedia of Witches and Witchcraft.* NewYork 1989, S. 251.
95）Ebd. S. 251.
96）Franz Carl Endres / Annemarie Schimmel, a.a.O., S. 143f.
97）Hanns Bächtold-Stäubli（Hg.）: *Handwörterbuch des deutschen Aberglaubens.* Berlin / New York 1987, Bd. 4, S. 812.
98）Ebd. S. 810-814. 上山安敏、前掲書、62-63頁。
99）Albert S. Lyons: *Predicting the Future.* New York 1990, S.182f.
100）『旧約新約聖書大事典』教文館、1989年、94頁。
101）鍋谷堯爾他編『聖書神学事典』いのちのことば社、2010年、152-153頁。
102）ニコル・ルメートル他著、蔵持不三也訳『図説キリスト教文化事典』原書房、1998年、12頁。『旧約新約聖書大事典』前掲書、94頁。
103）『旧約新約聖書大事典』前掲書、94頁。
104）Peter Heylyn: *The History of the Sabbath.* London 1636, 98-125.
105）William E. Burns, a.a.O., S. 30.
106）Ebd. S. 31.
107）Owen Davies: *Grimoires. A History of Magic Books.* Oxford 2009, S. 61ff.
108）Ebd. S. 63.
109）Ebd. S. 242. "The Seven Steps to Power", "The Seven Keys to Power" などの書物が続出してくる。

# 第6章 『グリム童話集』における父親像と母親像

## 1．序論

　グリム童話の中の父母像を語るとき、特定の話のみ取り上げて父母像の特徴を描写する研究は数多く出ているが、それではあらかじめ立てた仮説に適合する話のみ抽出しているという批判を免れることはできない。父母像の一般的特徴について語るには、一度、グリム童話に収録されている話をすべて読破し、分析する必要がある。
　本章の目的は決定版のグリム童話集全211話に登場する父親と母親をすべて抽出し、それぞれ息子や娘に対する行動を調査分析することにより、包括的な父親像や母親像を導き出すことである。さらにその父母像が近代家族における父母像と異なる場合、その理由を社会的、経済的、法的、ジェンダー学的視点から学際的に考察することである。

## 2．グリム童話に登場する父親と母親の概観

　グリム童話全211話のなかで、家族関係がわかる形で登場する父親は92人で77話に出現している。母親は73人で67話に出現している。父親の方が母親より19人も多く登場しているのだ。92人の父親は46人が娘との関係で、45人が息子との関係で、7人が妻との関係で登場している。登場数からみると息子と娘に対する父親の関心は同程度であり、妻に対しては極端に少ないことがわかる。
　一方、73人登場する母親は、息子との関係で登場するのが39人、娘との関係で登場するのが37人、性別不明の子どもとの関係で登場するのが4人だ。こちらも登場数から見ると母親の息子と娘に対する関心度は同程度であると分析できる。

夫婦のみの登場が極端に少なく、子どもと一緒の登場が大多数を占めるということは、グリム童話で重視されているのは夫婦関係ではなく、親子関係であるということが推測できる。そこで、どのような親子関係が展開されているのかについて、男女別に分けて考察していく。

## 3．グリム童話に登場する父親

### (1) 父親の息子に対する行動

　息子とともに登場する45人の父親のうち、最も目につくのは息子を世間に出す17人の父親だ。そのうち11話では[1]、息子が自ら世間に出ることを望むが、父親に勧められる話も6話[2]ある。望んだ理由を見ていくと、窮乏生活から抜け出すためだったり（KHM16）、手に職をつけて自活するためだったり（KHM64,111）で、貧しさゆえの決断である場合が多い。父親自ら世間に出ることを勧める場合も、手に職をつけるため（KHM124,129）や、馬鹿な息子を教育するため（KHM33）だ。なかには馬鹿な息子を家の恥だからと世間体を気にして追い出す父親（KHM4）や、山羊の嘘を信じて息子を殴って追い出す（KHM36）、短気で暴力的な父親もいる。要するに息子を世間に出すのは、息子に世間を学ばせて自立する力を養わせるためなのである。

　次に多いのが後継者としての適性を検査する父親で7人いる。金の鳥を探せ（KHM57）とか、最高の絨毯（KHM63）や命の水（KHM97）を持参せよとか、木を伐れ（KHM64）、池の水を掻き出し、城を建立せよなど（KHM113）数々の難問を息子に出して、解決能力を試す父親が登場する。一見奇妙な要求のように思われる「最高の絨毯」の持参は、絨毯が「統治権（sovereignty）」を象徴するので、最高の統治権を獲得した者を意味する[3]。その他、雄鶏と大鎌と猫を3人の息子に渡し、もらったものが存在しない国を探せ（KHM70）という風変わりな課題は、姦通も死も魔女もいない平和な国を探せという意味であろうか。雄鶏は母や姉妹と平気で交わるので中世では「姦通（adultery）」や「近親相姦（incest）」の象徴[4]、大鎌はあらゆる生物の命を刈り取るので「死」の象徴[5]、猫は「魔女」の化身[6]とみなされていたからだ。このように困難な

課題を息子に課すことによって、父親は後継者としての適性を厳しく吟味したのだ。

　次に多いのが息子の結婚に干渉する父親で6人存在する。息子の結婚は父親にとって最重要事項であるので何かと干渉する。まず、恋愛結婚を極力避けようとする。息子に美しい王女の絵姿を見せないよう遺言したり（KHM6）、美しい娘の噂を聞いて会いに行きたいという息子を阻止したり（KHM134）、息子の恋愛を危険視する父親が続出する。臨終の床で父親が決めた相手と結婚することを約束させ（KHM67）、結婚相手を決めるのは自分であって、息子ではないということを教える。息子の方もそれを心得ていて、必ず結婚の許可をもらいに父の家に戻って来る。父の頬にキスしたり（KHM193）、別の女を紹介されたりすると息子が婚約者のことを忘れるのは（KHM56）、父の意向に沿う相手と結婚しなければならないからだ（KHM186）。

　次に目立つのは息子を残酷に扱う父親だ。息子を売る父親が4人、追放する父親が3人、殺す父親が3人、捨てる父親が2人いる。金貨と引き換えに息子を売る貧乏人（KHM29,37,137）や財産を無くし悪魔と取引して息子を売る商人（KHM92）にとって、息子は商品に他ならない。悪魔に騙されて后と息子を追放する父王（KHM31）、山羊に騙されて3人の息子を追放する仕立屋（KHM36）、怖がることを体験したいという馬鹿息子を追い出す平民の父親（KHM4）など、息子を追い出す父親は王族にも平民にも存在する。娘が生まれると財産をすべてこの子に譲りたいと考え、12人の息子たちの命を奪おうとする父王（KHM9）、家臣の命を救うため息子たちの首を刎ねる父王（KHM6）、3人の師匠に預けた馬鹿息子が、犬と鳥と蛙の言葉しか学ばなかったことに激怒し、息子を殺せと命じる伯爵（KHM33）など、息子を殺す父親は3人登場するが、すべて王侯貴族階層だ。食料がなく息子を捨てる樵（KHM15）、双子は悪魔だと兄に言われて捨てる貧乏人（KHM60）など、主として経済的な理由から父親は子捨てを断行する。

　残酷な扱いをするだけでなく、感情的に息子を嫌う父親も2人いる。息子が針鼠であったり（KHM108）、大泥棒であったり（KHM192）する場合だ。子どもがなく、神に針鼠でもいいから授けてくれと祈願すると、本当に針鼠の子を授かる。しかし父親はこの子を嫌い、死んでくれることを切望する。修行して

金持ちになって帰宅した息子が泥棒名人であると知ると、父親は嫌って拒絶する。さらに息子を鳥に変身させる父親も2人存在する。誕生した娘の洗礼水を汲みに行った7人の息子の帰りが遅いので怒り、鴉になれと呪いをかけてしまう父王（KHM25）と、再婚した魔女の娘に6人の先妻の息子を白鳥に変身させられてしまう父王（KHM49）だ。極めつけは息子を食べる父親である。継母に殺されスープにされた息子を父親は美味しいといって完食してしまう（KHM47）。息子の肉とは知らずに食べたとはいえ、継母の行動に無関心で実子に対する配慮がなかったことが、このような結果を招いたといえる。

ところで親孝行な息子は出現しないのに、親不孝な息子は2人登場する。1人は老人虐待する息子で（KHM78）、もう1人は親に御馳走を与えない息子だ（KHM145）。老衰した祖父が食事中、手が震えて食べ物をこぼし、食器を落とすので、両親が怒鳴りつけ、祖父を部屋の隅に追いやり、木の器で少量の食事しか与えない。孫に将来、同じことを父親にしてあげると言われて初めて反省するのだが、これは老人介護ではなく、老人虐待の話といえる。3世代同居の話はこの1話しか出現しない。グリム童話では老人は家族と一緒ではなく、たいてい家族と離れて1人で住んでいる。もう1人の息子は夫婦で家の前で鶏の丸焼きを食べようとしていると、別居している年老いた父親がやって来る。息子は「父親に一口でもやりたくなかったので」[7]、大急ぎで丸焼きを隠してしまう。すると丸焼きはヒキガエル（Kröte）になって息子の顔に貼り付いて取れなくなってしまう。貪欲（Avarice）[8]の象徴を顔に貼り付けることで、神が息子を罰したのだ。グリム童話には親不孝な息子の行動を神が罰する話は存在するのに、親孝行な息子を神が褒める話は存在しない。

このように厳しい父親が多いなか、息子を大切に育てる愛情深い父親も2話に登場する。生まれてきた子がロバだったので、母親は嫌うが、王である父親は後継者として大切にする話（KHM144）と、懸命に働いて貯めた金で息子を学校に通わせる樵の話（KHM99）だ。前者は後継者の有無が問われる王族にとって、自分の子はたとえロバのような愚鈍な子[9]でも尊重すべきだという考えからきた行動といえる。後者は教育を施して息子がよりよい職業に就くと、晩年養ってもらえると考えての行動だが、いずれも無条件の親子愛というより、後継者問題や老人扶養問題の解消策としての行動といえる。

## (2) 父親の娘に対する行動

　娘とともに登場する父親はたいていの場合、結婚がらみの問題で登場する。46人中32人、つまり約7割が娘の結婚問題で登場する[10]。課題を成し遂げたら娘をやるという形で成立する結婚だ。そこでは娘の意志は問われず、相手の難題を解く力の有無のみが問われる。力があると判断されると娘が与えられ、後継者として認定される。つまり、結婚とは家や国の後継者を決定することなのだ。

　結婚相手の後継者としての適性を検査する父親は16人いる。32人中16人だから、結婚問題に関心を持つ父親のうち、半数の父親は自ら相手の適性を検査する行動に出ていることになる[11]。課題の中で目立つのは、金の林檎か命の林檎を取ってくる（KHM17,136,165）、竜を退治する（KHM60,129）、猪を退治する（KHM20,28）、姫を笑わせる（KHM7,64）、姫を連れ戻す（KHM91,133）などだ。

　豊穣の象徴を保持する力、恐ろしい獣を退治する勇猛さ、子孫を残す性的能力などが、後継者として必要な能力とみなされている。中世では笑いは「性愛」と密接な関係にあり、性行為のメタファーとして使用されている。アプロディテーは豊穣（命）をもたらす愛の女神、すなわち「笑いと愛」の女神なのだ[12]。4世紀に聖パシリウスが「笑いは人間の罪から生じた肉体の快楽」だと指摘し[13]、ヒルデガルト・フォン・ビンゲン（1098-1179）も「笑いは悪魔の特徴である」としている[14]。それゆえイエスは生涯一度も笑わなかったという[15]。「笑い」の禁止は性行為の禁止を意味し、「笑わせる」ことができる男性とは、娘を性的に満足させることができる男性を意味する[16]。

　息子同様、娘を売り渡す父親も7人登場する。ラプンツェルというルッコラに似た野菜と引き換えに（KHM12）、富（Reichtum）と引き換えに（KHM31,40,101）、怪物や兵隊に脅されて（KHM88,116）、道を教えたお礼に（KHM108）、父親は娘をやると約束する。娘は父親にとって物々交換の対象とされていることがわかる。

　娘を処罰する父親は5人登場する。処罰する理由で最も多いのは、父王の決めた相手との結婚を拒否した場合だ（KHM52,111,198）。父王は相手の髭を嘲笑った娘を乞食と結婚させたり（KHM52）、醜い男との結婚を拒否した娘を百姓

女の姿で城から追い出したり（KHM111）、別の国の王子との結婚を望んだ娘を7年間塔に閉じ込めたりする（KHM198）。王命に従わない娘は王女の身分を剥奪されて乞食女や百姓女に貶められるか、塔に幽閉されるか、いずれかの刑に処される。約束を守らず夫を殺そうとした王女も溺死刑に処される（KHM16）。父王は自分の娘でも命令に背いたり、約束を守らなかったりすると厳罰に処す。父親をどれくらい好きかと聞かれて、「塩と同じくらい」と答えた末娘を怒りに任せて追い出した父王（KHM179）は、後悔の涙にくれる。甘言を弄さず、率直で賢明な答えをした娘の意図を彼は理解できなかったのだ。

娘を捨てる父親は3人登場する。理由は貧困である。飢餓克服のため娘を聖母マリアに託したり（KHM3）、森に置き去りにしたり（KHM15）、危険な森に弁当を届けに来るよう要求したりする（KHM69）。この場合、末娘が森で迷子になるのを予想することはできたはずだ。弁当を届けに行った姉2人がすでに森で行方不明なっているのに、末娘に弁当を届けさせるというのは、子捨てを意図した行動と解釈されても仕方がない。

継母が娘をいじめるのを放置したり（KHM13）、一緒になって残酷な行為をしたりする父親も存在する。彼は実の娘が飛び込んだ鳩小屋を斧で叩き割って殺そうとする（KHM21）。殺意はないが、13人いる賢女（weise Frau）を12人しか招待しなかったことにより、娘を死の眠りに陥らせた父親もいる（KHM50）。

その他、見栄っ張りで決断力がなく、娘に異常な性愛を抱く父親もいる。怠け者の娘を「藁を金に紡ぐことができる娘」と偽って后に売り込む父親（KHM55）や、娘の忠告を無視して投獄されてしまう頓馬な父親（KHM92）もいる。残酷な父親ばかりではなく、娘を愛する父親も2人存在する。1人は相続がらみの愛情で財産が娘だけに行くよう、12人の息子を殺そうとする父王（KHM9）であり、もう1人は死んだ后によく似た娘に求婚する父王である。後者は近親結婚の話である（KHM65）。いずれにせよ情緒的愛情に満ちた父親の出現は皆無である。

怠け者の娘を、藁を金に紡ぐことができる娘だと王妃に嘘を言うということは、嘘がばれたら娘は殺されるかもしれない。この父親は娘の身を案じるより、自分のギャンブル的開運を優先している。相続がらみとはいえ12人の息子を殺して全財産を娘1人にやろうとする父性愛も、現代から見れば尋常ではない。

挙句の果ては娘に求婚する父親まで出現する（KHM65）。亡くなった后に似た娘に求婚するが、娘の方は困惑し、難題を課してあきらめさせようとする。しかし、父の意志は固く難題をやり遂げたので、困り果てた娘は家出をする。娘は放浪の末、再び父の城に舞い戻り、初版では父と結婚してしまう[17]。父娘間の近親結婚である。それが2版以降の版ではどこかの国の王子との結婚に改変される[18]。

　レヴィ・ストロースによると、近親姦の禁止が一般的になるのは16世紀以降のことであり、それ以前の社会ではさほど珍しいことではなかったそうだ[19]。父親の娘に対する行動は、政略結婚の道具に利用したり、罰したり、売ったり、求婚したり、現代では問題行動と受け取られる行動が多くみられる。

## 4．グリム童話に登場する母親

### (1)　母親の息子に対する行動

　母親の息子に対する行動で最も多いのは、息子の誕生を喜ぶという行為だ[20]。母としての女性の価値は、後継者である息子を出産したか否かによって判断されたからであろう。息子の誕生を喜ぶ粉ひきの妻（KHM181）、息子の誕生を喜ぶとすぐ死んでしまう金持ちの妻（KHM47）、膝に乗せて居眠りしている間に息子を料理番に奪われてしまう后（KHM76）、鸛が連れてきた赤子を自分の息子として可愛がる后（KHM107）、生まれてきた子が親指小僧でも喜んで育てる百姓の妻（KHM37）などの5人の母親だ。

　同じくらい多いのは息子をいじめる母親で5人登場する[21]。そのうち3人は継母、1人は養母、1人は実母だが魔法使いだ。これらの母親は息子に食べ物を与えなかったり、殴ったり、呪ったり、変身させたり、殺したりする。一方、子どもの世話をする母親も5人いる[22]。親指小僧の面倒を見る仕立屋の妻（KHM45）、2人の息子を立派に育てる漁師の妻（KM85）、8歳の息子の世話をする后（KHM136）、息子のために苺摘みに行く母（KHM210）などが登場する。

　せっかく産んだ息子を他者に奪われる母親は3人いる。奪う相手は鷲

（KHM51）や料理番（KHM76）や姉妹（KHM96）であり、母親が眠っている間に略奪される。母親の不注意と姉妹の悪意が原因だ。母親が自ら渡す場合は金貨と引き換えに王に（KHM29）、援助と引き換えに悪魔に（KHM55）売り渡す。いずれも貧困や窮地を克服するためである。

　息子を動物や魚に変身させる母親が4人いる。継母が3人、実母が1人である。継母は息子を鹿に（KHN11）、白鳥に（KHM49）、小魚（KHM141）に変身させて厄介払いする。実母の場合は息子を信用せず、長男を鷹に、次男を鯨に変身させる（KHM197）。この実母は女魔法使いであると説明されている。

　息子に対する思い入れは母親の方が父親より強く、死後も息子を躾ける母が2人（KHM117,154）登場するし、成長した息子を父は認識できないのに、母は認識できる（KHM92,204）。母親は原則として父親の決定に従って息子に厳しく接するが、ときには息子の側に立って、夫に逆らってまで出来の悪い息子をかばうことがある（KHM192）。

(2)　母親の娘に対する行動

　娘に対する母親の行動で最も多いのは体罰やいじめである。該当する母親は13人もいるが、決定版では継母が11人で、実母が2人である[23]。グリム兄弟による書き換えの結果である。初稿や初版では実母や姑だった6人を継母に変更したのだ。初出で見ると継母は5人で、実母は5人ということになり[24]、娘をいじめる母親の数は継母も実母も同数ということになる。いじめる方法は飢えさせる、殴打する、捨てる、酷使する、変身させるなどである。

　継母の場合、出来の悪い実子を溺愛するあまり、出来の良い継娘をいじめるのである。11人中7人がこのケースである[25]。実の娘を愛する実母が5人[26]、継母が7人ということは、継母の方が愛情深い人が多いということもできる。継母は実子を愛するからこそ継子をいじめるのである。娘を愛する実母は出産してすぐ死ぬ人が2人（KHM21,53）、娘と共に眠る人が1人（KHM50）、寡婦が2人（KHM89,161）である。その他の実母は娘に対して厳しく接する。手伝いをさせる母は4人いるが[27]、森に使いにやる場合は、子捨てを意図したものと解釈することもできる（KHM26,66）。むずかる赤子に鴉になれと叫んでしまう后（KHM93）も、怠惰な娘を糸紡ぎが得意な娘だと偽って后に預けるの

第6章　『グリム童話集』における父親像と母親像

も実母である。ばれたら殺されるのを承知でしたのなら、怠惰な娘を厄介払いしたと解釈できる（KHM14）。

　実母も子どもを平等に扱うわけではなく、1人だけ邪険に扱うケースが3例ある。綺麗な子を可愛がり醜い子をいじめる母（KHM180）が1人なのに、美しく善良な娘をいじめて醜く性悪の娘を可愛がる母（KHM130,201）が2人もいる。実の娘を保護する実母の力は、排除しようという継母の力に負けてしまうのが（KHM89）印象的だ。

## 5．父親像と母親像のまとめ

　グリム童話に登場する父親と母親は、息子に対する対応で著しい相違がみられる。母親は息子の誕生を手放しで喜ぶものの、出産と同時に死亡したり、大切な息子を他者や鳥に奪われて罰せられたりする。息子を世話するだけでなく、いじめる母親も存在する。興味深いのは息子を動物や魚に変身させる母親の存在だ。

　一方、多くの父親は息子を世間に出し、修行させて後継者としての資質を身に着けさせようとする。息子の結婚に目を光らせるのも父親で、とくに美しい娘との恋愛結婚を阻止しようとする。「美しさ」は男性を誘惑し性愛を引き起こす力、つまり危険な力を持つからである[28]。なぜなら、中世では結婚は法行為であり、家の存続のため子孫の確保と財力の強化を期待して行われるものだったからである[29]。その他、息子を売ったり、追放したり、捨てたり、殺したりする父親が12人いる。修行や教育の結果が期待に沿うものでなかった場合、父親は息子を嫌い、殺意を抱く。後継者として失格と判明した場合、父親は息子を見放す。出来の悪い息子を生かしておくと相続争いの原因になるからであろう。12人の息子を鴉に変身させたのも、分割相続で国が分割されるのを避けようとしたからである。1人娘に婿を取って相続させると、分割は免れる。ドイツ諸侯は分割相続を採っていたところが多かったからである[30]。息子優先の相続法のなかで娘に単独相続させるには、息子の存在を消さねばならない。一見残酷に見える父親の行動も救国のための苦肉の策であったのであろう。なぜなら父親にとっての最優先事項は子どもや妻の幸せではなく、国や家

の平和と存続であったからだ。

　娘に対する対応では、父親は結婚に最大の関心を抱き求婚者に難題を課すが、母親はいじめたり、溺愛したり、えこひいきしたりと感情的な扱いをする。父親の決めた相手との結婚を断った娘は厳罰に処されるが、息子は処罰されず懐柔されてしまう。息子は後継者であるからであろう。娘を売ったり、捨てたり、殺そうとしたりする父親の決定に、母親はたいてい同意する。納得できなくても不本意ながら夫の決定に従う。なぜなら親権と教育権は父親が握っており、母親が保持していたのは身上監護権だけだったからだ[31]。女性は生まれながら知的能力に欠けるとみなされていた[32]。それゆえ知的教育ではなく道徳教育という分野で子どもを躾けるのが母親の役割だったのである。公然と息子を裁く権利がない母親は呪術で息子を鳥や動物に変身させる。法的手段から締め出されていた母親は、呪術的手段に頼るしか他方法がなかったのである。タキトゥスによると、古代には「女には神聖で、予言的なあるものが内在する」とゲルマン人は女性の予言能力を高く評価していたという[33]。しかし、中世になると「見えない呪い」は「見える暴力」より恐ろしいとされ、女性による魔術の行使が疑われる[34]。魔術という超法的手段が女性の特権のように何度も出現するのはそのせいである。公の場での発言が認められていた男性と、認められていなかった女性とでは、子どもに対する対応が異なるのである。

　父親は美しい娘に対して欲情を抱く。中世の「美しさ」は「豊かさ」を意味し[35]、「豊かな実り」つまり出産能力との結びつきを示唆する。相続に関してゲルマン社会は多様な選択をしている。分割相続の慣習があったと言われるゲルマン諸侯だが、グリム童話では単独相続が圧倒的多数を占める。6世紀のサリカ法典（第59章5で女性の土地相続権を否定）を根拠として[36]、フランスは女性の王位継承権を廃止する。しかし、実際にはフランスでもドイツでも息子がいない場合は、配偶者の后や娘が継承した例がある[37]。女性による相続が語られるグリム童話は、案外真実を伝えているのかもしれない。

　末子相続は旧約聖書や牧畜民や開拓民にみられる。分封されて兄たちが家を出ていくので、残った末子が屋敷を継ぎ親の面倒を見る[38]。グリム童話で末子相続が多く出るのは、古代や中世初期の話が多いからか、それとも王家といいながら実際は零細農民や放牧民などの相続が多く語られているからなのだろ

うか[39]。有能な者に相続させるのは、ローマ人の指定相続を反映したものとも考えられるが、ゲルマン農民の慣習法では「すでに生前に農家は分割せず単独相続とする」とされており[40]、家の存続を考えると単独相続（Anerbensitte）が妥当であると思われる。長子相続は王家では行われていたようだが、平民層では普及が限定的であったようだ。ドイツ諸侯国は国により相続方法が異なり、例えばヴュルテンベルク王国やブレーメン国では長子相続が、バーデン国では末子相続が取られていたようだ[41]。息子がいない場合は娘による単独相続が長子か末子により行われていた[42]。ゲルマン法では分割相続が主流だといわれているが、現実には慣習法に則り単独相続を敢行する諸国は数多くあったようだ。

　伝承文学では伝説でもメルヒェンでも単独相続、とりわけ末子相続や有能者相続が頻出する。平和を乱す最大の原因は相続である。分割相続を唱えるゲルマン法に従っていたら、国は分割されて弱小化の一路をたどる。そこで父親は兄たちを修行や教育に出したり、双子を殺したりする。双子が不吉とみなされたのは、相続争いを招いたり、養育費用がかかったりするので、家に諍いや経済的負担をもたらすと考えられたからであろう。

　興味深いのは「笑い」に対するジェンダーによるダブルスタンダードである。父王は娘の求婚者に対しては娘を「笑わせる」能力を要求するが（KHM7,64）、娘に対しては「笑う」ことを禁止する（KHM52）。特に鳥に変身させられた兄たちの救出を願う妹には発言と笑いが数年間にわたって禁じられる（KHM9,49）。笑いは性的快楽を意味するものであるからこそ、男には女を「笑わせる」性的能力が、女には「笑わない」すなわち「性行為を避ける能力」が問われているのであろう。

## 6．結論

　グリム童話の中の父親や母親が子に対して残酷なのは、彼らにとって最も大切なのは親子愛ではなく、家や国の存続であるからだ。そこでは家庭は愛情を育む場ではなく、家の存続に貢献する人材を確保する場なのである。戦争を避けるため、後継者を巡る諍いを回避しようと、様々なことが検討される。現代

人には残酷と思われる行動も、異なる社会や文化のなかでは最善の策だったのであろう。

　社会が変われば求められる父性や母性も異なる。近世や中世では家庭は愛情で結ばれた情緒共同体ではなく生産の場であった。家父と家母が共同組織の長として、経済機構としての所帯を管理していたのだ[43]。家族愛や「ロマンティック・ラブ」は近代家族の産物であり、中世社会の家族の間では称揚されなかった。なぜなら中世社会で夫婦を結び付けていたのは情緒ではなく、経済観念だったからである[44]。

　つまり「女らしさ」や「男らしさ」が時代や社会の期待を反映したジェンダーであるのと同様に、母性愛や父性愛も時代を超越して存在する本能などではなく、時代によって社会によって変わるジェンダーなのである。

注
1) KHM16,45,64,70,85,90,97,108,111,134,144.
2) KHM4,33,36,99,124,129.
3) Ad de Vries, *Dictionary of Symbols and Imagery.* Amsterdam / London 1974, S. 83.
4) Ebd. S. 104.
5) ゲルト・ハインツ＝モーア著、野村太郎他訳『西洋シンボル事典』八坂書房、1994年、48頁。
6) James George Frazer: *The Golden Bough.* New York 1950（1. Aufl. 1922）, S. 761-762.
7) Brüder Grimm: *Kinder- und Hausmärchen.* 3 Bde, Hrsg. v. Heinz Rölleke. Stuttgart 1980, Bd. 1, S. 256.
8) Ad de Vries, a.a.O., S. 468.
9) ハンス・ビーダーマン著、藤代幸一他訳『図説世界シンボル事典』八坂書房、2000年、489頁。Ad de Vries, a.a.O., S. 28.
10) KHM1,4,7,16,17,20,28,29,40,54,60,64,65,84,85,88,91,100,101,107,108,111,113,116,129, 133,136,164,165,179,196,198.
11) KHM4,7,17,20,28,29,60,64,91,100,107,129,133,136,165,196.
12) アン・ベアリング／ジュールズ・キャシュフォード著、藤原達也訳『図説世界女神大全Ⅱ』原書房、2007年、5頁。
13) ジャン・ヴェルドン著、池上俊一訳『笑いの中世史』原書房、2002年、17頁。
14) 同上、23頁。
15) 同上、17頁。
16) 同上、23、79頁。

17) Brüder Grimm, *Kinder- und Hausmärchen der Brüder Grimm. Vollständige Ausgabe in der Urfassung*, a.a.O., S. 239.
18) Brüder Grimm, *Kinder- und Hausmärchen*. Hrsg. v. Heinz Rölleke. Köln 1982, Bd. 1, S. 252.
19) クロード・レヴィー・ストロース著、馬淵東一他訳『親族の基本構造 上巻』番町書房、1977年、72頁。
20) 5人の母親がいる＝KHM37,47,76,107,181.
21) KHM11,47,141,185,197.
22) KHM45,85,136,166,210.
23) 継母：KHM9,11,13,15,21,24,53,56,135,141,186. 実母：KHM14,122.
24) 初出から継母：KHM13,21,135,141,186. 変更して継母：KHM9,11,15,24,53.
25) KHM11,13,21,24,47,56,135.
26) KHM21,50,53,89,161.
27) KHM26,66,161,169.
28) 前野みち子『恋愛結婚の成立』名古屋大学出版会、2006年、332-333頁。
29) Ingeborg Weber=Kellermann, *Die deutsche Familie*. Frankfurt/M 1974, S. 20-21.
30) 世良晃志郎訳『バイエルン部族法』創文社、1977年、306頁（15章9条）。久保正幡他訳『ザクセンシュピーゲル』創文社、1977年、52頁。封主が1人の息子にしか父の封を与えないということは、レーン（封土）法ではあっても、ラント法ではない。
31) 三成美保『ジェンダーの法史学』勁草書房、2005年、183、254頁。
32) ジョルジュ・デュビィ／ミシェル・ペロー監修、杉村和子・志賀亮次監訳『女の歴史 中世1』藤原書店、1994年、172頁。「教会法、聖書解釈、神学は、女性たちは説教することができないばかりか、たんに教えることもできないと、一致して主張している。」
33) プープリウス・コルネーリウス・タキトゥス著、泉井久之助訳『ゲルマーニア』岩波書店、1979年、56頁。
34) Ingrid Ahredt-Schulte, *Zauberinnen in der Stadt Horn（1554-1603）* Frankfurt / New York 1997, S. 156-160.
35) ジャック・ル・コブ著、桐村泰次訳『中世西欧文明』論創社、2007年、532頁。
36) 久保正幡訳『サリカ法典』創文社、1977年、159頁。
37) 神聖ローマ帝国の摂政アーデルハイト（オットー1世の妃：991-999年に即位）や、ナルボンヌ子爵領の女領主エルマンガルト（1134年）、モンペリエ領主マリー（1212年）などがそうである。
38) 内藤莞爾『末子相続の研究』弘文堂、1973年、31-36頁。
39) ボイケルトはMärchenの成立年代を母権性農耕社会としている。Will-Erich Peuckert, *Geheimkulte*. Hamburg 2003 (1. Aufl. 1988), S. 33.
40) Kroeschell Karl, *Landwirtschaftsredht*. Köln / Berlin / Bonn / München 1963, S. 48.
41) Ebd. S. 84.

第 I 部　固定観念を覆す解釈

42) Ebd. S. 85.
43) Ingeborg:Weber-Kellermann, a.a.O., S. 73.
44) Edward Shorter, *The Making of the Modern Family*. New York 1975, S. 57.

# 第7章 『ドイツ伝説集』における父親像と母親像

## 1．序論

　グリム兄弟が編集した『グリム童話集』は、1812/15年に初版が出版されてから7回も再版され、世界中に普及したが、『ドイツ伝説集』は1816/18年に2巻本の初版が出てから、兄弟の生存中に再版されることはなかった。7回も改変されたグリム童話集に比べて、伝説集の方は編者グリム兄弟が加筆していないので、伝承をより忠実に伝えているとされている。物語としての完成度から見ると童話集の方が高いが、歴史的事実を反映した資料価値という点から見ると、伝説集の方が高いとされている。収録されている話は童話集が211話であるのに対して、伝説集は585話で2倍以上になる[1]。出典に関しては口承による収集が多いメルヒェンに対して、伝説は文献による収集が圧倒的に多い。17世紀後半に出版されたヨハネス・プレトーリウスの伝説集やオトマルの伝説集（1800年）など口承伝説を収めた膨大な数の文献を漁って収集している[2]。

　伝説はメルヒェンと異なって、時や場所、人名などが明示されていて、事実に基づいたものという前提で語られる。「本当なのだよ」という口調で語られる場合、真実と受け取るべきか、嘘と受け取るべきか、判断に迷うところである。メタファーで事実を暗示するメルヒェンに対して、事実を突きつける伝説は迫力があるが、逆に本当だろうかという疑念が残る。「事実は小説より奇なり」という言葉があるが、伝説集に出現する父親や母親は現代人の想像を絶する存在である。

## 2．『ドイツ伝説集』に登場する父親と母親の概観

　伝説集585話中、家族関係がわかる形で父親が出現する話は63話、母親が出

現する話は30話である。父親は母親の2倍以上の話に登場している。父親は息子との関係において登場する場合が最も多く（37話）、娘との関係（19話）より重視されているのがわかる。しかし、娘も妻（15話）よりは多く出現する。以上の結果から、家族のなかで父親が重視しているのは夫婦関係より親子関係であり、とくに後継者育成を最重要任務とみなしているということが推測できる。一方、母親の場合は、息子との関係における登場が最も多い（20話）のは父親と同様だが、次に多いのが夫との関係における登場（10話）、つまり妻としての登場である。娘との関係における登場は最も少なく、5話しかない。この結果が示していることは、母親にとって最も重要なのは、後継者としての息子の存在であり、次が現在の支配者である夫（王）であり、最後が娘であるということである。娘が重視されないのは、母としての女性の価値は娘を出産したか否かではなく、後継者である息子を出産したか否かによって判断されたからであろう。

## 3．『ドイツ伝説集』に登場する父親

### (1) 教育する父親

　息子を教育する父親の登場が7話（DS[3] 178,310,396,436,460,467,489）で最も多いということは、家の後継者を育てるということが、自分に課せられた最も大切な任務であると考える父親が多いということであろう。徹底的に規則や礼儀作法を教え込む父親が多く、それを守らない息子を容赦なく罰する。仕事がらみの場合は特に厳しい。屋根職人の世界では意味不明のことを口走った息子を墜落の道連れにならないよう屋根から投げ落とす権利が父親に与えられていたという（DS178）。生きている間だけではなく、死後も地獄の責め苦にあうということを伝え、息子に懺悔を説く父親もいる（DS467）。この傾向は王族だけでなく、平民の父親にも見られる。大工の父親は息子の識字能力を知り、師匠をつけて教育する。息子は後にローマ法王になるが（DS489）、これも教育熱心な父親のおかげである。近代の教育ママならぬ、教育パパが伝説集には頻出する。
　一方、娘を教育する父親は1話にしか登場しない。人間の農夫、犂、馬を玩

具にして遊ぶ娘に、食料を生産する大切な存在なのだから、もとのところに戻すよう諭す人格者の巨人族の父親だ（DS17）。巨人族以外の人間で、娘を教育する父親は登場しない。娘を教育する母親も登場しないところを見ると、娘は教育対象とみなされていなかったと推測される。

(2) 娘の結婚を利用する父親

　教育対象ではなかった娘は尊重されていなかったかというとそうではない。娘は嫁にやることによって、家産を増やし、平和をもたらす存在であるので大切に扱われた。娘の結婚相手は父親によって慎重に選ばれる（DS221,319,351, 402,486）。資産が同等以上であることが条件で、娘の気持ちには無頓着で話が進められる。嫌がって逃げ出すと、娘は無理やり連れ戻されるか、親子の縁を切られてしまう。洞窟の十字架にしがみつく娘の手を引っ張り、手が抜けてしまうと気味悪がって、父は娘を洞窟に放置する（DS351）。岩穴で過ごす娘の首を切る場面を描かせ、その絵を祭壇に飾る父親もいる（DS351）。敵国の王から娘を妻にと請われると二つ返事で承諾するが（DS402）、身分違いの結婚には猛反対する。しかし、相手の素性が王族と判明するや否や、手の平を返したように承諾する（DS486）。父親にとって娘は嫁ぎ先の国と友好関係を築き、かつ国の資産を増やす大切な人的資産なのだ。だが、それだけではない。『ドイツ伝説集』には娘に信頼を寄せる父親は3話に登場するが、息子に信頼を寄せる父親が登場する話はない。

　信頼する娘の勧めに応じて敵に降参し、娘を交渉役として敵陣に派遣する父王（DS92）や、娘が死んでも霊となって現れて世話してくれることを望む父王（DS222）や、息子ではなく娘に、手紙を入れた矢を敵陣に射るよう命じる父王（DS448）などが登場する。娘の忠告を無視したばかりに水底に沈んで死んでしまった父親（DS306）がいるくらい、娘は教育しなくても予言能力や交渉能力を持つ存在として、その発言や行動が「神聖視」され、「重視」されている。

(3) 娘に欲情する父親

　娘に理解がある父親だけでなく、娘に欲情する父親も出現する（DS182,488）。美しさのあまり、実の父に欲情の目を向けられる娘は神に醜くしてくれるよう

祈る。すると突然、口髭が生えてきて、父親の欲情から逃れることができる（DS182）。別の話でも、父親の欲情に困惑した美人の娘は、醜くしてくれと神に祈るが聞いてもらえず、悪魔の力で醜くなり、父の欲望から逃れる（DS488）。ここでは美しさは結婚の条件ではなく、性欲の対象とされる危険な要素として出現している。それにしても、近親姦を避けようと助けを求める娘に援助の手を差し伸べるのが神ではなく悪魔だということは、弱者にとって悪魔は神より頼りがいのある身近な存在だったのだろうか。

　悪魔と神は語源的には同じ言葉から派生したものである。ドイツ語で悪魔を表す Teufel は、「神から離脱した者」や「神の敵対者となった天使」という意味を持つ[4]。また、英語 devil は神や神性を表す divinity から派生したもので、その語源はインド・ヨーロッパ語の devi（女神）あるいは deva（神）である[5]。実際、「悪魔の存在は反キリストという名前で呼ばれ、たとえば目の見えない人の目を見えるようにしてやるという治癒の奇跡を、キリストと同じように実行しうると考えられていた」[6]ようだ。キリスト教以前の神々が悪魔化されたのであるから、人々は神だけでなく悪魔も同様の力を持つとみなし、その力にすがったのであろう。アルメニア人が復活祭の時、キリストには1頭の羊を、悪魔には30頭の羊を捧げたのは、悪魔の力の方が強大であると人々が信じていたからであろう[7]。

(4) 息子を殺す父親

　息子を教育する父親の次に多いのが、息子を殺す父親で5話（DS178,231,405,411,472）に登場する。娘に欲情する父親はいても、娘を殺す父親はいないのに、息子を殺す父親は頻出する。父親が息子を殺すのは、次の3つの場合である。仕事を教えるなど、教育する過程で息子が愚鈍であったり、失敗したりした場合（DS178,231）、躾ようとして逆に親に反撃してきた場合（DS405）、多胎児として出生してきた場合（DS411,472）である。

　後継者として期待される息子は教育を受けることができるが、その成果が芳しくなく、期待に応えてくれない場合は、無用の長物として消されてしまう。期待は失望と隣り合わせの感情で、応えてくれたときは満足するが、裏切られたときは失望し殺意すら生じる。なぜなら、期待できない息子は、国の存続や

家業の存続を危うくするからである。愚鈍な息子は家族や国民の生存権を脅かす存在になると判断するからこそ、父親は殺すのであろう。多胎児が殺されるのも、将来起こる相続権争いを回避するためであろう。8世紀半ばの話だが、妻が5つ子を産んだという知らせを聞いた王は、籠に入れて持参するよう命じる。父王は籠の中に槍を突き刺し、槍を恐れず掴んだ1人だけを残して、あとの4人を殺したという（DS411）。人間は1回の妊娠で1人の子を産むものであり、1度に多くの子を産むのは犬や猫のように動物のすることであるという偏見は[8]、相続権がらみで創出されたものかもしれない。

⑸　相続人を決定する父親

　息子を相続人にする父親は3話に登場する。2人の息子と1人の娘のうち、長男を相続人に指定し、次男を聖職者にするヘッセン伯ハインリヒ1世（1247-1308）の話（DS568）、2人息子のうち伯爵の死後、ヒルデスハイムの僧正に先に相続を申し出たほうを相続人に指定するヴィンツェンブルク伯（1122-1130）の話（DS75）、魔力を持つアルラウネの持ち主が死んだら、末息子がこれを相続する話（DS84）の3話である。長子相続を指定するのは王族の父親で、末子相続を指定するのは平民の父親である。知恵を働かせて俊敏な行動ができる者に相続させる父親も王族の父親といえる。末子相続は平民階層で、長子や有能者による相続は上層階層で採用されたものと分析できる。しかしフレイザーによると、現実にはドイツ諸侯国のうちザクセン王国、シレジア王国、シュヴァーベン公国など数多くの国で、領主は慣習法に則り末子相続を選択していたという[9]。

　一方、娘を相続人にする父親も2話に登場する。711年にクレーヴェ公爵が亡くなると、ひとり娘が多くの国の主になる話（DS541）と、息子がいないので、死後は国土を夫人と娘のものにすると遺言していたブラバント公爵（1095-1139）の場合だ（DS544）。男系の相続人がいない場合、女性は不動産の相続人になることができる。しかし多くの場合、亡くなった王の兄弟が、ドイツ法では女は相続人になれないはずだと主張して国を奪おうとし、訴訟や戦争になる（DS544）。それを避けるため、フランケン国王フーゴー（481-511）はひとり娘を相続人に指定せず、チューリンゲン国に嫁がせる。国王の死後、庶子の息子

が王位に着くと、チューリンゲン国王は嫡出子である妻が正当な相続人であると主張して、フランケン国と戦争する（DS551）。娘に相続させてもさせなくても、王の死後は国の相続を巡って戦争が避けられないようである。

(6) 子どもを売り、捨て、殴り、許さない父親

貧しい農夫は大金と引き換えに子どもをユダヤ人に売り、子どもは絞殺されてしまう（DS353）。6倍の乳をのむ赤子を「取り替えっ子」と信じ、父親は川に投げ捨てる（DS83）。農夫の父が年老いた息子を打つと、息子は親爺を突き飛ばす（DS363）。戦争に駆り出されると、自分の代わりに息子2人を連れて行ってくれと父親がいう（DS472）。皇帝から土地をもらうなという両親の命令を無視した息子を、父親は許さない（DS524,525）。命令に対する絶対的服従を父親は息子に要求する。

(7) 父親像のまとめ

伝説集の父親は総じて残酷である。息子を殺す、売る、殴る、捨てることが多く、宝物や金貨を要求することもある。息子を教育する父も出現するが、相続人にするために必要だからだ。そこでは教育し甲斐がない息子は、不必要な人材として切り捨てられる。

一方、娘の方は大切に育てられる。都合のよい家に嫁がせる重要な人材であるからだ。父王は娘を敵陣に嫁にやって、平和維持を図ろうとする。娘の忠告をよく聞き、敵との交渉まで娘にやらせるのはそのためである。しかし、なかには娘の忠告を無視する厳格な父親や、娘に欲情する父王もいる。相続人に指定されるのは原則として息子で、息子がいない場合にのみ娘が指定される。娘は他国と友好関係を結ぶ大切な人的資源なので、息子のように売られたり、殴られたり、捨てられたりすることはない。

## 4．『ドイツ伝説集』に登場する母親

### (1) 呪い殺す母親

　最も多く登場する母親は子どもを呪い殺す母親だ。5話に登場するが、娘を呪い殺す母は3話に、息子を呪い殺す母は2話に登場する。娘の強情さに怒り、呪って娘を岩穴の霊にしてしまう母親（DS227）、日曜日に教会に行かず、コケモモ採りに行った娘に呪いをかけ、石にしてしまう母親（DS229）、母親が反対する相手と婚約し、母親が死んでから結婚するという約束をした娘を呪い、娘の新床を石に変えるよう神に懇願し、石の上で餓死させる母親（DS230）などが出現する。母親の命令を無視した娘は、生前だけでなく死後も母親に呪われ続けて殺されてしまうのである。娘に対して母が求める従順さは絶対的なもので、有無を言わせない迫力をもつ。この迫力は息子に対しても見られる。砂まじりの腐った牛乳を母親に提供した嫁と息子に、「神罰が下るよう」母親が呪うと[10]、突然嵐と雷雨が起こり、豊饒な土地は荒れ地と化し、人も家畜も死んでしまう（DS93）。母親に素行を注意された巨人の息子は、激昂して母に殴りかかる。すると天が荒れ狂い、山が巨人の上に崩れ落ちてその体を埋めてしまう（DS137）。母をないがしろにしたり、母に手を挙げたりした息子は、母に呪われて神罰が落ちる。母の呪いは、不従順な娘と粗暴な息子双方にかけられ、その結果、神罰による殺害が実行される。子どもに対する母親の態度は、現在よりも遥かに厳格である。

### (2) 見殺しにする母親

　家の鍵を開けなければ7歳の息子を殺すと脅され開けようとするが、相手は息子だけでなく、妊娠中の自分も殺すかもしれないと躊躇する。その間に息子は殺されてしまう（DS128）。ここでは粉屋の妻は盲目的な母子愛に流されず、生き残る可能性を冷静に考えて慎重な行動を採る。息子を見殺しにするのは酷だが、そうすることによって自分と胎児を救ったのだから、結果的に家の断絶は免れたことになる。母親の冷静さは他の話の中でも伺える。後継者に相応し

くないと判断した息子は、たとえ実子であろうと母親は見殺しにする。狼藉を働く息子を嗜めようとした父王に殴りかかり殺そうとする息子を、母親は許さない。この子は王の子ではなく怪物に強姦されて出来た子であると母は説明する。王と王の実子の命を狙う者として、その息子を成敗することに母親は賛同する (DS405)。

9つ子を産んだザクセン伯夫人は、夫に受け入れられないと思い、1人だけ残して8人を捨てるよう命じる (DS577)。また、自ら12人子を産んだシュヴァーベン伯夫人は、末子だけ残して11人を川に捨てようとする (DS521)。この伯爵夫人は、以前3つ子を産んだ貧しい女に、「この女が不貞も働かずに1人の男から3人もの子どもを産めるわけがない。……袋詰めして溺死させるのが、この姦婦には相応しい報いだ」[11]と言い放ったことがある (DS521)。このような考え方をする伯爵夫人は他にもいる。ヘンネベルク伯夫人は、双子を抱えた貧しい物乞い女に向かって「消え失せろ、恥知らずな物乞い。女が1人の父親から1度に2人の子どもを産むなどとうていありえないことだ」と断言する[12]。この背景には1人の夫と交われば、生まれるのは1人と信じる社会がある。多胎児に対する差別が、女の貞操観を問う差別に読み替えられているのである。

フレイザーによると、人間の出産力を土地の豊饒力と同一視する中央アフリカのバガンダ族は、双子を出産した両親を「並外れた豊穣力 (extraordinary fertility)」の持ち主として称え、「多産の美徳 (reproductive virtue)」が農場に実りをもたらすと崇めたという[13]。さらに、カナダのブリティッシュ・コロンビアの原住民は双子を超能力保持者として尊重し、天候を左右する力があると信じていたそうだ[14]。出産を崇める社会と蔑視する社会の価値観が、性交の産物である多胎児に対する見方に色濃く反映されているのである。

(3) 予知能力や判断力がある母親

農夫がユダヤ人に売った子どもが殺されたとき、畑にいた妻の手に3滴の血が滴り落ちた。不安になり子どもを探すと、白樺に吊るされている死体を発見する (DS353)。霊能者の母を持つ息子たちは、王の相談役として重宝され、常に母の判断を仰いで王に伝えている (DS389)。ここでは息子たちは母の霊感の

おかげで出世する。予言や霊感などの超能力だけでなく、理性的な判断力を持つ母親も登場する。利発で賢明な母に相談しながら、若い兄弟は一族を率いる。ヴォーダン[15]の后であるフレイヤ神に母親が勝利を祈願したおかげで、一族は勝利を得る（DS390）。后は亡き王の遺児を籠に入れて戦場に連れ出し、「負けたらこの子は囚われの身になる」[16]と兵士に思わせ、士気を高揚させる（DS434）。この２話では母親が冷静な判断に基づいて行った行為が、国を勝利に導いている。

(4) 後継者を決める母親

母親の判断力に対する信頼は後継者を決定する母親が登場する話からも見て取れる。亡き長男の遺児を老母が引き取り、国の跡継ぎとして教育する。次男と三男がそれを知って妬み、遺児を幽閉する（DS431）。ここでは母親は実の息子たちの命より、長子相続という国の相続規定の方を守るべき事項であると考えている。実際に長子相続では長男が死亡した場合、兄弟ではなく長男の息子（長男）が継ぐとされている（Hoferbfolgeordnung 荘園相続規定）[17]。亡くなったカール大王の３人の息子（ピピン、カール、ルードヴィッヒ）が、それぞれ自分が跡継ぎの王になりたいと争う。后（母親）は３人に鶏を持って来させ、その鶏を争わせ、勝った方を後継者にするという（DS443）[18]。ルードヴィッヒ敬虔王が即位したのは814年だから、この話は西洋中世の神明裁判（Gottesurteil）の痕跡を濃厚に残したものといえる。つまり后は決闘による審判でことの真偽を判断するという当時の神判、つまり「自然力をして被告の雪冤をおこなわせようとしたのである」[19]。この后は法を熟知する賢明な母親といえよう。しかし、なかには的確な判断力を持たない母親も存在する。

(5) 過保護で無知な母親

可愛がっていた子が死んだので、平民の母親は靴型のパンを焼いて子に履かせて棺に入れる。すると子どもは悲嘆にくれた様子で母親の前に姿を現す。母親がパンの靴を脱がすと子どもは成仏する（DS238）。愛するあまり大切な食料を無駄に使った母親を神は罰し、子どもが成仏できなかったのである。母親の無分別な溺愛は正しい愛ではないということを神は教えたかったのであろう。

貧乏な山番の寡婦が苦境を嘆いていると、悪魔が現れて手を差し伸べてくれる。悪魔に身を売ったその寡婦は魔女となりサバトに参加する (DS251)[20]。子どもを養うために悪魔に身売りした愚かな母親のことが述べられているが、貧乏な寡婦に援助の手を差し伸べるのは、伝説でもメルヒェンでも決まって悪魔である。

(6) 好奇心のため夫を失う母親

　公爵の娘の代わりに白鳥の騎士が腹黒い家臣と決闘して勝ち、娘と家臣との婚約は偽物であることを証明する。白鳥の騎士は娘と結婚するが、素性を聞かないという条件を付ける。娘は条件を守っていたが、他人から夫の素性のことで嫌味を言われ、思わず夫に素性を尋ねてしまう。夫は自分が高貴な出自であることを明かして立ち去る (DS542)。父王は妻と娘を城の後継者にすると遺言して死ぬ。父の兄弟が女には不動産相続権がないという理由で、自らの相続権を主張する。決闘による審判で決めることになり、娘と妃のために戦った白鳥の騎士が勝つ。素性を聞かないという条件を付けて騎士は娘と結婚する。しかし妻は子どもに父親の身元を知らせる必要があると考え、約束を破って夫に素性を尋ねる。夫は驚き、「おまえは自ら幸せを壊したのだ。私はおまえの元を去らねばならない」[21]と言って立ち去る (DS544)。夫の素性を伏せたまま結婚するということは、明らかになれば結婚が許されない部族か階層に属する人なのであろう。それゆえ、素性が知れると、夫は直ぐ逃げ出すのである (DS544)。実際、中世のゲルマン貴族には身分違いの婚姻は許されず、古ザクセン法では死刑に処すと記されている[22]。

　王家の結婚は平和のため、財産のため、後継者をもたらすためのものでなければならない。婿の出自が不明のまま結婚するということは、現実にはまず考えられない。しかし窮地を救ってくれた有能な男性が現れた場合、条件を問わず婿にすることはあり得る。あくまで例外措置であるので、通常の条件を問わないという約束は守られねばならない。この場合、妻の好奇心は夫との生活を失うことを意味する。女性の好奇心は生活崩壊を導くという、聖書の原罪を示唆する話とも読める。母親が素性にこだわるのは夫についてだけでなく、息子の嫁についてもである。

(7) 嫁いびりをする母親

　息子の王子が森で見つけてきた嫁に母親は反対する。嫁が裸で素性のわからない女だからだ。嫁が産んだ7つ子を7匹の小犬にすり替え、王妃が犬の子を産んだと息子に報告する。子どもたちは森に捨てられるが、後で発見されて真実が露見し、姑は火刑に処される（DS540）。姑となった母親の嫁いびりの原因は主として嫁の素性にある。家を守る母として姑に課された仕事は、高貴な血筋の嫁が正当な後継者を産むことを見届けることである。王家にとって由緒正しい嫁を娶ることは、家の存続を左右する最重要事項といえる。高貴な素性の嫁とわかると、母親が嫁いびりをやめて急に優しくなるのは、このような事情からである。

(8) 母親像のまとめ

　母親は息子との関係において登場する場合が最も多く（20話）、娘との関係（5話）や夫との関係（10話）よりも重視されている。最も多く登場するのが、呪い殺す母である。娘も息子も母に呪い殺される。母の命令に背いたからだ。命に背く子を許さない母の怨念は、母の生存中だけでなく死後も続き、墓場から子を呪い殺す。自己保身のため息子を見殺しにする母や子捨てする母など、子どもを過酷に扱う母が数多く登場する。予言能力や判断力を持つ母も存在するが、無知で過保護で好奇心の強い母親も存在する。

　父親も母親もともに子どもに対して厳しい態度をとるのは、生まれてきた子が多胎児の場合だ。この場合、捨てるか、殺すか、どちらかの方法が選択される。なぜ多胎児が差別されたのであろう。多胎児を産んだ母は獣姦したとか、夫以外の多くの男と性交したとか、心ない非難の言葉が父親からだけでなく、母親からも浴びせられる。無知が招く偏見が支配していた社会がつぶさに描かれている。このような多胎児差別はどのような背景から生まれてきたのだろう。その問題を西洋中世の法や慣習や社会のなかでジェンダーの視点から考察していく。なお、興味深いのは昔話や伝説を語る母親は1人しかいないのに（DS412）、父親は3人もいる（DS212,298,497）ということである。伝承文学の担い手は初期においては女性ではなく、主として男性であったのではないかと

いう仮説を裏付けるものといえる。

## 5．西洋中世の法、慣習、社会から見た父母像

　伝説集で息子を教育するのは父親であるという結果がでたが、これは西洋中世では教育権を持つものは父親であったからだ。母親が教育できなかったのは、女性は生まれながら知的能力に欠けるとみなされていたからである[23]。「教会法、聖書解釈、神学は、女性たちは説教することができないばかりか、たんに教えることもできないと、一致して主張している」[24]。母親には知的教育ではなく、道徳教育という役割があてがわれ、言説ではなく叱責や呪いという行動でそれが実行されていた[25]。子どもの品行や宗教的な務めを管理するのが母親の役目であるからこそ、日曜礼拝をさぼった娘に呪いをかけて石に変身させたり、砂混じりの腐った牛乳を差し出した息子に神罰が落ちるよう呪ったりしたのだ。言葉ではなく行動で道徳を叩きこむ母親は、言葉で息子を教育する父親より、理性的でない分、迫力がある。教育権や親権が父親にのみある社会で、母親の存在感を示すには、自らに課された役割を十二分に果たす必要があったのであろう。

　息子や娘の命を奪う権利は父親のみに与えられていたので、母親は呪いという方法で神罰を仰ぐしかなかったのだ。娘の性を管理するという務めを全力で果たそうとする母親の姿には、夫に認められたいという健気な気持ちが感じられる。

　美しい娘に欲情する父親の近親姦が語られるが、レヴィー・ストロースによると、近親姦の禁止が一般的になるのは16世紀以降のことであり、それ以前の社会ではさほど珍しいことではなかったという[26]。父親の娘に対する欲情は、しかしながら娘の美しさが醜さに変わると消え去る。中世の「美しさ」は「豊かさ」を意味し[27]、「豊かな実り」つまり出産能力との結びつきを示唆する。それは男性を誘惑し性愛を引き起こす力を持つ。つまり、娼婦や愛人には不可欠だが、妻になろうとする娘には不吉なものといえる。なぜなら、美しさのせいで貞操を失うと、娘は妻になる機会を失うからである。神の慈悲や悪魔の力で美しさを失った娘は父王の近親姦から逃れることができるのである。

第 7 章　『ドイツ伝説集』における父親像と母親像

　相続に関しては、ゲルマン社会は多様な選択をしている。分割相続の慣習があったと言われるゲルマン諸侯だが[28]、伝説のなかでは単独相続が圧倒的多数を占める。メロヴィング朝のフランク王国（481-751）では子どもたちが分割統治したため、国土の分割が繰り返された。カロリング朝になるとフランク王国は3つに分割され、東フランクがドイツ、西フランクがフランス、残りがイタリアの3国になる。6世紀のサリカ法典を根拠として[29]、フランスは女性の王位継承権を廃止する。しかし実際にはフランスでもドイツでも息子がいない場合は、配偶者の后や娘が継承した例がある。神聖ローマ帝国の摂政アーデルハイト（オットー1世の妃：991-999年に即位）や、ナルボンヌ子爵領の女領主エルマンガルト（1134年）、モンペリエ領主マリー（1212年）などがそうである。女性による相続が語られる伝説は、案外真実を伝えているのかもしれない。

　末子相続は旧約聖書や牧畜民や開拓民にみられる。分封されて兄たちが家を出ていくので、残った末子が屋敷を継ぎ親の面倒を見たのだ[30]。『ドイツ伝説集』で末子相続が多く出るのは、古代や中世初期の話が多いからか、それとも零細農民や放牧民などの相続が多く語られているからなのだろうか。有能な者に相続させるのは、ローマ人の指定相続を反映したものとも考えられるが、ゲルマン農民の慣習法では単独相続をとる場合が多く、家の存続を考えるとこの方法が最も妥当だと思われる。長子相続は王家では行われていたようだが、平民階層では普及が限定的だったと思われる。本来、ゲルマン法では分割相続が主流だが、伝承文学では伝説でもメルヒェンでも単独相続、とりわけ末子相続や有能者相続が頻出する。平和を乱す最大の原因は相続である。分割相続を唱えるゲルマン法に従っていたら国は分割されて弱小化の一路をたどる。そこで父親は兄たちを修行や教育に出したり、多胎児を殺したりする。多胎児が縁起が悪いのは相続争いを招いたり養育費用がかかったりするので、家に諍いや経済的負担をもたらすからであろう。それを女性の貞操観と結びつけて解釈するところに、西洋キリスト教社会のミソジニーを看破することができる。

　多胎児を無事出産した女性は当時の医療環境では、安産タイプの健康で実り豊かな女性、すなわち「美しい」女性であり、子孫確保の視点から見れば辱められるよりむしろ崇められるべき存在であろう。実際、キリスト教が支配していないウガンダやブリティッシュ・コロンビアの部族社会では、多胎児を出産

した女性は男性と共に豊穣をもたらす「超能力保持者」として崇められていたという。しかし現世ではなく来世での幸せを願うキリスト教的視点からみれば、出産と結びついたこれら「豊穣な」母親は性的能力に満ち溢れた存在、男を現世思考に引き戻す存在、すなわち忌避すべき存在として差別されたのであろう。

## 6．結論

　厳しい父親の行為は法的根拠に基づいたものであるが、厳しい母親の行為はそうではない。夫の意向を代弁するに過ぎない母親には、実際に子どもを殺したり、捨てたり、売ったりする権利はない。なぜなら子どもの親権を持つのは父親だけだからである。公然と暴力で罰することができない母親は、「呪い」という手段で神に裁きを委ねる。中世では、見えない呪いは、見える暴力より恐れられたので、魔術の行使が疑われる[31]。子どもを呪う母は、魔女告発される危険を覚悟しなければならない。神は母の「呪い」を常にかなえてくれるのに、「願い」はかなえてくれない。子どもを養えない寡婦に援助の手を差し伸べるのは、神ではなく悪魔だ。多胎児を殺す父は罰せられないのに、母は罰せられる。5つ子を4人殺しても父は罪に問われないが、母が多胎児を捨てると刑罰が科せられる。

　伝承文学の中の父親や母親が子に対して残酷なのは、彼らにとって最も大切なのは親子愛ではなく、家や国の存続であるからだ。そこでは家庭は愛情を育む場ではなく、家の存続に貢献する人材を確保する場であったのだ。戦争を避けるため、後継者を巡る諍いを回避しようと、様々なことが検討される。現在の我々には残酷と思われる行動も、異なる社会や文化のなかでは最善の行為だったのであろう。社会が変われば求められる父性や母性も異なる。近世や中世では家庭は愛情で結ばれた情緒共同体ではなく、生産の場であった。家父と家母が共同組織の長として、経済機構としての所帯を管理していたのだ[32]。家族愛や「ロマンティック・ラブ」は近代家族の産物であり、近代以前の社会の家族間では見られなかった。なぜなら近代以前の社会で夫婦を結び付けていたのは情緒ではなく、経済観念だったからである[33]。

　少子高齢化を迎えたポスト近代の父母に求められるものは何なのか。男性が

生産者で女性が消費者と位置付けられた性別役割分担が賞揚された近代社会の「女らしさ」や「男らしさ」を刷り込むことではないことだけは確かである。男性だけが生産者の時代は終わり、男も女も生産者の時代が到来する。それが少子高齢化社会であり、ポスト近代の社会である。生産者である女性に求められる「女らしさ」は、男性に求められる「男らしさ」とどう異なるのか。従来の「消極性や受動性や従順さ」などではなく、男性と同じように生産力を高める「積極性や先見性」が求められるのではないのだろうか。ジェンダーとは社会が期待する「女らしさ」「男らしさ」であり、時代によって社会によって変わるものなのである。『ドイツ伝説集』の父母像と近代の父母像の相違は、そのことを端的に物語っているのである。

**注**

1) Brüder Grimm: *Deutsche Sagen*. 3 Bde. Hersg. v. Hans-Jörg Uther. München 1993. ここでは初版本ではなく、Hermann Grimm編第3版に基づいたUther編3巻本をテキストとして使用する。
2) Ebd. Bd.1, S. 22, 293-316, Bd. 2, S. 585-600. Johannes Praetorius. *Der abentheuerliche Glück-Topf*. Leipzig 1669. この他に彼の著書は8冊使用している。Nachtgal Otmar, Johann Karl Christoph. *Volcks-Sagen*, nacherzählt von Otmar. Bremen 1800.
3) DSは*Deutsche Sagen*の略称で、その後に伝説集に収録されている話の番号を書いて表示する。
4) *Duden Bd.7, Etymologie*. Mannheim 1989, S. 742.
5) Barbara Walker: *The Woman's Encyclopedia of Myths and Secrets*. New York 1983, S. 225.
6) Edb. S. 227.
7) Ebd. S. 225
8) Brüder Grimm: *Deutsche Sagen*, a.a.O., Bd. 2, S. 536-537.
9) James George Frazer: *Folk-Lore in the Old Testament*. New York 1923, S. 178.
10) Brüder Grimm: *Deutsche Sagen*, a.a.O., Bd. 1, S. 113.
11) Ebd. Bd. 2, S. 463.
12) Ebd. Bd. 2, S. 542.
13) James George Frazer: *The Golden Bough*. New York 1950 (1. Aufl. 1922), S. 158.
14) Ebd. S. 76.
15) 北欧神話の主神であり、戦争と死の神であるオーディン（Odin）は、ドイツ語ではヴォーダン（Wodan）と呼ばれる。
16) Brüder Grimm: *Deutsche Sagen*, a.a.O., Bd. 2, S. 385.

第Ⅰ部　固定観念を覆す解釈

17) Karl Kroeschell: *Landwirtschatsrecht* Köln / Berlin / Bonn / München 1963, S. 85.
18) Brüder Grimm: *Deutsche Sagen*, a.a.O., Bd. 2, S. 391-392.
19) ハインリヒ・ミッタイス著、世良晃志郎訳『ドイツ法制史概説』創文社、1954年、58-59頁。
20) Ebd. Bd. 1, S. 220-221.
21) Ebd. Bd. 2, S. 507.
22) ハインリヒ・ミッタイス著、世良晃志郎訳『ドイツ法制史概説』、前掲書、34頁。
23) ジョルジュ・デュビィ／ミシェル・ペロー監修、杉村和子／志賀亮一監訳『女の歴史Ⅱ　中世1』藤原書店、1994年、172頁。
24) 同上。
25) 同上、208頁。
26) クロード・レヴィー・ストロース著、馬淵東一他訳『親族の基本構造　上巻』番町書房、1977年、72頁。
27) ジャック・ル・コブ著、桐村泰次訳『中世西欧文明』論創社、2007年、532頁。
28) 世良晃志郎訳『バイエルン部族法』創文社、1977年、306頁（15章9条）。
久保正幡他訳『ザクセンシュピーゲル』創文社、1977年、51頁。「封主が一人の息にしか彼（息）の父の封を与えないということは、封建法ではあっても、……ラント法ではない」。
29) 久保正幡訳『サリカ法典』創文社、1977年、159頁。（第59章5で女性の土地相続権を否定している。）
30) 内藤莞爾『末子相続の研究』弘文堂、1973年、31-36頁。
31) Ahredt-Schulte, Ingrid: *Zauberinnen in der Stadt Horn*（*1554-1603*）. Frankfurt/New York 1997, S. 156-160.
32) Weber-Kellermann, Ingeborg: *Die deutsche Familie*. Frankfurt / M 1974, S. 73.
33) Shorter, Edward: *The Making of the Modern Family*. New York 1975, S. 57.

# 第Ⅱ部
# グリム童話の日本への導入について

# 第1章　明治期における『グリム童話』の翻訳と受容
　　　——初期の英語訳からの重訳を中心に

## 1．はじめに

　グリム童話の最初の日本への導入は、ドイツ語原典からの直訳ではなく、英語訳を経由して行われた。211話収められているグリム童話集の中の特定の話が英語教科書や、英語訳から重訳した邦訳本によって紹介されたのだ。英語訳からの重訳の時期を経てから、ドイツ語原典からの直訳による紹介が、主としてヘルベルト派教育学の普及にともなって行われるようになる。初期の導入が英訳本によるものであるなら、その英語訳が原文に忠実な訳であるかどうか調べる必要がある。しかし、英語訳からの重訳者たちは全員、使用した英訳本を明記していない。たいていの場合、重訳という記載すらない。重訳と明記した上田萬年すら、使用した原本については言及していない。同様に、グリム童話が掲載されている英語教科書も、どの本から引用した話なのか文献資料を明記していない。

　日本で紹介されたグリム童話の内容は、原文に忠実なものではなく、改変されたものが多い。それは日本語に訳す際に、日本人によってなされた日本的改変なのか、それとも使用した英語訳においてすでになされていた英国的改変なのか、そのことをまず、明らかにする必要がある。なぜなら、明治期の日本が取捨選択した事項が何であるかを正確に把握するには、それは避けて通れない作業であるからだ。

　明治期の日本は西洋昔話であるグリム童話から一体、何を学ぼうとしていたのだろう。江戸末期に使用されていた英語教科書に掲載されているグリム童話KHM184「釘」は、現在ではほとんど知られていない知名度の低い話である。教訓を伴うその話の中に、日本人は西洋人のどのような教えを受容しようとしたのであろう。

第Ⅱ部　グリム童話の日本への導入について

　ここでは、英語教科書と初期の英語訳からの重訳に焦点を当てて、英語訳の本を特定することによって、英語訳における改変、主としてヴィクトリア朝英国の価値観による改変の特徴を明らかにしていきたい。それによって明治期の日本が西洋文化の導入によって、何を受け入れようとしていたのかということについて考えていきたい。

## 2．英語教科書によるグリム童話の受容

### (1) グリム童話を掲載した英語教科書についての概観

　グリム童話が最初に日本に導入されたのは、学校で使う英語教科書によってである[1]。幕末から使用された *Sargent's Standard Third Reader* (1859) で[2]、グリム童話 KHM184「釘」が 'The Horse-Shoe Nail' として紹介されている。1873年に松山棟菴（とうあん）が『サンザルト氏第三リイドル』という本で邦訳し、同年に深間内 基（ふかまうちもとい）が『啓蒙修身録』で邦訳している[3]。松山はオランダ医学を学び、福沢諭吉と共に1878年に慶応義塾医学所を開設して初代校長に就任した人物である。深間内も慶応義塾出身でジョン・スチュアート・ミル (John Stuart Mill, 1806-1873) の『女性解放』(The Subjection of Women, 1869) を訳し、1878年に『男女平等論』として出版した人だ。高知の立志社と仙台の師範学校で英語教員として教鞭をとった彼は、自由民権論運動にかかわり、仙台女子自由党の結成に尽力したといわれている[4]。彼がミルの翻訳に使用した本は、アメリカのフィラデルフィアで1780年に出版されたもので、福沢諭吉が当地で買い求めたものであるという[5]。

　サージェントの英語教科書は慶応義塾で使用されたが、あまり普及しなかったという。グリム童話「釘」は、1871年に出版されたチャールズ・ウォルトン・サンダース (Charles Walton Sanders, 1805-1889) のユニオン・リーダー (Sanders' Union Reader, No.3) にも収録されている[6]。この本の訳者は不明だが、1885年に英語教科書の自習書「独り案内」の中に日本語訳が出ている[7]。

　1873年に発行されたイギリスのチェンバーズ社の *Chamber's Standard Reading Books Ⅱ* という英語テキストでも[8]、グリム童話 KHM83「幸せなハ

ンス」が 'Hans in Luck – A Tale' して紹介されている[9]。このテキストを「使用したのは東京英語学校と東京大学予備門というような一部のエリート校に限られていた」ので「普及は限定的」だったという[10]。

1882年にニューヨークとシカゴで出版されたウイリアム・スウィントンの英語教科書 *Swinton's Third Reader* にも、グリム童話KHM75「狐と猫」が 'One Trick that was worth a Hundred'（一策は百策にも勝る）という題名で紹介されている[11]。洋風の挿絵が多く入れられた教科書で、西洋の生活が視覚からも伝わるよう工夫されている。

(2) サージェントの英語教科書について

アメリカ人サージェント（Epes Sargent, 1813-1880）が小学生用教科書として1859年に出版した英語教科書第3巻にはグリム童話「釘」が収録されているが、出典は「グリムのドイツのものより」とのみ記載され、詳細が明記されていない。使用された英訳本については調査したが、確定することができなかった。

この話は要約すると、商人が馬の蹄に打った釘が1本抜けているのを知りながら補充せず、そのまま馬を走らせた結果、途中で馬の脚が折れ、馬を捨てて自分で荷物を担ぐことになるという話だ。最後に「急がば回れ」という教訓が付いた話だが、サージェントの英訳にはこの教訓は削除されている。その他の変更点は、商人が商品を売るのではなく、百姓が穀物を売るとされている点、「6時間」や「2, 3時間」という道程の表示が、「12マイル」や「6マイル」という表示に変えられている点だ。サージェントの英文はわずかな改変はあるものの原文にほぼ忠実な内容といえる。松山と深間内の邦訳で英文と異なるところは、12マイル（19km）を12里（48km）と、マイルを里に置き換えていることくらいだ。1マイルは約1.6kmで1里は約4kmだから、距離が長くなるという欠点はあるが、原文にほぼ忠実な訳といえる。

(3) サンダースの英語教科書について

もう1人のアメリカ人、サンダースの英訳は、サージェントの訳より簡略化されているが、変更箇所はほぼ同じである。唯一異なるところは、最後に次のような詩が付け加えられている点である。

第Ⅱ部　グリム童話の日本への導入について

| For want of a nail the shoe was lost; | 釘が1本抜けていて、蹄鉄を失くしてしまった。 |
| For want of a shoe the horse was lost; | 蹄鉄を失してしまって、馬を亡くしてしまった。 |
| For want of the horse the man got lost; | 馬を亡くしてしまって、男は損害を被った。 |
| And all, for want of a horseshoe nail. | すべては、蹄鉄の釘が1本欠けていたことによる[12]。 |

　この詩はベンジャミン・フランクリン（Benjamin Franklin, 1705-1790）が『富への道』（The Way to Wealth, 1758）のなかで紹介している格言である[13]。この格言は17世紀から英国やフランスなどの西洋諸国に存在するもので、英国の聖職者トーマス・アダムズ（Thomas Adams, 1583-1653）は「自分のラテン語の説教集（1629年収集）でフランス人は軍人の格言を持っている」と言って紹介している[14]。そこでは、「蹄鉄の釘が1本抜けていたので、軍が負けた」、1本の釘の手入れを怠ったせいで、馬が死に、騎手が死に、軍が負け、戦争に負けたという話になっている[15]。同じく英国人ジョージ・ハーバート（George Herbert, 1593-1633）も1640年に『外国の格言集』で、ジョン・レイ（John Rey, 1627-1705）も1670年に『英国の格言集』（English Proverbs）でこの格言を紹介している[16]。英国やフランスでよく知られたこの格言は、フランクリンが出版したカレンダーによって一躍アメリカ全土に普及し、国を富ませ、軍隊を強くするために必要な知恵を伝授するものとして重視されていく。フランクリンのカレンダーはフランスで56版も増刷を重ね、アメリカでは聖書の次によく読まれる印刷物であったという[17]。この格言の意味は、フランクリンの説明によると "Want of Care does us more Damage than Want of Knowledge"（拙訳：手入れを怠ることは、知識の獲得を怠ることより、より多くの損失をもたらす）ということのようだ[18]。産業革命による資本主義社会のなかで、機械の手入れを怠ることは、事業の失敗を招く。また、馬の手入れを怠ることは、兵士を

失い、戦争に負けることを意味する。「富国強兵」の名のもとに文明開化政策を断行していた日本政府にとって、この格言は日本が西洋から学ぼうとするものを端的に示している理想の教材といえる。それゆえ現在では知名度の低い「釘」が、グリム童話集全211話の中から真っ先に選ばれて、英語教科書に取り入れられたのであろう。

(4) チェンバーズの英語教科書について

　イギリスのチェンバーズ社の英語教科書第2巻に収められたグリム童話KHM81「幸せなハンス」も、出典が明記されていない。調査の結果、使用された英訳本は、1837年出版のエドガー・テイラー（Edgar Taylor, 1793-1839）訳、通称『ガマー・グレーテル』であることを突き止めた[19]。正式名は *German Popular Stories and Fairy Tales, as told by Gammer Grethel. From the collection of M.M.Grimm. revised translation by Edgar Taylor, London 1837* である。ドイツ語原典の2版（1819）から英訳したものだが、詩や童謡を挿入して、原典を大幅に改変している。

　チェンバーズ社（W&R Chambers）は『ガマー・グレーテル』に収められた「幸せなハンス」をほぼそのまま英語テキストに転載している。原典にない次のような詩を挿入していることからも、そのことはよくわかる。

| | |
|---|---|
| No care and no sorrow, | 心配もなく、後悔もなく |
| A fig for the morrow! | 明日は明日の、風が吹く |
| We'll laugh and be merry | 笑って、楽しく |
| Sing heigh down, derry![20] | 歌おう、高く低く、高く低く（拙訳） |

　ドイツ語原典[21]と照らし合わせた結果、主たる改変点は次の7点である。詩や歌の挿入、金の塊を銀の塊に、農夫を羊飼いに、若者を田舎者に、牢屋を馬洗池に、神の恵みを天の恵みに、井戸を小川に変えている。これらの変更のうち不可解なのは金塊が銀塊に変えられたことだ。ここでは、その理由について

考察していく。

　1816年イギリスで金本位制が制定された。しかし、イングランド銀行では1832年から金は減退し始め、1837年には極端に少なくなっていた[22]。「イングランド銀行券はいつでも貴金属に換えられる」[23]という信用を維持するためには、金保有を多くしなければならない。そんなとき、金塊を所有しながら、それを浪費するといった個人の経済行動は、物価に対して深刻な影響を与える。「幸せなハンス」の主人公は給金として得た金塊で不当な物々交換を繰り返し、金の価値を無にしてしまう。1837年の英訳本で金が銀に変更されたのは、英国のこのような経済事情を反映したものと思われる[24]。

　同様に、「神の恵み」が「天の恵み」にされていることに関しても、英国の複雑な社会的事情が絡んでいるようだ。このことについては後で詳しく述べることにする。

(5)　スウィントンの英語教科書について

　カナダ人、ウイリアム・スウィントン（Swinton, William, 1833-1892）の英語教科書（*Swinton's Third Reader*, 1882）では、グリム童話 KHM75「狐と猫」（The Fox and the Cat）が紹介されている。原題の「狐と猫」を大幅に変えて、「一策は百策にも勝る」（One Trick that was worth a Hundred）という題名で紹介している[25]。

　狐は猫に敵を攻略するために使う自分の百の策略について自慢げに語る。猫は、敵が来たら木に登るという、１つの策しか持っていないので、狐を羨ましく思う。狐は猫を馬鹿にして見下す。そのとき角笛の音が響き、多くの猟犬が吠えながら走ってくる。猫は高い木に登って、猟犬から身を守る。百の策を持つ狐は策をまったく使えず、猟犬に捕まってしまう。「私のように木に登れば、命を落とすことはなかったのに」という猫の言葉で原典の話は終わる[26]。

　スウィントンは最後の文章を次のように変更している。「１つの良策は、10の愚策の10倍以上の価値があるということがわかる」("I see that one good trick is worth more than ten times ten poor ones")[27]。原典は殺された狐に焦点を当てているが、スウィントンは生き残った猫に焦点を当てている。その結果、この話を読んだ日本人は敵に勝つには１つの良策が必要なのだ、百の愚策では

ないということを悟る。つまり、この話は「富国強兵」政策を採る日本政府にとって、サバイバル術を説く有益な話ということになるのである。

## 3．ローマ字による邦訳について

　グリム童話が最初に邦訳されたのは英語教科書の抄訳（1873）以外では1886年４月刊行の『ローマ字雑誌』であるといわれている[28]。グリム童話 KHM152「牧童」が「HITSUJIKAI NO WARABE」という題で KATAYAMA KIN-ICHIRŌ によってローマ字で訳されている。原文にほぼ忠実な訳だが、誤訳もある。「目に見えないくらい小さな点を数えられないくらいたくさん描いた」[29] というところを「kami no omote wa uchiyogorete mirubyō mo arazu」[30] と書き、さらに「この山に百年に一度小鳥が飛んできて」[31] という表現を「Itomo hisashiki inishie yori toshidoshi kono yama ni kitaru tori arite」と訳している[32]。小さくて見えない点を汚れて見えないとし、100年に１度を年に１度と誤訳しているのだ。賢い牧童が３つの難問に答えて王の養子になる話だが、グリム童話であるということはどこにも記されていない。訳者については、詳細は不明である。

　『ローマ字雑誌』には1886年６月にもう１話、IMURA CHŪSUKE が KHM18「藁と炭とそら豆」を「MAME NO HANASHI」として訳出している。この話は直訳ではなく意訳であり、改変されたものだ。橋代わりにと寝そべった藁の上を渡る炭が、水音に怯えて立ち止まったので、藁に火がつき、２人とも溺れてしまうという原文の内容は[33]、藁が消し炭の重さに耐えかねて動いたので、消し炭が川に落ちるという内容に変えられている[34]。それを見たそら豆は笑いすぎて腹がはじけて、仕立屋に縫い合わせてもらうのだが、ここでは医者に縫い合わせてもらうとされている。この話も出典がグリム童話だという記載はなく、訳者イムラについても詳細は不明である。両者の訳を比較すると、カタヤマ訳のほうがイムラ訳より原文により忠実な訳だといえる。

　２人の訳者カタヤマとイムラの詳細については、これまで不明とされてきた。しかし、筆者は調査の結果、昨年（2015）、その漢字名、経歴、動機などの詳細について明らかにすることができた。次章Ⅱ部２章「ローマ字雑誌に邦訳さ

第Ⅱ部　グリム童話の日本への導入について

グリム童話特集

『西洋古事　神仙叢話』（菅了法訳、集成社、明治20年4月）表紙
（名雲純一氏撮影）

図9　『西洋古事　神仙叢話』

れたグリム童話について」は、その研究成果をまとめた論文である。詳しく知りたい人は、次章を読んでほしい。

## 4．最初の邦訳本『西洋古事神仙叢話』について

　英語教科書の抄訳やローマ字雑誌を経て、日本でグリム童話が最初に単行本として出版されたのは、『西洋古事神仙叢話』だ。1887年に菅了法によって訳されたもので、11話（KHM57,81,39-I, 6,133,9,62,39-II,29,88,21）のグリム童話が収められている。訳者、菅了法は衆議院議員になったり、新聞社を創立したりしたが、英国留学を経験した教育者であり、僧侶でもあった[35]。菅は慶応義塾で学んでから京都の本願寺の学校で学び、奨学生として英国のオックスフォード大学に7年間留学する[36]。翻訳した時期はおそらく1881年から1888年の英国留学中だと推測される。

　菅が邦訳に使用したグリム童話の英訳本は不明のままであったが、長年にわたる調査の結果、筆者はその本を確定することに成功した。その間の事情につ

いては、『児童文学翻訳作品総覧』第４巻で詳しく紹介しているので[37]、ここでは結論のみ伝える。その本は、英国の大英図書館（British Museum Library）所蔵のポール訳であった。

## ５．H. B. ポールの英訳本 "Grimm's Fairy Tales" ついて

### (1) ポールの英訳本についての概観

　この本はグリム童話に収められている211話をすべて訳した完訳本ではなく、128話だけ抽出して訳した選訳本だ。その128話の中には菅が訳出した11話がすべて収録されている[38]。ポール訳は1868（1872）年に出版されたもので[39]、決定版からの訳だ。なぜなら、決定版で初めて挿入された４話（KHM104,151b, 175,191）のうち、２話（KHM104,191）がポール訳に含まれているからである[40]。

　ポール訳の特徴は次の５点に分類できる。①神、悪魔、聖者など宗教上の名称が使われていない、②性的な表現が避けられている、③王家や父親に対する不適切な表現が排除されている、④暴力や殺人など残酷な表現を避けている、⑤性別役割分担に基づいた男性像と女性像に適合させている。次にこの５つの改変点について、詳しく見ていくことにする。

### (2) 神、悪魔、聖者など宗教上の名称を避ける

　ポール訳では神（Gott）という表現が避けられている。「神様（Herr Gott）」という表現は「ああ（Oh）」という間投詞に変えられ、神を使った慣用句「ありがたい（Gott sei gelobt）」は "Heaven be prais" と、「神」を「天」に置き換えた表現にしている。この傾向はすべての話にみられる。KHM21「灰かぶり」でも同様に、「神の加護」が「天の助け」に変えられており、それがさらに菅訳では「父上につかへ」と変更されている。「母が天国から見守る」という表現も英訳では天国を避け、「母はあなたの守護天使（gaurdian angel）になる」とされている。その表現が菅訳では「母が草葉のかげよりまもるそよ」になるのである。

　聖者という表現も避けられ、KHM81「のんき者」では、聖者ペトルスは妖

精（Fairy）またはピーターと訳されている。菅訳ではピートルや乞食と訳されている。また、「三位一体の聖なる御名にかけて」という祈りは、「奇妙な言葉を二言三言」という表現に変えられている。それが菅訳では「呪文」とされている。悪魔（Teufel）という言葉も避けられ、霊（demon）と訳されることが多く、それを菅訳では怪物や鬼神と訳されている。地獄という言葉も「黒い森」や霊の洞窟（Demon's cave）に置き換えられており、菅訳の「深林の中」や「鬼窟」と一致する。そのうえ、地獄や天国に関するエピソードはすべて削除されている。

　宗教的表現はポールだけでなく、テイラーやヴィッカースなど当時の英訳者はすべて避けている[41]。それは冒瀆法（Blasphemy Act）が存在したからである[42]。冒瀆法というのは、神の名前を否定的文脈で使用した時に適用される法律である。神の名前を無意味な間投詞に使っただけで、告発され罰金刑が科されたのである[43]。この法令は200年にわたって効力を維持し、出版者や著述業者は宗教的表現に対して慎重な対応をしなければならなかった[44]。1698年に発布されたこの法律は、1882年に英国最高裁判事が規制を緩めるまで効力を発揮し続けたのである[45]。

(3) 性的な表現を避ける

　KHM6「忠臣ヨハネス」でヨハネスが妃の乳房から血を3滴吸いだすところを、ポール訳では妃の肩からに変更している。乳房を肩に変更することによって、性的ニュアンスを消そうとしたのであろう。この部分は菅訳では、肩に針を打つという鍼灸を思わせる行為にされ、性行為からさらに治療行為に変更されている。

　KHM88「歌って跳ねる雲雀」では娘は花嫁に「花婿が寝る部屋で、一晩寝かせて欲しい」と単刀直入に要求するが、ポール訳では「花婿の寝室で彼と2人だけで話をさせて欲しい」と婉曲な表現にされている。菅訳でも王子と寝るのではなく、語るのが目的とされている。また、結婚年齢も14歳から19歳に引き上げられている。KHM29「悪魔の3本の金髪」で王が子どもを捨てたのは、14年前であるのに、19年前とされている。その子は王の手紙をもって城に行くが、途中で手紙をすり替えられて、殺されるどころか直ちに王女と結婚させら

れる。そうなると14歳の息子が王女と結婚することになる。結婚年齢が14歳というのは、ヴィクトリア朝英国の家庭には相応しくないと判断されたのであろう。菅訳でも結婚する子どもの年齢は19歳とされ、ポール訳と一致している。

⑷　王家や父親に対する不適切な表現が排除されている

　KHM57「金の鳥」では原文では思慮深くないとされている長男の王子が、ポール訳では思慮深く思いやりのある王子に変えられており、それは菅訳でも踏襲されている。この話は三男である末の王子が成功する話だが、失敗する2人の兄の人格も傷つけないよう配慮されている。また、狐が王子にする忠告も、ポール訳では主人と家来という上下関係を意識して、説教調ではない表現に変えられている。またKHM62「蜜蜂の女王」では冒険に出かける3人の王子はただの息子に変えられている。これは王子たちが放蕩をしたり、乱暴なことをしたりするからである。王室のメンバーに対するイメージを損なわないよう、ポール訳では配慮が施されているのである。これは菅訳では公子と訳されており、「ゼームス、リチャード、ウ罪リアム」と名前まで与えられている。

　KHM21「灰かぶり」では実の父親が、灰かぶりが入った鳩小屋を斧で叩き割るのだが、ポール訳では継母が王子に「鳩小屋を叩き割るため人を連れてくるよう頼んだ」と変えられている。つまり、実の娘に対する父親の残酷な仕打ちが、継母の仕業にすり替えられているのだ。さらに、王子が靴の落とし主を探すため、他に娘はいないかと父親に尋ねると、父はみすぼらしい先妻の子しかいないと答えるが、英訳では「みすぼらしい」という言葉が削除されている。実の娘のことを悪く言うのは、家長として相応しくないと判断したのだろう。菅訳では鳩小屋を叩き割るエピソードそのものが削除され、実の娘に残酷な仕打ちをする父親は登場しない。他に娘がいるかと聞かれると、「おすす」を呼び出して靴を履かせる公平な家長としての父親が存在するだけである。

　KHM9「12人の兄弟」の悪い継母が魔女に変えられているように、后が継母の場合、ポール訳では魔女に変えられている。これは后という地位にある者が悪人である場合、魔女だからという方が継母より人間離れした存在となり、后とは異なる存在として理解されると考えたからであろう。一方、菅訳では継母も魔女も出現せず、姑が登場する。姑は嫁の家柄が同格とわかると、急に態度

を改め、嫁を優しく受け入れる。要するに、姑が嫁いびりをしたのは、家格を下げる身分違いの結婚に反対したからであり、個人的憎悪からではないと弁護しているのである。

(5) 暴力や殺人などの残酷な表現を避ける

KHM9「蜜蜂の女王」で「一言でも喋るとお前の兄さんは殺される」いう台詞が、ポール訳では「一言でも喋るとお前の兄さんは死ぬであろう」という表現に変えられている。これは暴力や殺害などという残酷な言葉が避けられた結果であろう。殺しではなく死ぬという表現にしないと検閲を通過しなかったのかもしれない[46]。この表現は菅訳ではさらに婉曲になり、「假りにも詞葉發し給ハバ由々しき大事起り候わんずるぞ」と、「殺し」でも「死」でもなく「災難」が起こるかもしれないという暗示に変えられている。

(6) 性別役割分担に基づいた男性像と女性像に適合させる

KHM57「金の鳥」で3番目の息子は原文では「気のいい」（gutmütig）と表現されているのに、ポール訳では「勇敢な若者」（The youth had plenty of courage）に変えられている。また、女性を形容するときは「か弱さ」が強調されている。KHM88「歌って跳ねる雲雀」ではライオンに娘を嫁にやると約束した父親が、そのことを娘に告げると、娘はけなげにも承諾し、「怖気づくことなく（getrost）森に入っていった」と表現されているが、ポール訳では「泣きながら（sorrowful）別れを告げる」となっている。女性の凛々しさを排除し、か弱さを強調した表現にしたのだ。これらの改変によって「勇ましい男性とか弱い女」というステレオタイプのイメージを刷り込もうとしたのであろう。男女の性別役割分担を旨とするヴィクトリア朝時代に生きるポール夫人は、改変を加えることによって本の購買者である教養市民階層の教育観や価値観を巧みに挿入したのである。この改変は菅訳でも踏襲され、KHM57「金の鳥」では、公子は兄たちの捜索を「勇々しく」語る人物にされており、KHM88「歌って跳ねる雲雀」では、娘は「泣々に父子恩愛のきづなにひかれ」となり、「強い男と弱い女」という性別固定観念を植え付けるだけではなく、父親に対する子どもの忠誠心と孝行心が強調される表現にまで変更されている。

## 6．ポール訳と菅訳の改変のまとめ

　ヴィクトリア時代とは産業革命と鉄道の普及により、これまでの職住一致の家庭を通勤により職住分離の家庭に変えた時代である。これによって家庭は生産の場から消費の場へと変化し、男女の役割分担が定着する[47]。つまり夫は外で働き、妻は専業主婦として家族を守る、いわゆる近代家族が誕生したのである。富裕市民階層から生まれたこの家族観は、マスコミの発達や学校教育の普及により、他の階層にも浸透していき、「男性は逞しく、女性はやさしく控えであることが両性の生まれながらの特性」であるとされていく[48]。いわゆる近代的「男らしさ」、「女らしさ」の誕生である。

　ポール訳のなかで性別役割分担に基づいた男性像と女性像を創出するための改変が行われたり、性行為に結びつくような表現が省かれたり、残酷な表現が削除されたりしたのは、貞淑で優しい「家庭の天使」としての主婦を育てるという女子教育の目的を意図したからであろう。そして夫を長として仰ぐこの家父長主義的家族形態は、君主を頂点とする絶対主義的国家体制をとる社会を基礎から支える主要な構成要素となっていったのである。

　宗教的表現は冒瀆法による規制を順守し、教育に関しては性別役割分担を旨とするジェンダーの創出を目指し、家父長主義的家族秩序を守るよう、ポール訳はドイツ語原典を改変したのである。そして、そのポール訳が日本語に訳されたことによって、ヴィクトリア朝英国の価値観が日本に導入されたのである。

　宗教的表現の回避は菅によるものではなくポールによるものであり、性的表現を避ける傾向もポール訳で試みられたものであり、王や王子の名誉を汚す表現を避ける改変もポール訳で行われたものである。ただ、シンデレラで国中の美人を招待するのはポール訳でも同じだが、菅訳では国中の富豪の令嬢を招待すると変えられている。結婚相手を選ぶのに「美しさ」ではなく「家の資産」を問題にするという考え方は、ポールではなく菅によるものである。「個人」より「家」を優先する価値観は日本版で入れられたものなのである。

　「同じ寝床で寝る」という直接的表現は、菅より先にポールがすでに「同じ部屋で語り合う」という婉曲表現に変えている。しかしキスという表現に関し

ては、ポール訳は原文に忠実に訳されている。しかし、菅訳ではキスは削除されている。西洋キリスト教社会では「キス」は性的表現というより、精神的な愛情表現とされ挨拶などにも用いられている。しかし日本語には、元々「口吸い」という性行為を表す言葉しか存在しなかったのである。現代訳される「接吻」という語は、近世中国の俗語から借用したもので、「古代からの日本語、〈口吸ひ〉とは別に、19世紀初、新しいオランダ（ヨーロッパ）の礼儀作法の一つとして、オランダ語のkus, kussenが長崎通詞より訳された。したがって、日本語〈口吸ひ〉をさけて、中国語、〈接吻〉を借用。はじめは長崎方言」だったそうである[49]。接吻という言葉は、「訳語としては幕末からみられるが、一般に用いられるようになったのは、明治20年代から」[50]なので、菅が訳した頃はまだ普及していなかったのである。そうすると「口吸ひ」と訳さず、仄かな愛情を匂わせる「そっと話しかける」という表現にとどめている菅訳のほうが、「キス」という言葉の真意を伝えているのかもしれない。

　さらに、王に対する制裁として、悪い王が渡し守の身分に落とされるエピソードはポールでは入れられているが、菅では削除されている。君主への制裁は「忠孝の徳」を教える当時の教育理念ではあってはならない事項なのであろう。このように親や君主に対する否定的表現をより少なくするという日本的改変を加えられた部分もあるが、英訳本で削除されたり変えられたりした部分もかなり広範囲に及んでいる。天国や地獄でのエピソードがすべて削除されているのがその一例である。キリスト教に対する慎重な態度は菅によるものではなく、英国の冒瀆法によるものであったからである。

　グリム童話を受容する際、ドイツ語の原文を改変したポール訳を用いて邦訳されたということは、ヴィクトリア朝英国の価値観も共に日本に移入されたことを意味する。ヴィクトリア朝英国の文化や思想はグリム童話の訳を通して、日本のグリム童話受容に多大な影響を与えていたのである。そして、それは今日まで、日本人のジェンダー観として刷り込まれているのである。そのことは、今年のアンケート結果にも端的に表れている[51]。「男らしさ」「女らしさ」とはどのようなことを指すと思うかという質問で、「男は強く逞しく、女は淑やかでおとなしい」という答えが、圧倒的多数を占めたのである。つまり、ヴィクトリア朝時代に強調された「男性は逞しく、女性はやさしく控えめであるこ

とが両性の生まれながらの特性」というジェンダー観を、日本の若い女性はいまだにそのまま保持しているのである。

## 7．呉文聰訳 『西洋昔話　第1号　八ツ山羊』(1889年9月)

1889年（明治20）に出版された『西洋昔噺　第一号、八ツ山羊』は、子ども向きの絵本として出版された最初の本といえる。「狼と7匹の子山羊」（KHM5）を訳したもので、袋とじの小さく薄い本だが、鮮やかな色彩と立体的な仕掛けが特徴で、家の扉や狼の腹が開け閉めでき、中が覗けるように工夫されている。訳者、呉文聰はドイツ社会統計学を専門とする学者で、東京専門学校や慶応義塾などで講義を担当していた。米国に視察団として派遣されたこともある。

彼の訳本には煉瓦の家に洋装の人や山羊が描かれたカラーの挿絵が入れられ、

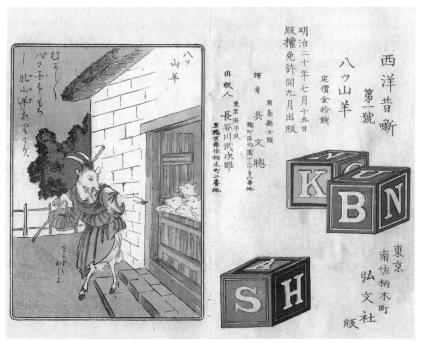

図10　『西洋昔話　第一號　八ツ山羊』

西洋の雰囲気を濃厚に伝えている。文章には漢字と変体仮名が使われているが、内容にはさほど極端な日本化は施されていない。主な改変箇所は、7匹の子山羊が8匹の子山羊に、母さんがおばさんに、チョークが声のよくなる薬に、振り子時計がストーブにされているところだ。出典もグリム童話であることも明記されていないが、最近の研究によると、この本の挿絵はハインリッヒ・ロイテマン（Heinrich Leutemann, 1824-1905）が『ドイツ子ども童話集』（Deutsche Kinder-Märchen, 1884）に描いているものと酷似しているという[52]。そうするとこの本は英訳本ではなく、ドイツ語の本から訳した最初のグリム童話ということになる。

余談だが、この本はポルトガル総領事で、後に日本に憧れて帰化したヴェンセスラウ・デ・モラエス（Wenceslau José de Sousa de Moraes, 1854-1924）によって、ポルトガル語に訳され、1904年にリスボンの雑誌セロノイスに日本の昔話として紹介しているという[53]。西行に憧れ日本文化に通じていた彼が、なぜ、この話を日本の昔話として故郷に紹介したのか、理由は不明だ。母山羊の子どもに対する深い愛情と手先の器用さに、日本女性の素晴らしさを重ね合わせ、それを伝えようとして、日本の昔話として紹介したのではないかと言われている[54]。おそらくモラエスは日本文化の優れた側面を、この昔話によってポルトガル人に知らせようとしたのであろう。

## 8．上田萬年訳　『おほかみ』（1889年10月）

1889年10月に出版された『おほかみ』の表紙は、色刷りで、着物姿でパイプを加えた狼が川辺で腰をおろし、着物姿で籠を持った母山羊の立ち姿が手前に大きく描かれている。表紙だけでなく文中の挿絵もすべて着物姿で描かれ日本化されている。

洋装で統一した呉の訳と、着物で統一した上田萬年の訳は受ける印象がまったく異なる。この本には独逸グリム氏原著、日本上田萬年重譯と明記されていて、原著者と翻訳形態が明示されている。翻訳後ドイツに留学し、帰国後東京大学の言語学および国語学の教授となった上田萬年は、言文一致の文体で英語訳から邦訳しており、その意味でもこの本は画期的なものといえる。ほぼ原文

第1章　明治期における『グリム童話』の翻訳と受容

図11　『おほかみ』

に忠実な訳だが、「山羊」を「羊」と訳している点が目を引く。日本では当時、山羊の方が多く、羊のほうが珍しい存在だったのだが、羊毛を取るため羊の飼育が政府によって奨励されていた[55]。それが変更の理由かどうか定かではないが、挿絵に描かれている動物は羊ではなく山羊の姿であるところが、矛盾していて興味深い。

## 9．少年少女雑誌による普及

　グリム童話が人々に知られるようになったのは、少年少女対象の雑誌で紹介されてからであろう。最初に紹介したのは『女学雑誌』で、1888年から1889年にかけて5話紹介している。「蛙の王様」、「忠臣ヨハネス」、「勇ましいちびの仕立屋」、「わきまえハンス」、「幸せなハンス」の5話だが、これらの話はすべて英訳本から訳されたもので、内容はかなり改変されたものになっている。主宰の巌本善治が設けた「子供のはなし」欄に文語体で紹介されている。母親の

子育てを重視し、母がわが子に話す材料を提供しようという意図で設けられた欄だ。訳出された話は、女の子向けというより男の子向けの話が多い。女学雑誌とはおそらく母親（女）に子ども、主として息子の教育について学ばせるための雑誌だったのであろう。女学の女は母親のことを指し、教育対象である子どもとは、まず男児で、女児は後回しにされていたと思われる。

　『少国民』と『幼年雑誌』による紹介で、グリム童話はかなり知られていく。『少国民』は1889年に「狼と七匹の子山羊」と「白雪姫」を中川霞城訳で掲載し、ほぼ原文に忠実な内容の話を14話、明治期に掲載している。『幼年雑誌』の方は、巖谷小波が1891年から1893年に「幸せなハンス」、「小人・Ⅰ」、「ルンペルシュティルツヒェン」、「灰かぶり」、「六羽の白鳥」、「黄金の鳥」、「森の中の三人の小人」の7話を掲載している。『少国民』に比べて『幼年雑誌』の訳文は原文を大幅に変えたもので、翻案に近いものといえる。

　3種類の雑誌のうち、『女学雑誌』は英語からの重訳であるが、あとの2つの雑誌はいずれもドイツ語から訳したものと思われる。原文に忠実な中川も大幅に変えた巖谷も、どちらもドイツやドイツ語に親しんでいた人物であるからだ。しかし、巖谷の原本はグリムではなく、同じドイツ人のフランツ・オットーの本から採取したものであるという[56]。

## 10. グリム童話のなかで明治期に多く訳された話

　明治期に最も多く訳出された話は「狼と七匹の子山羊」で17回訳されている。2番目が「蛙の王様」で14回である。この2つの話は突出して多く訳されている。3番目が「ブレーメンの音楽隊」、「白雪姫」、「貧乏人と金持ち」で各9回、6番目が「ヘンゼルとグレーテル」、「藁と炭とそら豆」、「赤ずきん」、「小人Ⅰ」、「幸せなハンス」、「星の銀貨」で各8回である。8回以上訳されている11話のなかに、現在、知名度の高い「灰かぶり」や「いばら姫」は含まれていない。この2つの話はいずれも4回しか訳されていない[57]。

　その背景にはおそらくグリム童話を学校教育に利用しようとしたヘルベルト派の影響があるのだろう。ヘルベルト派の影響については、奈倉洋子や中山淳子がその著書で詳しく述べているので、ここでは省略する。しかし、この11話

のなかにはヘルベルト派が教材に適しているとした話は5話しか含まれていない。グリム童話の普及はヘルベルト派の影響だけでは説明しきれないものがあると思われる。

## 11. 結論

　英訳本から重訳して受容されたグリム童話に焦点を当てて、明治期のグリム童話の翻訳と受容問題について考察してきた。
　英語教科書という形で最初に日本人に紹介されたグリム童話「釘」には、「富国強兵」を目指す際に心得ていなければならない西洋の教訓が含まれていた。日々の手入れを怠ることは、富を失い、敗戦をもたらすという格言は、明治期の日本にとって学ばねばならない重要な教えであった。英語教科書に採用された西洋昔話1つにも「富国強兵」を推し進める明治政府の方針が如実に読み取れるのである。
　英語教科書に始まって、グリム童話というドイツ語の本は、ドイツの原文からではなく、英訳本から重訳されて受容されてきた。その際、たいていの場合、使用された英訳本は明記されていない。それを確定する作業は困難を極めるが、その作業抜きで、グリム童話の日本での受容を語ることはできない。大幅に改変された日本語訳の背景には、大幅に改変された英語訳が潜んでいるからである。初期の英訳であるテイラー訳やポール訳に加えられた改変はそのまま、日本語訳でも踏襲されている。
　ヴィクトリア朝英国の文化や思想はグリム童話の訳を通して、日本のグリム童話受容に多大な影響を与えている。そして、この傾向はグリム童話だけにみられるのではなく、おそらく英語圏以外の他の西洋諸国の書物一般にも見られる傾向ではないだろうか。
　明治期に日本が英語圏以外の西洋文化を受容する際、英語版から重訳して紹介することが多い。それはドイツやフランスなどの西洋諸国の文化が英国文化というフィルターを通して日本に導入されていたことを意味する。
　明治期の日本は、啓蒙政策による欧化政策で英米仏系の自由主義文化が移入され、自由民権運動が活発になる。それを弾圧するために、儒教主義だけでは

第Ⅱ部　グリム童話の日本への導入について

説得力がないので保守的なビスマルクのドイツ国家主義を利用しようとする。その方針に沿うかのように、明治20年代（1887）からシラーやゲーテやハウフの作品が邦訳されていく。同年に訳されたグリム童話の邦訳本もこの流れに沿ったものと解釈されがちである。しかし、ドイツ語からではなく、英語から重訳されたグリム童話には、ドイツだけではなく、英訳本が出版されたヴィクトリア朝英国の道徳観も盛り込まれていたのだ。外国文化を自国に移入する際、英語訳ではなく、原語から直接訳すことの大切さが痛感される。

　明治期においてこれらの翻訳ものの本を読むことができた人々は、しかしながら、かなり恵まれた家庭の子どもに限られていたようだ。生活のために働かなければならなかった多くの庶民の子どもにとっては、子ども用の本や雑誌を購入して読むなどという経済的余裕は到底なかった。そのうえ、義務教育がまだ徹底していなかったこともあって、字が読めない子どもも随分いたようだ。『少国民』や『幼年雑誌』などの少年少女用の雑誌によって、グリム童話は多少人々に知られるようにはなり、知識階層の様々な人々がその教育的効用について意見を述べているが[58]、まだまだその普及は限られたものであったといえよう。

　グリム童話が一般の人々に広く普及し受け入れられていくのは、教育の浸透、経済力の向上、生活の安定、検閲の廃止といった社会的条件が整った第二次世界大戦後の昭和29（1954）年頃まで待たねばならない。そしてそれには、昭和2（1927）年に出版された金田鬼一の信頼できる全訳本の存在が、大きな意味をもってくるのである。

注
1) 府川源一郎「アンデルセン童話とグリム童話の本邦初訳をめぐって」『文学』9巻、4号、2008年、141頁。
2) Epes Sargen: *Sargent's Standard Third Reader for Public and Private School*, Boston 1859.
3) 府川源一郎、前掲書、140-151頁。
4) 鈴木しづ子『男女同権の男—深間内基と自由民権運動』日本経済論社、2007年、516頁。
5) 同上、27、226頁。
6) 府川源一郎、前掲書、151頁。

7) 同上、府川によると、そのうち「『サンダース氏「ユニオン」第三読本意訳巻之上』の訳文が最もこなれていて読みやすい」そうだ。
8) William & Robert Chambers: *Chambers's Standard Reading Books, Book 3*, Osaka, Hōbunkan1888.（1st. London. 1863）
9) 川戸道昭「明治期の『シンデレラ』と『赤ずきん』」 川戸道昭・榊原貴教編『児童文学翻訳作品総覧』第3巻、ナダ出版センター、2005年、27頁。
10) 川戸道昭「グリム童話の発見」川戸道昭／野口芳子／榊原貴教編『日本におけるグリム童話翻訳書誌』ナダ出版センター、2000年、11頁。
11) *Swinton's Third Reader*. New York / Chicago 1882, S. 45-47.
12) Charles W. Sanders: *Sanders' Union Reader Number Three*. New York 1871, S. 27. 詩の日本語は拙訳を付加したものである。
13) Benjamin Franklin: *Poor Richard's Almanacks*. Philadelphia 1976（1st 1758）, S. 280.
14) *The Oxford Dictionary of Nursery Rhymes*, edited by Iona and Peter Opie. Oxford 1951, S. 324.
15) Ebd, S. 324-325.
16) Ebd, S. 325.
17) Benjamin Franklin, a.a.O., Publisher's Note.
18) Ebd, S. 280.
19) *German Popular Stories and Fairy Tales, as told by Gammer Grethel*. From the collection of M.M. Grimm. Revised translation by Edgar Taylor. London 1837.
20) *German Popular Stories and Fairy Tales, as told by Gammer Grethel*, a.a.O., S. 130. 詩の日本語は拙訳を付加したものである。
21) Brüder Grimm: *Kinder- und Hausmärchen*. 2 Bde. Hrsg. v. Heinz Rölleke. Köln 1982（1. Aufl 1819）, Bd. 1, S. 292-297.
22) 峯本晫子「『1884年のビール条例』の起源と通貨主義」成城大学短期大学部編『紀要』7号、1976年、79頁。
23) 関岡正弘『マネー文明の経済学』ダイヤモンド社、1996年、117頁。
24) 平山健二郎「貨幣数量説の歴史的発展」関西学院大学経済学部研究会編『経済学論究』58巻2号、2004年9月、43頁。
25) *Swinton's Third Reader*, a.a.O., S. 45.
26) *Kinder- und Haus-Märchen*. Hrsg. v. Hans-Jörg Uther. a.a.O., Bd. 1, S. 391.
27) *Swinton's Third Reader*, a.a.O., S. 47.
28) 川戸道昭、前掲書、6頁。
29) Brüder Grimm: *Kinder- und Hausmärchen*. 3 Bde. Hrsg. v. Heinz Rölleke. Stuttgart 1980, Bd. 2, S. 268.
30) Katayama Kin-ichiro訳 *RÔMAJI ZASSHI* 1冊11号（1886年4月10日）97頁。
31) Brüder Grimm: *Kinder- und Hausmärchen*. 3 Bde, a.a.O., S. 268.
32) Katayama, Kin-ichirō訳、前掲書、98頁。
33) Brüder Grimm: *Kinder- und Hausmärchen*. 3 Bde, a.a.O., Bd.1, S. 117-118.
34) Imura Chūsuke訳 *RÔMAJI ZASSHI* 2冊25号（1887年6月10日）70頁。

35) 詳細は右記の拙著を参照。野口芳子『グリムのメルヒェン —— その夢と現実』勁草書房、1994年、114-119頁。
36) 菅了法の孫にあたる菅一氏からの手紙で時期には触れられていないが祖父は「7年間オックスフォード大学で学んだ」と明記されている。1999年5月16日、勁草書房「愛読者カード係」宛に出された手紙。菅が7年間オックスフォード大学哲学科で学んだことは次の文献にも明記されている。伊藤洋二郎『国会議員百首』静観堂、1891年、11頁。
37) 野口芳子「英訳本から重訳された日本のグリム童話」『児童文学翻訳作品総覧』第4巻、ナダ出版センター、2005年、465-485頁。
38) 目次については、同上、469頁参照。
39) *Grimm's Fairy Tales. A New Translation* by Mrs. H.B. Paul, London / New York 1868/1872. 出版年に関しては大英図書館のカタログには1872年と記載されているが、スタンフォード大学モーガン教授の右記の著書では初版は1868年、再版が1872年になっている。Bayard Quincy Morgan: *A Critical Bibliography of German Literature in English Translation 1481-1927*, New York / London 1965, S. 181-182.
40) 詳細は右記の本を参照。野口芳子「英訳本から重訳された日本のグリム童話」前掲書、470頁。
41) Martin Sutton: *The Sin-Complex*. Kassel 1996, S. 315.
42) Ebd, S. 34.
43) Donald Thomas: *A Long Time Burning —— The History of Literary Censorship in England*. London 1969, S. 67-68.
44) Ebd, S. 68.
45) Lindsay Jones（Chief Editor）: *Encyclopedia of Religion*, second Edition. USA（Thomson Gale）2005（1$^{st}$ 1954）S. 974.
46) Donald Thomas, a.a.O., S. 14.
47) 長島伸一『世紀末までの大英帝国』法政大学出版会、1987年、248-249頁。
48) 同上、249-250頁。
49) 杉本つとむ『語源海』東京書籍、2005年、365-366頁。
50) 日本大辞典刊行会編『日本国語大辞典』第12巻、小学館、1974年、48頁。
51) アンケートの詳細に「はじめに」の注1を参照。
52) 西口拓子「本邦初のグリム童話の翻訳絵本『八ツ山羊』とそれに影響を与えたとみられるドイツの挿絵について」『専修大学人文科学研究所月報』257号、2012年5月、22-23頁。
53) 大渕知直「異文化間需要とメルヘンの変容 ——『八ツ山羊』とモラエスを巡って」『ヘルダー研究』7号、2001年、173-175頁。
54) 同上、175-177頁。
55)「緬羊山羊頭敷累年比較」農商務省農務局『畜産統計』龍渓書舎、1910年、41-43頁。
　　明治32年、緬羊2462、山羊58694で24倍山羊が多い。
　　明治41年、緬羊4085、山羊83352で20倍山羊が多い。
56) 久保華誉『日本における外国昔ばなしの受容と変容』三弥井書店、2009年、110

頁。
57) 川戸道昭・榊原貴教編『児童文学翻訳作品総覧』第3巻、前掲書、556-707頁。
58) ヘルベルト派の教育学者である樋口勘次郎は修身や倫理を教える教材とみなし、学習院大学教授で陸軍少佐の猪谷不美男は子どもに自分の過失を認めさせ、訓戒を与えるのに最適とし、東京市教育課長の戸野周二郎はお伽噺の本領は美であると主張している。巖谷小波『学校家庭教訓お伽噺・西洋の部』博文館、1911年、付録213頁。

# 第2章　『RŌMAJI ZASSI』に邦訳されたグリム童話について
## ——日本初のグリム童話邦訳をローマ字で訳出した訳者について

## 1．序論

　グリム童話が最初に日本語に訳されたのは、英語教科書の抄訳[1]以外では、1886年4月刊行の『RŌMAJI ZASSI』（1冊11号）であるといわれている[2]。グリム童話KHM152「牧童」が、「HITSUJIKAI NO WARABE」という題でKATAYAMA KIN-ICHIRŌによってローマ字で訳されている。『RŌMAJI ZASSI』には1887年6月刊行の2冊25号にもう1話、KHM18「藁と炭とそら豆」が「MAME NO HANASHI」という題でIMURA CHŪSUKEによって訳出されている。

　ローマ字で訳出された2話については、訳者についても、翻訳の動機についても、使用原本の言語についても不明のままである。この章の目的は、それらの詳細を明らかにすることと、なぜこの2話が選ばれたのか、その理由を探ることである。

## 2．KHM152「牧童」のローマ字訳

### (1)　KHM152「牧童」のあらすじ

　賢い牧童がいるという噂が、王の耳に届く。王は牧童を呼びつけて、3つの問いに答えることができれば、おまえを養子にして城に住まわせてやるという。1番目の問いは、「世界中の海には水が何滴あるか」だ。牧童は王に「地球上の川をすべてせき止めてほしい。まだ数えていない川の水が、1滴も海に注がないようにしてくれたら、海に水が何滴あるか答える」という。2番目の問いは「空にはいくつ星があるか」だ。牧童は大きな白い紙を要求し、そこに羽ペ

ンで「目に見えないくらい小さな点を数えられないくらい多く描き」、空の星はこの紙の点と同じ数だけあるという。3番目の問いは「永遠は何秒か」だ。牧童は「ヒンターポンメルンの国にダイヤモンドの山がある。山は平坦な道を1時間歩いたほどの高さ、幅、奥行きがある。そこに百年に1度、小鳥が飛んできて嘴を研ぐ。この山が完全になくなったら、永遠の最初の1秒が過ぎる」と答える。王は牧童の賢さに感服して、約束通り、彼を自分の養子にして城に住まわせる[3]。

(2) KATAYAMA KIN-ICHIRŌ 訳「HITSUJIKAI NO WARABE」

KATAYAMA のローマ字訳は、原文にほぼ忠実な訳だが、次のような誤訳も散見する。「目に見えないくらい小さな点を数えられないくらい多く描いた」[4]というところを「kami no omote wa uchiyogorete mirubyō mo arazu」[5] と訳している。つまり「小さくて見えない」点を、「汚れて見えない」点と誤訳しているのである。さらに「この山に百年に1度小鳥が飛んできて」[6]という表現を「Ito mo hisashiki inishie yori toshidoshi kono yama ni kitaru tori arite」[7]と訳している。つまり、鳥が来るのは「百年に1度」なのに、「年に1度」と誤訳しているのだ。しかし誤訳はこの2カ所だけで、あとは原文に忠実な訳である。なお、この話の出典がグリム童話であることは、明記されていない。

(3) KHM152「牧童」(Das Hirtenbüblein) について

この話は初版にはなく、第2版(1819)から152番に挿入されたもので、決定版(1857)までその番号で収められている。ルードヴィッヒ・アウエルバッハー (Ludwich Auerbacher 1784-1847) がバイエルン地方の「なぞなぞ笑話」(Rätselschwank) を書きとって、グリム兄弟に送ったものである[8]。アウエルバッハーもこの話を自著『青少年のための小冊子』(Büchlein für die Jugend, 1834) に収めている。そこでは質問は、1つ目が空の星の数、2つ目が海の水滴の数、3つ目が古い木々の葉の数である。この話は類話が数多く存在するが、最も古い出典はストリッカー (Stricker、筆名で姓なし) が僧侶の笑話を集めた『プファフェ・アミス』(Pfaffe Amis 1240?) であろう、とグリム兄弟が注釈書

に書いている[9]。ストリッカーは聖職者に一杯食わせる貧しい庶民の話を収集したという。貧しい身分の牧童が、その知識が評価されて王の後継者になることなどあり得ない。それゆえ、この話は封建社会の硬直した現実を痛烈に風刺した「笑話」なのである。

## 3．KHM18番「藁と炭とそら豆」のローマ字訳

### (1) KHM18「藁と炭とそら豆」のあらすじ

貧しい婆さんの台所から抜け出した藁と炭とそら豆は、一緒に旅に出てよその国に行くことにする。小さな小川の畔に来ると、橋がない。藁がこちらの岸からあちらの岸に寝そべって、炭にその上を渡るよう促す。炭は真中まで渡ると、下を流れる水音に怯えて足がすくみ、立ち止まってしまう。すると炭の火が藁に移り、藁は2つに切れて水に落ちてしまう。炭もまた一緒に水中に落ちてしまう。岸にいたそら豆がこれを見て大笑いし、笑いすぎて腹がはじける。偶然、岸で休憩していた仕立屋がそら豆を縫い合わせてくれたので、そら豆は命拾いする。しかし、仕立屋は黒糸を使ったので、このときから、そら豆には黒い縫い目が目につくようになったのである[10]。

### (2) IMURA CHŪSUKE訳「MAME NO HANASHI」

IMURA CHŪSUKEのローマ字訳は、直訳ではなく意訳であり、改変されたものである。橋代わりにと寝そべった藁の上を渡る炭が、「水音に怯えて立ち止まったので」、藁に火がつき、2人ともおぼれてしまうという原文の内容は[11]、「"Ana osorosiki koto yona!" to iitsutsu noru ya inaya, wara wa omoki ni taekane ugoku totan, keshizumi wa massakasama ni suichū ye otosaretari」[12]。怯えながらも消し炭は藁の橋を渡ろうとするが、橋の上に乗るや否や藁は消し炭の重さに耐えかねて動いてしまう。その拍子に消し炭は真っ逆さまに水中に落ちてしまう。つまり、炭が落ちた原因を「水音に対する怯え」から「体重の重さ」に変更しているのである。それを見たそら豆は笑いすぎて腹がはじけて、原文では「仕立屋」に縫い合わせてもらうが、ここでは

「旅の医者」に縫い合わせてもらう。つまり、そら豆の命を救った者を「仕立屋」から「医者」に変更しているのである。なお、この話の出典がグリム童話であることは明記されていない。

(3) KHM18「藁と炭とそら豆」(Strohhalm, Kohl und Bohne) について

　この話は手書き原稿である初稿では5番目に、初版からは決定版までは18番目に置かれている。カッセルのドロテーア・カタリーナ・ヴィルト (Dorothea Catharina Wild) から口承で収集した話である[13]。ブルクハルト・ヴァルデス (Brukard Waldis, 1490-1556/7) の『イソップ』(Esopus 1548) の話を大幅に書き直したものだとグリム兄弟は推測している[14]。そら豆の裂けた腹を黒糸で縫う人物は、ヴァルデスの話では靴屋になっている。多くの類話が存在するが、そら豆にはなぜ黒い筋がついているのかを説明する由来のエピソードだけは、どの類話にも含まれている[15]。最も重要な箇所だからであろうか。

## 4．「HITSUJIKAI NO WARABE」の訳者 KATAYAMA KIN-ICHIRŌについて

(1) KATAYAMA KIN-ICHIRŌの漢字名とその経歴

　ローマ字雑誌におけるグリム童話の訳者、KATAYAMA KIN-ICHIRŌとIMURA CHŪSUKE に関しては、発見者の川戸道昭が「残念ながら彼らの漢字名や経歴については何もわかっていない……当時の東京帝国大学や高等中学校の名簿などを調べてみたが、そうした名前は見あたらなかった。彼らの経歴その他に関する詳しいことは今後の研究にまたなければならない」[16]と述べているように、これまでその消息は不明であった。

　調査の結果、筆者はその漢字名と経歴を明らかにすることができた。KATAYAMA KIN-ICHIRŌ は、英語版の人名事典 "WHO'S WHO IN JAPAN" にその名前が掲載され、下記のように紹介されている。

　　Katayama, Kin-ichiro, Pres.,Kyushu Seisakusho Co., Dir. and Chief Eng. of the Takai Steel Works; b. in 1868 in Tokyo, brother of the following;

第 2 章　『RŌMAJI ZASSI』に邦訳されたグリム童話について

studied elect. chemistry at the Imp. Tokyo Univ.; was in the Furukawa Mining; toured abroad. Add. Yone-cho Kokura.

（カタヤマ・キンイチロウ、九州製作所社長、タカイ鋼業取締役兼技術責任者。1868年東京で出生。次に挙げる人物（カタヤマ・クニヨシ）の弟。東京帝国大学電気化学科を卒業後、古河鉱業所に入社。海外視察に行く。住所は小倉市米町。[拙訳]）[17]

　英語でTakaiと書かれているのはTokaiの間違いで、東海鋼業のことである。なぜなら、『大正人名辞典』では、明治元年（1868）生まれの片山謹一郎は、「九州製作所、東海鋼業，日邦工業各取締役、工学士」[18]と紹介されているからである。また卒業は電気化学科ではなく、電気工学科である[19]。

　上記の2冊の本により、カタヤマ・キンイチロウの漢字名は片山謹一郎（1868-没不明）であると判明する。彼は静岡県人片山龍庵の三男として生まれ、医学博士片山国嘉の弟であり、1896年に東京帝国大学電気工学科を卒業すると、古河鉱業に入社して水電事業に従事するが、官立製作所が創設されると勅任を受けて、そこに移動する[20]。その間、欧米各国を視察旅行する。退官後実業界に転じ、現横須賀酸水素（旧東海鋼業）、九州製作所の各社長を引き受け、東ボタン製作所の監査役も兼務する[21]。

　片山謹一郎がグリム童話の翻訳を発表したのは1886年4月である。4月以前の彼の所属は第一高等学校予備門2級であった。彼は1886年9月から1887年3月まで「第一高等学校」の「予科第一級（獨）一之組」に所属している[22]。予科は上の学年に行くほど数字が小さくなるので、1級は最終学年に当たる。1884年に4級に入学した彼は[23]、1887年に予科を卒業し、1888年には「本科二部第一年一之組（工・理科）第一外国語英語・第二外国語ドイツ語」に在籍するが[24]、その後休学する。理由は不明である。1890年「本科二部第一年」に復学する[25]。1892年に東京帝国大学電気工学科に入学するが、1年生を2回繰り返し[26]、1896年に同学科を卒業する[27]。彼が帝大に入学したとき、13歳年上の兄、片山国嘉は法医学講座を担当する医学部の教授であった。国嘉も学費を兄の国棟（1871年死亡）に支払ってもらっていたので[28]、謹一郎の学費も国嘉が出していたのであろう。ドイツ留学中（1884-1888年）の国嘉の助教授

としての給与は3分の1になり[29]、経済的に厳しい状態が続いていた。1888年7月本科に入学した謹一郎が休学したのは、おそらく経済的な理由であろう。国嘉は10月末に帰国し、11月に教授に任命されるが[30]、留学後の片山家は経済的苦境から脱するのに時間がかかったのであろう。弟の復学は2年後の1890年7月になる。

## (2) 「MAME NO HANASHI」の訳者IMURA CHŪSUKEの漢字名と経歴

IMURA CHŪSUKEとは、1906年に新宿脳病院を設立した初代院長、井村忠介(1868-1927)のことである[31]。忠介は井村家の養子である。井村家は千葉の佐倉藩倉奉行で元々財産家であった[32]。忠介は1885年7月に県立千葉医学校に入学したが、1888年9月に同校が改組され第一高等中学校医学部となったので[33]、1889年7月に卒業したのは、第一高等学校医学部である。彼は第一期生として卒業している[34]。同年9月に帝国大学精神病学科に選科入学し[35]、11月に医籍登録する。12月に法医学科選科にも兼留入学して[36]、1891年12月に精神病学教室補助の職につく[37]。帝大には医局がなく、実際の研修は巣鴨病院でしていたので、1892年2月には巣鴨病院嘱託となり、1893年9月に助手として入局する。1898年10月には国家医学講習会の精神病学講師になり、6年間教える。1904年に帝大を依願退職し、1906年に井村病院を創立する[38]。

彼は政治活動にも携わり、1920年に東京府医師会議員に選出され、日本精神病協会幹事になり、1922年には豊多摩郡代々幡町会議員、豊多摩郡医師会副会長、町会議員を歴任し、1928年4月に死去するまで、井村病院院長として精神病患者の治療に全力を尽くす[39]。

井村は巣鴨病院では院長の呉秀三に師事していたが[40]、呉院長が外遊中(1897-1901)は医長の片山国嘉が院長を代行した。片山国嘉が教授で、呉が助教授、井村が助手という関係にあり、井村は片山国嘉に教えを乞う立場にあった[41]。井村は榊俶が神経科の教授のときに、選科生として精神病学科に在籍しながら、片山国嘉が教える法医学科にも在籍するという、2学科同時在籍を実践する意欲的な学生であった。榊教授だけでなく片山教授にも教えを乞う必要を感じたのであろう。片山国嘉にとっては直属ではないにしても、数少ない法医学科選科生として井村は記憶に残る学生であった。そのことは、片山国嘉

が設置した「国家医学講習所」に井村が講師として採用されていることや[42]、片山の「法医学鑑定実例集」という論文に、井村が鑑定を書いていることからも伺える[43]。

　井村が巣鴨病院で師事した呉秀三は、「生来文学、歴史を好み、また名文家としても知られていた」[44]という。彼が学生時代に書いた『精神啓微』(1889)は優れた作品であり、斎藤茂吉が一高生の時読んで感動したそうだ[45]。呉秀三は文学愛好者だったのである。その傾向は家系からも検証することができる。彼は日本で最初の絵本版グリム童話を訳出した、呉文聰の弟なのである。

## 5．片山謹一郎と井村忠介に影響を与えた人物

### (1)　片山謹一郎の兄、片山国嘉

　片山国嘉（1855-1931）は静岡県の医師片山竜庵の次男で、1870年に16歳で上京し、「大学東校（東京大学の前身）の小教授で同郷の足立寛（緒方洪庵の適塾で学び、軍医総監になった医師）の書生となって勉強を続け、翌年には大学東校に入学」[46]し、住まいを寄宿舎に移す。彼の生活は東校で教えていた兄の国棟が支援していた。国棟は日本近代生理学の基礎を築いた著名な生理学者であったが、若くして逝去してしまう[47]。1879年、国嘉は日本初の医学士の１人として東京大学医学部を卒業すると同時に、外国人教授ティーゲル（Ernst Tiegel, 1849-1889）の生理学教室の助手になる[48]。ティーゲルの裁判医学講義を通訳しているうちに、法医学に対する造詣が深くなり、1881年に助教授になる[49]。ティーゲルやベルツ（Erwin von Bälz,1849-1913）といったドイツ人教授から医学を学んだ国嘉は、ドイツ留学に憧れ、1884年に夢をかなえる。彼はベルリン大学で法医学をリーマン（Carl Liman 1818–1891）に、精神医学をウェストファール（Carl Westphal 1833-1890,）に学ぶが、教え方に納得がいかず、オーストリアのウイーン大学に研究の拠点を移す。ホフマン（Eduard Ritter von Hofmann, 1875-1897）の下で法医学を学び、ようやく学問上の疑問点が解消する[50]。４年間の留学を終えて1888年に帰国し、帝国大学医科大学教授となる[51]。裁判医学を法医学と改称し、「93年の講座制発足に際し法医学講座の初代教授

として、日本における近代的法医学を樹立し、科学の力によって法の公正を保つようにした」人物といわれている[52]。

片山国嘉は法医学を定着させるため、法律の改正を提唱し、精神病患者が罪を犯した場合、罰則を軽減するよう提案している[53]。有名な「刑法三十九条における『心身喪失者ノ行為ハ之を罰セス。心身耗弱者ノ行為ハ其刑ヲ減刑ス』の一条は片山の発案による」[54]といわれている。このほかにも『精神病院法』(1919) という著書もあることから、「監獄に於ける精神病者をいかに保護すべきか」という論文を書いている井村忠介は、片山教授の著書や仕事に一高生の頃から、関心を持っていたと思われる。

片山謹一郎と井村忠介がグリム童話の中から2話をローマ字訳したのは、国嘉がドイツ留学中の1886年と1887年であった。1888年にベルリンの写真館で撮影された19人の日本人医学者の記念写真には、森林太郎（森鷗外）とともに、片山国嘉も写真に納まっている[55]。森鷗外の息子、森於菟がグリム童話を1902年から1906年の間に15話も訳しており[56]、鷗外と国嘉は同時期に4年間ドイツに留学し、4か月間同じ船に乗っていただけでなく、ベルリン大学留学中には「鷗外にとって、片山は気軽に訪ねられる相手だった」[57]としたら、グリム童話に関する情報も共有していたと思われる。

1863年に亡くなったヤーコブ・グリム（Jacob Grimm1785-1863）はベルリン大学教授で慣習法と言語学に造詣が深かった。ベルリン大学に在学中、国嘉や鷗外はヤーコブ・グリムの業績について知っていたはずだ。なぜなら法医学というのは、犯罪人の行動を綴る必要があり、噂や証言をもとに「話」としてまとめる必要があるからである。これは伝承や法律故事を書きとる作業に酷似している。軍医として渡独した森鷗外も「猶太教徒ノ裁判医学」、「法医ノ自由」、「希臘羅馬人ノ法医学」など数多くの法医学に関する論文を執筆している[58]。鷗外の息子もグリム童話を訳しているとなると、法医学とグリム童話の関係は看過できないものがあると思われる。

そのうえ国嘉は「ローマ字の普及に熱心であったから、禁酒誓約などもローマ字にして数種の本を作り、これを桐箱に納めて明治天皇に献上した」くらいである[59]。彼は独自のローマ字表記法まで開発し、『ローマ字の假名式綴り方』(1913年) を出版している。「羅馬字会」が設立された1884年12月には、国

嘉はドイツ留学中で日本にはいなかった。だからこそ彼は弟の雑誌への翻訳投稿という形で、会への支援を表明したのではないだろうか。

(2) ドイツ語教師・ルドルフ・レーマン

　予備門では将来工学科に進む片山謹一郎は、ドイツ語を主とするクラスに所属しており、ドイツ語を熱心に勉強していた。この時期のドイツ語教師で特筆すべき人物は、ルドルフ・レーマン（Rudolf Lehmann 1842-1914）である。彼はプロシア出身でカールスルーエ工科大学とオランダのライデン大学の「土木工学科で河海工業と土木工学を専攻し、卒業後はロッテルダム造船所に勤めた」技師である[60]。1869年に来日し、京都府にドイツ語教師ならびに建築技師として招かれ、欧学舎で教え、その後、1884年9月から1890年まで東京大学予備門で教える。その間、彼は1年間ドイツに一時帰国したので、通算5年間予備門で教えたことになる[61]。彼の功績は日本初の『独和辞典』を1873年に、日本初の『和独対訳字林』を1877年に完成させたことである[62]。工学技士でありながら、彼は日本で最初の独和辞典と和独辞典を完成させたのである。片山謹一郎は東京大学予備門で、彼にドイツ語を習ったのである。

　レーマンのドイツ語の「教え方は総合的であり、桃太郎や舌切り雀の物語があると、早速生徒にドイツ語訳をさせ、先生はそれを添削するとともに自ら日本のことを学んだ」という[63]。日本昔話を独訳させたのなら、西洋昔話であるグリム童話も和訳させたのかもしれない。その際、和訳は彼が点検できるよう、ローマ字でさせたのではないだろうか。もし、そうだとしたら、片山が『RŌMAJI ZASSI』に投稿したのは、レーマンの授業で出された課題であったのかもしれない。課題ではなく自主的な行動であったとしても、西洋と日本の昔話に興味を抱かせ、翻訳して子どもに伝える必要があると生徒が考えるようになったのは、レーマンの昔話を取り入れるドイツ語教授法があったからであろう。

　井村については誰にドイツ語を習ったのか正確なことは不明だ。当時、医学や工学を志す者は、ドイツ語を学びドイツの学問的知識を吸収しようとしていた。片山訳が掲載された1886年4月以前は、片山は第一高等学校予備門2級の学生であった。井村訳が掲載された1887年6月以前は、井村は県立千葉医学校

の2年生であった。千葉医学校は1887年7月から改組されて第一高等中学校医学部になるが、翻訳した当時は、彼は県立千葉医学校の学生であった。1885年から1887年までの千葉医学校の時間割は、図書館にも医学部に保存されていない。それゆえ、1886年から1887年の第一高等中学校のものを参考にするしかない。そこではドイツ語はルドルフ・レーマン、寺田勇吉、高木計、吉田健次郎、山口小太郎、川島蔵吉、福島鳳一郎の7人が教えている[64]。おそらく井村もレーマンやこれらの日本人教師からドイツ語を学んだのであろう。

　日本の医学は、ドイツから導入することが決められたので、医学用語はガーゼ、カルテ、ギプス、ケロイド、クランケなどのドイツ語がそのまま日本語として使用されている。千葉医学校では精神病学は眼科学教室が担当しており、1884年6月から1901年まで荻生録造が教えていた。彼はドイツ医学を学び、後にドイツに留学した人である[65]。1870年、政府がドイツ医学の採用を決定したとき、11名の青年医師がドイツに派遣された[66]。彼らは帰国後、医学校の先生となり、ドイツのテキスト、医薬品、医療器具を使って、ドイツ医学を教えた[67]。それゆえ、医学校ではドイツ語が必修とされてきたのである。将来、精神医学に携わる者として、井村はドイツ語を熱心に学んだと思われる。

　上記の理由から、2人が訳したのは、ドイツ語からであり、英語からの重訳ではないと考えられる。

(3)　中川重麗（霞城）

　中川重麗（1850-1917）は霞城という筆名で、明治期に9話のグリム童話を翻訳している。彼はこのほかに霞翁、西翁、柴明、四明など数多くの「号」（呼び名）を用いている[68]。1889年から1893年の間にグリム童話6話[69]を雑誌『小国民』に連載している。さらに1896年には3話[70]を『少国民』と改字された同誌に連載している。すべて中川の翻訳である[71]。中川は文系だけでなく、理系の学問にも造詣が深く、化学、薬学、物理学、鉱物学など科学系の話も紹介している。しかし、文学翻訳者として以外の中川の実像については、これまで詳しく紹介されてこなかった。

　今回、レーマンについて調査していると意外な事実が判明した。中川重麗は上記のルドルフ・レーマンに薫陶を受けた人々が結成した「レーマン会」の発

起人だったのである[72]。彼は京都に生まれ、英語、理化学、鉱物学、植物学、製薬学など様々な学問を学んでから、1877年1月から1880年まで原口隆造についてドイツ語を学ぶ[73]。原口隆造は欧学舎（独逸学校）でルドルフ・レーマンからドイツ語を学んだ人である[74]。中川は1879年から京都の師範学校の助教としてドイツ語や化学を教えてから、1884年9月から東京大学予備門御用掛教員となり、11月には医学予備校嘱託になる。1885年9月からは東京大学予備門教諭に、1886年5月には第一高等中学校教諭となったが、6月には退職して、大阪で著述業に従事し、その後、大阪朝日新聞や日出（京都）新聞の編集者になる。その後、京都市立美術工芸学校などで嘱託講師をしながら、巌谷小波らと交友を結び、文筆活動にも力を注いだのである[75]。彼は1884年9月から1886年5月まで、東京大学予備門や医学予備校でドイツ語や化学を教えている。つまり、ルドルフ・レーマンが教えていた時期に、中川重麗は片山や井村にドイツ語を教えていたのである。彼がレーマン会の発起人になり、レーマンが作った独逸学校（京都薬科大学）の最初の校主であり、創立以来の功労者であるのは、レーマンとこの時期に親しく交流していたからであろう。

片山謹一郎が学んでいた予備門と、井村忠介が学んでいた医学予備校の両方で、中川重麗はドイツ語を教えていたのである。学校を退職して文筆業に専念してから、中川が数多くのグリム童話を翻訳したことを考えると、片山と井村がグリム童話をローマ字訳しようと思った動機は、ルドルフ・レーマンの昔話教授法にだけあるのではなく、中川重麗の教授法にもあったのではないだろうか。なお、レーマン会の発起人には、東京外国語学校教諭の水野繁太郎も名を連ねている[76]。そして、彼も1909年に「雪姫」（KHM53）と「兄と妹」（KHM15）を翻訳している[77]。レーマン会の会員は、グリム童話翻訳に携わる人が多いようである。

(4) 呉秀三の兄、呉文聰について

1887年9月にグリム童話（KHM5）「狼と7匹の子山羊」の仕掛け絵本『八ツ山羊』を訳した統計学者、呉文聰には5人の兄弟姉妹がいるが、男兄弟は末子の秀三のみである[78]。秀三が15歳のときに父親の呉黄石が逝去したので、兄文聰が世帯主として、14歳年下の秀三の面倒をみたのである[79]。

文聰の『八ツ山羊』が出た1887年は、秀三は大学生（1890年東大卒）で同じ家に住んでいた。当然、兄の絵本を熟知していたはずだ。呉秀三は上田萬年と同じ時期に帝大の大学院生であった。このころは大学院生が全学部で50人弱しかおらず、文学好きの秀三は、兄と同じ「狼と七匹の子山羊」を訳した上田萬年とも面識があったと思われる。

呉文聰が訳した『八ツ山羊』が、英語からの重訳ではなく、挿絵がドイツ人挿絵画家ハインリッヒ・ロイテマン（Heinrich Leutemann1824-1905）のものであることが、最近の研究で明らかにされた[80]。ドイツ語の本である『ドイツ子ども童話集』（Deutsche Kinder-Märchen. Heinrich Leutemann Stuttgart Leipzig 1884）から挿絵を拝借したということは、英語ではなくドイツ語から訳したものと考えられる。統計学の優れた文献は、主としてドイツ語で書かれているということを知り、呉文聰は1886年から一念発起してドイツ語を猛勉強する。山口弘一（国際法学者）に個人教授を依頼して、遞信省で働きながら自習したのである[81]。『八ツ山羊』の出版は1887年9月であるから、1年間でドイツ語を修得してドイツ語本を訳したことになる。2年後の1889年には、彼はワッペウス（Johann Eduard Wappäus, 1812-1879）の『統計学論』（Einleitung in das Studium der Statistik）をドイツ語原書から翻訳している[82]。しかし、英語からの重訳である可能性も皆無ではない。なぜなら、ロイテマンの挿絵が入った『ドイツの子どもの童話集』では、この話の題名は原典同様「狼と七匹の子山羊」となっているからである。『八ツ山羊』という題名の出所が、使用された英訳本にあるのかもしれないので、1886年までに出版された7種類の英訳本を調査してみたが[83]、子山羊の数を8匹と表示した本はなかった。この本は縮緬本の日本昔話シリーズで有名な長谷川武次郎の弘文社から、西洋昔話第1号として出版されたもので、第2号にはアンデルセン童話が予定されていた[84]。しかし、1号が売れなかったので、2号が出せなかったという。米が1升7銭3里8毛、製造業の労賃が1日男子21銭、女子10銭であった頃（1887年）[85]、子ども用の絵本を10銭も出して買う購読者はいなかったのである。これまで英訳本からの重訳とされてきたこの本は、上記の理由からドイツ語から翻訳された可能性が高いといえる。

## 5.「日本羅馬字会」の成立と意義

　もう1つの要素は「日本羅馬字会」である。1884年12月2日「同志の人々七十餘名が始めて東京大學物理學教室に集り、寺尾壽博士を議長に推し、種々相談を重ねた結果、愈『羅馬字會』を起こすと云うことに衆議は一致した」のである[86]。外山正一帝大文科大学長が祝辞と激励を兼ねた演説をし、「假名とローマ字と互に相提携して、協同一致、漢字の大敵に當るべき」[87]と力説する。彼は矢田部良吉（植物学教授）とともに、これまで反目していた大槻文彦らの「かなのくわい」と、「廃漢字」という点で協力体制を敷き、漢字を覚える労力を省こうと、「小学教育にローマ字を採用する」よう働きかけたのである[88]。1885年3月7日にヘボン式を改良した「ローマ字会式綴字法」が決められ、4月に『羅馬字にて日本語の書き方』として発表される[89]。そして、ローマ字を普及する手段として『RŌMAJI ZASSI』第1冊1号が6月に発行される。

　片山謹一郎はその第1冊11号（1886年4月11日）、井村は第2冊25号（1887年6月10日）の「子どものため」欄にグリム童話を1話ずつ訳出している。ローマ字会式綴字法を決める際に40人の「書き方取り調べ委員」が選出されたが、その中で最も熱心に五十音韻式を主張したのが、田中館愛橘であった[90]。田中館は当時、帝大理学部物理学科の助教授であり、電気計測器などに取り組んでいたことを考えると、東京大学予備門で電気工学科進学を目指していた片山謹一郎が雑誌に投稿したのは、「ローマ字普及の父」と言われる田中館愛橘や、同じ静岡県出身の学長、外山正一などの影響もあったのかもしれない。

　片山と井村が東京大学予備門や千葉大学医学部で学んでいたとき、多くの外国人教師や日本人教授は相互の意思疎通を図るには、日本語をローマ字で書く必要があると痛感していた。イギリス人チェンバーレン（B.H. Chamberlain 1850-1935）だけでなく、アメリカ人牧師ヘボン（James C. Hepburn 1815-1911）や技師サミュエル・ヴラウン（Samuel Brown 1810-1890）も熱心なローマ字論者であった[91]。それゆえ、医学、法学、工学などの学問的知識を海外から導入しようとする学者、研究者、技術者、学生などが、この会の主たる会員になったのである。ティーゲルやレーマンに日本語を伝えるとき、ローマ字で書い

て教えた経験を持つ人々は、日本文化を世界に発信するには、ローマ字の導入が不可欠であると考えていたのである。

「日本羅馬字会」の会員には上田萬年も名を連ねており、彼は会長の「田中館愛橘とはベルリン留学中旧知の仲」[92]であった。上田は日本語を世界的言語にするためには、ローマ字の導入が不可欠であるとして、ローマ字の国際性を高く評価している[93]。

上田は1889年に、グリム童話KHM5「狼と七匹の子山羊」を英語から重訳し、『おほかみ』という題名で言文一致の仮名文字を使い、着物姿の動物の挿絵を入れた絵本を出している[94]。樋口勘次郎もまた会員に名を連ねている。彼は1898年に、グリム童話を2話（KHM5, 153）翻訳しただけでなく、グリム童話を小学校教科書に取り入れて教育的に利用すべきである、と主張した人である[95]。

片山国嘉はティーゲルの助手として生理学の授業を通訳していたが、医学の授業で困ったのは漢字混じりの日本語文の説明と、実験設備の不備であった。実験を重んじるティーゲルはガラスの代わりに竹を使って実験器具を自ら製造したという[96]。機械や電気技術の獲得が医学の実験に不可欠であったのだ。国嘉の体験談は謹一郎の進路選択に影響を与えたのではないだろうか。医家の三男である謹一郎が、医学ではなく電気工学を選択した背景には医学実験室での兄の苦労話があったように思える。

## 6. 結論

片山謹一郎は東京大学予備門、井村忠介は千葉医学校の生徒のころに、グリム童話をローマ字で訳している。つまり帝国大学に入る前段階の学校の生徒であった頃の仕事ということになる。19歳や20歳の青年であった彼らが学んだ外国語は、主としてドイツ語であった。1883年以降、東京帝国大学文学部では「英人、米人が完全にいなくなり、全くドイツ人のみ」になり、理学部では英米人教師もいたが、ドイツ人教師の増加が著しかった[97]。医学部や工学部の「教育や医療が主としてドイツ人教師医師によって」行われていたため[98]、予備門や医学部ではドイツ語を学ぶ必要があったのだ。

## 第2章 『RŌMAJI ZASSI』に邦訳されたグリム童話について

　帝国大学電気工学科への入学を希望していた片山謹一郎は、ドイツ人の教授から工学を学ぶ必要があったし、精神医学の修得を目指していた井村もドイツ語を学ばねばならなかった。それゆえ、片山と井村が『RŌMAJI ZASSI』に訳出したグリム童話2話は、英語訳からの重訳ではなく、ドイツ語からの直訳であると判断することができる。井村訳より片山訳の方が原文に忠実な訳であるのは、両者のドイツ語力が反映しているからであろう。予備門でのドイツ語教育はそれだけ水準が高かったのである。

　1886年に1話（KHM152「牧童」）、1887年に2話（KHM18「藁と炭とそら豆」、KHM5「狼と7匹の子山羊」）訳されたグリム童話の最初の3話の邦訳は、いずれもドイツ語から訳されたものである。その背景にはルドルフ・レーマンや中川重麗という民話に興味をもつドイツ語教師の熱心な指導と、片山国嘉や呉秀三という法医学や精神医学に携わる医師の影響があったと思われる。

　理工学や法医学の関係からの選択であるからこそ、宇宙の謎に答える羊飼いの童の見事な答え、怯えから命を落とす炭の顛末や、他人の不幸を嘲笑う豆の天罰などが描かれた話が、真っ先に紹介されたのであろう。

　心の「怯え」を体の「重さ」に変えたということは、恐怖心を持つ存在から、重さを判断する能力が欠如した存在に変えられたことを意味する。恐怖心の克服が命を救い、判断力の欠如が命を落とすのは、精神医学から見ても興味深い話である。そのうえ仲間の豆はその状態を見ても助けようとせず、ただ笑っているだけである。他人の不幸を嘲笑う行為によって自らの身を亡ぼしてしまうが、幸運にも医者の手術で一命を取り戻す。

　精神医学を志す井村にとっては、他人の不幸を嘲笑い、天罰を受けたような場合でも、精神病患者の命を救うのが医者の使命である、ということを肝に銘じる話ではないだろうか。仕立屋を医者に変えたのは、医者になる自分の身に置き換えたからではないだろうか。明治期の他の訳本ではこの箇所は変更されず、「裁縫師」（渋江保訳、1891）や、「仕立屋」（木村小舟訳、1908）と訳されている[99]。命を取り戻した豆には黒い筋をつけて、腹黒さが目立つようにしたのが、せめてもの天罰であろう。

　宇宙の謎についての問いに見事に答える羊飼いの子に王は感心して、約束通り彼を養子にして王家を継がせるという話には、身分が固定された封建制を打

ち破り、知識がある者に指導者としての地位を与える立憲君主の姿と、知識が身を立てるという立身出世の思想が見事に体現されている。

　現在では知名度の低いこの２話は、明治期の人にとっては示唆に富む話として興味を引くものであった。英語からではなくドイツ語からの直訳であるという点と、最初の日本語訳であるという点で、ローマ字訳の２話は特筆すべき存在ということができる。

**注**

1) 松山棟庵が『サンゼルト氏第三リイドル』(1873) で、深間内基が『啓蒙修身録』(1873) でグリム童話184番「釘」を文語体で邦訳している。詳細はⅡ部１章参照。
2) 川戸道昭「グリム童話の発見」川戸道昭・野口芳子・榊原貴教編『日本におけるグリム童話翻訳書誌』ナダ出版センター、2000年、6頁、16-19頁。
3) Brüder Grimm: *Kinder- und Hausmärchen.* Hrsg. v. Heinz Rölleke. Stuttgart 1980, Bd. 2, S. 268-269.
4) Ebd. S. 268.
5) Katayama Kin-ichirō訳『RŌMAJI ZASSHI』１冊11号、1888年４月10日、97頁。
6) Brüder Grimm: *Kinder- und Hausmärchen,* Hrsg. v. Heinz Rölleke, a.a.O., Bd.2, S. 268.
7) Katayama Kin-ichirō訳、前掲書、98頁。
8) Brüder Grimm: *Kinder- und Hausmärchen.* Hrsg. v. Hans-Jorg Uther, München 1996, Bd.4, S. 283.
9) Brüder Grimm: *Kinder- und Hausmärchen.* Hrsg. v. Heinz Rölleke, a.a.O., Bd. 3, S. 152-153.
10) Ebd. Bd. 1, S. 117-118.
11) Ebd. Bd. 2, S. 268-269.
12) Imura Chūsuke訳『RŌMAJI ZASSHI』２冊25号、1887年６月10日、70頁。
13) Brüder Grimm: *Kinder- und Hausmärchen,* Hrsg. v. Hans-Jorg Uther, a.a.O., Bd. 4, S. 38.
14) Brüder Grimm, *Kinder- und Hausmärchen,* Hrsg. v. Heinz Rölleke, a.a.O., Bd.3, S. 37.
15) Brüder Grimm, *Kinder- und Hausmärchen,* Hrsg. v. Hans-Jorg Uther, a.a.O., Bd 4, S. 38-39.
16) 川戸道昭、前掲書、19頁。
17) *The Japanese Year Book.1921-22.* The Japan Year Book Office 1921, S. 694-695.
18) 猪野三郎編『大正人名事典Ⅱ』日本図書センター、1989年、上巻、88頁。
19) 明治26年の東京大学在学者名簿では片山謹一郎は大学電気工学科に在籍している。『東京帝国大学一覧　明治26-27年』東京帝国大学、1989年、317頁。
20) 猪野三郎編、前掲書、88頁。

21）中西利八編『日本産業人名資料辞典Ⅱ』日本図書センター、2002年、1巻、69頁。
22）『第一高等中学校一覧　明治19-20年』第一高等中学校、1887年、78頁。
23）『第一高等中学校一覧　明治23-24年』第一高等中学校、1891年、78頁。
24）『第一高等中学校一覧　明治21-22年』第一高等中学校、1889年、84頁。
25）『第一高等中学校一覧　明治23-24年』第一高等中学校、1891年、91頁。
26）『東京帝国大学一覧　明治25-26年』東京帝国大学、1892年、314頁。『東京帝国大学一覧　明治26-27年』東京帝国大学、1894年、317頁。両方の名簿に1年生として片山謹一郎の名前がある．
27）『東京帝国大学一覧　明治29-30年』東京帝国大学、1896年、317頁。
28）武智ゆり「法医学の基礎を築いた片山国嘉」近代日本の創造史懇話会編『近代日本の創造史』近代日本の創造史懇話会、2011年、30頁。
29）小澤舜次『法医学始祖片山国嘉』新人物往来社、1975年、99頁。
30）同上、100頁。
31）田辺子男他編『東京の私立精神病院史』牧野出版、1978年、114頁。
32）同上、118頁。
33）『千葉大学三十年史』千葉大学、1980年、1426-1432頁。
34）『第一高等中学校医学部一覧　明治25-26年』第一高等中学校医学部、1983年、49頁。
35）田辺子男他編、前掲書、114頁。『東京帝国大学一覧　明治22-23年』東京帝国大学、1889年、237頁。
36）田辺子男他編、前掲書、114頁。『第一高等中学校一覧　明治23-24年』前掲書、288頁。
37）田辺子男他編、前掲書、115頁。
38）同上。
39）同上。
40）同上。
41）『東京大学精神医学教室120年』新興医学出版、2007年、20頁。
42）小澤舜次、前掲書、47頁。
43）田辺子男他編、前掲書、314頁。
44）『東京大学精神医学教室120年』前掲書、49頁。
45）同上。
46）武智ゆり、前掲書、30頁。
47）同上。
48）同上、31頁。
49）中西利八編、前掲書、69頁。
50）小澤舜次、前掲書、44-47頁。
51）武智ゆり、前掲書、31頁。
52）同上。
53）山崎光夫『明治二十一年六月三日 —— 鷗外「ベルリン写真」の謎を解く』講談社、2012年、139頁。
54）同上。

55）同上、8-10頁。
56）KHM52「ツグミ髭の王」、KHM15「ヘンゼルとグレーテル」、KHM105「蛇と鈴蛙の話」、KHM55「ルンペルシュティルツヒェン」、KHM50「いばら姫」、KHM153「星の銀貨」、KHM80「雌鶏の死」、KHM94「賢い百姓娘」、KHM3「マリアの子」、KHM117「わがままな子」KHM151「ものぐさ3人兄弟」、KHM27「ブレーメンの音楽隊」、KHM1「蛙の王さま」KHM53「白雪姫」、KHM83「幸せなハンス」の15話、川戸道昭／野口芳子／榊原貴教編「グリム童話翻訳文学年表1 明治編」『日本におけるグリム童話翻訳書誌』ナダ出版センター、2000年、141-147頁。
57）山崎光夫、前掲書、16、137頁。
58）同上、139頁。
59）小澤舜次、前掲書、6頁。
60）『京都薬科大学百年史』京都薬科大学、1985年、18頁。
61）武内博『来日西洋人名事典』日外アソシエーツ、1995年、555頁。
62）同上。
63）三好卯三郎「ルドルフ・レーマンと京都薬学事始」『薬史学雑誌』22巻1号、1989年、3頁。
64）『第一高等中学校一覧 明治19-20年』第一高等中学校、1887年、56-61頁。
65）『千葉大学医学部八十五年史』千葉大学医学部八十五周年記念会、1964年、490-491頁。
66）ジョン・Z・パワーズ著、金久卓也他訳『日本における西洋医学の先駆者たち』慶応義塾大学出版会、1998年、245頁。
67）同上、260-262頁。
68）上田信道「『少年文武』創刊号から見た中川霞城の業績」『翻訳と歴史』6巻、ナダ出版センター、2001年、4頁。
69）1889年KHM5「狼と7匹の子山羊」、1890年KHM53「白雪姫」、1892年KHM83「幸せなハンス」とKHM37「親指小僧」、1893年KHM27「ブレーメンの音楽隊」とKHM45「親指太郎の旅」の6話。
70）KHM69「ヨリンデとヨリンゲル」、KHM1「蛙の王様」、KHM25「7羽のカラス」の3話。
71）川戸道昭／野口芳子／榊原貴教編「グリム童話翻訳文学年表1 明治編」前掲書、130-135頁。
72）『京都薬科大学百年史』前掲書、25-26頁。
73）同上。
74）同上、24頁。
75）同上、25-26頁。
76）手塚竜麿『日本近代化の先駆者たち』吾妻書房、1975年、123頁。
77）水野繁太郎・権田保之助共訳「雪姫、兄と妹」『ドイツ文学証書第2編』小川尚栄堂、1909年。
78）呉博士伝記編纂会『呉秀三小伝』創造出版、2001年、13-15頁。
79）呉健編『呉文聰』杏林舍、1920年、79、214頁。

80) 西口拓子「本邦初のグリム童話の翻訳絵本『八ツ山羊』とその影響を与えたとみられるドイツの挿絵について」『専修大学人文科学研究所月報』257巻、2012年17-33頁。
81) 呉健編、前掲書、70、226頁。
82) 同上、151頁。ヨハン・エドゥアルド・ワッペウス著、呉文聰訳『統計学論』博聞社、1889年。
83) 1886年までにKHM5を英訳している本: 1. *Household Stories*（Addey ed.1853）, 2. *Household Stories*（Bogue ed.1857）, 3. Matilda Davis, *Home Stories*（1855）, 4.*Grimm's Goblins*（George Vickers ed. 1861）, 5. Mrs. H.B. Paull, *Grimm's Fairy Tales*（1872）, 6. Lucy Crane, *Household Stories*（1882）, 7. Margaret Hunt, *Grimm's Household Tales*（1884）. 詳細は下記参照: Martin Sutton, *The Sin-Complex*. Kassel, 1996, S.311-312.
84) 川戸道昭、前掲書、30頁。
85) 大川一司他「物価」経済新報社編『長期経済統計』経済新報社、1967年、153-154、243頁。
86) 川副佳一郎『日本ローマ字史』岡村書店、1922年、159頁。
87) 同上。
88) 同上、64頁。
89) 同上、161頁。
90) 同上、160頁。
91) 同上、57-58、60頁。
92) 冨家素子「上田万年覚書」『新潮』新潮社、95巻-5号、1998年、220頁。
93) 川副佳一郎、前掲書、70頁。
94) 詳細は右記参照。拙著『グリムのメルヒェン ―― その夢と現実』勁草書房、1994年、140-143頁。
95) 同上、151-156頁。川戸道昭・野口芳子・榊原貴教編、前掲書、136-137頁。
96) 小関恒雄「御雇教師エルンスト・チーゲル Ⅰ」『日本医史学雑誌』27巻2号、1981年、114頁。
97) 『東京大学百年史』東京大学出版会、1884年、458頁。
98) 田辺子男他編、前掲書、18頁。
99) 渋江保訳『西洋妖怪奇談』博文堂、1891年、218頁。木村小舟訳『教育お伽噺』博文館、1908年、77頁。

# 第3章　改変された日本の「白雪姫」
　　——明治期から現代まで

## 1．序論

　「白雪姫」は『グリム童話集』の中でも、最も知名度の高いメルヒェンの1つである。同じようにディズニーのアニメ化によって有名になったメルヒェン、「灰かぶり」と「いばら姫」が、フランスのペロー童話集の影響を強く受けているのに対して、「白雪姫」はペロー童話には含まれていないので、まさに『グリム童話』として有名になった話ということができる。

　ここでは、一般に知られている日本語版「白雪姫」について論じる訳だが、最初に、日本語化された明治期の翻訳について調査し、それから、現在一般に知られている絵本やアニメの「白雪姫」について調査分析していく。その際、まず、グリム兄弟の原典（決定版）と照らし合わせながら、相違点を抽出していく。次に、グリム兄弟自身による改筆の過程を、初稿（1810年）、初版（1巻1812年）、決定版（1857年）を比較することによって明らかにし、そのなかに潜んでいるメタファーを解読していく。

## 2．明治期における「白雪姫」の日本語訳 (1868-1912)

### (1) 最初の日本語訳、雑誌『小國民』の訳（明治23年3月-9月）

　「白雪姫」が最初に日本語で紹介されたのは、明治23年に学齢館から出された雑誌『小國民』10、11、12、13、15、18号に連載された「雪姫の話」であろう。訳者は中川霞城で、原文に忠実な良心的な訳をしている。霞城は筆名であり、本名は中川重麗という[1]。中川は昔話やグリム童話に強い関心を抱いており、積極的にその翻訳に携わっている。『小國民』への連載については、3号

から編集主幹を引き受けた石井研堂の支援も見逃せない。石井は東京で小学校教諭をしており、教育的立場から積極的にグリム童話を掲載した。『小國民』は「白雪姫」の前にすでに「狼と七匹の小山羊」を連載しており、その後も「幸運なハンス」、「おやゆびこぞう」、「蛙の王様」など計14話のグリム童話を紹介している。そのうち10話が中川の翻訳である[2]。

　中川重麗は京都に生まれ、英語、理化学、鉱物学、植物学、製薬学など様々な学問を学んでから、1877年1月から1880年まで原口隆造についてドイツ語を学んだ[3]。原口隆造は欧学舎（独逸学校）でルドルフ・レーマンからドイツ語を学んだ人である[4]。彼は1879年から京都の師範学校の助教としてドイツ語や化学を教えてから、1884年9月から東京大学予備門御用掛教員となり、11月には医学予備校嘱託になる。1885年9月からは東京大学予備門教諭に、1886年5月には第一高等中学校教諭となったが、6月には退職して、大阪で著述業に従事し、その後、大阪朝日新聞や日出（京都）新聞の編集者になる。その後、京都市立美術工芸学校などで嘱託講師をしながら、巌谷小波らと交友を結び、文筆活動にも力を注ぐようになる[5]。彼はグリム童話だけでなく、ハウフの童話の初訳者でもあり、シラーの『ヴィルヘルム・テル』も訳している[6]。彼の訳は原文に忠実で、ドイツ語を適切な日本語に置き換えようと努力している。

　「雪姫の話」でも中川は小人を侏儒（ちんこ）、スプーンを食匕（さじ）、ナイフを食刀（メス）、フォークを食义（みつぎし）と訳し、西洋概念の日本語化に努めている。翻訳上改変されているところは殆どなく、狩人が白雪姫の代わりに殺すのが猪ではなく、鹿に変えられているぐらいである。西洋では猪は「不屈の闘争心と勇猛ぶり」を象徴し、雌鹿は狩猟の神、アルテミスやディアナの化身、キリスト教以前の豊穣の女神の象徴とされていた[7]。日本では猪も鹿もともに神的要素をもつが、土地の精霊神や山の神とみなされる猪よりも、鹿の方がはるかに神格化される度合いが高い。鹿島、春日、厳島の各神社の神鹿や各地に散見する鹿塚（霊ある鹿の頭を埋めた塚）がその証拠である[8]。猪を鹿に書き替えたのは、神的要素を持つ鹿のほうが猪より人間に近く、身代りに相応しい動物であると考えたからであろう。

　継母が姫を殺し、その肝と肺を食べるというカニバリズム（臓器を食べるとその人の美や能力を獲得できると信じる原始の民間信仰）を仄めかす表現も削除さ

れず、「狩人は、これ幸ひと、其鹿をころして、きもを取り、コレを雪姫さんの膽じやといふて、女王に獻じました、女王は、大よろこびで、之を鹽つけにして、食ひました、ナント、鬼のやうな、女王でありませんか」（以下、表は章末参照。表［1］の小国民11号）<sup>9)</sup>と訳している。小人の家に住む条件として白雪姫に提示される7つの家事も原文どおり訳されている。女王が雪姫を殺しに行くのも原文同様3回で、紐、毒櫛、毒林檎を使っている。結末も原文通りで、家来がつまずいた拍子に毒林檎が喉から出、「雪姫は全く蘇生ました、王子は喜ひ、夫より色々の話しを聞き、自分の嫁になれと言ひました、雪姫も得心で、然らば一所に住きませうと、二人は御殿へ歸りました。」（表［1］の小国民18号）

その後、結婚の酒宴にやってきた女王（継母）は、焼けた靴を履かされ死ぬまで踊らされるという原文の内容がそのまま訳出されている。子どもには残酷だという理由で現在でも削除される傾向が強い箇所であるが、訳出されているのである。

『小國民』という雑誌は「読者の年齢対象を『幼年』に置いている」総合的な児童雑誌で、少年だけではなく少女も対象にした初めての雑誌といわれている<sup>10)</sup>。本誌の特徴は「国家への忠誠・愛情を前提に、学校教育の課外的補強をめざしていること、同時に子どもの興味をひく娯楽性にも意を用いていること」<sup>11)</sup>であるという。幼年男女にとってグリム童話のなかの残酷性は、当時の教育理念から見て問題視されなかったという点が興味深い。

(2) 『少年世界』『幼年雑誌』における巖谷小波の訳
　　（明治29年4月　博文館）（表［2］）

　2番目の訳は明治29年に巖谷小波が訳した「小雪姫」で、博文館発行の雑誌『少年世界』2巻8号に収められている。これは中川訳と対称的で、原文を大幅に書き換えた翻案ともいうべきものである。純和風に書き換えられ、登場人物の挿し絵も着物姿で描かれている。白雪姫は「小雪姫」、継母は「月の前」、鏡は「辻占鏡」という名前がつけられている。文章は軽快で読みやすく、月の前が鏡に「（月）世の中に誰が一番美しき／と尋ねますと、鏡は直ぐに、（鏡）月の前には如くものもなし／と答えます」というようにリズミカルである。そ

第Ⅱ部　グリム童話の日本への導入について

の鏡があるとき「小雪姫には如くものもなし」と答えたので、月の前が怒り、家来の花太夫に小雪姫を山の中で殺すよう言いつける。花太夫に逃がしてもらった小雪姫は小さな家にたどり着き、「（雪）お頼申します、御免下さい」と礼儀正しく声をかけるが、だれもいないので上がって寝てしまう（挨拶を加筆、食事する場面を削除という変更は現代まで踏襲される）。帰ってきた一寸法師は事情を聞いて姫を無条件で家に置いてやる（原文は７つの家事が条件）。一方、月の前は小雪姫は死んだと思い、一番の美人は誰かと鏡に聞くと「小雪姫には如くものもなし」と答えたので怒り出し、「肝癪を起こして」鏡を庭石にぶつけて壊してしまう。その後は「（月）世の中に誰が一番美しき／月の前には如（し）くものもなし／と、獨りで極めて居りましたとさ」で終わっている。その後のエピソード、すなわち、継母が変装して姫を殺しに小人の家に行き、死んだ姫を王子が生き返らせ、ふたりは結婚して幸せになるという原文の筋書きは全部削除され、継母が鏡を壊して終わる、極端に短い話に改作されている。

「遊びの庭」という欄に連載された漣山人（巖谷小波）の御伽噺シリーズは幼年雑誌で最も人気のある欄の１つであったが[12]、外国の童話を紹介するのではなく、それを完全に日本化して、自由に改作し、小波独自の創作童話にしてしまっている。教育勅語の主旨にそった編集で、時流に合わせた『幼年雑誌』は、外国文化を誠実に紹介するという点に関しては、『小國民』の水準には遥かに及ばない。訳者、巖谷小波は明治児童文学の開拓者兼推進者といわれ、口演童話運動と称して各地に御伽噺を広める役割を果たしたが、ドイツの童話翻訳に関しては、まだドイツ留学（明治33-35年）を体験していない頃の作品であるからか、中川霞城の訳に比べて格段に見劣りがする。

(3)　教授資格研究会訳『教授材料　話の泉』（明治37年３月、学海指針社）
　　（表［３］）

３番目の訳は明治37年に教授資料研究会が訳した『教授材料 話の泉』の中に収められた「雪姫」である。この研究会はこの他に21話（KHM 1、5、9、14、58、102、124、94、53、104、105、106、110、130、151、24、25、80、83、4、初版81「鍛冶屋と悪魔」）を訳している。その訳の特徴を「雪姫」を中心に見ていこう。四季の変化がはっきりしている日本では、人々は季節ごとに異なった風情を見

せる木や花の美を愛で、深く味わう。后が針を指に刺し、血が雪の上に滴るさまを、「時ならぬ紅葉を散らしたよーな、風情」と表現したり、白雪姫の美しさを「輝きわたるお月様」に見立てたりする。

狩人に白雪姫を殺し、証拠に「心臓と肝臓」を持ち帰るよう言いつける。グリムの原典では「肺と肝臓」であるが、肺が心臓に変えられている。そして狩人が代わりに殺す動物はここでも猪ではなく、小鹿に変わっている。すでに述べたように、おそらく日本では猪より鹿のほうが神的要素が強く、人の身代わりに相応しいと考えられたのであろう。

スプーンを匕、フォークを肉刺しと訳しているところが興味深い。小人の仕事が金や鉄掘りであるのに、銅堀りと訳している。なぜ、金や鉄ではなく銅なのか。その理由は、日本が世界有数の銅産出国で、戦国時代から明治まで銅は日本の主要輸出品だったからであろう[13]。1684年から1689年の間に日本国内に銅山は50もあり、年間生産量は900万斤（5400トン）もあったという。1750年までのイギリスが1000トン未満であったことを考えると、17世紀後半から18世紀前半までの日本は世界1位の銅産出国だったのである[14]。小人が掘るのを金や鉄ではなく、銅にしたのは、日本人になじみの深い鉱物に変更することによって、読者が理解しやすいよう配慮したのであろう。

また、白雪姫の美しさを「天女かと思われるほど綺麗」と表現しているのも日本的だ。老婆に変装した継母（皇后様）が売る品物も、紐ではなく帯〆である。焼けた鉄の沓を履かされた「大悪無道のこの皇后様」に対して、「見物せる人々は、積悪の應報、かくあるべきが當然と、誰一人これをあはれみ、これを悲しむものはありませんでした」、と因果応報の教訓を付加している。

(4) 橋本青雨訳『獨逸童話集』（明治39年3月、大日本国民中学会）（表［4］）

4番目の訳は明治39年出版の橋本青雨訳『獨逸童話集』の中に収められた「小雪姫」である。ほぼ原文に忠実な訳といえる。継母である皇后の命令で、家来に山中で殺されそうになった姫は、命だけは助けられそのまま捨てられる。小雪姫が一寸法師の家に住む条件は原文では7つだが、ここでは煮炊きの世話と針仕事の手伝いだけになっている。さて、小雪姫が死んだと思っている皇后は鏡を出して、「おしゃれ、鏡よ、話して御覧！／世界の中で、一番の、／美

人と云ふは、誰でせう、／かくさず、話して御覧なさい！／と唄ひますと、鏡の答は、／皇后様よ！　皇后様、／成程、貴方も、美人だが、／野越え、森越え、山中の、／小屋に住んでる、七人の、／小人の中に隠れてる、／小雪姫には及ぶまい！」と答えている。また、小雪姫が毒林檎で死に、硝子の棺桶にいれられてから、王子が来るまで「六七年経ちました」と時間の経過を具体的に付加している。さらに、姫が生き返るのは、家来が棺を王子の城に運び、大廣間の床に下ろす時となっている。そのうえ、継母の皇后は婚礼の宴に来て、花嫁を見るや否や「アッ！　と叫んだなり、其場に気絶して了ひました。……それが原因で熱病にかゝり」間もなく死にましたと変更されている。焼けた鉄靴で踊らせるという原文の罰が和らげられ、自ら死ぬという表現にして、残酷さを弱めている。継母の悪行に対する罰を白雪姫が与える（復讐する）のではなく、病死、すなわち、天罰が落ちるという形にすることによって、白雪姫の優しさを損なわずに、悪の制裁を断行したのである。

　この変更は1823年ロンドンで出版されたエドガー・テイラーの最初の英訳本でなされた改変の影響を受けたものであろうか。この英訳本では継母は白雪姫の臓器を食べたりせず、森に追放するだけなので、邪悪さがかなり和らげられたものになっている。また、焼けた鉄の靴で死ぬまで踊らせるという継母への刑罰も削除され、「おきさきは、それが白雪姫だといったとたん、激しいショックをうけ、病に倒れて死んでしまった」という表現に変えられている[15]。グリム童話がドイツ語の原文からではなく英語版から重訳されたことのほうが多いことを考えると、英訳本での改変が持つ意味を無視することはできない。英語版での変更のうえに、さらに日本で新たな改変が加えられたと見るべきであろう。いずれにしろ、このパターンの改作が、この後、日本の絵本版グリム童話の主流を占めることになる。

(5)　山君訳『心の花』（明治39年5月-6月、竹柏会出版部）（表［5］）

　「雪姫」という題で森鷗外の息子、森於菟（オットー）が訳している。原文に忠実な訳だ。1箇所、紐を帯と訳しているが、着物の生活のなかでは、胸紐より、帯の方がわかりやすいので、帯と訳したのであろう。また、最後に（グリム兄弟）と原作者の名前を記入していることからも誠実な翻訳姿勢がうかがわれる。

第 3 章　改変された日本の「白雪姫」

(6)　木村小舟訳『教育お伽噺』（明治41年10月、博文館）（表［6］）

　「雪姫物語」という題で、ほぼ原文に即した訳だ。殺して肺と肝臓を持って来いという継母のカニバリズムを匂わす表現は削除され、殺してこいという命令だけにしている。小間物屋が売るのは紐ではなく、レースの襟飾りになっている。最後に、継母が焼けた鉄の靴を履かされて、死ぬまで踊らされる個所は省略され、「皇后様はあまりの立腹しさに、其場にドウと倒れたまゝとうとう死んで仕舞ひました」に変えられている。罰せられるのを、自ら死ぬという穏便な結末に変えたのである。

(7)　寺谷大波訳『世界お伽噺』（明治41年12月、博文館）（表［7］）

　第7番目の訳は明治41年出版の寺谷大波訳『世界お伽噺』第9巻に収められた「雪姫」である。狩人が殺した証拠として差し出すのは1番目の訳同様、鹿の肝（原文：猪）となっており、小人は小さな七人の武士になっている。彼らは姫を無条件で家に置いてやる。毒林檎を食べた雪姫は倒れるとき血を吐き、死んで硝子の棺に入れられる。そして、10年の間その中でまるで生きている人ように大きく美しく成長する。王子が棺を従僕にかつがせようとしたとき、「美しい女神が天降つて、雪姫の横わつておる棺に手をかけて、蓋をあけたかと思うとすぐ消えてしまいました。それと同時に死んで居た雪姫わ口から、黒血と一所に林檎を吐き出しました。而して静かに蓋をあけて棺から出て来ました」。

　その後2人は「王様の許しを得て、いよいよ吉日を選んで、立派な結婚式を挙げる事となりました」。結婚式に現れた継母は罪がばれて、王子の手にかかって斬殺されてしまう。ここでもまた、姫ではなく王子が手をくだすことによって、姫の優しいイメージを傷つけないよう配慮されている。なお、訳者寺谷大波は巖谷小波に似た名前だが別人である。小波を強く意識し、本の題名まで似通ったものにしている。小波が断片的な訳しかしていないのに比べ、大波は全文を扱った訳を試み、自由に書き換えて、童話作家としての創作欲を随所にみせている。

　女神を登場させ、結婚を王の許可（父王への忠誠心を示す）を得たものに変

191

え、小人を武士に、王子を勇猛にすることによって、「国家に役立つ壮健な子どもを育てる児童文学であるべきだ」[16]と「桃太郎主義の教育」を唱えた小波の意図をも、同様に忠実に踏襲している。教育哲学まで小波と同じであるか、または、小波の影響を受けたものと思われる。

(8) くすを生訳『新女界』（明治44年月、新人社）（表［9］）

　狩人が殺して持ってくる証拠の品が肺と肝臓ではなく、肺臓だけになっている。継母の皇后様は、紐の次に林檎で殺そうとし、毒櫛のモチーフが省かれている。また、継母が焼けた鉄の靴で死ぬまで踊らされるところが、「白雪姫が、天女の様な光々しい姿で皇子の傍にたつて居たのを見て、恐怖と驚愕とが一時に胸に上って、其場に倒れたなり、無残なる最期を遂げました」となり、死罪の刑罰が病死に変更されている。

## 3．大正期から昭和初期の訳

　大正期初期は原文に忠実な訳本が主流で、対訳ものが目立つが、10年代以降になると、改変されたものが出始める。大正10年に出た森川憲之助訳「雪子姫物語」では、まだ、著しい改変は行われず、王后が狩人に命じるものが、白雪姫の肺と肝臓ではなく、心臓と舌に変えられている程度だ。王后に対する復讐も、焼けた鉄の靴を履かせる原文の表現をそのまま載せている（表［12］）。ただ、大正末期の14年になると、様相が変わってくる。明治期に目立った改変のパターンがそのまま踏襲され、子どもの教育を意識した改作本が出回るようになる。大正14年の岸英雄編『こどもぐりむ』では、髪の毛が糸まき（原文：黒檀）のように黒いとか、さる（原文：猪）を捕まえて、その舌と心臓を取るというように変えられている。ドイツには生息しない猿を使用することで、話を日本化し、さらに、継母に与えられる罰を削除し、代わりに継母が驚きのあまり気絶する話に変更している。おきさきの「おどろきは大へんなものでした。式のすまぬ中に、とうとうたおれてしまいました。式がすんでから雪子姫と王子はきさきをねかしてあるへやへ見まいに行きました。そして、いろいろとかいほうしました。きさきがしょうきづいたとき、どんなにおどろいたことでし

ょう」(表[13])。大正15年の太田黒克彦編『ひらがなぐりむ』でも、「おきさきは たいそう びっくりして たちまちきをうしなって しまひました。そして だれも おきさきを かいほう してくれるものが ありませんでしたからそのまま しんでしまいました」(表[14])と同種の改変が施されている。ただ、岸の本では白雪姫と王子がともに気絶したおきさきを介抱したので、おきさきは一命を取り戻すが、太田黒の本ではだれも介抱しなかったので、おきさきはそのまま死んでしまう。白雪姫と王子の優しさを過度に強調する岸に対して、太田黒は天罰による悪の制裁を示唆することによって、穏便な形の復讐を成就させている。なお、おきさきの自滅で終わる変更は、最初の英語版(1823年)でなされたものを踏襲したと考えられるが、白雪姫と王子が后を介抱するという話は、訳者岸が付け加えた改筆である。義理の母、邪悪な母とはいえ、母には違いないのだから、子が親を介抱するのは当然だ、という気持ちからの変更であろう。そうしてこそ主人公、白雪姫は理想的女性として、日本の家庭教育に貢献できるのである。

　1年後の昭和2年にでた金の星社編『グリム童話集』(家庭文庫3)は、グリム生誕100年を記念して、ドイツで出版されたグリム童話全集に入れられた挿し絵、オットー・ウベローデ(Otto Ubbelohde, 1867-1922, マールブルク出身の画家)のアール・ヌーボー様式の絵を盛り込んだものとして、特筆に値する。ここでも、最後は后の病死で話が終わっている。「お后は怒って、のどがつまるばかりでありましたが、御てんに帰ると、ねたみと憤怒のために病気になって床につくと、間もなく死んでしまいました」(表[15])。おきさきを死に追いやるのはもはや白雪姫でも王子でもなく、嫉妬と憤怒という自らの感情である。つまり自らの悪が自らを滅ぼすという教訓が読み取れる。驚きのあまりショックで死ぬテイラーの英語版に比べて、因果応報的解釈が施されているところが日本的といえよう。

　最初の全訳本が出るのは昭和3年から4年で、岩波文庫(1-7巻)から金田鬼一訳で出版される。その改訂版が昭和28年から29年に出されるが、そこにはグリム童話の決定版に収められている211話だけでなく、初稿から第6版までに収められたことがあり、決定版で削除されてしまった話も含めて、合計267話(決定版210話)訳出されている[17]。

第Ⅱ部　グリム童話の日本への導入について

　戦後の昭和24年になると、原文に忠実な全訳本が複数でる一方で、子ども用絵本は、より消毒された、甘く、優しく、おだやかな話に変えられたものが続出する。その代表が児童文化振興会編『こゆきひめ（学級文庫）』である。「おきさきは　はなよめをみに　車でかけつける……はなむこ　はなよめ　ながめたら、はなより　あかるい　おうじさま　ゆきより　ましろい　こゆきひめ　ふたりで、ならんで　おりました」（表［17］）。復讐も自滅もない結末からは、悪の制裁という道徳より、暴力や体罰の全面的否定という道徳の方が大切であるというメッセージが読み取れる。世界戦争という最大の暴力を引き起こしたのは、悪の制裁というモラルを貫徹させようとしたからではないのか。もう二度とこのような戦争を起こしてはならないという戦後の深い反省が、児童教育の一端を担う絵本の文面に満ち溢れている。

　興味深いのはその２年後、昭和26年に出た金田鬼一訳の『白雪姫』である。２年前に原文に忠実な全訳本を出した金田は、ここでは児童本向けに改変した話を提供している。主な変更個所を挙げてみよう。白雪姫が美しいのは死んだ母親の魂が乗り移っているのだろうと世間では噂している。継母だからといって子どもをいじめるとはかぎらない。白雪姫は小人が優しいのはいいが、父様や母様とくらしたいと思っている。小人は魔法が使える。王子に白雪姫の死体をやるとき、小人は王子と打算的な会話を繰り広げる。后の死については触れられていない（表［18］）。「魂が乗り移っている」という表現には、恐霊信仰に浸る日本人的発想がこめられている。血縁関係の有無だけが、子どもにとって理想的親子関係を決定するものではないという意見は、戦災で実の親を亡くした多くの子どもやその養母にとっては、一種の福音のように胸に響いたであろう。忠実な訳本を出している金田鬼一でさえ、子ども用の絵本にはわずかではあるが日本的改変を加えた内容のものを提供しているのである。

　その傾向がより進み、加筆、省略を頻繁に行っているのが、浜田広介と下田惟直の本である。昭和26年出版の浜田の『しらゆきひめ』では、臓器を食べるカニバリズム的表現や后に与えられる鉄の靴の刑罰など残酷な表現は削除されている。后は生き返り、姫と王子とともに暮らすという、優しさに満ち溢れたハッピーエンドの話が創出されているのである（表［19］）。

　一方、下田惟直編『白雪姫』（昭和27年）では、白雪姫の優しさ、か弱さが

前面に押し出されている。「姫はこびとたちのしんせつがありがたくて、いくたびも礼をいって涙をながしました。あんまりさびしいので　はじめのうちは姫も声をあげて泣いたこともありました。猫をもってきてくれましたので　小屋の中もだんだんにぎやかになりました。……自分が一ばんうつくしくありたいために　ほかの人をころすようなやつを、神さまはそのまま見のがしてはおかないだろう。……まま母后は、白雪姫だとわかるとともに、われをわすれて、声をあげて、とびかかろうとしました。けれども椅子の足につまづき、頭を床にうちつけて、そのまま、まま母后は死んでしまいました」（表［20］）。

　昭和29年ごろから、グリム童話の本の出版件数が著しく増加する。全訳本が出て、戦後の復興の波に乗って、経済的、教育的条件が整ったのか、グリム童話は絵本や選集、全集という様々な形式で日本の社会に受け入れられるようになる。だが、その内容はどんなものだったのろうか、次に、現代（1999年）までの絵本版グリム童話の特徴を探っていく。

## 4．現在の絵本版「白雪姫」

(1)　調査対象について

　明治から昭和20年代まで、上記のような改変を伴って受容されてきたグリム兄弟の「白雪姫」はその後、様々な改作を経て平成の現代、絵本やアニメという形で子どもたちに親しまれている。ここでは研究者や大人対象の書物ではなく、現在の一般の人々が最初に触れる絵本やアニメの「白雪姫」を中心に、どのように変えられているかその内容を調査し、分析していく。

(2)　后への罰の部分について

　最も著しい改変が試みられる個所は、最後の后への罰の部分である。原文を忠実に訳しておこう。「しかし、もうすでに鉄の上靴が炭火の上にのせてあり、それが火ばしで運ばれて后の前に置かれました。そこで后は真っ赤に焼けた鉄の靴をはかされて、踊って、踊って、踊り抜くうちに、とうとう死んでしまいました」[18]。

第Ⅱ部　グリム童話の日本への導入について

　山本藤枝訳『たのしい名作童話』(1957年)は「おきさきは火のくつをはいて、おどり狂って死ぬ」と原文に忠実に訳したうえで、「1823年、ロンドンで出版された英語では、これはあまりに残酷だというので、靴をはく前に、おどろきのあまり急死したと書き改めてあります」[19]、とテイラーの英訳本の変更についてコメントしている。だが実際、日本語版の子ども向け『白雪姫』には、おきさきのショック死で終わるものはそう多くはない。1951年から1999年までに改変された形で出版された『白雪姫』を70冊調査したが、わずか5冊（表 [27、28、36、43、44]）しかなかった。ショックで倒れるが、死なず、醜い顔の聾唖者になるとか（表 [26、36]）、驚いて逃げ出し、そのまま行方不明になるとか（表 [48]）、ともかく、お后を生存させておくことに固執した本も見られる。

　このほか、ショック死ではなく（表 [30]）、割れた鏡の破片が胸に刺さって死んだり（表 [39]）、気が触れて狂い死にしたりしている（表 [50]）。残酷な罰を与えるのが、白雪姫ではなく、狼だったり（表 [67]）、小人だったりする（表 [74]）。小人に天が味方して稲妻や雷が后に命中し、死んでしまうという、ディズニーアニメの改作パターンを踏襲しているものも多く見られる（表 [59、74、77、86、87]）。少しでも残酷さを和らげようとして、様々な工夫が凝らされている。なかでも、とくにディズニーアニメの絵本が好んで受容されていることは、1884年から1999年まで同種の本が増刷を重ねていることから明らかである。

　しかし、罰の部分に関する改作で最も多いのは、変更ではなく削除することである。70冊中16冊にその傾向がみられる（表 [19、22、32、34、37、46、49、51、56、62、65、72、73、76、79、85]）。継母への罰の部分を完全に削除して、2人の結婚で話が終わる。こうして『白雪姫』は、母と娘の葛藤の話から、王子と姫のラブストーリーに変わっていったのである。

(3)　カニバリズム的要求と白雪姫の目覚めについて

　残酷さへの配慮は結末部分だけでなく、カニバリズムを示唆する個所にもおよんでいる。后が狩人を呼び、白雪姫を殺して、その肺と肝臓を持参するよう命じる個所だ。1番多いのがこの部分の削除で、70冊中15冊にみられる（表

第3章　改変された日本の「白雪姫」

[27、28、29、46、47、49、51、54、59、72、73、78、80、83、85]）。肺と肝臓ではなく心臓を要求すると変更されているものも結構多く、11話にもなる（表［26、30、49、55、58、65、69、71、74、76、86］）。継母の残酷さを強調しているかのようにもとれるが、肺や肝臓より心臓の方が命の象徴でもあり、理解しやすいからかもしれない。この他、日本的な表現として、証拠に髪の毛を要求したり（表［27］）、白狐が現れて、「わたしの心臓を持って帰ってください」と自ら白雪姫の身代わりを申し出たりする話もある（表［71］）。稲荷信仰に象徴されるように日本では狐は神格化される傾向があるので、それを踏まえた書き換えであろう。全体に、后への罰に較べて、カニバリズムの方が書き換えは少なく、原文に近い表現を残している。

　次に書き換えが目立つのは、白雪姫の目覚めの箇所だ。王子の家来が木につまずき、棺が傾いた瞬間に目覚める（原文）というのは、確かにロマンティックではないが、奇想天外な滑稽味がある。これぞメルヒェンの醍醐味と言いたいところだが、ラブストーリーにはそぐわない。ここはやはり、王子の力で目覚めさせないと示しがつかないと考えたのだろう。王子が棺桶に触っただけで目覚めたり（表［37］）、王子の涙が白雪姫の顔にかかった途端目覚めたり（表［56］）という初期の遠慮がちな表現が、次第に不躾なものになっている。王子が姫を抱き起こすと目覚める（表［46、59、65、78、86、87］）、というだけでは満足できず、王子が姫にキスすると目覚める（表［74、76、80、82、83、86］）、という表現にまでエスカレートしていく。王子が抱き上げたり、キスしたりして、姫を目覚めさせたということは、姫を救済したのは王子の愛ということになり、非常にロマンティックな物語に改作されたことになる。ディズニーアニメの影響と思われるが、絵に描かれている王子が、そろってディズニー調の背が高く優しくハンサムな王子であることは言うまでもない。女子学生の大好きなグリム童話のなかで「白雪姫」が常に首位を占めるのは、この辺に理由があると思われる。「若い王子が優しくキスをすると姫の目が開き、愛の力で毒のリンゴの呪いが解けました。……王子の花嫁となりいつまでもなかよく、幸せに暮らすことでしょう」（表［86］）。このような改作版の「白雪姫」が、彼女たちの夢と憧れとして、幼児期から脳裏に刻み込まれていたのである。

197

## (4) 礼儀作法、躾など道徳教育のための変更

　森の中で小人の家を見つけた白雪姫は、黙って入り込む（原文）などという無作法なことはせず、「ごめんください、こんにちは」と声をかけるし、小人たちも仕事に出かけるとき、「行ってきます。お母さんみたいなしらゆきひめ」と挨拶して行く（表［55］）。さらに小人の家で寝るときにも、「お父様、お母様、おやすみなさい」と、白雪姫はそばにいない両親への挨拶も欠かさない（表［30］）。誰も出てこないので、小人の留守に家に上がり込むが、姫は食事もとらず、空腹のまま眠ってしまう（表［59、78］）。他人の家に勝手に上がり込み、食事までするのは、あまりにも礼儀知らずだというのが、変更の理由であろう。

　翌日目覚めると、白雪姫は「小人さんのおうちだったの。黙って入ったりして、ごめんなさい」（表［59、78］）と不法侵入を詫びたり、「だまって食べてごめんなさいね」（表［69、72］）と無断飲食を謝ったりする。その後、家に置いて欲しいと白雪姫が言うと、小人は家事などの条件を付けず、無条件で姫を置いてやる。すると白雪姫は「ありがとうみなさん、おいていただくかわりに、わたし、おるすばんをしながら、おせんたくやおそうじをしてあげるわ」と言って、自主的に働き、掃除、洗濯などの家事を引き受ける（表［75、78］）。

　このように、日本の絵本版白雪姫は、礼儀正しく、躾の良い女の子に変えられている。子どもに道徳や躾を教えるためである。また、狩人が白雪姫の命を助けるのは、姫がかわいいからではなく、かわいそうだからだと直されている。かわいい少女ではなく、かわいそうな少女こそ、救われるべきであるというメッセージが盛り込まれているのである。

## (5) ジェンダーの視点から見た問題点

　「小鳥や花たちもきれいで優しいしらゆきひめが大好きです。……（姫は）小鳥のように歌い、花のように笑いながら幸せに暮らしています」（表［55］）、という調子の文章が多い。とくに、彼女の笑顔を花に喩える表現が目立ち、狩人は姫が「花のように笑っているため」、彼女を殺せない。涙と美貌が男の同情を誘い、命乞いする原文に対して、姫は笑顔で命拾いする（表［58］）。命乞

いすらしない。姫の笑顔があまりにかわいいので、彼は殺せない。涙は女の武器というが、ここでは笑顔に軍配を挙げている。

　そのうえ、姫は優しい。それも並大抵の優しさではない。森の動物まで姫の周りに引き寄せられるほど、優しく美しい（表［58、69、72、74、76、80］）。これも原文とは異なる。原文の白雪姫は雪のように白く、血のように赤く、黒檀のように黒い美しい女の子だが、その性格についてはまったくわからない。姫が美しいという言葉（schön）は、原文のドイツ語では14回も出てくるが、優しいという言葉（nett）は、1度も出てこない。しかし、だからといって、白雪姫が優しい女の子ではない、と結論づけることもできない。というのは、このメルヒェンでは優しいという言葉自体がまったく出現しないからである。一方、美しいという言葉は、原文では合計37回（そのうち白雪姫に14回、后に9回）も出現する。ようするに、「白雪姫」のメルヒェンでは「美しさ」に関心が集中しているのである。西洋中世のおける美しさは「豊かさの象徴」であった[20]。女性の場合は豊かな実り、すなわち出産能力のある人ということになる。つまり、西洋中世では出産能力のある人を「美しい」という言葉で表現していたのである。男子を産んでいない后が鏡に確認していたのは、後継者を産む可能性だったのである。それを「美しい」というメタファーで表現していたのだ。これが現代の日本の絵本になると、姫の優しさを強調するものとなる。姫は美しい容貌で優しくなければならない。なかには、狩人が心を動かされるのは姫の美しさではなく、優しさになっている本もある（表［76］）。つまり、女性は美しく優しいのが理想というメッセージが混入されているのである。

　このようにして白雪姫はどんどん理想の女性に近づいていく。美しく優しいだけではなく、家庭的でもある。小人の家に足を踏み入れたとたん、家の中があまりに汚く乱雑なので、姫はすぐ片付け始める。食器を洗ったり、掃除をしたり、こまめに家事をこなす（表［59、74、76］）。そして部屋をピカピカに磨き、夕食を作って小人の帰りを待つ（表［82］）。なんだか、主婦みたいである。他人の家に勝手に上がり込んで、勝手に掃除や料理をするなんて、という議論はさておき、これは明らかにジェンダーによる性別役割分担意識を子どもに刷り込む表現である。原文では小人たちは、男性であるが家事万能で、「家の中のものは、すべて小さかったが、愛らしく、そのうえ、言葉で表現できないほ

どきれいに掃除されていた」[21]と表現されている。家の中が乱雑だったなんて、とんでもないいいがかりである。小人だって、男性だって、家事が得意な人はいる。とくにドイツは、家事万能の小人（男）が多い国である。ケルンの町にはハインツェルメンヒェン（Heinzelmännchen）という男の小人がいて、夜の間に家事をすべてしてくれるという伝説まである。現代のドイツにおける男女の家事分担に関しても、少なくとも日本よりはジェンダーフリーの発想が定着している。ともかく、原文では小人は家事万能だから、白雪姫の出る幕はない。小人の家に勝手に入り込んだ彼女は、小人の食事を勝手に食べ、小人のベッドで勝手に寝てしまう。どこから見ても問題の多いこの行為を、小人たちが許したのは、彼女が稀に見る美しい女の子だったからだ。しかし、小人は手厳しい。美しいからといって無条件で白雪姫を家に置いてやるわけではない。彼女は家事全般を引き受けることによって、同居が許可される。つまり、彼女に提示された条件は、料理、寝床の用意、洗濯、裁縫、編み物、整理整頓、掃除という膨大な家事だったのである。ドイツの小人は甘くはない。自分も家事ができるから、その要求は半端じゃない。いくら姫が美しくても容赦しない。

　日本の場合は違う。無条件で白雪姫を家に住まわせてやる場合が多い（表[58、80、82]）。自分は家事ができないくせに、いや、できないからか、姫には何も要求しない。美人で優しい女性が家にいてくれるだけでいい、というわけだ。白雪姫はありがたくその申し出を受ければいいものを、なんと、自主的に家事分担を申し出る。喜々として迅速にすべての家事をこなし、美味しい夕食を準備して小人の帰りを待つ。「いいなあ、お母さんがいるみたい」と思わず小人は叫んでしまう。白雪姫は母親化してしまっている（表[59、74、76]）。図12のように、可愛らしく描かれた姫が、白いエプロンを着けてかいがいしく給仕している挿絵が典型的で、日本でジェンダーによる役割分担意識が強いのは、この種の絵本のせいではないか、と勘繰りたくなる。

　白雪姫はわずか7歳で、しかも、城で育った王女であることが、完全に忘れ去られている。この種の絵本で育った人は、女の子は美しく、優しく、しっかり家事をしていれば、いつかは素敵な王子様が現れて、自分に結婚を申し込んでくれるというメッセージを絵本から読み取り、結婚願望、主婦願望が強くなる。男の家事能力に関する描写を削除して、女性の天職であるかのごとく、反

第3章　改変された日本の「白雪姫」

図12　しらゆきひめ

射的にエプロンを着け、他人の家を片付けてしまう白雪姫は、しかしながら、ウォルト・ディズニーの送ったメッセージでもある。日本版白雪姫はこのディズニーの影響を大きく受けたものになっている。ディズニーアニメがあれほど成功したのも、近代に植え付けられた理想的家族像、家計を支える夫と家事や育児を受け持つ妻による、典型的な近代の性別役割分担型の家族を推奨したからに他ならない。

## 5．改変の特徴――グリム兄弟の書き換えと比較して

　絵本の「白雪姫」における改変で、最も目立つのは、后（継母）に対する刑罰の箇所である。「真っ赤に焼けた鉄の靴を履いて死ぬまで踊り続ける」という刑罰は、グリム兄弟の原文では初稿（1810年）から存在し、後の版で改変されたものではない。ところが、日本の絵本では、この箇所に変更が集中する。罰の方法が残酷すぎるという理由で、后がショック死することにした英訳本の影響を受けたものもあれば、驚いて逃げだすとか、醜い顔で聾唖者として生涯

201

過ごすというものもある。后が倒れた拍子に頭を打つ、鏡の破片が胸に刺さる、塗った絵具で顔が腫れるなど、事故死に変えているものもある。稲妻や雷が命中して死ぬという天罰による制裁が多いのは、ディズニーアニメの影響であろう。改作はさらにエスカレートし、后への罰は完全に削除され、王子と姫の幸せな結婚にのみ焦点が当てられていく。

幸せな結婚をするためには、白雪姫は原文では美しいというだけでよかったが、行儀がよく、優しい女性でなければならない。小人の家に黙って上がり込んだりせず、「ごめんください、こんにちわ」と礼儀正しく挨拶する。他人の家で勝手に飲み食いなどせず、空腹のまま眠り込み、目覚めるや否や、「黙って入ってごめんなさい」とまず謝る。彼女はあくまで礼儀正しく、躾が良く、朗らかで愛らしい。そのうえ優しく働き者で、世話好きで、いつも笑顔なので、小鳥や花や動物にまで好かれる。彼女の優しさは7歳の少女の域をはるかに超え、母親の愛に匹敵する。熱心に家事に取り組み、てきぱきと仕事をこなす白雪姫を見て、小人たちは思わず、「いいなあ、お母さんがいるみたい」と叫んでしまう。理想の女性は「美しく、母性愛に満ちた人」という、性別役割分担に基づいた価値観が刷り込まれている。原文の小人は家事万能であるのに、ここではそれに触れず、姫の家事分担の申し出をありがたく受け入れる。7歳の姫がいつの間にか、妻であり母である年齢に変身し、役割分担を喜んでこなす女性にすり替えられているのである。家事上手で優しく美しい女性だから、白雪姫は王子と幸せな結婚ができたのだ、といわんばかりである。

一方、白雪姫が理想化されるのに反比例して、后は邪悪化されていく。しかし、あくまで市民的価値観を損なわない程度である。残酷さやグロテスクさは取り除かれる。例えば、后が姫の臓器を食べるカニバリズム的表現は、たいていの場合、削除される。

もっともこれは、原文でも初稿には存在せず、初版から挿入された表現である。メルヒェンの古代性に価値を置くグリム兄弟が、カニバリズムという古代の風習を挿入することによって、物語の古代性を強調しようとしたのだ。したがって、初版では実の母が娘の臓器を食べることになる。初版の評判が芳しくなかったので、グリム兄弟は2版（1819）から、大胆な書き換えを行う。姫の臓器を食べる后が実母というのは、あまりにも残酷で不自然だと考えたのであ

ろう。継母に書き換える。

　こうして、初稿（1810）と初版（1812）では実母であったのが、2版（1819）以降、継母に書き換えられ、后は邪悪な人間として定着する。しかし、魔女ではない。毒の櫛や林檎を作る魔女術（Hexenkunst）を心得てはいるが、魔女（Hexe）ではない。グリム兄弟は魔女（Hexe）という言葉を1度も使わず、継母（Stiefmutter）という言葉で通している。彼らは「悪い実母」を「継母」に換えるが、それをさらに「魔女」にまで換えることはない。しかし、グリム兄弟の手を離れた絵本では、ディズニーアニメを初めとして、后の魔女化が進み、鋭い眼光に鉤鼻、黒マントというステレオタイプの魔女の姿で継母が描かれる。母親が魔女や継母でなく、実母であったとすると、この話はまったく別の解釈を呼ぶ。

　女性の地位が低かったころ、王后の地位の安泰は、もっぱら王の愛情に依存していた。したがって、実の母であっても、自分を脅かすものとして、娘の美しさが自分を上回ることを認めたくなかったのである。王に求婚されたころの若く美しい自分の姿が娘に再現され、王の恋心を刺激し、近親姦の恐れが出てきたのを、この母親は敏感に感じ取ったとも読める[22]。初稿では母親は娘を殺せという命令など出さず、自ら森に置き去りにする[23]。父王の目に触れないところに娘を隔離することによって、娘を王の欲望から救おうとする。いや、それによって同時に、自分の地位と命が危険に晒されるのを避けようとしたのであろう。毒林檎で娘を殺したのも、王の欲望から娘と自分を守る方法が他になかったからにすぎない。初稿では「鏡よ、壁の鏡よ、天使の国（Engelland）で1番美しい女性は誰？」と王后は問いかける[24]。「天使の国」（Engelland）であるこの国とは、「神の国」から追放された天使たちの国、誘惑に負けて人間の娘たちと交わった「堕天使たちの国」[25]、すなわち地獄、異端者たちの国を指す。それゆえ姫の棺を森で見つけた父王は、四隅に縄を張る呪術によって姫を蘇らせるのである（初稿）。キリスト教道徳に縛られず絶大な権力を誇る異教徒の父王は、近親姦に対する欲望を自制できず、娘に執心し続ける[26]。それを母親は必死で阻止する。母の努力は、しかしながら、夫からも娘からも理解されず、悪意とのみ受け取られてしまう。母親の命がけの行為は、娘の側から解釈された物語の中では、母親の異常な嫉妬、悪意として定着させられて

しまう。

　それが、児童書として販売するにあたって、教育的、商業的配慮から「悪い母親」ではなく、「悪い継母」としてステレオタイプ化されていく。育児の責任者であり、本の購買者である母親に悪者がいてはならないというわけである。

## 6. 結論

　「白雪姫」を中心に、グリム童話の日本語訳にみられる改変を最初の導入期の明治から、大正、昭和、平成とその訳本について、主として子ども用の絵本を中心に調査し、分析してきた。改変のなかには、読者である日本人に理解しやすいようにという配慮からのものも存在するが、大部分は近代の市民的価値観を植えつけようとするための改変である。グリム兄弟による改筆の特徴は、7の数字に固執し、7回の反復を多用したり、白色を強調したり、カニバリズムなど古代の慣習を挿入したり、悪い実母を継母に置き換えたり、王子と姫の「結婚によるハッピーエンド」を演出したり、近代の市民的価値観が盛り込まれているが、同時にメルヒェンの古代性に固執した改変もなされている。

　しかし、ディズニーアニメや日本の絵本では、テーマが王子との恋愛結婚に絞られている。白雪姫がいかに市民的道徳をわきまえ、男女の性別役割分担を支持する近代的価値観に合致した女性であるか、ということがわかるように書き換えられている。手を替え品を替え、様々な加筆、削除を繰り返しながら、読者の心に近代市民社会が求める理想的女性像が刷り込まれていく。200年以上も前に、グリム兄弟が輪郭を描いたころ、その女性像は新しい姿として近代社会のなかで光り輝いていたことであろう。その姿がいまだに維持され、むしろ、より強烈に推奨されていることに驚異の念を覚える。ポスト近代を迎えた現代、白雪姫はどう変化するのか、社会は変化しているのに、白雪姫書き換えのパターンは変化していない。性別役割分担に縛られた女性を理想とする、旧態依然とした女性観を変えようとしない現代の絵本文化に、日本の教育のジェンダー観を見る思いがする。

第 3 章　改変された日本の「白雪姫」

## 表「白雪姫」の訳本リスト

| | | |
|---|---|---|
| [1] | 1889（明治23）年 3 - 9 月 | 中川霞城訳、雪姫の話（小國民10~13,15,18）学齢館 |
| [2] | 1896（明治29）年 4 月 | 巌谷小波訳、小雪姫（少年世界 2 巻 8 号）博文館 |
| [3] | 1904（明治37）年 3 月 | 教授資料研究会訳、雪姫（話の泉）学海指針社 |
| [4] | 1906（明治39）年 3 月 | 橋本青雨訳、小雪姫（獨逸童話集）大日本国民中学会 |
| [5] | 1909（明治39）年 5 月 - 6 月 | 山君訳、雪姫（心の花）竹柏会出版部 |
| [6] | 1908（明治41）年10月 | 木村小舟訳、雪姫物語（教育お伽噺）博文館 |
| [7] | 1908（明治41）年12月 | 寺谷大波訳、雪姫（世界お伽噺 9 ）博文館 |
| [8] | 1908（明治42）年 3 月 | 水野／梅田訳、雪姫・兄と妹（ドイツ文学叢書 2 編）三省堂 |
| [9] | 1911（明治44）年 2 月 | くすを生訳、白雪姫（新女界）新人社 |
| [10] | 1914（大正 3 ）年10月 | 田中謀吉訳、小雪姫（グリンムの童話　独和対訳独逸国民文庫 1 編）南山書店 |
| [11] | 1916（大正 5 ）年 5 月 | 中島孤島訳、雪子姫（グリム御伽噺）冨山房 |
| [12] | 1921（大正10）年12月 | 森川憲之助訳、雪子姫物語（グリム童話集）真珠書房 |
| [13] | 1925（大正14）年12月 | 文／岸英雄、絵／武井武雄、雪子姫（こどもぐりむ）イデア社 |
| [14] | 1926（大正15）年 3 月 | 太田黒克彦訳、ゆき子ひめ（ひらがなぐりむ）文園社 |
| [15] | 1928（昭和 3 ）年 | 金の星社編集部訳、雪姫と七人の倭人（グリム童話集 家庭文庫 5 ）金の星社 |
| [16] | 1936（昭和11）年 | 谷崎伸訳、雪子ひめ（ひらがなグリム 2 年生童話）金欄社 |
| [17] | 1948（昭和23）年 | 児童文化振興会編、こびとのもり（学堂文庫）啓文館 |
| [18] | 1951（昭和26）年 | 金田鬼一編著、白雪姫、講談社 |
| [19] | 1951（昭和26）年 | 浜田広介著、しらゆきひめ（世界絵文庫）あかね書房 |
| [20] | 1952（昭和27）年 | 下田惟直訳、白雪姫（世界童話文庫）日本書房 |
| [21] | 1952（昭和27）年 | カバヤ株式会社編集部編、しらゆきひめ（児童文庫）カバヤ |
| [22] | 1953（昭和28）年 | 浜田広介著、しらゆきひめ（ひらがなぐりむどうわ）金の星社 |
| [23] | 1953（昭和28）年 | 山室静著、熊田五郎／絵、しらゆきひめ（グリム童話 幼年世界名作全集 7 ）あかね書房 |
| [24] | 1953（昭和28）年 | 川端康成訳、グリム白雪姫（世界童話名作全集）鶴書房 |
| [25] | 1953（昭和28）年 | 藤波登、しらゆきひめ、日本書房 |
| [26] | 1956（昭和31）年 | 保育者編集部編、しらゆきひめ（名作絵文庫10）保育社 |
| [27] | 1957（昭和32）年 | 大木淳夫編著、しらゆきひめ（幼年名作全集14）保育社 |
| [28] | 1957（昭和32）年 | 西山敏夫訳、しらゆきひめ（名作絵文庫）実業之日本社 |
| [29] | 1957（昭和32）年 | 山本藤枝訳、しらゆきひめ（たのしい名作童話）ポプラ社 |
| [30] | 1957（昭和32）年 | 土屋由岐雄／文、池田かずお／絵、グリムどうわ 2 年生（学年別幼年文庫）偕成社 |
| [31] | 1957（昭和32）年 | 宮脇紀雄訳、ヘンゼルとグレーテル（児童名作全集60）偕成社 |
| [32] | 1958（昭和33）年 | 山主敏子訳、しらゆき姫（なかよし絵文庫15）偕成社 |
| [33] | 1958（昭和33）年 | 並木俊訳、しらゆきひめ（小学文庫）日本書房 |
| [34] | 1958（昭和33）年 | 馬場正男著、ブレーメンの音楽隊（ぐりむどうわ10）ポプラ社 |
| [35] | 1960（昭和35）年 | 並木俊訳、しらゆきひめ（学年別児童名作文庫）日本書房 |
| [36] | 1960（昭和35）年 | 上田健次郎著、しらゆきひめ・ヘンゼルとグレーテル（保育社のこどもぶんこ）保育社 |

第Ⅱ部　グリム童話の日本への導入について

| | | |
|---|---|---|
| [37] | 1960（昭和35）年 | 小春久一郎訳、しらゆきひめ（学年別絵本2-4歳）ひかりのくに昭和出版 |
| [38] | 1962（昭和37）年 | 浜田広介著、グリム童話（ひろすけ幼年童話文学全集10）集英社 |
| [39] | 1962（昭和37）年 | 与田準一訳、しらゆきひめ（世界童話名作文庫4）小学館 |
| [40] | 1962（昭和37）年 | 野長瀬正夫著、ひらがなぐりむどうわ（ひらがな文庫）金の星社 |
| [41] | 1963（昭和38）年 | 岸なみ訳、しらゆきひめ（幼年絵童話全集15）偕成社 |
| [42] | 1963（昭和38）年 | 内田俊夫訳、しらゆきひめ（幼年文庫）日本書房 |
| [43] | 1964（昭和39）年 | 谷村まち子訳、白雪姫（世界名作童話全集42）ポプラ社 |
| [44] | 1966（昭和41）年 | 西山敏夫訳、柴野民三／絵、しらゆきひめ（グリムどうわ集 世界の名作童話3）講談社 |
| [45] | 1966（昭和41）年 | 相良守峯訳、しらゆきひめ（グリム童話選）岩波書店 |
| [46] | 1967（昭和42）年 | 榎本ナナ子訳、しらゆきひめ（グリム童話）小学館 |
| [47] | 1967（昭和42）年 | 浜田広介著、しらゆきひめ（グリム童話 世界の幼年文学10）偕成社 |
| [48] | 1967（昭和42）年 | 土屋由岐雄訳、教育童話研究会編、しらゆきひめ（世界の名作2 グリム童話）小学館 |
| [49] | 1968（昭和43）年 | 山主敏子著、しらゆきひめ（こども絵文庫）偕成社 |
| [50] | 1968（昭和43）年 | 永井鱗太郎、グリム童話（少年少女世界の文学17）小学館 |
| [51] | 1977（昭和52）年 | 谷真介／再話者、赤坂三好／絵、しらゆきひめ（えほんせかいのめいさく）あかね書房（昭和58年4刷） |
| [52] | 1979（昭和54）年 | 矢川澄子訳、白雪ひめと七人のこびと、評論社 |
| [53] | 1980（昭和55）年 | 大畑末吉訳、白雪姫（完訳グリム童話集2）偕成社 |
| [54] | 1981（昭和56）年 | 大石真／文、しらゆきひめ、チャイルド本社 |
| [55] | 1983（昭和58）年 | 立原えりか／文、森やすじ／絵、しらゆきひめ、講談社 |
| [56] | 1983（昭和58）年 | 高橋克雄／文、しらゆきひめ（メルヘンおはなし絵本6）小学館 |
| [57] | 1984（昭和59）年 | 乾侑美子訳、しらゆきひめ（語りつぐグリムの昔話第2集）ペンギン社 |
| [58] | 1984（昭和59）年 | 立原えりか／文、いわさきちひろ／絵、しらゆきひめ（おはなしえほん4）講談社（1996年10刷） |
| [59] | 1984（昭和59）年 | 卯月素子／文、藤田素子／絵、しらゆきひめ（名作アニメ絵本シリーズ4）永岡書店（1997年版） |
| [60] | 1985（昭和60）年 | うつみよしこ訳、ヤン・ビアンコフスキー／絵、しらゆきひめ（ふぇありい・ぶっく）ほるぷ社 |
| [61] | 1985（昭和60）年 | 池田香代子訳、白雪姫（青い鳥文庫 グリム童話1）講談社 |
| [62] | 1986（昭和61）年 | 佐々木田鶴子訳、バーナデット／絵、白雪姫、西村書店 |
| [63] | 1988（昭和63）年 | 斎藤尚子訳、ベッティーナ・アンゾルゲ、しらゆきひめ、福武書店 |
| [64] | 1988（昭和63）年 | 遠山明子訳、しらゆきひめ（グリム童話）偕成社 |
| [65] | 1988（昭和63）年 | 平田昭吾／脚色、高橋信也／画、スーパー・アニメファンタジー、しらゆきひめ、ポプラ社 |
| [66] | 1988（昭和63）年 | おおくぼ由美／文、白雪姫（グリム名作劇場Ⅱ 世界名作アニメ全集18巻）角川書店 |
| [67] | 1989（平成1）年 | 宮中雲子／文、西本鶏介／監修、しらゆきひめ（1日1話シリーズ 読みきかせグリム名作劇場）日本アニメーション 1996年14刷 |
| [68] | 1989（平成1）年 | 池内紀訳、白雪姫（グリム童話下）筑摩書房 |
| [69] | 1989（平成1）年 | 平田昭吾／脚色、村野守美／画、せかいめいさくシリーズ、しらゆきひめ（よい子とママのアニメ絵本）ブティック社 |
| [70] | 1991（平成3）年 | 種村季弘訳、宇野亜喜良／絵、しらゆきひめ、三起商行 |

第3章　改変された日本の「白雪姫」

| [71] | 1992（平成4）年 | 高津美保子／文、山本容子／絵、白雪姫、ほるぷ社 |
| [72] | 1993（平成5）年 | 中島和子／文、しらゆきひめ、ひかりのくに |
| [73] | 1994（平成6）年 | 千葉悦子／文、神宮寺一／絵、どくりんごをたべないでしらゆきひめ、学研 |
| [74] | 1994（平成6）年 | 森はるな／文、佐藤悦夫／絵、白雪姫（新装国際版ディズニー名作童12）講談社（1995年6刷） |
| [75] | 1994（平成6）年 | 久米穣、しらゆきひめ、講談社 |
| [76] | 1994（平成6）年 | ディック・ブルーナ作、角野栄子訳、ブルーナのおはなし文庫7、講談社 |
| [77] | 1995（平成7）年 | 立原えりか、しらゆきひめ（ディズニーブック）講談社 |
| [78] | 1995（平成7）年 | 上地ちづ子／文、しらゆきひめ（ディズニーアニメランド7）講談社 |
| [79] | 1995（平成7）年 | 早野美智代／文、しらゆきひめ、小学館 |
| [80] | 1996（平成8）年 | 立原えりか／文、新野めぐみ／絵、しらゆきひめ（世界名作絵本ライブラリーⅡ）フレーベル館 |
| [81] | 1996（平成8）年 | 西本鶏介／文、木脇哲治／絵、グリム、しらゆきひめ、講談社 |
| [82] | 1997（平成9）年 | 熱田幹人／構成、しらゆきひめ、講談社 |
| [83] | 1997（平成9）年 | ディズニー書籍出版部／文、しらゆきひめ（ディズニー名作お出かけ絵本）ディズニー書籍出版部 |
| [84] | 1997（平成9）年 | 清水たみ子／文、井坂純子／絵、グリム、しらゆきひめ（アニメせかいの名作10）金の星社 |
| [85] | 1997（平成9）年 | 平田昭吾、しらゆきひめ（あそびえほん2）ブティック社（0〜3歳） |
| [86] | 1997（平成9）年 | 森はるな／文、白雪姫（ディズニー名作アニメ7）講談社（2〜4歳） |
| [87] | 1999（平成11）年 | 平田昭吾／企画／構成／文、高橋信也／画、しらゆきひめ（世界名作ファンタジー5）ポプラ社（1刷1985、12刷＝改訂1刷1997） |

**注**

1) 彼はこの他に、霞翁、西翁、紫明、四明など数多くの「号」（呼び名）を用いている。上田信道「『少年文武』創刊号から見た中川霞城の業績」『翻訳と歴史』ナダ出版センター、2001年、6号、4頁。
2) KHM5「狼と7匹の子山羊」、KHM53「白雪姫」、KHM83「幸せなハンス」、KHM37「親指小僧」、KHM27「ブレーメンの音楽隊」、KHM45「親指太郎の旅」、KHM69「ヨリンデとヨリンゲル」、KHM1「蛙の王様」、KHM25「7羽のカラス」、KHM20「勇ましいちびの仕立屋」の10話が中川訳。あとの4話はKHM4「怖がり修行に出た男」、KHM87「貧乏人と金持ち」、KHM133「踊りつぶされた靴」KHM28「歌う骨」である。川戸道昭／野口芳子／榊原貴教編「グリム童話翻訳文学年表1　明治編」『日本におけるグリム童話翻訳書誌』ナダ出版センター、2000年、130-139頁。
3) 『京都薬科大学百年史』京都薬科大学、1985年、25-26頁。
4) 同上、24頁。
5) 同上、25-26頁。
6) 大阪国際児童文学館編『日本児童文学大事典』第2巻、大日本図書、1993年8-9頁。

7) ハンス・ビーダーマン著、藤代幸一訳『図説世界シンボル事典』八坂書房、2000年、41、78、431頁。
8) 稲田浩二他編『日本昔話事典』弘文堂、1977年、74、414頁。
9) 訳本の引用は参考資料、表「白雪姫」の訳本リストの番号（および号数など）で表示。203頁。
10) 大阪国際児童文学館編、前掲書、557頁。
11) 同上、557頁。
12) 大阪国際児童文学館編、前掲書、625頁。
13) 金属資源開発調査企画グループ編「我が国の銅の需給状況の歴史と変遷 歴史シリーズ-銅(2)」『金属資源レポート／石油天然ガス』金属鉱物資源機構金属資源開発本部金属企画調査部、2005年、52頁。
14) 同上、54頁。
15) German Popular Stories, edited by Edgar Taylor. London 1875. S. 87-94.
16) 大阪国際児童文学館編、前掲書、第1巻、98頁、金田鬼一編著『白雪姫』講談社、1951年。
17) 金田鬼一訳『グリム童話集』岩波書店、1929年。
18) Jacob und Wilhelm Grimm: Kinder- und Hausmärchen. Bd. ,Stuttgart 1980, S. 278.
19) German Popular Stories, edited by Edgar Taylor. London 1875, S. 87-94.
20) ジャック・ル・コフ著、桐村泰治訳『中世西洋文明』論創社、2007年、532頁。
21) Jacob und Wilhelm Grimm: a.a.O., S. 271.
22) 詳しくはこの本の第Ⅰ部第1章「白雪姫」―固定観念を覆す解釈、を参照。
23) 1810年、グリム兄弟がクレメンス・ブレンターノに送ったメルヒェン集の手書き原稿（全54話、1部未保存）を初稿と呼ぶ。テキストは下記を使用。Heinz Rölleke: Die älteste Märchensammlung der Brüder Grimm. Cologny-Genève 1975, S. 244-246.
24) Ebd. S. 244. 后が鏡に呼びかける言葉は右記のとおり。„Spieglein Spieglein an der Wand / Wer ist die schönste Frau in ganz Engelland?"
25) Hildegard Schmölzer: Phänomem Hexe-Wahn und Wirklichkeit im Laufe der Jahrhunderte. Wien 1986, S.15-16. 邦訳：ヒルデ・シュメルツァー著、進藤美智訳『魔女現象』白水社、1993年、19頁。神が地上に遣わされた天使たちは、誘惑に負けて人間の娘たちと交わり息子を産ませるに至った。そのため堕天使は天国から対要され、悪魔に仕えるデーモンとなった（創世記第6章1～4に関するラクタンティウスの解釈）Fritz Byloff: Hexenglaube und Hexenverfolgung in den österreichischen Alpenländern. Berlin und Leipzig 1917, S. 63. 魔女裁判で数人が、被告人アンナ・ヨプスティンが「エンゲルラントの女王」（天使の国の女王）として、悪魔と並ぶ女王に選ばれたと証言した。
26) ヒルデ・シュメルツァー著、前掲書、31-32頁参照。異教徒だけでなく、キリスト教の異端のカタリ派でも、肉欲を超越するため無差別の性交を行い、近親者の間でもそれを実行し、近親相姦に及んだという。

# 第Ⅲ部
# 初稿、初版と決定版の邦訳

# 第1章 「白雪姫」

1．手書き原稿「白雪姫」（初稿 Nr. 43 Schneeweißchen, 1810年）

　むかしむかし、空から雪が降っていたある冬の日、后は黒檀製の窓枠のそばに座って、針仕事をしていた。后は子どもが授かればいいのにと思っていた。そんなことを考えているうちに、うっかりして指を針で刺し、血が3滴、雪の中に滴り落ちた。そこで后は願かけをした。「この雪のように白く、この血のように赤い頬で、この黒檀の木のように黒い目をした子どもがさずかりますように！」
　その後まもなくして、后は素晴らしく美しい娘を産んだ。その子は雪のように白く、血のように赤く、黒檀のように黒い女の子だったので、白雪姫と名付けられた。后は国中で1番美しい女性だった。しかし、白雪姫は后より10万倍も美しかった。そこで、后は鏡に尋ねた。

　　「鏡よ、壁の鏡、
　　エンゲルランド（天使の国）で一番美しい女性は誰？」

　　「お后さまが1番美しい、でも白雪姫はお后さまよりも10万倍美しい」と
　　鏡は答えた。

　これを聞くと、后は我慢できなくなった。なぜなら、自分が国中で1番美しい女性でいたかったからだ。
　さて、あるとき、王が戦争に出かけて留守だったとき、后は馬車に馬をつけさせて、遠くの不気味な森に行くよう命じた。白雪姫も一緒に連れて行った。森には美しい赤いバラが咲いていた。娘とその森に着くと、后は娘に言った。

「さあ、白雪姫、降りて、あの美しいバラの花を取って来ておくれ！」白雪姫が命令に従って馬車から降りると、すぐ馬車は全速力で走り去った。なぜなら、白雪姫が森の野獣たちの餌食になってしまえばいいと考えて、后があらかじめ御者に命じていたからだ。

　さて、白雪姫は大きな森の中でまったくひとりぼっちになったので、大声で泣きじゃくった。そしてどんどん、どんどん歩いて、すっかり疲れて果ててしまった。すると突然、目の前に小さな家が現れた。その家には７人の小人が住んでいた。しかし、ちょうど留守で、鉱山に働きに行っていた。白雪姫が家の中に足を踏み入れると、食卓があり、その上に７つの皿、７つのスプーン、７つのフォーク、７つのナイフ、７つのコップ（Gläser）が置いてあった。そのうえ、部屋の中には７つの小さなベッドもあった。

　白雪姫はどの皿からも野菜やパンを少しずつ食べ、どの小さなコップ（Gläschen）からも１滴ずつ飲んだ。そしてしまいには、疲れきっていたので、ベッドに横になって、眠ろうとした。白雪姫はどのベッドも試してみたが、体に合うものはなかった。最後のベッドになって、やっとうまく眠ることができた。

　小人たちが１日の仕事を終えて帰ってきたとき、彼らは口々に言った。

　　おいらの小さな皿から取って食べたのは誰だ？
　　おいらの小さなパンをちぎって食べたのは誰だ？
　　おいらの小さなフォークで食べたのは誰だ？
　　おいらの小さなナイフで切って食べたのは誰だ？
　　おいらの小さなグラス（Becherchen）から飲んだのは誰だ？

すると、今度は最初の小人が言った。

　　おいらの小さなベッドに乗ったのは誰だ？

すると、今度は２番目の小人が言った。

　　おいらのベッドにも誰かが寝たあとがあるぞ

すると、3番目の小人も、4番目の小人も同じことを言った。5番目の小人も、6番目の小人も同じことを言い、最後の7番目の小人のベッドに白雪姫が寝ているのを見つけた。しかし、小人たちは白雪姫を大好きになったので、かわいそうに思い、そのまま寝かせておくことにした。そこで、7番目の小人は6番目の小人のベッドを何とかやりくりして、眠らなければならなかった。

　さて翌朝、白雪姫がぐっすり眠って目を覚ますと、7人の小人たちは姫にどうしてこんなところに来たのかと尋ねた。白雪姫は小人たちにすべてを話した。母親の后が、自分を森の中に置き去りにして、馬車で逃げてしまったことも話した。小人たちは白雪姫に同情して、自分たちの家に住むよう勧めた。そして、小人たちが鉱山の仕事に出かけている間に、食事の準備をしてくれるよう頼んだ。后に用心して、誰も家の中に入れてはいけないと言った。

　さて、后は、白雪姫が7人の小人の家にいて、森で死ななかったと聞くと、物売りの老婆の服を着て、小人の家の前に行き、品物を持ってきたので入れてほしいと頼んだ。白雪姫は老婆が后であるとは夢にも思わず、窓越しに言った。「私は誰も中に入れてはいけない、といわれているの。」すると物売りの老婆は言った。「まあ、お嬢ちゃん、ごらんよ。私がどんなにきれいな胸紐をもっているか。おまえさんには特別価格で売ってあげるよ！」そこで白雪姫は考えた。「胸紐は丁度必要だわ。このおばあさんを中に入れたって、別に何も起こりっこないわ。ここでいい買い物ができるわ。」そして、白雪姫は戸をあけて、胸紐を買った。白雪姫が胸紐を買うと、物売りの老婆は喋り始めた。「おやおや、なんてだらしなく結んでいるの。ちっとも似合ってないよ。おいで、もっと上手に結んであげるから。」そう言うと、変装した后である老婆は、胸紐を手にとって、白雪姫を力いっぱい締め上げた。それで、白雪姫は死んだようになって倒れた。それを見て后は立ち去った。

　小人たちが家に帰って来て、白雪姫が倒れているのを見たとき、みんなすぐ誰が来たのかわかった。そして、急いで紐をほどいてやった。すると、白雪姫はまた息を吹き返した。小人たちは白雪姫に、これからはもっと気をつけるように、厳しく注意した。

　后は娘がまた生き返ったことを知ると、じっとしていられなくなり、また変

装して小さな家の前に来て、白雪姫に豪華な櫛を売りつけようとした。白雪姫はその櫛がすっかり気に入ったので、まんまとだまされて、扉を開けた。老婆は中に入って来て、白雪姫の黄色の髪を梳かし始めた。豪華な櫛を深く突き刺したので、白雪姫は死んだようになって倒れた。7人の小人は家に帰ると、ドアが開いたままになっており、白雪姫が床に倒れているのに気づいた。小人たちは誰がこんな悪いことをしたのか、またすぐわかった。急いで白雪姫の髪から櫛を抜いてやると、白雪姫はまた息を吹き返した。小人たちは白雪姫に、もう一度だまされるようなことがあれば、今度は助けることはできないだろうと言った。

一方、后は、白雪姫がまた生き返ったことを知ると、とても腹を立てた。そして3度目は百姓女に変装して、赤色の方の半分に毒を入れたリンゴを持って出かけた。白雪姫はじゅうぶん用心して、老婆を家の中に入れなかった。しかし百姓女はリンゴを窓から白雪姫に渡して、うまくふるまったので、まったく気づかれなかった。白雪姫はリンゴの美しく赤い方の半分を食べて、床に倒れて死んでしまった。

7人の小人は家に帰ってきたが、もうどうすることもできなかった。小人たちはとても悲しんで、盛大な葬儀を行った。小人たちは白雪姫をガラスの棺に入れた。白雪姫はその棺の中で生前とまったく変わらない姿のままで眠っていた。小人たちは棺に白雪姫の名前と王室の出身であることを書き、昼も夜も、用心深く見張っていた。

あるとき、王、つまり白雪姫の父親が、国に帰って来た。そして、7人の小人が住む森の中を通ることになった。王は棺を見つけて、その上に書かれている碑文を読むと、自分の愛する娘の死をとても悲しんだ。王の随員の中に、経験豊かな熟練医たちがいた。医者たちは小人たちから白雪姫の遺体をもらい受け、部屋の四隅に縄を張った。すると、白雪姫はまた生き返った。それから、みんなで城に帰った。白雪姫はある美しい王子と結婚した。結婚式のときには、一足の上履きが火の中で真っ赤に焼かれた。后はその靴を履いて死ぬまで踊り続けなければならなかった。

*********

ほかの類話によれば、小人たちは小さな魔法のハンマーで、32回たたき、それによって白雪姫を生き返らせる。

<u>別の冒頭部分</u>

　むかしむかし、あるところに伯爵と伯爵夫人がいた。ふたりは一緒に馬車に乗って出かけた。そして、白い雪が3つの山になって積もっているところを過ぎて行った。すると、伯爵が言った。この雪のように白い少女が欲しいと。ふたりは馬車を先へと進めた。真っ赤な血で一杯の3つの穴のそばを通った。すると、伯爵が願いごとを言った。この血のように赤い頬をした女の子がいればなあと。その後まもなくして、炭のように黒いカラスが3羽そばを飛んでいった。すると、伯爵はまたこのカラスのように黒い髪をした少女がほしいと、願いごとを言った。ところがしまいに、雪のように白く、血のように赤く、カラスのように黒い女の子に出会った。この少女が白雪姫だった。伯爵はすぐにその子を馬車に乗せた。しかし、伯爵夫人は面白くなかった。伯爵夫人はどうしていいかわからず、とうとう自分の手袋を馬車の窓から外に落として、白雪姫にそれを拾ってくるよう命じた。白雪姫が馬車から下りると、馬車は、猛スピードで走り去った。

## 2．初版「白雪姫」（初版Ⅰ, Nr. 53 Sneewittchen, (Schneeweißchen) 1812年）

　むかしむかし、冬のさなか、雪片が羽のように空からひらひらと降りてきたとき、美しい后が黒い黒檀の窓枠が付いた窓のそばで、針仕事をしていた。針仕事をしながら雪を見ていたので、指を針で刺してしまい、血が3滴雪の中に落ちた。白の中の赤があまりに美しかったので、雪のように白く、血のように赤く、窓枠のように黒い子がさずかりますようにと、后は願った。それからまもなくして、后は娘を産んだ。雪のように白く、血のように赤く、黒檀のように黒い子だった。そこで、その子は白雪姫と名づけられた。

　后は国中で1番美しい女性だった。そして自分の美貌を誇りにしていた。后は鏡を持っていて、毎朝、鏡の前に行って尋ねた。

　　「鏡や、壁の鏡、
　　この国で1番美しい女性は誰？」

　すると、鏡は毎回答えた。

　　「お后さま、この国で1番美しい女性はあなただ。」

　そうして、后は、この国に自分より美しい女性がいないということを確認するのだった。しかし、白雪姫が成長して7歳になると、とても美しくなり、后よりも美しくなった。そこで、后は、また鏡に尋ねた。

　　「鏡や、壁の鏡、
　　この国で1番美しい女性は誰？」

　すると、鏡は答えた。

　　「お后さま、ここではあなたが1番美しい。

## 第 1 章 「白雪姫」

しかし、白雪姫はあなたより千倍も美しい。」

　后は鏡の返事を聞くと、嫉妬で青ざめた。そして、このときから后は白雪姫を憎むようになった。白雪姫を見るたびに、この娘のせいで自分はもうこの世で 1 番美しい女性ではなくなったのだと思うと、はらわたが煮えくりかえった（心臓が体のなかでグルグル回った）。后はいてもたってもいられなくなって、狩人を呼んで言った。「白雪姫を森の奥深く、遠く離れたところに連れておゆき。そこで姫を刺殺して、証拠に肺と肝臓を持ってお帰り。それを塩ゆでにして食べるんだから。」狩人は白雪姫を城から連れ出した。猟刀を抜いて刺そうしたとき、白雪姫は泣きだした。そして、森の奥に逃亡して決して戻ってこない、命だけは助けてほしい、と懸命に頼んだ。狩人は白雪姫があまりに美しかったのでかわいそうになった。どうせ野獣がすぐに食べてしまうだろうから、自分が殺すまでもない、その方が自分もありがたいと考えた。そして、ちょうどそこへ猪の子が走ってきたので、それを刺殺して肺と肝臓を取り出し、証拠として后に差し出した。后はそれを塩ゆでにして平らげて、白雪姫の肺と肝臓を食べたと思いこんでいた。

　白雪姫は大きな森の中でまったくひとりぼっちになった。こわかったので、走り出した。尖った石を飛び越えて、茨を突き抜けて 1 日中走り続けた。太陽が沈もうとするころ、ようやく小さな家にたどり着いた。それは 7 人の小人の家だった。小人たちは鉱山に出かけていて留守だった。白雪姫は家の中に入った。そこにあるものはぜんぶ小さいが、かわいらしく清潔だった。7 枚の小さな皿がのったテーブルがあり、皿のそばには 7 本の小さなスプーン、ナイフ、フォークが添えてあり、小さなグラス（Becherlein）もあった。壁際には、7 つの小さなベッドが真新しいカバーがかけられて並んでいた。白雪姫はおなかがすいて、喉がかわいていたので、どの小さな皿からも野菜とパンをすこしずつ食べ、どの小さなコップ（Gläschen）からもワインをひと口ずつ飲んだ。そしてとても眠くなったので、横になって眠りたくなった。そこで 7 つの小さなベッドをひとつずつ順番に試してみたが、体に合うものはなかった。7 つ目のベッドまで来ると、そこで横になって眠り込んだ。

　夜になると、7 人の小人が仕事から帰ってきた。そして 7 つの小さなランプ

を灯すと、家の中に誰かが入ったことに気づいた。1番目の小人が言った。「おいらの小さな椅子に座ったのは誰だ？」2番目の小人が言った。「おいらの小さな皿から食べたのは誰だ？」3番目の小人が言った。「おいらの小さなパンをかじったのは誰だ？」4番目の小人が言った。「おいらのわずかな野菜を食べたのは誰だ？」5番目の小人が言った。「おいらの小さなフォークで刺したのは誰だ？」6番目の小人が言った。「おいらの小さなナイフで切ったのは誰だ？」7番目の小人が言った。「おいらの小さなグラスから飲んだのは誰だ？」それから1番目の小人があたりを見回して言った。「おいらのベッドに入ったのは誰だ？」2番目の小人が言った。「あれ、おいらのベッドにも誰か寝たやつがいるぞ。」そうして、また7番目の小人まで、みんなが口々に同じことを言った。そして、7番目の小人がベッドを見ると、そこには白雪姫が眠っていた。

　すると、小人たちは全員駆け寄って来て、驚いて大声をあげた。7つの小さなランプをもってきて、白雪姫をしげしげと眺め回した。「おやまあ、たまげた、おやまあ、たまげた、なんてきれいな子なんだ！」と大声をあげた。小人たちは白雪姫がいるのが嬉しくて、起こさず、そのままベッドに寝かせておいた。7番目の小人は、仲間の小人たちのベッドで眠った。それぞれのベッドで1時間ずつ眠るうちに、夜が明けた。さて、白雪姫が目を覚ますと、小人たちは、君は誰で、どうやってこの家に来たのかと、たずねた。すると、白雪姫は母親が自分を殺そうとしたこと、狩人が命を助けてくれたこと、1日中走り続けて、ようやくこの家にたどり着いたことを話した。小人たちは同情して言った。「もし、家事をしてくれたら、料理や、裁縫や、ベッドメーキングや、洗濯や、編み物や、整理整頓や、掃除をしてくれたら、ここにいてもいいよ。何も不自由させないから。夜になっておれたちが戻ってきたとき、食事の支度をしておいてくれ。おれたちは、日中は鉱山で働いて金を掘り出しているから、おまえはひとりきりだ。いいかい、后には用心しろ。誰も中に入れちゃいけないよ。」

　后はこれでまた自分が国中で1番美しい女性になったと思って、朝、鏡の前に行ってたずねた。

第1章 「白雪姫」

「鏡や、壁の鏡、
この国で１番美しい女性は誰？」

すると、鏡は再び答えた。

「お后さま、ここではあなたが１番美しい。
けれども、７つの山の向こうにいる白雪姫は
あなたより千倍も美しい。」

　これを聞いて后は驚いた。自分が騙されたことを、狩人は白雪姫を殺していなかったことを知ったのだ。しかし７つの山の向こうには７人の小人しか住んでいなかったので、白雪姫は７人の小人のところに避難したのだと、すぐわかった。そこで后はどうすれば白雪姫を殺すことができるか、改めてじっくり考えてみた。というのは、鏡が、后が国中で１番美しい女性だというまで、どうにも気が休まらなかったからだ。しかしどんな策も不十分で不確実であるように思われた。そこで后は自ら物売りの老婆に変装し、顔に色を塗って、誰にも気づかれないようにして、小人の家にやってきた。后は戸を叩いて大声で言った。「開けておくれ、開けておくれ、物売りのばあさんだよ、良い品物を売りに来たよ。」白雪姫は窓から外を見た。「いったいどんな品物があるの？」「胸紐だよ、おじょうさん」と老婆は答えた。そして黄色と赤色と青色の絹で編まれた１本の紐を差し出した。「これが欲しいかい？」「ええ、欲しいわ」と白雪姫は言った。この善良なおばあさんなら中に入れてもいいわ、正直そうに見えるものと思って、白雪姫は戸の鍵を開けた。そして紐を買った。「おや、なんてだらしない結び方をしているの、おいで、私がきちんと結んであげるよ」と老婆は言った。白雪姫が老婆の前に立つと、老婆は紐を手に取り、白雪姫を力いっぱいきつく締めつけた。白雪姫は息ができなくなり、死んだようになって倒れた。それを見ると后は満足して、立ち去った。
　間もなくして、夜になると、７人の小人たちが帰宅した。白雪姫が死んだようになって倒れているのを見て、小人たちはとても驚いた。白雪姫を抱き起してみると、紐でとてもきつく締めつけられているのがわかった。その紐を切り

離すと、白雪姫はようやく息を吹き返し、生き返った。「こんなことをするのは、あの后以外考えられない。おまえの命を奪おうとしたのさ。用心しろよ。誰も中に入れちゃいけないよ」と小人たちは言った。

　さて、后は鏡にたずねた。

　「鏡や、壁の鏡、
　　この国で1番美しい女性は誰？」

　すると、鏡は再び答えた。

　「お后さま、ここではあなたが1番美しい。
　　けれども、7人の小人のところにいる白雪姫は
　　あなたより千倍も美しい。」

　后は驚きのあまり、体中の血が全部心臓に流れ込むほどだった。というのは、白雪姫がまた生き返ったということがわかったからだ。その後、后は、どうしたら白雪姫を罠にはめることができるか、昼も夜も考え続けた。その結果、毒の櫛を作り、まったく違う姿に変装して、また出かけて行った。后が戸を叩くと、白雪姫が大声で言った。「誰も中に入れてはいけないの！」すると后は櫛を取り出した。白雪姫はその櫛が輝いているのを見て、それにその老婆がまったく見たこともない人だったので、戸を開けて、その櫛を買ってしまった。「おいで、おまえの髪を梳かしてあげよう」と物売りの老婆は言った。しかし、白雪姫の髪に櫛が刺さるや否や、姫は倒れて死んでしまった。「これで、おまえも倒れたままだろう」と言うと、后は心が軽くなって帰って行った。けれども、うまいぐあいに小人たちが帰ってきて、何が起こったのか、すぐ見抜いた。小人たちは白雪姫の髪から毒の櫛を抜き取った。すると白雪姫は目を開けて生き返った。そして、もう決して誰も家に入れないと、小人たちに約束した。

　さて、后は鏡の前に立った。

　「鏡や、壁の鏡、

第 1 章 「白雪姫」

　この国で 1 番美しい女性は誰？」

　すると、鏡は答えた。

　「お后さま、ここではあなたが 1 番美しい。
　けれども、7 人の小人のところにいる白雪姫は
　あなたより千倍も美しい。」

　その言葉をまた聞くと、后の体は怒りでブルブル震えだした。「こうなったからには、自分の命に代えても、白雪姫を殺してやる。」それから后は秘密の部屋に行って、誰も入れないようにしてから、猛毒のリンゴを作った。そのリンゴは、見た目は美しく赤い頬をしているので、見た人は誰でも食べたくなった。それから后は百姓女に変装して、小人の家に行き、戸を叩いた。白雪姫が覗いて言った。「誰も中に入れてはいけないの。小人たちが決して開けるなと言ったの。」「そうかい、ほしくないなら、無理にとはいわないよ。私はリンゴを全部片づけたいのさ。さあ、ひとつあげるから、試しに食べてごらん」と百姓女は言った。「いらないわ、何かもらってもいけないの。小人たちがダメだと言ったの」「怖がっているんだね。じゃあ、リンゴを 2 つに切って、半分を私が食べるよ。もう半分の美しい赤い方をおまえさんが食べるといい！」ところが、そのリンゴはうまく細工されていて、赤い方の半分にだけ毒が入っていたのだ。百姓女が自らリンゴを食べたのを見て、白雪姫はリンゴを食べたいという気持ちがますます強くなり、とうとう窓から手を伸ばして残りの半分を受取り、かじりついてしまった。ひとくち口に入るや否や、白雪姫は死んで地面に倒れてしまった。后は喜んだ。そして、家に帰ると鏡にたずねた。

　「鏡や、壁の鏡、
　この国で 1 番美しい女性は誰？」

　すると、鏡は答えた。

「お后さま、あなたが国中で1番美しい。」

「やれやれ、これで安心した。私がまたこの国で1番美しい女性になったんだ。そして、白雪姫も今度こそ生き返ることはないだろう」と后は言った。

夜になって、小人たちが鉱山から帰ってくると、白雪姫が床に倒れて死んでいた。小人たちは紐をほどき、何か毒のものを髪の毛に刺していないか調べた。しかし、何をしても無駄だった。白雪姫を生き返らせることはできなかった。小人たちは白雪姫を棺台の上に寝かせ、7人みんながその周りに座り、泣いて、泣いて、3日間泣き続けた。それから埋葬しようと思った。しかし、白雪姫は死人のように見えず、まるで生きているかのように生き生きとして、美しい赤い頬をしていた。そこで小人たちはガラスの棺を作らせて、よく見えるように、そのなかに白雪姫を寝かせると、上に金文字で名前と出自を書いた。そして、毎日ひとりが家に残って棺の番をした。

こうして白雪姫は長い長い間、棺の中に横たわっていた。けれども少しも腐らず、相変わらず雪のように白く、血のように赤いままだった。もし目を開けることができたら、その目は黒檀のように黒かったことだろう。というのも、白雪姫はまるで眠っているかのように、横たわっていたからだ。あるとき、ある若い王子が小人の家にやってきて、泊めてもらおうと思った。部屋に入ると王子は、7つの小さな灯にくっきり照らし出されて、ガラスの棺に横たわっている白雪姫を見た。あまりの美しさに、王子はいくら見つめても見あきることがなかった。金文字で書かれた内容を読んで、それが姫であることを知った。そこで王子は小人たちに、死んだ白雪姫が入っている柩を売ってくれるよう頼んだ。しかし、小人たちは、どんなにお金をもらっても売るわけにはいかないと言った。そこで王子は小人たちに、それなら、わたしにくださいと頼んだ。白雪姫を見ないと、生きていくことができない。この世の誰よりも愛しい人だ。大切にして敬うと言った。小人たちは王子に同情したので、白雪姫の柩を譲った。王子はその柩を城へ運ばせ、自分の部屋に置いた。王子は1日中柩のそばに座り、片時も目を離すことはなかった。外出しなければならず、白雪姫を見られなくなると、王子は悲しい気持ちになった。柩が横になければ、食べ物はひと口も喉を通らなかった。ところが、いつも柩を担いで歩き回らされている

家来たちは、とても腹を立てていた。ひとりの家来が、あるとき棺のふたを開けて、白雪姫を担ぎ上げて、言った。「こんな死んだ娘ひとりのせいで、俺たちは1日中悩まされている。」そうして、白雪姫の背中をどんと叩いた。すると、白雪姫が飲み込んだ汚いリンゴの芯が、喉から飛び出し、白雪姫は生き返った。そこで白雪姫は王子のところに行った。王子はいとしい白雪姫が生き返ったので、嬉しさのあまり、どうしていいかわからなかった。そして、ふたり一緒に食卓に着いて、楽しく食事をした。

　翌日、結婚式が行われた。白雪姫の罪深い母親も招待された。その朝、母親は鏡の前に行って、たずねた。

　「鏡や、壁の鏡、
　　この国で1番美しい女性は誰？」

すると、鏡は答えた。

　「お后さま、ここではあなたが1番美しい。
　　けれども、若いお后さまはあなたより千倍も美しい。」

　その答えを聞いて、后は驚き、言葉で表現できないくらい不安になった。嫉妬心に駆られて、結婚式に参列して若い后を見たいと思った。行ってみると、若い后は白雪姫であるということがわかった。そこで、鉄の上靴が火で真っ赤に熱せられ、后はそれを履いて踊らなくてはならなかった。ひどく火傷したが、踊りをやめることはできず、后は死ぬまで踊り続けなければならなかった。

## 3．決定版「白雪姫」（KHM53 Sneewittchen, 1857年）

　むかしむかし、ある冬のさなか、雪片が羽のように空からひらひらと降りてきたとき、后は黒い黒檀の窓枠がついた窓辺に座って、針仕事をしていた。針仕事をしながら雪を見上げたので、指を針で刺してしまい、血が3滴雪の中に滴り落ちた。白い雪の中の赤があまりにあざやかだったので、「雪のように白く、血のように赤く、窓枠の木のように黒い子がほしいものだ」と后は思った。それからまもなくして、后は娘をさずかった。雪のように白く、血のように赤く、黒檀のように黒い髪の子だった。そこで、その子は白雪姫と名づけられた。ところが、子どもが生まれると、后は死んでしまった。

　1年たつと、王は新しい妻を迎えた。后は美しい人だが、うぬぼれが強く高慢だった。そして、美しさで他の人に負けることに、我慢ならなかった。后は不思議な鏡を持っていた。后は鏡の前に立って、その中を覗き込みながらたず

図13　白雪姫

ねた。

　「鏡よ、壁の鏡、
　　国中で１番美しい女性は誰？」

すると、鏡は答えた。

　「お后さま、国中で１番美しい女性はあなただ。」

すると、后は満足した。なぜなら、鏡は真実を言うということを知っていたからだ。
　さて、白雪姫は成長して、ますます美しくなった。７歳になると、まるで晴れわたった太陽のように美しくなり、后よりも美しくなった。后はある日、鏡にたずねた。

　「鏡よ、壁の鏡よ、
　　この国で１番美しい女性は誰？」

すると、鏡は答えた。

　「お后さま、ここではあなたが１番美しい。
　　しかし、白雪姫はあなたより千倍も美しい。」

　この答えを聞くと、后は驚いて、嫉妬のあまり、顔が黄色くなったり、青くなったりした。このときから后は白雪姫を見るたびに、心臓が体の中でグルグル回った。そして、この娘を憎んだ。妬みとうぬぼれが、后の心の中で雑草のようにずんずん成長した。昼も夜も心が休まるときがなかった。そこで、后は狩人を呼んで言った。「白雪姫を森に連れていっておくれ。もうあの子を見たくないのだ。あの子を殺して、証拠に肺と肝蔵を持ってお帰り。」狩人は命令に従い、白雪姫を城から連れ出した。猟刀を抜いて白雪姫の清らかな心臓を刺

そうした。白雪姫は泣きだした。そして言った「お願い、狩人さん、命を助けてちょうだい。誰もいない森の奥深くに走って行って、決して戻ってこないから。」白雪姫があまりに美しかったので、狩人はかわいそうになって言った。「走ってお行き、かわいそうな子よ。」けれども、心の中では「すぐに野獣に食べられてしまうだろう」と思っていた。そして自分が殺さなくてすんだので、心の中から石の重しが落ちたようだった。ちょうどそこへ猪の子が飛び出してきたので、それを刺殺して肺と肝臓を取り出し、証拠として后に渡した。料理番はそれを塩ゆでにするよう言いつけられた。邪悪な后はそれをすっかり平らげて、白雪姫の肺と肝臓を食べたと思いこんでいた。

　さて、かわいそうな子どもは大きな森の中でまったくひとりぼっちになった。こわくてたまらず、木の葉の1枚1枚に目を光らせていたが、どうしたらいいのか、さっぱりわからなかった。そこで走り出した。尖った石を飛び越え、茨を突き抜けて走り続けた。野獣がそばを走り抜けたが、白雪姫にはなにもしなかった。足の続くかぎり、走り続けた。太陽が沈もうとするころ、ようやく小さな家が見えたので、休憩させてもらおうと思って中に入った。家の中にあるものはぜんぶ小さいが、言葉で表現できないほどかわいらしく清潔だった。白い布がかかった小さなテーブルには7枚の小さな皿が並べられ、皿のそばには7本の小さなスプーンが添えてあった。それだけではない。小さなナイフやフォーク、そしてグラスまで7つ揃えてあった。壁際には、7つの小さなベッドが雪のように白いシーツがかけられてずらりと並んでいた。白雪姫はおなかがすいて、喉がかわいていたので、どの小さな皿からも野菜とパンをすこしずつ食べ、どの小さなグラスからもワインをひと口ずつ飲んだ。というのは、ひとりの人からだけ全部取ってしまうのが嫌だったからだ。そうして、とても眠くなったので、白雪姫は小さなベッドに横になった。けれども、どのベッドも体に合わなかった。大きすぎたり、小さすぎたりしたのだ。ようやく7つ目のベッドが体に合ったので、そこで寝ることにした。運を神に任せて、眠り込んだ。

　すっかり暗くなると、この小さな家の住人たちが帰ってきた。それは山の中で鉱石を求めて、岩を砕き、土を掘る、7人の小人だった。小さなランプを7つ灯すと、家の中が明るくなり、小人たちは家の中に誰か人が入ったことに気づいた。というのは、部屋の中が、出かけたときのように整然としていなかっ

# 第1章 「白雪姫」

たからだ。1番目の小人が言った。「おいらの椅子に座ったのは誰だ？」2番目の小人が言った。「おいらの皿から食べたのは誰だ？」3番目の小人が言った。「おいらのパンをかじったのは誰だ？」4番目の小人が言った。「おいらの野菜を食べたのは誰だ？」5番目の小人が言った。「おいらのフォークで刺したのは誰だ？」6番目の小人が言った。「おいらのナイフで切ったのは誰だ？」7番目の小人が言った。「おいらのグラスで飲んだのは誰だ？」それから1番目の小人があたりを見回して、自分のベッドカバーがくぼんでいるのを見つけて言った。「おいらのベッドに入ったのは誰だ？」ほかの小人たちも走って来て大声をあげた。「おいらのベッドにも誰か寝たやつがいるぞ。」けれども、7番目の小人がベッドを見ると、そこには白雪姫がいて、ぐっすり眠っていた。そこで仲間を呼ぶと、全員駆け寄って来て、驚いて大声をあげた。そして、7つの小さなランプをもってきて、白雪姫を明るく照らし出した。「おやまあ、たまげた、おやまあ、たまげた、なんてきれいな子なんだ！」と大声をあげた。小人たちは白雪姫がいるのが嬉しくて、起こさず、そのままベッドに寝かせておいた。7番目の小人は、仲間の小人たちのベッドで眠った。それぞれのベッドで1時間ずつ眠るうちに、夜が明けた。

　朝になって目を覚ますと、白雪姫は7人の小人たちを見て驚いた。けれども、小人たちは優しく白雪姫にたずねた。「名前はなんていうの？」「白雪姫っていうの」と彼女は答えた。「どうしてまた、おれたちの家に来たんだい？」と小人たちはさらに聞いた。そこで、白雪姫は継母が家来に自分を殺すよう命じたこと、しかし家来の狩人が命を助けてくれたこと、一日中走り続けて、ようやくこの小さな家にたどり着いたことを話した。すると、小人たちは言った。「もし、家事をしてくれたら、料理や、寝床の準備や、洗濯や、縫い物や、編み物や、あらゆるものの整理整頓や、家じゅうの掃除をしてくれたら、ここにいてもいいよ。そうすりゃ、何も不自由させないから。」「ええ、よろこんで」と白雪姫は答えて、小人たちと一緒に暮らすことにした。白雪姫は小人たちのために家事をきちんとこなした。朝早く、小人たちは山に行って鉱石や金鉱を掘り出すと、夕方には家に帰って来た。そのとき、食事の支度ができていなければならなかった。昼の間はずっと、白雪姫はひとりきりだった。そこで優しい小人たちは白雪姫に用心するよう忠告した。「継母には気をつけるんだよ。

おまえがここにいることなんか、あいつはすぐにかぎつけるさ。いいかい、誰も家の中に入れちゃいけないよ」
　后は肺と肝臓を白雪姫のものだと思って食べてからは、自分が国中で1番美しい女性になったと思って、鏡の前に行ってたずねた。

　「鏡や、壁の鏡、
　この国で1番美しい女性は誰？」

すると、鏡は答えた。

　「お后さま、ここではあなたが1番美しい。
　けれども、山のむこうの7人の小人のところにいる白雪姫は
　あなたより千倍も美しい。」

　これを聞いて后は驚いた。鏡が決して嘘をつかないことを、よく知っていたからだ。狩人が自分を騙したことや、白雪姫がまだ生きていることがはっきりした。そこで、后はまた改めて、どうすれば白雪姫を殺すことができるか、真剣に考えた。というのは、后は自分が国中で1番美しい女性でないうちは、妬み心がこみ上げてきて、心が休まることがなかったからだ。后はついにあることを思いついた。顔に色を塗って、物売りの老婆の服を着て変装した。するとこれが后だとは、だれにもわからなくなった。その姿で后は、7つの山を越えて、7人の小人の家にやってきた。戸を叩いて大声で言った。「きれいな品物はいらんかね！　いらんかね！」白雪姫は窓から顔を出して呼び寄せた。「こんにちは、おばさん、どんな品物があるの？」「良い品物、きれいな品物だよ、色とりどりの胸紐はいかが？」と老婆は答えて、色とりどりの絹糸をより合わせた胸紐を1本取り出した。「こんな正直なおばさんなら中に入れてもだいじょうぶだわ」と思って、白雪姫は閂を外して戸を開けた。そしてそのきれいな紐を買った。すると「おじょうちゃん、あんたはまた、なんてかっこうをしているの。おいで、私がきちんと紐を結んであげよう」と老婆は言った。白雪姫は疑うことなく、物売りの老婆の前に立って、買ったばかりの紐を結んでもら

った。ところが、老婆はすぐに、紐を思い切りきつく締めたので、白雪姫は息ができなくなり、死んだようになって倒れた。「たしかにおまえは1番きれいだったよ」と言うと、老婆は急いで立ち去った。

　それからまもなく、夕方になると、7人の小人たちが帰宅した。かわいい白雪姫がピクリとも動かず、死んだようになって床に倒れているのを見て、どんなに驚いただろう。小人たちが白雪姫を抱き起してみると、紐でとてもきつく締めつけられているのがわかった。その紐を切り離すと、白雪姫は少し息を吹き返し、それから少しずつ血の気が戻ってきた。何があったのかを聞くと、小人たちは言った「その物売りの老婆はあの罰当たりな后にちがいない。気をつけるんだよ。おれたちがいないときは、誰も中に入れちゃいけないよ」

　ところで、悪い后は城に帰ると、さっそく鏡の前に行ってたずねた。

　　「鏡や、壁の鏡、
　　この国で1番美しい女性は誰？」

すると、鏡は前と同じように答えた。

　　「お后さま、ここではあなたが1番美しい。
　　けれども、山のむこうの7人の小人のところにいる白雪姫は
　　あなたより千倍も美しい。」

　その答えを聞いて、后は体中の血が全部心臓に流れ込むかと思うほど、驚いた。というのは、白雪姫がまた生き返ったということが、わかったからだ。「そうかい、それなら、お前を殺す手立てをまた考え出してやる」と后は言った。后は魔女の術の心得があった。それを使って、毒の櫛を作った。それから、変装して、前とは違う老婆の姿になった。その姿で7つの山を越えて7人の小人の家に行き、戸を叩いて言った。「良い品はいらんかね！　いらんかね！」白雪姫は外を見て言った。「よそに行ってちょうだい。誰も家の中に入れてはいけないの。」「でも見るだけなら、かまわないだろう」と老婆は言って、毒入りの櫛を取り出して高く掲げた。白雪姫はその櫛がとても気に入り、うっとり

として戸を開けてしまった。櫛を買うことが決まると、「おいで、おまえの髪をきれいに梳かしてあげよう」と物売りの老婆は言った。かわいそうな白雪姫は何も疑わず、老婆の言いなりになった。ところが、白雪姫の髪に櫛が刺さるや否や、毒が効き目をあらわした。白雪姫は気を失って倒れてしまった。「絶世の美女のおまえも、もうこれでおしまいさ」と言うと、邪悪な后は立ち去った。けれども、幸運なことにまもなく夕方になり、7人の小人たちが帰ってきた。小人たちは、死んだように床に倒れている白雪姫を見ると、すぐに継母があやしいと思い、その周りを探した。すると毒の櫛が見つかった。それを抜き取ると、すぐ白雪姫は正気を取り戻し、その日の出来事を話した。そこで、小人たちは白雪姫に、用心して、誰が来ても戸を開けてはいけないと、何度も言い聞かせた。

　后は城に帰ると、鏡の前に立ってたずねた。

　　「鏡や、壁の鏡、
　　この国で1番美しい女性は誰？」

すると、鏡は答えた。

　　「お后さま、ここではあなたが1番美しい。
　　けれども、山のむこうの7人の小人のところにいる白雪姫は
　　あなたより千倍も美しい。」

　その言葉をまた聞くと、后の体は怒りでブルブル震えだした。「こうなったからには、自分の命に代えても、白雪姫を殺してやる」と后は叫んだ。それから后は人目につかない秘密の部屋に行って、猛毒のリンゴを作った。そのリンゴは地が白く、見た目は美しく赤い頬をしているので、一目見ると誰でも食べたくなった。しかし、ひと口でも食べると、たちまち死んでしまうのである。毒リンゴが完成すると、后は顔に色を塗って百姓女に変装し、7つの山を越えて、7人の小人の家にやってきた。百姓女が戸を叩くと、白雪姫が窓から覗いて言った。「誰も中に入れてはいけないの。小人たちが決して開けるなと言っ

たの。」「そんならそれでかまわないよ。ただ、私はこのリンゴを全部片づけたいだけさ。さあ、ひとつ、おまえさんにもあげるよ」と百姓女は言った。「いいえ、いらないわ、何ももらってもいけないの」と白雪姫は言った。「おまえさん、毒でも入っていると思って、怖がっているんだね。じゃあ、リンゴを2つに切って、半分を私が食べるよ。もう半分の美しい赤い方をおまえさんが食べるといい。白い方を私が食べるよ」ところが、そのリンゴはうまく細工されていて、赤い方の半分にだけ毒が入っていたのだ。白雪姫は美味しそうなリンゴが食べたくてたまらなかった。百姓女が自らリンゴを半分食べたのを見て、白雪姫はがまんできなくなった。窓から手を伸ばして毒の入った半分をもらい、かじりついてしまった。リンゴがひとくち口に入ると、すぐ白雪姫は地面に倒れ、死んでしまった。すると、后は恐ろしい目つきで白雪姫を見つめながら、高笑いして言った。「白いね、まるで雪のようだよ。赤いね、まるで血のようだよ、黒いね。まるで黒檀のようだよ。今度こそ、小人たちだって、おまえを生き返らせることなんて、できやしない。」そして、后は城に戻ると、鏡に聞いた。

「鏡や、壁の鏡、
この国で1番美しい女性は誰？」

すると、鏡はとうとうこう答えた。

「お后さま、あなたが国中で1番美しい。」

それで、后の妬み深い心は、ひとまず落ち着いた。そもそも、妬み心が落ち着くということがあるとすれば、の話だが。

夕方になって、鉱山から帰ってくると、小人たちは白雪姫が床に倒れて死んでいるのを見つけた。口にはもう息が途絶えていた。白雪姫は死んでいたのだ。小人たちは白雪姫を抱き起して、何か毒が見つからないかと調べ回した。紐をほどき、髪を梳り、体を水やワインで洗浄したが、何をしても無駄だった。かわいい白雪姫は死んでしまい、生き返らせることはできなかった。

小人たちは白雪姫を棺台の上に寝かせ、7人みんながその周りに座り、白雪姫の死を悲しんで、3日間泣き続けた。それから埋葬しようと思った。しかし、白雪姫は死人のようには見えず、まるで生きているかのように生き生きとして、美しい赤い頬をしていた。「この子を暗い土の中に埋めるなんて、できないよ」と小人たちは言い、どこからでも見えるように、すきとおったガラスで棺を作らせた。そのなかに白雪姫を寝かせると、棺の上に金色の文字で名前と王女であるということを書き記した。それから柩を担いで、山の頂上に置いた。そして、毎日小人たちのうちのひとりが、柩の番をした。獣たちもやって来て、白雪姫の死を悲しんだ。真っ先にやってきたのは梟だった。そのあとに渡り鴉が、最後にはちいさな鳩がやってきた。

　こうして白雪姫は長い長い間、棺の中に横たわっていた。けれども少しも腐らず、相変わらず雪のように白く、血のように赤く、黒檀のように黒い髪をしていたので、どう見ても眠っているとしか思えなかった。あるとき、ひとりの王子が森に迷い込んで、7人の小人の家に泊めてもらおうと思ってやってきた。王子は山の頂上にある柩と、そのなかに横たわる美しい白雪姫を見た。棺の金文字も読んだ。そして、小人たちに言った。「僕にこの柩をゆずってくれないか。望むものはなんでもあげるから。」けれども、小人たちは「世界中の黄金を全部やると言われても、柩をゆずるわけにはいかない」と言った。すると王子は言った。「それなら、贈り物としてくれないか。僕は白雪姫を見ないと、生きていくことができないんだ。最愛の人として敬い、大切にするから。」王子にこう言われると、優しい小人たちは、王子を気の毒におもい、柩を贈り物としてあげることにした。そこで王子は、家来に命じて、柩を肩に担がせた。家来たちが藪の木に足を取られたとき、柩がゆれた。その拍子に白雪姫が食べた毒リンゴの塊が喉からポンと飛び出した。白雪姫はすぐ目を覚まし、棺のふたを押し上げて、起き上がり、生き返った。「あら、まあ、わたしはどこにいるの？」と白雪姫は大声をあげた。王子はすっかり喜んで、「きみは僕のそばにいるよ」と言って、これまでの出来事を話して聞かせた。それから、「世界中のどんなものよりも、僕はきみを愛している。僕と一緒に父の城に行こう。僕の妻になってほしい」と王子は言った。こう言われて白雪姫も王子が好きになり、王子と一緒に行った。結婚式がたいそう立派に盛大に執り行われること

になった。
　結婚式の宴には、白雪姫の罪深い継母も招待された。継母は豪華な衣装を着ると鏡の前に立って言った。

　　「鏡や、壁の鏡、
　　この国で１番美しい女性は誰？」

　鏡は答えた。

　　「お后さま、ここではあなたが１番美しい。
　　けれども、若いお后さまはあなたより千倍も美しい。」

　その答えを聞いて、罪深い女は呪いの言葉を吐いた。そして不安で、不安でいたたまれなくなった。はじめは、結婚式になんて参列したくなかった。けれども、若い后を見たくて、居ても立っても居られなくなり、出かけて行った。祝いの席に着くと、若い后は白雪姫であるということがわかった。后は恐れおののいて、立ちすくんだまま、動けなくなった。そのとき、鉄の上靴が石炭の火で真っ赤に熱せられ、それを火バサミで挟んで后の前に運んでこられた。后は真っ赤に焼けた鉄の靴を履いて、地面に倒れて死ぬまで踊り続けなければならなかった。

# 第2章 「いばら姫」

## 1．手書き原稿（初稿 Nr. 19 Dornröschen, 1810年）

　王と后には子どもがいなかった。ある日、后は水浴びをしていた。すると、ザリガニが水から丘に這いあがってきて言った。おまえは間もなく娘を産むだろう。そして、そのとおりになった。王は喜んで、盛大な宴会を催した。その国には13人の妖精がいた。けれども王は、金の皿を12枚しか持っていなかったので、13人目の妖精を招待することができなかった。妖精たちは姫にあらゆる徳や美を授けた。宴が終わるころ、13番目の妖精がやって来て言った。

　おまえたちは私を招待しなかった。だから、私はおまえたちに予言する。おまえたちの娘は14歳のときに、錘を指に刺して死ぬだろう。他の妖精たちはなんとかこれを和らげようと思って、姫はただ百年の眠りに落ちるだけだと言った。

　王は、国中のすべての錘を捨てよ、とおふれを出した。命令は実行された。姫が15歳になったある日、両親が外出したので、姫は城の中を歩き回り、さいごに古い塔にやってきた。塔の中には狭い階段があった。姫はある扉の前にやってきた。その扉には黄色の鍵がささっていた。姫はその鍵を回して小部屋の中に入った。そこでは老婆が亜麻糸を紡いでいた。姫は老婆と冗談を言い合い、自分も錘を回そうとした。すると錘が姫に刺さり、姫は直ぐ深い眠りに落ちた。ちょうどそのとき、王も家来も戻ってきて、城の中のものはすべて、壁の蠅まで眠り始めた。城の周りには茨の垣根が生い茂り、城がまったく見えなくなった。

　長い年月が経って、ひとりの王子がその国にやってきた。ある老人がその王子に、自分の祖父から聞いた話を語って聞かせた。いままでに多くの人が茨をかき分けて行こうとしたが、みんな茨に引っかかってしまったそうだ。ところ

が、この王子が茨の垣根に近づくと、茨が一斉に開いて、彼の前で花のようになって道を開けた。そして彼が通りすぎると、またもとどおり茨になった。王子は城の中に入ると、眠っている姫にキスをした。すると、みんな眠りから目覚めた。そして、ふたりは結婚した。死んでいなかったら、今でも生きているだろう。

　（口承、この話はペローの眠れる森の美女から取ったと思われる）

## 2．初版「いばら姫」（初版Ⅰ, Nr. 50 Dornröschen, 1812年）

　王と后には子どもがいなかった。子どもがいればいいのになあと思っていた。あるとき、后は水浴びをしていた。すると1匹のザリガニが水から丘に這いあがってきて言った。「おまえの願いはまもなくかなえられるだろう。おまえは娘を産むだろう。」そして、そのとおりになった。王は姫の誕生をとても喜んで、盛大な宴会を催すことにした。そして、国中の妖精を宴会に招待した。ところが王は、金の皿を12枚しか持っていなかったので、ひとり招待することができなかった。なぜなら、妖精は13人いたからだ。妖精たちは宴会にやって来た。宴会の終わりに、赤ん坊に贈り物をした。1人目は人徳を、2人目は美しさをというように、残りの妖精たちもみんな、この世で望めるかぎりの素晴らしいものをすべて贈った。ところが11番目の妖精が自分の贈り物を言い終わったちょうどそのとき、13番目の妖精が入ってきた。自分が招かれなかったことにとても腹を立てていて、大声で言った。「おまえたちは私を招待しなかった。だから私はおまえたちに言っておく。おまえたちの娘は14歳のときに、糸巻きの錘(つむ)が刺さって死ぬことになるだろう。」両親は驚いた。しかし、12番目の妖精がまだ贈り物を言っていなかったので、「姫は死ぬのではなく、ただ百年間の深い眠りに落ちることになるだけ」と言った。

　王は、なんとしてもいとしい子を助けたいと思って、王国にあるすべての錘を捨てよ、とおふれを出した。姫は成長して、びっくりするほど美しくなった。姫が15歳になったちょうどその日、王と后は外出していて、城に残っていたのは姫だけだった。姫は気の向くまま、城の中をあちこち歩き回り、さいごに古い塔にやってきた。塔には狭い階段があった。姫は好奇心に任せて、その階段を昇っていくと、ある扉の前にやってきた。その扉には黄色の鍵がささっていた。そのカギを回すと、扉はぱたんと開いて、姫は小部屋の中に入った。そこでは、老婆が座っていて、亜麻糸を紡いでいた。姫はこの老婆が気に入り、老婆と冗談を言い合い、自分も錘を回してみたいと言って、老婆の手から錘を受け取った。姫が錘に触れるや否や、錘は姫に刺さり、姫はすぐに深い眠りに落ちた。ちょうどそのとき、王は家来たちをぜんぶ連れて戻ってきた。するとみん

な眠り始めた。厩の馬も、屋根の鳩も、中庭の犬も、壁の蠅も、竈で燃えていた火までもが、静かになり眠り始めた。焼肉はジュウジュウ音を立てるのをやめた。見習い小僧をなぐろうとして手をあげていた料理番も、黒い鶏をかかえていた女中も、眠り始めた。城の周りには茨の垣根が高く生い茂った。茨はずんずんのびて、しまいには城がまったく見えなくなった。

　美しいいばら姫のことを聞いて、王子たちがやってきて、姫を救い出そうとした。しかし、茨の垣根を通ることができなかった。茨がまるで手のように固く絡み合っていて、王子たちは茨に引っかかって動けなくなり、みじめに死んでいった。このようにして、長い長い年月が過ぎ去っていった。あるとき、ひとりの王子がこの国にやってきた。ある老人がその王子に、茨の垣の向こうに城があって、それはそれは美しい姫が城中の家来とともに眠っているという話をした。その老人が自分の祖父から聞いた話では、これまでたくさんの王子がやってきて、茨を通り抜けようとしたけれど、茨に引っかかって、棘に刺さって死んでしまったということだった。「そんなこと、ぼくはこわくない。ぼくが茨の垣根を通り抜けて、美しいいばら姫を救い出そう」と言って、王子は進んでいった。王子が茨の垣根に近づくと、垣根は一面に花が咲いて、ひとりでにふたつに分かれて、王子を通してくれた。王子が通りすぎるとまた元通り茨になった。王子は城の中に入ると、中庭には馬が横たわって眠っていた。ぶちの猟犬も眠っていた。屋根の上には鳩がいて頭を羽の中に突っ込んで眠っていた。中に入ると蠅が壁に止まって眠っていた。台所の火も料理番も女中も眠っていた。さらに奥に入っていくと家来たちが全員横になって眠っていた。もっと先に行くと王と后が眠っていた。あまりに静かで自分の息の音が聞こえるほどだった。そしてとうとう古い塔のところにやってきた。そこにはいばら姫が横になって眠っていた。王子はいばら姫があまりに美しいので驚いて、身をかがめて姫にキスをした。すると、そのとたん、姫は目を覚ました。王と后も、城中の家来たちも、馬や犬も、屋根の鳩も、壁の蠅も目を覚ました。竈の火は起こって、パチパチと燃えて料理を煮込んだ。焼肉はまたジュージュー音を立てはじめた。料理番は小僧にビンタを食らわせた。女中は鶏の羽をむしり終えた。それから、王子といばら姫の結婚式が行われた。ふたりは死ぬまで楽しく暮らした。

第2章 「いばら姫」

(マリーより)

第Ⅲ部　初稿、初版と決定版の邦訳

## 3．決定版「いばら姫」(KHM50 Dornröschen, 1857年)

　昔、王と后がいた。ふたりは毎日、「ああ、子どもがいればいいのになあ！」と言いながら暮らしていた。しかし、いつまでたっても、子どもができなかった。あるとき、后は水浴びをしていた。すると蛙が水から丘に這いあがってきて、言った。「おまえの願いはまもなくかなえられるだろう。1年以内におまえは娘を産むだろう。」そして、蛙が言ったとおりになって、后は女の子を産んだ。その子があんまり美しいので、王はうれしくてたまらなく、盛大な宴会を催すことにした。王はその宴会に親戚や友人や知人だけでなく、賢女（予言力があり、有益な魔術をかけられる女）も招待した。賢女が子どもをかわいがり、いつくしんでくれるように願ったからだ。王国には13人の賢女がいた。ところが王は賢女にご馳走を出す金の皿を12枚しか持っていなかったので、ひとりは招待されず、家にとり残されることになった。宴会はこのうえなく盛大に催された。宴会の終わりに、賢女たちは赤ん坊に素晴らしい力を贈り物として与えた。1人目は人徳を、2人目は美しさを、3人目は富をというように、残りの賢女たちもみんな、この世で望めるかぎりのものをすべて贈った。ところが11番目の賢女が自分の贈り物を言い終わったちょうどそのときに、突然、13番目の賢女が入ってきた。自分が招かれなかったことの仕返しをするためにやってきたので、誰にも挨拶せず、目も合わせず、大声で言った。「姫は14歳のときに、錘(つむ)を指に刺して死ぬことになるだろう。」これだけ言うと、あとはひとことも言わず、くるりと背を向けて大広間を出て行った。そこにいた人はみんな、震えあがった。するとまだ贈り物を授けていなかった12番目の賢女が歩み出た。彼女には呪いを取り消す力はなく、ただ和らげることしかできなかった。「姫は死ぬのではなく、百年間の深い眠りに落ちることになるだけだ」と言った。

　王は、なんとしてもいとしい子が不幸に陥るのを避けたいと思って、王国にあるすべての錘を焼き捨てよ、とおふれを出した。賢女たちの贈り物は、すっかり姫に現れた。姫は美しく、礼儀正しく、優しく、賢くて、姫を見た人は、誰でも好きになってしまうのだった。姫が15歳になったちょうどその日、王と后は外出しており、城に残っていたのは姫だけだった。姫は気の向くまま、城

の中をあちこち歩き回り、さいごに古い塔にやってきた。姫は塔の狭い階段を昇っていくと、小さな扉の前にやってきた。その扉にはさびた鍵がささっていた。そのカギを回すと、扉はばたんと開いた。中は小部屋になっていて、老婆が座っていて亜麻糸をせっせと紡いでいた。「こんにちは、おばあさん。いったいなにをしているの？」と姫は言った。「糸を紡いでいるんだよ」と老婆は言って会釈した。「いったい、それは何なの？　楽しそうにくるくる回っているのは？」と言って、姫は錘を手に取って、自分も紡いでみようとした。ところが、錘に触れるや否や呪いがかかって、姫は錘で指を刺してしまった。指に痛みを感じたとたん、姫はそこに置いてあったベッドに倒れて、深い眠りに落ちた。そしてその眠りは、城中にひろがった。ちょうど帰ってきた王と后は、大広間に足を踏み入れたところで眠りに落ちた。家来たちもみんなつられて眠り込んだ。厩の馬も、中庭の犬も、屋根の上の鳩も、壁の上の蠅も眠り込んだ。竈で燃えていた火までもが、静かになり、眠り始めた。焼肉はジュウジュウ音を立てるのをやめた。何か失敗をした見習い小僧の髪の毛を引っ張ろうとしていた料理番は、その手を放して眠り込んだ。風はぱったりとやみ、城の前の木は葉をまったく動かさなくなった。城の周りには茨の垣根が茂りはじめた。茨は年を追うごとにずんずんのびて、しまいには城をすっぽりと包んでしまった。茨はさらに生い茂り、城はもうすっかり見えなくなり、屋根の上の旗すら見えなくなった。

　姫は、美しい眠れるいばら姫と呼ばれるようになり、その伝説は国中に広まった。それで、ときどき王子たちがやってきて、茨の垣根を通り抜けて城に入ろうとした。しかし、王子たちは茨の垣根を通ることができなかった。なぜなら、茨がまるで手のように固く絡み合っていたので、茨に引っかかって動けなくなり、若者たちは哀れな最期を遂げたからだ。長い長い年月が過ぎて、あるとき、ひとりの王子がこの国にやってきた。王子はある老人から、茨の垣根にまつわる話を聞いたのだ。茨の垣の向こうには城があって、それはそれは美しいいばら姫という姫が、百年もの間眠っているというのだ。姫と一緒に、王も后も、城中の家来たちも全員眠っているというのだ。その老人が自分の祖父から聞いた話では、これまでたくさんの王子がやってきて茨を通り抜けようとしたけれど、みんな茨に引っかかって痛ましい死に方をしたそうだ。話を聞いて

若者は言った。「そんなこと、ぼくはこわくない。ぼくが行って、美しいいばら姫に会ってこよう。」人のいい老人は、なんとかして王子を引き留めようとしたが、王子は老人の言葉に耳を貸さなかった。

　さて、その日はちょうど百年がすぎて、いばら姫が目覚める日だった。王子が茨の垣根に近づくと、美しい大輪の花が一面に咲き誇っていた。花の垣根はひとりでにふたつに分かれて、王子を無事に通してくれた。王子が通りすぎるとまた元通り茨の垣になった。王子は中庭に入っていくと、馬とぶちの猟犬が横になって眠っているのが見えた。屋根の上には鳩が止まって、小さな頭を羽の下に突っ込んでいた。城の中に入ると蠅が壁に止まったまま眠っていた。台所では料理番が見習いの小僧を捕まえようと手を伸ばしたまま眠っており、女中は羽をむしり取ろうとして黒い鶏の前に座ったまま眠っていた。さらに先に行くと、大広間には家来たちが全員横になって眠っていた。上手の玉座には王と后が横になっていた。その先に進むと、あまりに静かで自分の息の音が聞こえるほどだった。そして、ついに古い塔のところにやってきて、小さな部屋の扉を開けた。そこにはいばら姫が眠っていた。横たわっているいばら姫があまりに美しいので、王子は目をそらすことができなかった。王子は身をかがめて彼女にキスをした。そのとたん、姫は目を開けて目覚め、王子をとても優しく見つめた。それからふたりは一緒に降りて行った。王が目覚め、后も目覚め、城中の家来たちも目覚め、お互いを大きな目で見つめ合った。厩の馬は立ち上がって胴震いをし、猟犬は跳び上がって尻尾を振り、屋根の鳩は羽の下から小さな頭を出し、あたりを見回すと、野原の方に飛んでいった。壁の蠅ももぞもぞ這い出した。台所の火は燃え上がり、パチパチ燃えて料理を煮込みはじめた。焼肉はまたジュージュー音を立てはじめた。料理番は小僧にビンタを食らわせたので、小僧は悲鳴をあげた。女中は鶏の羽をむしり終えた。それから、王子といばら姫の結婚式が盛大に行われた。ふたりは死ぬまで楽しく暮らした。

# 第3章 「赤ずきん」

1．初版「赤ずきん」（初版Ⅰ, Nr. 26 Rothkäppchen, 1812年）

　むかしむかし、かわいらしい小さな女の子がいた。その子を見た人は誰でもその子が好きになった。なかでも、その子を1番好きだったのはおばあさんで、何をあげたらいいか見当もつかないほどだった。あるとき、おばあさんは真っ赤なビロードで作ったずきん（帽子）をその子にプレゼントした。それがまたよく似合っていたので、その子はもうそのずきんしか被ろうとしなかった。それでもう「赤ずきん」としか呼ばれなくなった。

　あるとき、母さんが赤ずきんに言った。「ちょっとおいで、赤ずきん、ここにケーキとワインの瓶があるでしょう。これをおばあさんの家に届けてちょうだい。おばあさんは病気で弱っているの。これを食べると元気になるわ。ちゃんと行儀よくして、私がよろしく言っていたと伝えてね（grüß sie von mir）。まっすぐ歩いて、脇道にそれたりしないのよ。でないと転んで、瓶を割ってしまうわ。そうなったら病気のおばあさんにあげるものがなくなってしまうでしょう。」

　赤ずきんは母さんの言いつけをちゃんと守ると約束した。おばあさんは遠く離れた森の中に住んでいた。村から30分はかかる。赤ずきんは森の中に入ると、狼に出会った。けれども、赤ずきんは狼がどんなに悪い動物であるか知らなかったので、こわがらなかった。「こんにちは、赤ずきん」―「まあ、こんにちは、狼さん」―「こんなに朝早く、どこに行くんだい、赤ずきん」―「おばあさんのところよ」―「エプロンの下に何を持っているんだい？」―「おばあさんは病気で弱っているの。だから、ケーキとワインを持って行くの。昨日お母さんと一緒に焼いたの。元気になってもらいたいもの。」―「赤ずきん、おばあさんはどこに住んでいるんだい？」―「森の中をあと15分ぐらい行ったとこ

ろよ。3本の大きなナラの木の下におばあさんの家があるの。下にはクルミの木の垣根があるから、行けばわかるわ」と赤ずきんは言った。狼は、こいつは脂ののったおれさまのご馳走だ。どうやってかかれば、ものにすることができるか、と心の中で思った。「ねえ、赤ずきん、森に咲いているきれいな花を見なかったのかい。どうして自分の周りを眺めて見ようとしないのかな。鳥たちがどんなに楽しげに歌っているか、まったく聞こうともしないじゃないか。ずんずん歩くばっかりで、まるで村の学校に行くときみたいだよ。森の中はこんなに愉快だっていうのに」と狼は言った。

赤ずきんは目を上げて、木々の間を通り抜けて射し込んでくる日の光を見た。あたり一面にきれいな花が咲いているのを見た。そこで赤ずきんは考えた。「そうだわ、おばあさんに花束を持っていってあげたら、きっと喜ぶわ。まだ朝早いし、間に合うわ。」

そして森の中に飛び込んで行って、花を探した。1本摘むと、先に行けばもっと綺麗なのがあると思って、花を求めてどんどん森の奥へ走っていった。さて、狼はまっしぐらにおばあさんの家に行き、扉をノックした。「そこにいるのは誰だい？」―「赤ずきんよ、おばあさんにケーキとワインを持って来たの。開けてちょうだい」―「扉の取っ手を下に押してごらん、体が弱って、起き上がれないんだ」とおばあさんは言った。狼が取っ手を下に押すと、扉はパタンと開いた。そこで狼は中に入り、まっすぐおばあさんのベッドに行き、おばあさんを飲み込んでしまった。それから、狼はおばあさんの服を取り、それを着ると、おばあさんのナイトキャップを被ってベッドに入り、カーテンを閉めた。

さて、赤ずきんは花を求めてあちこち走り回り、これ以上持てなくなるほど摘むと、ようやくおばあさんの家に向かった。来てみると、扉が開いていたので、赤ずきんは変だ（wunderlich）と思った。部屋の中に入ると、何だかいつもと様子が違うような気がした。「どうしたのかしら、今日はとっても恐ろしい気がするわ。いつもはおばあさんのところに来るのが嬉しいのに」と思った。それから赤ずきんはベッドのそばに行き、カーテンを開けた。するとおばあさんはナイトキャップを顔まで深くかぶり、奇妙な格好をしていた。「まあ、おばあさん、なんて大きな耳をしているの」―「おまえの言うことがよく聞こえるようにさ」―「まあ、おばあさん、なんて大きな目をしているの」―「おま

えがよく見えるようにさ」―「まあ、おばあさん、なんて大きな手をしているの」―「おまえをしっかり捕まえられるようにさ」―「まあ、おばあさん、なんて大きな口をしているの」―「お前をうまく食べられるようにさ。」そう言うと、狼はベッドから跳び起きて、かわいそうな赤ずきんに飛びかかり、まるまま呑みこんでしまった。

　狼は脂がのったご馳走を食べてしまうと、もう一度ベッドにもぐりこんで眠てしまった。そして、すさまじいいびきをかき始めた。そこへちょうど狩人が通りかかり、おばあさんがやけにいびきをかいているぞ、ちょっと様子を見てやろう、と思った。中に入ってベッドの前に来ると、そこには長い間探していた狼が寝ていた。こいつはきっとおばあさんを喰ったんだ、ひょっとしたらまだ助かるかもしれないぞ、鉄砲で撃つのはやめよう、と狩人は考えた。そしてハサミを取り出すと、狼のおなかを切り開いた。2、3度チョキチョキすると、赤いずきんがちらりと見えた。もう少し切ると、赤ずきんが飛び出してきて大声で言った。「ああ、こわかった。狼のおなかの中ってなんて真っ暗なの。」それからおばあさんも生きたままで出てきた。赤ずきんは大きな重い石を運んで来て、狼のおなかに詰めた。狼は目が覚めると、跳んで逃げようとしたが、石があまりに重すぎて、倒れて死んでしまった。

　そこで3人は大喜びした。狩人は狼の毛皮をはいだ。おばあさんは赤ずきんが持ってきたケーキを食べ、ワインを飲んだ。赤ずきんは、母さんが禁止したんだから、もうこれからは決して、たったひとりで道をそれて森の中を歩き回ったりしないと思った。

＊＊＊＊＊＊＊＊

　もうひとつ、こんな話もある。あるとき、赤ずきんがまたおばあさんに焼き菓子を持って行ったとき、別の狼が話しかけて、脇道に引っ張り込もうとした。けれども赤ずきんは用心して、さっさと歩いて行った。そして、狼に出会って、こんにちはと話しかけてきたけど、目つきが悪かったわ、とおばあさんに話した。「もし、人通りのない道だったら、食べられていたわ」―「おいで、狼が入ってこられないように、扉に鍵をかけておこう」とおばあさんは言った。それからまもなくして、狼が扉を叩き、大声で言った。「扉を開けてちょうだい、

おばあさん、赤ずきんよ。焼き菓子を持って来たの。」

　でも、赤ずきんとおばあさんは黙ったままで、扉を開けなかった。するとその悪者は家の周りを何度か歩き回り、しまいには屋根に跳び乗った。赤ずきんが家に帰る夕方になるまで待って、こっそりあとをつけて、暗がりの中で食べてしまうつもりだった。けれどもおばあさんは、狼の魂胆を見抜いていた。ところで、家の前に大きな石の桶があった。「手桶を持っておいで、赤ずきん、昨日ソーセージをゆでたんだよ。そのゆで汁を、石の桶に運んでおくれ。」赤ずきんは大きな大きな石の桶が一杯になるまで、ゆで汁を運んだ。するとソーセージの匂いが、狼の鼻先まで立ち上った。狼は鼻をくんくんさせて、下を覗いた。すると首を突き出しすぎて、体を支えられなくなり、ずるずると屋根から滑り落ちた。そして、ちょうどあの大きな石桶の中に落ちて、溺れ死んでしまった。赤ずきんは喜んで、無事に家に帰った。

第3章 「赤ずきん」

## 2．決定版「赤ずきん」（KHM26 Rotkäppchen, 1857年）

　むかしむかし、かわいらしい小さな女の子がいた。その子を見た人は誰でもその子が好きになった。なかでも、その子を一番好きだったのはおばあさんで、何をあげたらいいか見当もつかないほどだった。あるとき、おばあさんは真っ赤なビロードで作ったずきん（帽子）をその子にプレゼントした。それがまたよく似合っていたので、その子はそのずきんしか被ろうとしなかった。それでもう「赤ずきん」としか呼ばれなくなった。

　ある日、母さんが赤ずきんに言った。「ちょっとおいで、赤ずきん、ここにケーキとワインの瓶があるわ。これをおばあさんの家に届けてちょうだい。おばあさんは病気で弱っているの。これを食べると元気になるわ。暑くならないうちに出かけなさい。外に出ると、ちゃんと行儀よくするのよ。脇道にそれたりしちゃだめよ。でないと転んで、瓶を割ってしまうわ。そうなったらおばあさんにあげるものがなくなってしまうでしょう。部屋の中に入ったら、忘れずに、おはようと言うのよ。入るなり、部屋をきょろきょろ見回したりするんじゃないわよ」

　「わかったわ、だいじょうぶ、ぜんぶうまくやるわ」と赤ずきんは言って、母さんと約束の握手をした。おばあさんは遠く離れた森の中に住んでいた。村からは30分はかかる。ところで、赤ずきんは森の中に入ると、狼に出会った。けれども、赤ずきんは狼がどんなに悪い動物であるか知らなかったので、こわがらなかった。「こんにちは、赤ずきん」と狼は言った。「まあ、ありがとう、狼さん」―「こんなに朝早く、どこに行くんだい、赤ずきん」―「おばあさんのところよ」―「エプロンの下に何を持っているんだい？」―「ケーキとワインよ、昨日お母さんと一緒に焼いたの。これは、病気で弱っているおばあさんにいいの、体力が回復するのよ。」―「赤ずきん、おばあさんはどこに住んでいるんだい？」―「森の中をあと15分ぐらい行ったところよ。3本の大きなナラの木の下におばあさんの家があるの。下にはクルミの木の垣根があるから、行けばわかるわ」と赤ずきんは言った。狼は、こいつは若くて柔らかく、脂がのっていて、おばあさんより美味しいご馳走だ。うまく立ち回って、ふたりと

ものにしてやろう、と心の中で思った。狼はしばらく赤ずきんと並んで歩いていきたが、そのうち口を開いて、「ねえ、赤ずきん、あのきれいな花をごらん、そこらじゅうに咲いているよ。どうして自分の周りを眺めて見ようとしないのかな。鳥たちがどんなに楽しげに歌っているか、まったく聞こうともしないじゃないか。ずんずん歩くばっかりで、まるで村の学校に行くときみたいだよ。森の中はこんなに愉快だっていうのに」と狼は言った。

　赤ずきんは目を上げて、木々の間を通り抜けて射し込んでくる日の光があちこちで踊りを踊っているのを見た。あたり一面にきれいな花が咲いているのを見た。そこで赤ずきんは考えた。「そうだわ、おばあさんに摘みたての花束を持っていってあげたら、きっと喜ぶわ。まだ朝早いし、間に合うわ。」そして、道をそれて（vom Weg ab）森の中に飛び込んで行って、花を探した。1本摘むと、先に行けばもっと綺麗なのがあると思って、花を求めてどんどん森の奥へ走っていった。けれども狼はまっしぐらにおばあさんの家に行き、扉をノックした。「そこにいるのは誰だい？」―「赤ずきんよ、おばあさんにケーキとワインを持って来たの。開けてちょうだい」―「扉の取っ手を下に押してごらん、体が弱って、起き上がれないんだ」とおばあさんは言った。狼が取っ手を下に押すと、扉はパタンと開いた。そこで狼は中に入り、一言も言わず（ohne ein Wort zu sprechen）、まっすぐおばあさんのベッドに行き、おばあさんを飲み込んでしまった。それから、狼はおばあさんの服を取り、それを着て、おばあさんのナイトキャップを被ってベッドに入ると、カーテンを閉めた。

　一方、赤ずきんは花を求めてあちこち走り回り、それ以上持てなくなるほど摘むと、ようやくおばあさんのことを思い出した。そこでおばあさんの家に向かった。来てみると、扉が開いていたので、赤ずきんは奇妙（seltsam）だと思った。「どうしたのかしら、今日はとっても恐ろしい気がするわ。いつもはおばあさんのところに来るのが嬉しいのに」と思った。それから赤ずきんは「おはよう」と大声で言ってみた。けれども返事がない。そこでベッドのところに行き、カーテンを開けた。するとおばあさんが寝ていた。ナイトキャップを顔まで深くかぶり、おかしな様子をしていた。「まあ、おばあさん、なんて大きな耳をしているの」―「おまえの言うことがよく聞こえるようにさ」―「まあ、おばあさん、なんて大きな目をしているの」―「おまえがよく見えるように

さ」―「まあ、おばあさん、なんて大きな手をしているの」―「おまえをしっかり捕まえられるようにさ」―「まあ、おばあさん、なんてものすごく大きな口をしているの」―「お前をうまく食べられるようにさ。」そう言うや否や、狼はベッドから跳び起きて、かわいそうな赤ずきんに飛びかかり、まるまる呑みこんでしまった。

　狼はおなかがいっぱいになると、もう一度ベッドにもぐりこんで眠ってしまった。そして、すさまじいいびきをかき始めた。そこへちょうど狩人が通りかかり、「おばあさんがやけに大きないびきをかいているぞ、具合が悪いのかな、ちょっと様子を見てやろう」と思った。狩人が部屋に入ってベッドの前に来ると、そこには狼が寝ていた。「こんなところにいたのか、悪い狼め、長い間探したんだぞ」と言って鉄砲を構えようとした。しかし、「こいつはきっとおばあさんを喰ったんだ、ひょっとしたらまだ助かるかもしれないぞ、鉄砲で撃つのはやめよう」と考え、ハサミを取り出して、狼のおなかを切り開いた。2、3度チョキチョキすると、赤いずきんがちらりと見えた。もう少し切ると、赤ずきんが飛び出してきて大声で言った。「ああ、こわかった。狼のおなかの中ってなんて真っ暗なの。」それからおばあさんも出てきて命は助かったが、息も絶え絶えの様子だった。赤ずきんは大急ぎで大きな重い石を運んで来て、狼のおなかに詰めた。狼は目が覚めると、跳んで逃げようとしたが、石があまりに重すぎてそのままへたりこんで死んでしまった。

　そこで3人は大喜びした。狩人は狼の毛皮をはぎ、家に持って帰った。おばあさんは赤ずきんが持ってきたケーキを食べ、ワインを飲み、もとどおり、元気になった。赤ずきんは、母さんが禁止したんだから、もうこれからは決して、たったひとりで道をそれて森の中を歩き回ったりしないと思った。

＊＊＊＊＊＊＊＊

　もうひとつ、こんな話もあります。あるとき、赤ずきんがまたおばあさんに焼き菓子を持って行ったとき、別の狼が話しかけて、脇道に引っ張り込もうとした。けれども赤ずきんは用心して、さっさと歩いていった。そして、狼に出会って、こんにちはと話しかけてきたけど、目つきが悪かったわ、とおばあさんに話した。「もし、人通りのない道だったら、食べられていたわ」―「おい

で、狼が入ってこられないように、扉に鍵をかけておこう」とおばあさんは言った。それからまもなく、狼が扉を叩き、大声で言った。「扉を開けてちょうだい、おばあさん、赤ずきんよ。焼き菓子を持って来たの。」

けれども、赤ずきんとおばあさんは黙ったままで、扉を開けなかった。するとその悪者は家の周りを何度かこっそりと歩き回り、しまいには屋根に跳び乗った。赤ずきんが家に帰る夕方になるまで待って、こっそりあとをつけて、暗がりの中で食べてしまうつもりだった。けれどもおばあさんは、狼の魂胆を見抜いていた。ところで、家の前に大きな石の桶があった。「手桶を持っておいで、赤ずきん、昨日ソーセージをゆでたんだよ。そのゆで汁を、石の桶に運んでおくれ。」赤ずきんは大きな大きな石の桶が一杯になるまで、ゆで汁を運んだ。するとソーセージの匂いが、狼の鼻先まで立ち上った。狼は鼻をくんくんさせて、下を覗いた。首を突き出しすぎて、体を支えられなくなり、ずるずると屋根から滑り落ちた。そして、ちょうどあの大きな石桶の中に落ちて、溺れ死んでしまった。赤ずきんは喜んで家に帰った。誰にもなんにもされなかった。

# 第4章 「灰かぶり」(シンデレラ)

## 1．初版「灰かぶり」<sub>(初版Ⅰ, Nr. 21 Aschenputtel, 1812年)</sub>

　むかしむかし、ひとりの金持ちの男がいた。男は長い間、妻と楽しく暮らしていた。夫婦には幼い娘がひとりいた。それなのに妻は病気になってしまった。臨終の床に就くと、妻は娘を呼んで言った。「かわいい子、おまえと別れるときがきたわ。天国に行ったら、空の上からおまえを見守っているわ。私のお墓に小さな木を植えなさい。そして、何か欲しいものがあれば、その木を揺すりなさい。そうすると手に入るから。それから、困ったことがあれば、手を差し伸べてあげるわ。信心深くいい子でいるのよ。」それだけ話すと、妻は目を閉じて亡くなった。子どもはもちろん泣いたが、墓に小さな木を植えた。その木に水をやるのに、水を運んでいく必要はなかった。その子の涙で充分だったからだ。

　雪が母さんの墓を白い布で覆い、それをまた太陽が取り去ったとき、墓に植えた小さな木が2度目に緑の葉をつけたとき、金持ちの男は別の女を妻にした。継母には前の夫との間にできたふたりの娘がいた。ふたりは顔はきれいだったが、心は高慢でうぬぼれが強く意地悪だった。結婚式が行われ、3人が家にやってくると、かわいそうな子にはつらい日々が始まった。「この汚らしい厄介者が、居間で何をしているの。とっとと台所にお行き、パンを食べたきゃ、自分で働くのよ。私たちの女中になるのよ」と継母が言った。そこで継姉さんたちは娘の洋服を取り上げて、古い灰色の仕事着を着せた。「それはおまえにはお似合いだよ」とふたりは言って、あざ笑いながら台所に連れて行った。かわいそうな子はそこで骨の折れる仕事をしなければならなかった。日の出前に起きて、水汲みをし、火を起こし、料理をし、洗濯をしなければならなかった。そのうえ、継姉さんたちはありとあらゆる方法で、その子の心を傷つけようと

した。あざ笑ったり、灰の中にエンドウ豆やレンズ豆を撒いたりしたので、娘は一日中座り込んで、豆を選り分けなければならなかった。疲れても、夜はベッドの中ではなく、竈のそばの灰の中で眠らなければならなかった。そうやって、いつも灰やほこりにまみれながら働いていたので、薄汚く見えて、灰かぶりと呼ばれるようになった。

　あるとき、王が舞踏会を開くことになった。3日間にわたって開かれる絢爛豪華な舞踏会で、王子の后選びのために企画されたものだった。舞踏会には、ふたりの高慢な継姉さんたちも招待された。「灰かぶり、あがってきて、わたしたちの髪をとかしておくれ、靴にはブラシをかけて、靴紐をしっかりと結んでおくのよ。私たちは王子さまの舞踏会に行くの」と姉さんたちが呼びつけた。灰かぶりは、継姉さんたちを出来るだけ美しく飾り立てるために、一生懸命働いた。しかし、継姉さんたちは灰かぶりに文句を言うだけで、支度が終わったときは、「灰かぶり、おまえも一緒に舞踏会に行きたいのかい」とからかうように聞いた。灰かぶりは「ええ、もちろんよ。でも、どうして行けばいいの？　ドレスがないんだもの」と答えた。「いや、ドレスがなくて行けなくてよかったよ。もしおまえが私たちの妹だということを他の人が知ったら、恥をかくのは私たちなんだから。おまえは台所にいればいいの。ここに鉢一杯のレンズ豆がある。私たちが帰ってくるまでに、これをすっかり選り分けておくのよ！　悪いのが混ざらないようによく気を付けなさい。さもないと痛い目に合うから」と上の姉さんが言った。

　そう言うと、姉さんたちは出かけて行った。灰かぶりは立ってふたりを見送った。ふたりが見えなくなると、灰かぶりは悲しくなって台所に戻り、竈の上にレンズ豆をあけた。豆は大きな大きな山になった。「ああ、これでは真夜中まで選り分けなければならないわ。眠ることもできやしない。まだまだ虐められるのかしら。このことをお母さんがご存知だったら！」と灰かぶりはため息をついて言った。灰かぶりは竈の前の灰の中にひざまずいて、豆を選り分けようとした。そのとき、白い鳩が2羽、窓から飛び込んできて、竈の上の豆のそばに舞い降りた。鳩は小さな頭を上下に振りながら、「灰かぶり、レンズ豆を選り分けるのを、手伝おうか？」と言った。「ええ」と灰かぶりは答えた。

## 第4章 「灰かぶり」（シンデレラ）

「悪い豆は、お腹の中に」
「良い豆は、お鍋の中に」

　そうして、コツ、コツ、コツ、コツと鳩たちはついばみ始めた。悪い豆は食べてしまい、良い豆だけ残した。15分後にはレンズ豆はすっかりきれいに選り分けられて、悪い豆はひとつも混じっていなかった。灰かぶりはその豆をぜんぶ鍋に入れることができた。すると鳩たちが言った。「灰かぶり、姉さんたちが王子と踊っているところを見たかったら、鳩小屋に登るといいよ。」灰かぶりは鳩たちの後について行き、梯子の最後の段まで昇った。すると大広間が見え、姉さんたちが王子と踊っているのが見えた。そこでは、何千ものろうそくがキラキラピカピカと輝いていた。心ゆくまで眺めると、灰かぶりは降りてきた。気持ちが落ち込み、灰の中に横たわると、そのまま寝てしまった。

　翌朝、2人の姉さんたちは台所に来て、灰かぶりがレンズ豆を綺麗により分けてしまっているのを見て、腹を立てた。姉さんたちは灰かぶりを叱り飛ばしたかったからだ。そうすることができなかったので、姉さんたちは舞踏会の話をし始めた。「灰かぶり、楽しかったわよ。世界中で1番素敵な王子さまが、ダンスのとき私たちをリードしてくださったの。私たちのうちのどちらかがお后になるわ」と言った。「そうね。私はろうそくが輝いているのを見たわ。さぞかし華やかだったことでしょうね」と灰かぶりが言った。「なんだって、どうやって見たのよ」と上の姉さんが聞いた。「鳩小屋の上に立って見たの」と灰かぶりは答えた。それを聞いて、上の姉さんは羨ましくなり、鳩小屋をすぐに取り壊すよう命じた。

　灰かぶりは、また姉さんたちの髪をとかして、飾り立ててあげなければならなった。すると、まだ少しだけ同情心を持ち合わせていた下の姉さんが、「灰かぶり、暗くなったら、お城に来て、外から窓越しに見るといいわ」と言った。「だめよ、そんなことさせたら、灰かぶりが怠けものになるだけよ。灰かぶり、そこにそら豆がひと袋あるわ。それをよい豆と悪い豆に選り分けなさい。真面目にやるのよ。明日の朝までにきれいに選り分けていなかったら、豆をまた灰の中にぶちまけるからね。全部選り分けるまでは、食事もお預けよ」と上の姉さんが言った。

灰かぶりはしょんぼりして竈の上に座り、そら豆をあけた。すると、また鳩たちが飛び込んで来て、「灰かぶり、そら豆を選り分けようか」と、優しく言った。

「ええ、
悪いのはお腹の中へ
良いのはお鍋の中に」

コツ、コツ、コツ、コツ、まるで手が12本あるかのような速さで選り分けられていく。全部片付くと、鳩は「灰かぶり、あなたも舞踏会に行って、踊りたいの？」と聞いた。「まあ、とんでもない。こんな汚い服で、舞踏会に行けるわけがないわ」と灰かぶりは答えた。「お母さんのお墓に植えた小さな木のところに行って、木を揺すって、素敵なドレスをお願いしてごらん。でも、真夜中までには必ず帰ってくるのよ」と鳩は言った。そこで灰かぶりは外に出て、小さな木を揺すって言った。

「小さな木さん、ゆらゆら、ゆさゆさ、幹を揺すって、
素敵なドレスを落としておくれ」

灰かぶりが言い終わらないうちに、豪華な銀色のドレスが目の前に現れた。真珠や銀の靴下留めが付いた絹の靴下、銀の上靴、そのほか必要なものはすべて揃っていた。灰かぶりはそれをすべて家に持って帰った。体を洗い、ドレスを着ると、まるで露に洗われたバラの花のように美しくなった。灰かぶりが玄関の前に出ると、羽飾りをつけた六頭の黒馬が引く馬車が止まっており、青と銀の服を着た召使が、灰かぶりを抱えて馬車に乗せてくれた。そして大急ぎで王の城に駆けつけた。

ところで、王子は馬車が門の前に停まるのを見て、よその国の王女がやってきたと思った。そこで王子は自ら階段を下りて、灰かぶりを馬車から降ろし、大広間へと案内した。何千もの明りに照らし出されたので、王女は誰もが驚くほど美しく見えた。継姉さんたちもそばにいて、自分たちより美しい人がい

ことに腹を立てていた。でもその美人が、家の中で灰にまみれている灰かぶりであるとは、夢にも思わなかった。王子は灰かぶりと踊り、彼女に好意を抱いた。そして、王子は心の中で思った。花嫁を選ぶとすれば、この人以外の人は考えられない。長い間、灰と悲しみの中で暮らしてきた灰かぶりは、いまや輝きと喜びの中にいた。けれども、真夜中になると、時計が12時の鐘を鳴らす前に、灰かぶりは立ち上がり、お辞儀をして、どんなに王子が頼んでも、もうこれ以上いられません、と言った。そこで王子は灰かぶりを下まで送った。下では馬車が待っていて、やってきたときと同じように、華やかに走り去った。

灰かぶりは家に着くと、すぐお母さんのお墓の小さな木のところに行った。

「小さな木さん、ゆらゆら、ゆさゆさ、幹を揺すって、
　ドレスをもとに戻しておくれ」

すると木は再びドレスをもとに戻した。灰かぶりはもとの古い灰だらけの服を着て、家に戻ると、顔にほこりをつけて、灰の中に横になって眠った。

翌朝、姉さんたちがやって来て、機嫌が悪い様子で口も聞かなかった。「昨夜はきっと楽しかったでしょうね」と灰かぶりは言った。「いいえ、どこかの王女がやってきて、王子さまはその王女とばかり踊っていたの。でもその王女のことを知っている人は誰もいないの。どこから来たのか、誰も知らないの。」―「その方は、ひょっとして、六頭の黒馬が引く豪華な馬車に乗っていなかった？」―「どうしておまえが、そのことを知っているの？」―「玄関の前に立っていたら、その馬車が通り過ぎるのが見えたの」―「これからは、仕事場から離れるんじゃないよ」と上の姉さんが言って、灰かぶりを怖い目で睨みつけた。「どうして玄関なんかに突っ立っていたのよ」

灰かぶりは、姉さんたちを飾り立てなきゃならなかった。これで3度目だ。そしてそのお礼に、姉さんたちはエンドウ豆をひと鉢、灰かぶりに渡した。それを灰かぶりに綺麗に選り分けろというのだ。「仕事場から離れたりするんじゃないよ」と上の姉さんが後ろから脅しの言葉を浴びせかけた。もし鳩たちが来てくれなかったら、と灰かぶりは思った。すると、心臓が少しドキドキした。しかし、前の晩と同じように鳩たちがやってきて、「灰かぶり、エンドウ豆を

選り分けようか」と言った。

　　「ええ、
　　　悪いのはお腹の中へ
　　　良いのはお鍋の中に」

　鳩はまた悪い豆をついばんで外に出し、間もなくすべての豆の選り分けを終えた。そうして、鳩は「灰かぶり、小さな木を揺すりなさい、もっと素敵なドレスを落としてくれるよ。舞踏会に行きなさい。でも夜中の12時を過ぎないように、気を付けなさい」と灰かぶりに言った。灰かぶりは外に出て、

　　「小さな木さん、ゆらゆら、ゆさゆさ、幹を揺すって、
　　　素敵なドレスを落としておくれ」

　すると前よりもずっと華やかで豪華なドレスが落ちてきた。なにもかも金でできていて宝石がちりばめられていた。金の靴下留めが付いた靴下に、金の上靴もあった。灰かぶりがそのドレスを着ると、彼女はまるで真昼の太陽のように、キラキラ輝いていた。玄関の前には六頭の白馬が引く馬車が止まっていた。白馬は頭に丈の高い白い羽飾りをつけていた。従僕たちは赤と金の服を着ていた。灰かぶりが来ると、王子はもう階段で待っていて、彼女を大広間に案内した。昨日、人々は彼女の美しさに驚いたが、今日はもっと驚いた。姉さんたちは隅に立っていて、嫉妬の余り青ざめていた。もし姉さんたちが、その王女は家の灰の中で寝ている灰かぶりであるということを知っていたら、嫉妬のあまり死んでいただろう。
　ところで、王子はこの見知らぬ王女が誰なのか、どこから来て、どこへ帰るのか、知りたかったので、家来たちを通りに配置して、よく見張っているように命じた。また、王女がそれほど速く走り去ることができないように、階段にタールを塗らせた。灰かぶりは王子と踊りに踊って、楽しさのあまり、12時までに帰らなければならないことを忘れていた。突然、踊りの最中に、灰かぶりは鐘の音に気づいた。そこで鳩たちの忠告を思い出し、びっくりして大急ぎで

第4章 「灰かぶり」(シンデレラ)

図14　シンデレラ

扉から出て、飛ぶように階段を駆け降りた。しかし、階段にはタールが塗ってあったので、金の上靴が片方くっついてしまった。灰かぶりは恐ろしかったので、靴を取り戻そうとはしなかった。灰かぶりが最後の階段を降りたとき、12時の鐘が鳴り終わった。すると馬車も馬も消えてしまい、灰かぶりは元の灰だらけの服を着て、真っ暗な道に立っていた。王子は王女の後を急いで追いかけた。階段で金の上靴を見つけたので、引きちぎって拾い上げた。しかし、王子が下まで来たときには、なにもかも消えてなくなっていた。見張りのために配備された家来もやって来て、何も見かけなかったと言った。

　灰かぶりは、それ以上ひどいことにならずにすんでよかったと思った。家に帰って、小さな曇った石油ランプに火をつけ、それを煙突の中に吊るし、灰の中で眠った。しばらくして、ふたりの姉さんたちも戻って来て、「灰かぶり、起きて明かりを持ってきてちょうだい」と叫んだ。灰かぶりはあくびをして、まるで今、眠りから覚めたばかりのようなふりをした。けれども、明かりを持っていくと、ひとりの姉さんが、「あのいまいましい王女が誰だか、わかったもんじゃないわ。死んでしまえばいいのに。王子さまは彼女とだけ踊って、王

女がいなくなると、もう会場にいようともしなかった。それで舞踏会はおひらきになってしまったの」と言った。「まるですべてのろうそくが、一斉に吹き消されたみたいだったわね」ともうひとりの姉さんが言った。灰かぶりはその見知らぬ王女が誰だったか知っていたが、一言も言わなかった。

　王子は考えた。王女を引き留めようとするための策はすべて失敗したが、この上靴が花嫁を探しだす手がかりになるだろうと。そして、金の上靴がぴったりと合う者を花嫁にするというおふれをだした。しかし、誰が履いてもその靴は小さすぎた。多くの人は靴の中に足を入れることさえできなかった。ようするに、上靴を履ける人はただひとりしかいないということなのであろう。順番が回って来て、ついに、ふたりの姉さんが靴を試すことになった。ふたりは喜んだ。というのは、ふたりとも小さな綺麗な足をしていたので、王子が早く来てくれさえすれば、失敗なんかするもんかと思っていたからだ。「お聞き、ここにナイフがある。もし靴がきつかったら、足を少し切り取ればいい。少し痛いけれど、たいしたことはない。直ぐに治るよ。そうすればおまえたちのどちらかが、お后さまになるんだ」と母親はこっそり言った。そこで上の姉さんは自分の部屋に行き、その上靴を試しに履いてみた。つま先は入るけれど、踵が大きすぎて入らない。そこで彼女はナイフを取り、踵を少し切り落とし、無理やり足を靴に押し込んだ。そうして王子の前に出た。靴を履いているのを見て、王子はこの人が花嫁だと言って、馬車に案内して、一緒に城に向かった。城門のところまでくると、門の上に鳩が止まっていて叫んだ。

　　振り向けポッポー、振り向けポッポー
　　靴の中は血で一杯。
　　靴が小さすぎるのさ。
　　本当の花嫁は、まだ家にいる

　王子はかがんで上靴を見た。すると血が溢れ出ていた。そこで自分が騙されたことに気づいた。それで偽の花嫁を家に帰した。けれども母親は２番目の娘に「おまえが靴を試してごらん。小さすぎたら、つま先を切り取りなさい」と言った。そこで２番目の娘は上靴を持って自分の部屋に行った。足が大きすぎ

たので、歯を食いしばってつま先を大きく切り取り、急いで足を上靴に押し込んだ。そうして、王子の前に現れた。王子はこの人が本当の花嫁だと思って、一緒に馬車で城へ向かった。ところが門のところに来ると、鳩たちが叫んだ。

　振り向けポッポー、振り向けポッポー
　靴の中は血で一杯。
　靴が小さすぎるのさ。
　本当の花嫁は、まだ家にいる

　王子は下を見た。すると花嫁の白い靴下が赤く染まって、血が上の方まであがってきていた。そこで王子は、２番目の娘も母親のところに連れ戻して、「この人も本当の花嫁ではありません。ところで、家の中にもう娘さんはいませんか」と言った。「はい、おりません。ただ、汚らしい灰かぶりがいますが、いつも灰の中にいる子で、靴が合うわけがありません」と母親は言った。母親は灰かぶりを呼んで来ようとしなかったが、王子がどうしてもというので、灰かぶりが呼び出された。王子が来ていると聞くと、灰かぶりは大急ぎで顔と手をきれいに洗った。灰かぶりが居間に入って、お辞儀をすると、王子は灰かぶりに金の上靴を渡して、「さあ、試してごらん。もしこの靴が合えば、おまえは私の妻になるんだ」と言った。そこで灰かぶりは左足の重い靴を脱ぎ、金の上靴の上に足をのせ、少し押し込んだ。すると靴はまるで誂えたかのように足にピタリと合った。灰かぶりが体を起こすと、王子は彼女の顔を見つめ、あの美しい王女であることに気づいた。そして、「この人が本当の花嫁だ」と言った。継母とふたりの高慢な姉さんたちは驚いて真っ青になった。王子は灰かぶりを連れて行き、馬車に載せた。馬車が門を通るとき、鳩たちは叫んだ。

　「振り向けポッポー、振り向けポッポー
　靴の中は血がないよ。
　靴は小さすぎないのさ。
　本当の花嫁を、王子が連れて帰る」

第Ⅲ部　初稿、初版と決定版の邦訳

## 2．決定版「灰かぶり」（KHM21 Aschenputtel, 1857年）

　金持ちの男の妻が病気になった。最後のときが近づいたとわかったので、妻はおさないひとり娘を枕元に呼んで、「かわいい子や、いつも信心深く、いい子でいるのよ。そうすれば、神さまがいつもおまえを助けくださるからね。私も天国のからおまえを見ているよ。おまえを守っているよ」と言った。そう言うと、妻は目を閉じてこの世を去った。娘は毎日、母さんの墓に行って、泣いた。そして信心深くいい子でいた。冬が来て雪が墓の上に白い布をかけた。春が来て太陽がその布を再び取り去ると、金持ちの男は別の妻を迎えた。

　新しい妻はふたりの娘を連れて家にやってきた。ふたりは顔は綺麗で色も白かったけれど、心は汚くて真っ黒だった。それから、かわいそうな継娘にとって、つらい日々が始まった。「この馬鹿女が私たちの部屋に座っているけど、いいと思っているの！　パンが欲しかったら、働くんだね。おさんどんの女中！　出ておいき」と３人は言った。３人は娘の綺麗な服をはぎ取って、くたびれた灰色の仕事着を着せ、木靴を与えた。「ちょっと、見てよ。この高慢ちきな王女さまを、どんなおめかしをしたことか！」と３人は大声で叫び、あざ笑いながら、娘を台所に連れて行った。それから、娘は朝から晩までつらい仕事をしなければならなかった。日の出前に起きて、水汲みをし、火をおこし、料理をし、洗濯をしなければならなかった。そのうえ姉さんたちはありとあらゆる方法を考え出して、娘の心を傷つけようとした。あざ笑ったり、灰の中にエンドウ豆やレンズ豆を撒いたりしたので、娘は座り込んで、豆を選り分けなければならなかった。夜になって、くたくたになるまで働いても、娘はベッドの中ではなく、竈のそばの灰の中で寝なければならなかった。そのため、娘はいつも埃だらけで汚れていたので、「灰かぶり」と呼ばれた。

　あるとき、父さんは年の市にいかなければならなくなった。そこで、ふたりの継娘に、何を買ってきたらいい、と聞いた。「綺麗なドレス」とひとりが答え、「宝石と真珠」ともうひとりが答えた。「ところで灰かぶり、おまえは何が欲しいんだい？」と父さんは聞いた。「お父さん、帰り道で１番はじめにお父さんの帽子を突き落とした若枝を、折って持ってきてちょうだい」と答えた。

## 第4章 「灰かぶり」（シンデレラ）

　さて、父さんはふたりの継娘のために、きれいなドレスと、真珠と宝石を買った。そして帰り道で、緑の藪の中を通っているとき、1本のハシバミの若枝に触れて、帽子が落ちてしまった。父さんは、その若枝を折り取って、持って帰った。家に帰ると、父さんは継娘たちに、望みの品物をやり、灰かぶりにはハシバミの木から折り取った若枝をやった。灰かぶりは父さんに感謝して、母さんの墓に行き、若枝を植えた。灰かぶりがそこであんまり激しく泣いたので、涙が若枝にかかり、水やりになった。若枝は成長して、みごとな木になった。灰かぶりは日に3回木のところにきて、涙を流し、お祈りした。その度に白い鳥が来て木に止まり、灰かぶりが何か願いごとをすると、それを落としてくれた。

　あるとき、王が宴会を開くことになった。3日間も続く宴会で、国中の美しい娘がみんな招待された。息子の嫁を選ぼうというのだ。ふたりの継姉さんたちは自分たちも招待されていると聞いて喜んだ。灰かぶりを呼んで、「髪の毛を梳かして、靴にブラシをかけて、ベルトをしっかり締めてちょうだい。私たちは王さまのお城の宴会に行くの」と言った。灰かぶりは言われるとおりにした。でも、涙が出てしまった。自分も行きたかったからだ。そこで、継母に、自分も連れて行ってくれるよう頼んだ。「灰かぶり、ほこりと汚れにまみれているおまえが、宴会に行きたいですって、ドレスも靴もないのに、踊るっていうの？」と継母は言った。それでも灰かぶりが頼み続けるので、とうとう継母は言った。「鉢一杯のレンズ豆を灰の中にばらまいたわ。2時間以内にあのレンズ豆を拾い集めて元通り鉢の中に戻したら、一緒に連れて行ってあげてもいいわ。」娘は裏口から庭に出て、呼んだ。

　　「家鳩さん、雉鳩さん、空にいるありとあらゆる小鳥さん、来てちょうだい。拾うのを手伝ってちょうだい。
　　いい豆はお鍋の中に、
　　悪い豆はお腹の中に」

　すると台所の窓から2羽の白い家鳩が入って来て、その後から雉鳩も入って来て、最後には空にいるありとあらゆる小鳥が、バタバタと羽を鳴らしながら、

群をなして入って来て、灰の周りに舞い降りた。家鳩は小さな頭をふりながら豆をついばみ始めた。コツ、コツ、コツ、コツ、すると、他の鳥たちもついばみ始めた。コツ、コツ、コツ、コツ、そうして、いい豆をぜんぶ鉢の中にいれた。1時間もたたないうちに、小鳥たちは仕事をやり終えて、みんな外に飛び去った。そこで娘はその鉢を継母のところに持っていった。宴会に連れて行ってもらえると思って、嬉しそうにしていた。ところが、継母は「駄目だよ、灰かぶり、ドレスがないじゃない。それに踊れないし、笑いものになるだけだよ」と言った。灰かぶりが泣くと、「2杯の鉢一杯のレンズ豆を1時間以内に拾い集めたら、一緒に連れて行ってあげるわ」と継母は言った。そして「そんなことできっこない」と思っていた。継母が2杯の鉢のレンズ豆を灰の中にばらまくと、娘は裏口から庭に出て、呼んだ。

「家鳩さん、雉鳩さん、空にいるありとあらゆる小鳥さん、きてちょうだい。拾うのを手伝ってちょうだい。
いい豆はお鍋の中に、
悪い豆はお腹の中に」

すると台所の窓から2羽の白い家鳩が入って来て、その後から雉鳩も入って来て、最後には空にいるありとあらゆる小鳥が、バタバタと羽を鳴らしながら、群をなして入って来て、灰の周りに舞い降りた。家鳩は小さな頭をふりながら豆をついばみ始めた。コツ、コツ、コツ、コツ、すると、他の鳥たちもついばみ始めた。コツ、コツ、コツ、コツ、そうして、いい豆をぜんぶ鉢の中に入れた。半時間もたたないうちに、小鳥たちは仕事をやり終えて、みんな外に飛び去った。そこで娘はその鉢を継母のところに持っていった。一緒に宴会に連れて行ってもらえると思って、うれしそうにしていた。ところが、継母は「何をしても無駄だよ。おまえを一緒に連れては行けないよ。だって、ドレスがないじゃないか。それに踊れないし、おまえを連れて行ったら、私たちが恥をかくだけよ」と言った。そう言うと、継母は灰かぶりに背を向けて、ふたりの高慢ちきな娘を連れて急いで出かけてしまった。

誰も家にいなくなると、灰かぶりはハシバミの木の下にある母さんの墓に行

第4章 「灰かぶり」（シンデレラ）

って、呼んだ。

　「小さな木さん、ゆらゆら、ゆさゆさ揺れて、
　　わたしに金と銀を落としておくれ」

　すると、鳥が金と銀のドレスを落としてくれた。絹糸と銀糸で刺繍を施した上靴を投げ落としてくれた。大急ぎで娘はドレスを着て宴会に行った。ところが、姉さんたちも継母も、それが灰かぶりだとは気がつかず、よその国の王女にちがいないと思っていた。金色のドレスを着た灰かぶりは、それほど美しかったのだ。灰かぶりかしらなんて、考えもしなかった。灰かぶりは今頃、汚いものの中に座って、灰の中からレンズ豆を拾いだしている、と思っていた。王子は、灰かぶりに近づいて手を取り、一緒に踊った。ほかの人と踊ろうとはしなかった。王子は灰かぶりの手をつかんで離さなかった。ほかの男の人が来て、灰かぶりに踊りを申し込むと、「この人は私の踊り相手です」と言った。
　灰かぶりは日が暮れるまで踊った。そして、家に帰ろうとした。すると、王子は、「僕がご一緒します。お送りします」と言った。というのは、王子はこの美しい女性が誰の娘なのか、知りたかったからだ。けれども、灰かぶりは、王子から素早く逃れて、鳩小屋に飛び込んだ。王子が立って待っていると、父さんが出てきた。そこで、どこかの娘が、お宅の鳩小屋に飛び込んだのですが、と言った。父さんは「もしかしてそれは、灰かぶりかもしれない」と思った。そこで、斧とつるはしを持って来させて、鳩小屋を真二つに叩き割った。しかし、中には誰もいなかった。ふたりが家に入ると、灰かぶりが汚い服を着て灰の中にいた。暖炉の中では曇ったランプが灯っているだけだった。灰かぶりは鳩小屋の後ろから急いで飛び出して、小さなハシバミの木のところまで走って行ったのだ。そこで綺麗なドレスを脱ぎ、墓の上に置くと、鳥がまた持ち去った。灰かぶりは自分の灰色の仕事着を着て、台所の灰のそばに座っていたのだ。
　次の日、2回目の宴会が開かれ、両親と継姉さんたちが再び出かけると、灰かぶりはハシバミの木のところに行って、言った。

　「小さな木さん、ゆらゆら、ゆさゆさ揺れて、

わたしに金と銀を落としておくれ」

　すると、あの鳥が昨日よりももっと立派なドレスを落としてくれた。そのドレスを着て、灰かぶりが宴会に現れると、誰もが彼女の美しさに驚いた。王子は彼女が来るのを待ち構えていた。早速、彼女の手を取ると、彼女とだけ踊った。ほかの男が来て彼女に踊りを申し込もうとすると、「この人は僕の相手です」と言った。灰かぶりは日が暮れるまで踊った。そして、家に帰ろうとした。王子は彼女の後をつけて、この娘がどの家に入るのか、突き止めようとした。けれども、灰かぶりは王子を置き去りにして、家の裏庭に飛び込んだ。そこには、おいしそうな実を一杯つけた立派な大きな梨の木があった。娘はまるで栗鼠のようにすばしこく枝の間を潜り抜けながら、梨の木に登った。それで、王子は、娘がどこに行ったのかわからなかった。王子が待っていると、父さんがやって来たので、「どこかの娘が、僕から逃げて姿を消してしまった。どうもこの梨の木に飛び登ったような気がするのですが」と言った。父さんは、「もしかしたら灰かぶりかもしれない」と思った。そこで斧を持って来させて梨の木を切り倒した。けれども、木の上には誰もいなかった。ふたりが台所に来ると、いつものように灰かぶりが灰の中に横になっていた。というのは、灰かぶりは、梨の木の反対側から飛び降りて、ハシバミの木にいる鳥に綺麗なドレスを返して、灰色の仕事着を着ていたのだった。
　3日目、両親と姉さんたちが出かけると、灰かぶりは、また母さんの墓にやって来て、小さな木に言った。

　「小さな木さん、ゆらゆら、ゆさゆさ揺れて、
　　わたしに金と銀を落としておくれ」

　すると、あの鳥が、今まで見たこともないほど豪華で華やかなドレスを落としてくれた。上靴は何から何まですべて金づくめだった。そのドレスを着て、灰かぶりが宴会に現れると、人々はみんな彼女の美しさに驚いて、ものも言えないほどだった。王子は灰かぶりとだけ踊った。ほかの男の人が来て、灰かぶりに踊りを申し込むと、「この人は僕の踊り相手です」と言った。

# 第 4 章 「灰かぶり」（シンデレラ）

　灰かぶりは日が暮れるまで踊った。そして、家に帰ろうとした。すると、王子が送っていこうとした。けれども、灰かぶりがあまりに素早く逃げたので、王子は追いかけることができなかった。ところが、王子ははかりごとをめぐらせて、階段の隅から隅までコールタールを塗らせておいた。それで、娘が飛び降りたとき、左の靴がタールにくっついて、階段に残ってしまった。王子は靴を拾い上げた。その靴は、なんとも小さくて、華奢で、何から何まで金でできていた。翌日、王子はその靴を持って、あの男のところに行き、「この金の靴が足にぴったり合う娘だけが、私の花嫁になれる」と言った。これを聞いて、ふたりの姉さんたちは喜んだ。彼女たちは綺麗な足をしていたからだ。上の姉さんが靴を持って自分の部屋に行き、履こうとした。母親がそばに付き添った。ところが、親指が大きすぎて靴に入らない。靴が小さすぎたのだ。すると、母親は彼女にナイフを渡して「親指を切り取っておしまい。お后さまになれば、もう歩くことなんてないんだから」と言った。娘は親指を切り取り、無理やり靴の中に足を押し込んで、痛いのを我慢して、王子の前に現れた。そこで、王子は娘を花嫁だと思って、自分の馬に乗せ、一緒に進んでいった。ふたりは灰かぶりの母親の墓のそばを通り過ぎなければならなかった。すると、ハシバミの小さな木に、あの 2 羽の鳩が止まっていて、大声で鳴いた。

　　振り向けホッホー、振り向けホッホー
　　靴の中は血で一杯。
　　靴が小さすぎるのさ。
　　本当の花嫁は、まだ家にいる

　王子は娘の足に目をやり、血が靴からあふれ出ているのを見た。そこで、王子は馬の向きを変え、にせの花嫁を家に連れ戻した。そして、この人は本当の花嫁ではない。もうひとりの娘さんにこの靴を履かせてみてくれ、と言った。そこで、下の姉さんが自分の部屋に行った。つま先はうまく入ったけれど、踵が大きすぎた。すると母親が娘にナイフを渡して、「踵をすこし、切り取っておしまい。お后さまになったら、もう歩くことなんてないんだから」と言った。そこで娘は、踵を少し切り取って、上靴の中に無理やり足を押し込んで、痛い

のを我慢して、王子の前に現れた。
　王子は娘を花嫁だと思って、自分の馬に乗せ、一緒に進んでいった。ところが、ふたりがハシバミの木のそばを通りかかると、止まっていた２羽の鳩が鳴いた。

　　振り向けホッホー、振り向けホッホー
　　靴の中は血で一杯。
　　靴が小さすぎるのさ。
　　本当の花嫁は、まだ家にいる

　王子が娘の足を見下ろすと、血が靴からあふれでて、白い靴下が上の方まで真っ赤に染まっているのが見えた。そこで、王子は馬の向きを変え、にせの花嫁を家に連れ戻した。「この人も本当の花嫁ではありません。まだほかに、娘さんはいませんか」と言った。「いません。ただ、亡くなった妻の子で、灰かぶりという、幼くてできそこないの子がいますが、その子はとても花嫁になぞなれるような者ではありません」と男は言った。王子は、男にその子を連れてくるように言った。すると継母が「まあ、とんでもない。その子は汚すぎて、人前に出すことなんてできません」と返事した。けれども、王子はどうしてもその子に会う、と言ってききません。そこで、しかたなく、灰かぶりが呼ばれた。灰かぶりは、まず手と顔をきれいに洗ってから、王子の前に出て、お辞儀をした。王子は娘に金の靴を渡した。灰かぶりは小さな台に腰かけて、重い木靴を脱いで上靴に足を入れた。靴はまるで誂えたかのように、足にぴったり合った。灰かぶりが立ち上がったとき、王子は彼女の顔を見て、一緒に踊ったあの美しい娘だということがわかった。王子は大声で「この人が本当の花嫁だ！」と叫んだ。継母とふたりの姉さんは驚き、悔しくて真っ青になった。一方、王子は灰かぶりを馬に乗せると、一緒に駆けて行った。ふたりがハシバミの小さな木のそばを通り過ぎると、２羽の白い鳩が鳴いた。

　　振り向けホッホー、振り向けホッホー
　　靴の中には、血なんてない。

第４章 「灰かぶり」（シンデレラ）

　靴が、小さすぎないのさ。
　本当の花嫁を、王子が連れていく。

　そして、それを言い終わると、２羽の鳩は舞い降りて、１羽は灰かぶりの右肩に、もう１羽は左肩に止まり、２羽ともそこに止まったままでいた。
　王子と娘の結婚式が行われることになると、腹黒い姉さんたちもやって来て、お世辞を言って、幸せのおこぼれにあずかろうと思った。新郎新婦が教会に行くとき、上の姉さんは右側に、下の姉さんは左側に付き添った。すると鳩たちが、姉さんたちから目玉を１つずつ突き出した。式が終わって、教会から出てくると、今度は上の姉さんが左側に、下の姉さんが右側に付き添った。すると鳩たちは、姉さんたちの残った目玉を突きだした。そんなわけで、ふたりの姉さんは、意地悪をしたり、嘘をついたりした罰で、一生盲目ですごさなければならなかった。

おわりに

　グリム童話を研究対象にしてから、ほぼ45年の歳月が経つ。一見、平易で単純な「昔話」であるかのように思われるが、そのなかには現代の日本人には想像もつかないようなメタファーが秘められている。そのことに気づいてから、メタファーを解読することが、まるで謎解きのように面白くなってきた。グリム童話を読んでいて、腑に落ちないところ、意味不明のところがあると、必ずその背後にメタファーが秘められている。
　最初の謎は「エンゲルラント」(Engelland) であった。白雪姫の初稿（手書き原稿）に出てくる表現で、后が、「鏡よ、壁の鏡、エンゲルラントで一番美しい女性は誰？」と尋ねるところである。なぜ「この国」ではなく、エンゲルラントなのだろう。エンゲルラントとはどこなのだろうと思って、ドイツ語の百科事典やグリム兄弟の『ドイツ語辞典』に当たってみた。いずれもEnglandのこととされていた。ドイツの話なのにイギリスが出るなんて、不可解である。神の国は天国なのだから、天使の国とは「堕天使の国」、地獄を指すのではないかと考えて、魔女狩りの資料に当たってみた。すると、何人かの魔女被告人が、地獄（Hölle）のことをEngellandと呼んでいた。「私はエンゲルラントで悪魔のお尻にキスをした」と白状しているのだ。そうなると、白雪姫の話はキリスト教徒からみたら、地獄に落ちると思われる人々、異教徒が住む国の話ということになる。なぜなら、この国は王の近親姦が横行する国だからである。男子の後継者を産んでいない后は、自分の地位と命が危険に晒されていることを敏感に察知する。それゆえ、鏡に毎回、そのことを確認していたのだ。「美しさ」とは中世では「豊穣さ」、女性の「出産能力」を意味する言葉である。後継者を産まない女性が「悪者」にされるのは知っていたが、「美しく」なくなるということまでは知らなかった。西洋中世と現代では、言葉の持つ意味が異なるのである。同じく、「笑う」という言葉は、現在では肯定的に捉えられているが、中世では否定的に捉えられていた。笑われると人が怒るのは、「嘲（あざ）

## おわりに

笑われた」と受け取り、馬鹿にされたと思うからである。ただし、姫を「笑わす」ことができる男性は、姫と結婚できる。なぜなら、彼は優れた性的能力を持ち、姫に性的満足（エクスタシー）を与えることができるからである。キリスト教では「笑う行為」は「性行為」のメタファーとして使用されている。性交を悪とみなすキリスト教では、笑うことは、とくに女性が笑うことは（微笑も含めて）、恥ずべきことだったのである。それゆえ、イエス・キリストは生涯１度も笑ったことがないのである。

　７の数字は現在では「ラッキー７」と言われているが、グリム童話のなかでは異界と結びついた不吉な数字として出現する。現在の日本でも、葬式の後、死者を祀る祭祀は、「初七日、七回忌、四十九日」と７や７の倍数で行う。異界と結びついている７が、なぜ「ラッキー」であると信じられているのだろう。このように現代人が無意識のうちに信じ込んでいる価値観は、実は根拠がなかったり、不明だったりする場合が多い。赤やピンクが女の子の色で、青や黒が男の子の色という見方も、近代につくられたもので、歴史的根拠に基づいたものではない。「女らしさ」「男らしさ」もまたそうである。産業革命で職住分離が進み、「外で働く男性、内で家事する女性」という男女の性別役割分担を旨とした近代家族が誕生した。生産活動に従事する男性は「強く逞しく」、家庭で再生産に従事する女性は「淑やかで優しく」あるべきだとされ、それが「男らしさ、女らしさ」を代表する言葉として刷り込まれていく。しかし、少子高齢化社会を迎えた現在、近代社会の性別役割分担は崩壊し、両性が共に働く社会「ポスト近代社会」に突入したのである。そこで求められる「男らしさ、女らしさ」は、近代社会とは明らかに異なるものである。生産者である女性に求められるのは、男性同様、先見性であり、積極性であり、指導力であるはずだ。それにもかかわらず、いまだに近代社会の「女らしさ」を女性に求める人々がいる。社会が動くと、家族も動き、経済も動き、歴史も動くのである。

　西洋中世の価値観と現代の価値観がダイナミックに異なることを本書で知った読者は、近代社会とポスト近代社会の価値観もダイナミックに異なるということが理解できるはずだ。そのことに気づいてくれることを願って、本書を執筆したのである。

　本書は長年、グリム童話の研究に没頭し、その成果を学会誌や学術雑誌で発

表した論文の数々をまとめたものである。しかし、決して難解な表現ではなく、できるだけ平易な表現になるよう心掛けて書き下ろしたものである。少しでも多くの人に読んでもらいたいからである。

　真理を追究する学問とはなんと楽しいことか。メタファーの謎が解けたとき、その快感は何物にも代えがたいものがある。いつのまにか、メルヒェンのメタファー解読が、筆者の人生の目標のようになってしまった。同じように、メルヒェンの謎に魅せられる人が、1人でも多く出現してくれれば嬉しいかぎりである。

　　　2016年5月11日

野　口　芳　子

初出一覧

第Ⅰ部　固定観念を覆す解釈
　第1章　「白雪姫」
　　　　　　日本ジェンダー学会編『日本ジェンダー研究』15号（2012）
　第4章　「シンデレラ」
　　　　　　武庫川女子大紀要（人文・社会科学）58号（2010）
　第5章　グリム童話における7の数字——不運な7の出現を巡って
　　　　　　阪神ドイツ文学会編『独逸文学論攷』53号（2011）
　第6章　『グリム童話集』における父親像と母親像
　　　　　　日本独文学会研究叢書102号『グリム童話とドイツ伝説集における父親像と母親像』（2014）
　第7章　『ドイツ伝説集』における父親像と母親像
　　　　　　日本ジェンダー学会編『日本ジェンダー研究』17号（2014）

第Ⅱ部　グリム童話の日本への導入について
　第1章　明治期における『グリム童話』の翻訳と受容——初期の英語訳からの重訳を中心に
　　　　　　大野寿子編『カラー図説 グリムへの扉』勉誠出版（2015）
　第2章　『RŌMAJI　ZASSI』に邦訳されたグリム童話について
　　　　　　——日本初のグリム童話邦訳をローマ字で訳出した訳者について
　　　　　　武庫川女子大紀要（人文・社会科学）、63号（2015）
　第3章　改変された日本の「白雪姫」——明治期から現代まで
　　　　　　川戸道昭・野口芳子・榊原貴教編『日本におけるグリム童話翻訳書誌』ナダ出版センター（2000）

**図版出所一覧**

表紙 'Dornröschen' illustrated as a part of a fairy tale calender by Heinrich Lefler (1863-1919) and Josef Urban (1872-1933), published Berger & Wirth, Leipzig 1905. Bildarchiv der Brüder Grimm-Gesellschafft www.grimms.de.

図1 'Schneewittchen' illustrated as a part of Bilderbogen für Schule und Haus' (1905) by Heinrich Lefler. Die Märchenwelt der Brüder Grimm-Illustrationen aus zwei Jahrhunderten 1996. Bildarchiv der Brüder Grimm-Gesellschaft・www.grimms.de.

図2 'Schneewittchen und die sieben Zwergen' illustrated as a part of school wall by Renate Koser, Stuttgart 1951. Bildarchiv der Brüder Grimm-Gesellschaft・www.grimms.de.

図3 'Dornröschen' illustrated as a. part of ',Bilderbogen für Schule und Haus' from the collection of Art Nouveau artist Heinrich Lefler, published Berger & Wirth, Leipzig 1905. Bildarchiv der Brüder Grimm-Gesellschaft・www.grimms.de.

図4 'Dornröschen' from "Deutsche Kinder-Märchen: 12 Lieblingsmärchen für die Jugend" by Carl Offterdinger and Henrich Leutemann. Ibid. p.45. Bildarchiv der Brüder Grimm-Gesellschaft・www.grimms.de.

図5 'Rotkäppchen und der Wolf' from "Deutsche Kinder-Märchen: 12 Lieblingsmärchen für die Jugend" by Carl Offterdinger (1829-1889) and Henrich Leutemann (1824-1905). Wilhelm Offenburger, Stuttgart und Leipzig 1884. p. 57. Bildarchiv der Brüder Grimm-Gesellschaft・www.grimms.de.

図6 'Rotkäppchen' illustrated by Gustave Doré (1832-1883) from the book "Les Conte de Perrault, Paris 1862. Charels Perrault: Märchen aus alter Zeit, Metzler, Stuttgart 1976, p. 23. 野口芳子所蔵。

図7 'Cinderella' from "Grimm's Fairy Tales" selected and illustrated by Elenore Abbott. 1920. Charles Scribner's Sons, New York 1947（1$^{st}$ 1920）.（野口芳子所蔵）。

図8 'Die sieben Raben" "Gerlach's Jugendbücherei: Kinder- und Hausmärchen. Nach der Sammlung der Brüder Grimm". Illustrated by Albert Weisberger (1878-1915). Gerlach, Wien und Leipzig 1901, p. 16. Bildarchiv der Brüder Grimm-Gesellschaft・www.grimms.de.

図9 『西洋古事神仙叢話』菅了法訳、集成社、1887年4月、表紙。南雲純一氏撮影、野口芳子所蔵。

図10 『西洋昔話　第一號　八ツ山羊』呉文聰訳、弘文社、1887年9月、1頁。野口芳子所蔵。

図11 『おほかみ』家庭叢話・第一、上田萬年訳、吉川書店、1889年10月、2頁。野口芳子所蔵。

図12 『名作アニメ絵本シリーズ4　しらゆきひめ』文：卯月泰子、画：藤田素子、脚色：平田昭吾、永岡書店、1997年、20頁。野口芳子所蔵。

図13 'Schneewittchen': "Deutsche Kinder-Märchen 12 Lieblings märchen für die Jugend" by Carl Offterdinger and Henrich Leutemann. Ob.cit. p.133. Bildarchiv der Brüder Grimm-Gesellschaft www.grimms.de.

図版出所一覧

図14 'Aschenputtel' illustrated by Hanns Anker (1873-1950), from "Die Märchen der Gebrüder Grimm". Hrsg, v. Price Noel, Taschen, Köln 2011, Bildarchiv der Brüder Grimm-Gesellschaft www.grimms.de.

## 事項索引

**アルファベット**

Pantoffel（ミュール，上靴）………72, 257
RŌMAJI ZASSI……………………165
Sargent's Standard Third Reader……142
Schuh（靴の総称）…………………72
Stiefel（長靴）………………………72
Swinton's Third Reader……………143

**あ 行**

アール・ヌーボー様式………………193
挨拶………………………51, 154, 198, 202
愛情………………7, 77-78, 112, 114, 136
愛人……………………………19, 134
愛の呪縛
　………6, 8, 20, 77, 112-113, 119-120, 135
青………………………………………10
赤…………………………5, 10, 55-57, 179
赤子……………………………………128
赤ずきん（帽子）………i, 49, 55, 158
悪………………………28, 44, 60, 194
握手……………………………………51
悪人…………………………………43, 74
悪魔………14, 94-95, 126, 134, 149, 150
「悪魔と老婆」（KHM125）…………91
「悪魔の3本の金髪」（KHM29）……150
悪霊……………………………………94
脚（足）………………53, 67, 73, 195
アジール（聖域）……………………72

頭…………………………………88, 201
跡継ぎ…………………………………43
アニメ……………………………65, 195
アメリカ………………………………53
謝る………………………………198, 202
主の日…………………………………93
アルビ市（タルン県）………………72
アルプス山脈北半分…………………58
アルメニア人…………………………126
アルラウネ……………………………127
アンケート…………………………i, 154
アンジェ地方…………………………78
安息………………………85, 92-94, 104
アンデルセン童話……………………176
アン・ハッピーエンド………………49
アンビヴァレント………………85, 105
家………………………5, 74, 117, 153
家柄…………………………11, 73, 151
家出……………………………………115
家の精（Kobold）……………………7
異界………………………………12, 88, 92
生き返る（蘇る）……………………5, 6
異教（徒）…………………14, 18, 93
イギリス（国教会）…………………14, 53
生垣……………………………………52
生贄……………………………………95
「勇ましいちびの仕立屋」（KHM20）……157
遺産………………………………70-71, 80
石………………………………129, 134

事項索引

遺児 ……………………………………… 131
いじめ（る） ……………………… 116-117
医者 ……………………… 15, 147, 168, 179
衣装 ……………………………………… 7, 74
意地悪 …………………………………… 69
「泉のそばの鵞鳥番の女」(KHM179) …… 29
イソップ ………………………………… 168
イタリア …………………………… 58, 135
異端者 …………………………………… 14
一神教 …………………………………… 93
一寸法師 ……………………………… 188
逸脱 ……………………………………… 44
一夫一婦制 ………………………… 14, 44
イデオロギー …………………………… 74
糸紡ぎ ………………………………… 116
糸まき（錘） ………………………… 24, 192
稲妻 …………………………………… 202
稲荷信仰 ……………………………… 197
イニシエーション（通過儀礼）… 12-13, 45
犬 ……………………………………… 66, 111
猪 ………………………………… 113, 186, 189
「命の水」(KHM97) …………………… 110
「いばら姫」（眠り姫）…………………… i, 158
因果応報 …………………………… 189, 193
インド・ヨーロッパ語 ………………… 126
淫乱 ……………………………………… 42
ヴァギナ ………………………………… 72
ウイーン ……………………………… 102
ヴィクトリア朝英国 ……… ii, 142, 151-153
ウール …………………………………… 56
ヴェール ………………………………… 74
ヴェネツィア …………………………… 75
ヴェルダンディ ………………………… 34
ウガンダ ……………………………… 135

嘘 ………………………… 37, 69, 110, 114, 123
宴 …………………………………… 25, 67
「歌って跳ねる雲雀」(KHM88)
 …………………………… 90-91, 150, 152
宇宙の謎 ……………………………… 179
美しい ……………………… 69, 200, 202
美しさ ………………… 36, 75, 79, 134, 153
馬 ……………………………………… 144
海（海の水滴）…………………… 165, 166
産む性 ……………………………… 11, 73
ヴュルテンベルク王国 ……………… 119
占い棒 ………………………………… 71
売る ……………………………………… 111
ウルト …………………………………… 34
嬉しさ …………………………………… 16
浮気 …………………………………… 19
上靴（Pantoffel）……………………… 257
運動神経（能力）…………… 66, 69, 75, 76
運命（女神）………………………… 33, 34
永遠 …………………………………… 93, 166
英語（訳）……………… 141, 156, 158, 190
英語教科書 ………………………… ii, 141
英雄伝説 ……………………………… 32
笑顔 …………………………… 198, 202
枝 …………………………………… 71, 80
『エッダ』……………………………… 32
エピソード ………… 150, 154, 168, 188
エプロン ………………………… 54, 200
絵本 ……………………… 59, 190, 194-195, 198
エリーザベト養老院 …………………… 65
エルサレム神殿 ………………………… 95
エロティック（エロティシズム）
 ……………………… 31, 59, 60-61, 72
婉曲表現 …………………… 92, 150, 153

エンゲルラント（Engelland） ………… 10, 13
エンドウ豆 ……………………………… 255
王（位継承権） ……………… 116, 118, 135
欧学舎 ……………………… 173, 175, 186
欧化政策 ………………………………… 159
王家 …………………………… 6, 43, 72, 149
王権 ……………………………………… 28
王侯貴族 ………………………………… 111
王国 ……………………………………… 44
黄金 ……………………………………… 28
「黄金の鳥」（KHM57） ………………… 158
「黄金の山の王」（KHM92） …………… 90
王子 ……………………………………… 5
皇子 …………………………………… 192
王女 …………………………………… 200
殴打 ……………………………… 16, 116
狼 ………………………………… 49, 196
「狼と7匹の子山羊」（KHM5）
　……………………… 90, 155-156, 158, 175
オーストリア …………………………… 31
公の場 …………………………………… 9
オーロラ姫 …………………………… 23
おしっこ ………………………………… 58
「おすす」 ……………………………… 151
恐霊信仰 ……………………………… 194
オックスフォード大学 ………………… 148
男の子 ………………………………… 43
男らしい …………………………… 8, 59
おとなしい（おっとり） ……………… 66, 80
踊る ……………………………………… 6
斧 ……………………………… 67, 69, 263
帯（〆） ……………………………… 189, 190
怯え ………………………… 152, 167, 179
オペラ ………………………………… 38

お守り（護符） …………………… 19, 31
重さ …………………………… 167, 179
親孝行（不孝） ………………………… 112
親子関係 ………………… 110, 124, 194
「親指小僧」（KHM37） ……… 90, 115, 186
オランダ医学 ………………………… 142
オリーブの葉 ………………………… 100
恩赦 ……………………………………… 79
雄鶏 …………………………………… 110
女の武器 ……………………………… 199
女らしさ ………………………… 8, 38, 59
怨念 …………………………………… 133

　　　　　　か 行

カーニヴァル（謝肉祭） ……………… 72
開運 …………………………………… 114
外出 ……………………………… 25, 94
開拓民 ………………………… 118, 135
怪物 …………………………… 113, 150
快楽 ……………………………………… 61
蛙（カエル） ……………………… 16, 25, 30
「蛙の王様」（KHM1） ………… 157-158, 186
顔 ………………………………… 18, 67
踵（かかと） ………………… 35, 68, 258
鏡 …………………………… 5, 188, 201
鍵 ……………………………… 29, 34, 129
書き換え（改変，改筆）
　………… 9, 11-12, 17, 50, 116, 141, 145, 154
鉤鼻 …………………………………… 203
格言 …………………………………… 144
隔離 ………………………… 16, 18, 89, 203
火刑（焚殺） …………………… 43, 133
加護 ……………………………………… 97
家産 …………………………………… 125

事項索引

| | |
|---|---|
| 家事 | 5, 7-8, 76, 199-200, 202 |
| 餓死 | 90, 129 |
| 賢さ | 36, 50 |
| 仮死状態 | 13, 17, 19 |
| 歌唱力（歌が上手） | 23, 26, 36 |
| 火審 | 9 |
| 数秘学 | 85, 103 |
| 家族（家庭） | 7-8, 77-78, 120 |
| 肩 | 150 |
| 課題 | 91, 113 |
| 語り | 42, 153 |
| 価値観 | 7, 58, 71, 152, 204 |
| 家長（家父長、家父） | 77, 151 |
| 学校 | 112, 153 |
| 褐色 | 56, 59 |
| カッセル | 101, 168 |
| 合体儀礼 | 16 |
| カップルダンス | 72 |
| カトラリーケース | 36 |
| カトリック | 53 |
| かなのくわい | 177 |
| カニバリズム | 54, 191, 204 |
| 鐘の音 | 256 |
| 金持 | 67 |
| 寡婦 | 116 |
| 家父長（主義、制） | 17, 153 |
| 貨幣 | 88, 91, 114 |
| 家母 | 77 |
| 過保護 | 131, 133 |
| かぼちゃの馬車 | 66 |
| 『ガマー・グレーテル』 | 145 |
| 神 | 9, 52, 134, 145, 149 |
| ガミガミ女 | 92 |
| 雷 | 5, 196, 202 |

| | |
|---|---|
| 神の国 | 14, 203 |
| 髪の毛 | 74, 197 |
| か弱い | 50, 152 |
| 鴉（カラス） | 19, 86, 88, 116 |
| ガラス（verre） | 5, 74-75, 190 |
| ガラスの靴 | 66, 69, 72 |
| 狩人（猟師） | 5, 49 |
| カルヴァン（派） | 38, 45, 52 |
| カロリング朝 | 135 |
| 可愛い | 5, 198 |
| かわいそう | 198 |
| 眼球除去 | 79, 89 |
| 甘言 | 114 |
| 肝癌 | 188 |
| 慣習 | 51, 71, 95 |
| ——法 | 33, 80, 87, 127, 172 |
| 肝臓（肝） | 5, 186-187, 189 |
| 姦通 | 39, 42, 110 |
| 姦婦 | 130 |
| 黄色 | 34, 214 |
| 飢餓 | 114 |
| 鬼窟 | 150 |
| 樵 | 53, 111 |
| 既婚（女性） | 34, 55 |
| 后 | 5, 115, 195, 203 |
| 儀式 | 7, 72, 98 |
| 雉猫 | 89 |
| 鬼神 | 150 |
| キス | 5, 40-41, 153, 197 |
| 気絶 | 190, 193 |
| 規則（規律） | 57, 124 |
| 貴族（子女） | 36, 54, 56 |
| 吉日 | 191 |
| 吉数 | 85 |

278

# 事項索引

狐（白狐）……………… 16, 91, 146, 197
「狐と猫」（KHM75）………… 143, 146
ギニヤ ………………………………… 16
絹 …………………………………… 56
木の器 ……………………………… 112
規範 ………………………………… 73
機敏 ………………………………… 66
希望 ………………………………… 99
義務教育 …………………………… 160
着物 ………………………… 156, 178, 187
求婚 ……………………………… 6, 114
救済（救出）………………… 16, 50, 93
旧約聖書 ………………… 85, 118, 135
教育 …… 8, 60, 112, 124-125, 128, 152-153, 160, 186, 193
教育権 …………………………… 118, 134
教育勅語 …………………………… 188
教育哲学（理念）……………… 154, 192
教育パパ …………………………… 124
教育ママ …………………………… 124
教会（法）……………………… 129, 134
行儀がよい（礼儀正しい）…… 198, 202
教訓 ………………………………… 53, 193
『教訓をともなった昔話』 ………… 35
教授材料 …………………………… 188
京都薬科大学 ……………………… 175
教養市民階層 ……………………… 152
教令集 ……………………………… 44
巨人族 ……………………………… 125
拒絶（拒否）…………………… 92, 112
嫌う ……………………………… 112, 117
ギリシア神話 …………………… 92, 94
キリスト ………………………… 95, 126
　――教 …… 4, 14, 39-40, 44, 92-93, 96

きれい …………………………… 56-67, 117
金 ……………………… 36, 71, 74, 89, 145, 189
銀 ………………………………… 145
金色 ………………………………… 34, 263
金貨 ………………………… 97, 111, 114, 128
金銀のベッド ……………………… 36, 67
金器（皿）………………………… 25, 28
銀器 ………………………………… 28
近親姦 …………………… 115, 126, 203
近親結婚 …………………………… 17, 114
近親相姦 …………………………… 44, 110
近世 ……………………………… ii, 154
近代 ……… i-ii, 17, 33, 53, 58, 60, 71, 204
近代家族 ……………… 8, 60, 77, 120, 153
近代メルヒェン ………………… 58, 61
金の（上）靴（ミュール）
　…………………… 67-69, 73, 87, 259
「金の鳥」（KHM57）…… 91, 110, 151-152
金のドレス ……………………… 67, 87, 263
金の鉢 ……………………………… 100
金の林檎 …………………………… 113
金本位制 …………………………… 146
金文字 ……………………………… 15
金曜 ………………………………… 94
禁欲主義 …………………………… 61
銀リスの毛皮（vair）……………… 74
「釘」（KHM184）………… 141-142, 144
愚行（策）………………………… 98, 146
草葉のかげ ………………………… 149
櫛 …………………………………… 5
鯨 ………………………………… 116
口 ………………………………… 53, 88
口うるさい（口やかましい）……… 92
口吸い ……………………………… 154

事項索引

口髭 …………………………………… 126
靴 …………………………… 67, 69, 72-73
靴型のパン ……………………………… 131
靴屋 …………………………………… 97, 168
愚鈍 ………………………………… 112, 126
首つり台 ……………………………… 91, 97
首を刎ねる …………………………… 111
「熊皮男」（KHM101） ……………… 91
クリスマス祭 ………………………… 95
グリゼット …………………………… 56
グリモワール ………………………… 100
クルミ ……………………………… iii, 52
黒 ………………… 10, 55-56, 67, 95, 199, 203
黒糸 ………………………………… 167-168
黒い森 ………………………………… 150
グロテスク …………………………… 202
軍医 …………………………………… 172
慶應義塾（大学） …………… 142, 148, 155
経済 …………………… 77-78, 120, 136, 160
　──的 …………………………… 109, 111
毛糸 …………………………………… 58, 60
刑罰 …………………………………… 201
啓蒙政策 ……………………………… 159
契約 …………………………………… 51, 91
ケーキ ………………………………… 53
毛織物 ………………………………… 57
血縁関係 ………………………………… 11, 194
結界 …………………………………… 19
月経 …………………………………… 103
結婚 ………… 5, 29, 45, 73, 113, 115, 125, 200
　──式 …………………………… 6, 69
決定権 ……………………………… 40, 149
決定力 ………………………………… 40
ゲッティンゲン ……………………… 76

決闘 ………………………………… 131-132
毛深い ………………………………… 55
獣 …………………………………… 10, 113
ゲラーデ ……………………………… 71
家来（家臣）………………………… 6, 111
ゲルマニステン大会 ………………… 35
ゲルマン社会 ………………………… 118
ゲルマン人（農民・貴族）…… 118, 132, 135
ゲルマン信仰 ………………………… 9
ゲルマン神話 …………………… 30, 32
ゲルマン伝説 ………………………… 31
ゲルマンの神々 ……………………… 87
ゲルマン法（ドイツ法）…… 33, 71, 119, 135
検閲の廃止 …………………………… 160
言語学 ………………………………… 172
原罪 …………………………………… 132
原始 …………………………………… 11
賢女 ………………………………… 6, 25
現世 ………………………………… 93, 136
言説 …………………………………… 134
現代 ………………………………… 11, 195
建築技師 ……………………………… 173
言文一致 ……………………… 156, 178
賢明 …………………………… 58, 66, 114
県立千葉医学校 ……………………… 170
古アイスランド語 …………………… 33
恋 …………………………………… 6, 73
ゴイセン ……………………………… 53
幸運 ……………… 5, 50, 85, 87, 95-96, 98
「幸運なハンス」（KHM83）………… 186
口演童話運動 ………………………… 188
強姦 ………………………………… 42, 130
好奇心 …………………………… 29, 132, 133
高貴な色 ……………………………… 56

| | | | |
|---|---|---|---|
| 後期ロマン派 | 32 | 心 | 79, 67 |
| 後継者 | 11, 20, 44, 110, 132 | 後妻 | 78 |
| 後見 | 98 | 古ザクセン法 | 132 |
| 皇后 | 189, 190 | 乞食 | 113, 114, 130, 150 |
| 孝行 | 152 | 子育て | 158 |
| 交際 | 92 | 古代 | 4, 94, 204 |
| 功罪 | 45 | 国教（化） | 94, 96 |
| 絞殺 | 128 | コップ | 88, 90, 101 |
| 絞首台 | 92, 95 | 子ども | 56, 59, 103, 109, 194 |
| 口承 | 57, 123 | 小鳥 | 66 |
| 交渉（能）力 | 125 | 粉ひき | 89, 115, 129 |
| 洪水 | 100 | 子羊 | 37, 43 |
| 公然 | 118 | 「子羊と小魚」（KHM141） | 116 |
| 皇帝 | 28, 128 | 小人 | 5, 7, 191 |
| 行動（力） | 71, 134 | 「小人－Ⅰ」（KHM39－Ⅰ） | 158 |
| 更年期 | 13, 103 | 子山羊 | 37, 88, 90 |
| コウノトリ | 30 | 誤訳 | iii, 52, 147, 166 |
| 購買者 | 12, 152 | 殺す | 5, 69, 111, 126, 152 |
| 幸福 | 5 | 「こわがり修業に出た男」（KHM4） | 91 |
| 合法的 | 38 | 婚姻外の子 | 44 |
| 高慢（傲慢） | 5, 98 | コンゴ | 16 |
| 鉱脈 | 71 | 混成 | 10 |
| 紅葉 | 189 | 婚前交渉 | 39 |
| 強欲 | 79, 98 | 婚約者 | 111 |
| 高齢者 | 55 | | |

## さ　行

| | |
|---|---|
| 『古エッダ』 | 33 |
| 小刀 | 95 |
| 酷使 | 116 |
| 黒檀 | 10, 199 |
| 国民文学 | 4 |
| 穀物 | 143 |
| コケモモ | 129 |
| 古ゲルマン民族 | 33 |
| 古高ドイツ語 | 94 |

| | |
|---|---|
| 罪悪 | 93 |
| 災害 | 100 |
| 最後の審判 | 97 |
| 再婚 | 67, 77 |
| 財産 | 11, 73-74, 132 |
| 再生産 | 8 |
| 妻帯者 | 43 |
| 災難 | 91, 152 |

事項索引

| | | | |
|---|---|---|---|
| 罪人 | 91, 97 | ――(分野) | ii |
| 裁判医学（法医学） | 171 | 塩 | 5, 114 |
| 裁縫師 | 179 | 鹿 | 116, 186, 189, 191 |
| 財力 | 7, 11, 71, 73, 117 | 此岸 | 30 |
| 魚 | 116 | 識字能力 | 124 |
| サクセスストーリー | 65 | 色欲 | 98 |
| ザクセン王国 | 127 | 死刑（囚） | 88, 132 |
| 策略 | 146 | 試験 | 34, 77 |
| サタン | 18, 94 | 地獄 | 14, 150 |
| 殺害（人） | 149, 129 | 自己保身 | 20, 133 |
| サトゥルナリア | 94, 95 | 死罪 | 192 |
| サトゥルヌス | 94 | 資産 | 125, 153 |
| サバイバル | 147 | 持参金 | 78 |
| 裁き | 86 | 死者（先祖）崇拝 | 94 |
| サバト | 85 | 師匠 | 111, 124 |
| 錆びた | 34 | 自然（信仰, 文学） | i, 40 |
| 左右 | 69 | 子孫 | 7, 73, 117 |
| ザリガニ | 30 | 舌 | 88, 192 |
| サリカ法典 | 118, 135 | 死体 | 7, 91, 194 |
| さる（猿） | 192 | 「舌切り雀」 | 173 |
| 3 | iii, 24, 33, 51, 99, 101, 261 | したたか | 51, 66, 80 |
| 産業革命 | 4, 59 | 仕立屋 | 91, 115, 147, 167, 179 |
| 残酷 | 9, 111, 149, 187, 202 | 自注 | 31, 49 |
| 三相一体 | 18, 39, 92-93 | 十戒 | 104 |
| サンダル（ミュール） | 76 | 躾 | 60, 116, 198 |
| 3滴の血 | 130, 150 | 嫉妬（ねたみ） | 10, 98, 193 |
| サンドリヨン | 65 | 実の娘 | 12 |
| 産婆 | 27 | 実母（遺産） | 5, 10, 71, 115 |
| 三位一体 | 150 | 失望 | 126 |
| 死 | 13, 77, 98, 110, 116, 152, 196, 201, 202 | 質問 | 12, 88 |
| 「幸せなハンス」(KHM81) | 142, 145, 157-158 | 指定相続 | 119, 135 |
| | | 児童教育 | 194 |
| ジェンダー | ii, 44-45, 59-60, 78, 92, 109, 119, 153, 200 | 淑やか | 36-37, 78, 154 |
| | | 死神 | 89 |

事項索引

| | |
|---|---|
| 「死に装束」(KHM109) ……………… 90 | 12人 ……………………… 25, 37, 111, 114 |
| 師範学校 ………………… 142, 175, 186 | 「12人の兄弟」(KHM9) ……… 101, 151 |
| 慈悲 ……………………………… 79, 97 | 12年 ………………………………… 101 |
| 資本主義社会 …………………… 144 | 18世紀 …………………………… 52, 56 |
| 市民道徳 …………………………… 38 | 従僕（家来） …………………… 191 |
| 自滅 ……………………………… 193 | 10万 ………………………………… 10 |
| 邪悪 …………………………… 60, 202 | 自由民権論運動 ………………… 142 |
| 社会規範 …………………………… 92 | 重訳 ………………… ii, 141, 156, 159 |
| 社会的（の） ………… 51, 109, 120 | 獣欲（食欲） ……………………… 60 |
| 謝肉祭（カーニヴァル） ………… 95 | 14歳 …… iii, 12-13, 18, 25, 29, 98, 103, 150 |
| シャプロン ……………………… 55-56 | 重労働 ……………………………… 76 |
| シュヴァーベン公国 …………… 127 | 16歳 …………………………… 24, 28 |
| 「シュヴァーベン7人衆」(KHM119) | 16世紀 ……………… 18, 56, 78, 115, 134 |
| ……………………………… 88, 91 | 16年 ………………………………… 36 |
| シュヴァーベン派 ………………… 35 | 修業 ………………………………… 13 |
| 獣姦 ……………………………… 133 | 修行 …………………………… 91, 117 |
| 19歳 ……………………………… 150 | 儒教主義 ………………………… 159 |
| 19世紀 …………………………… 45, 72 | 祝祭日 ……………………………… 95 |
| 宗教会議 …………………………… 96 | 祝福 ………………………………… 27 |
| 宗教的 ………………… 94, 134, 149 | 守護天使 ………………………… 149 |
| 宗教迫害 …………………………… 50 | 主人公 …………………………… 16, 92 |
| 15歳 ………………………… iii, 28-29 | 受胎能力 …………………………… 19 |
| 15世紀 ……………………………… 40 | 出血 ………………………………… 72 |
| 15年（目） ……………… iii, 28, 36 | 出産 ………………… 25, 31, 73, 77, 124 |
| 13 …………………… 25-26, 37, 39-40, 114 | 出産（能）力 …… 11, 19, 73, 130, 199 |
| 13世紀 ……………………………… 32 | 受動の存在 ……………………… 75 |
| 十字架 …………………………… 125 | 受難 …………………………… 45, 89, 98 |
| 自由主義文化 …………………… 159 | シュバルム地方 …………………… 55 |
| 従順 …………………… 66, 99, 129 | 主婦 …………………………… 153, 199, 200 |
| 絨毯 ……………………………… 110 | 樹木信仰 …………………………… iii |
| 修道士 ……………………………… 97 | 呪文 …………………… 66, 104, 150 |
| 姑 ………………… 37, 43-44, 133, 151, 193 | 受容 …………………………… 154, 159 |
| 17世紀 ……………………… 56, 74, 144 | 狩猟 ………………………………… 92 |
| 12 ……………………………… 25, 37, 39 | 純潔 ………………………………… 33 |

事項索引

| | |
|---|---|
| 俊足 | 76, 80 |
| 障害物（競争） | 76, 80 |
| 商業的配慮 | 204 |
| 消極的 | 66 |
| 少子高齢化社会 | 137 |
| 上層階層 | 127 |
| 情緒（共同体） | 77, 120, 136 |
| 常套手段 | 16 |
| 消毒 | 194 |
| 商人 | 143 |
| 少年少女雑誌 | 157, 160 |
| 消費（者） | 7, 59, 80, 137, 153 |
| 商品 | 111, 143 |
| 娼婦 | 134 |
| 成仏 | 131 |
| 情欲 | 94 |
| 勝利 | 131 |
| 昭和 | 193 |
| 性悪 | 50, 79, 117 |
| 職業 | 112 |
| 職住一致（分離） | 7, 153 |
| 庶子 | 127 |
| 女子教育 | 153 |
| 処女（教育、神、性） | 45, 75, 92 |
| 女性解放 | 142 |
| 女性像 | 8, 149 |
| 除隊兵 | 89 |
| 女中 | 67, 89, 101 |
| 初潮 | 13, 18, 29, 103 |
| ショック（死） | 193, 196, 201 |
| 庶民 | 56, 61, 167 |
| 所有権の移譲 | 73 |
| 白雪姫 | i, 158, 194 |
| 自力本願 | 72 |
| 自立 | 110 |
| シレジア王国 | 127 |
| 試練 | 13, 98 |
| 白 | 10, 67, 204 |
| 城 | 24, 66 |
| 『神学大全』 | 99 |
| 人格の鏡 | 79 |
| 鍼灸 | 150 |
| 『神曲』 | 100 |
| 新月 | 94 |
| 親権（者） | 39, 118 |
| 信仰 | 94, 99 |
| 真実 | 123 |
| 真珠 | 67 |
| 身上監護権 | 118 |
| 神聖（聖なる） | 85, 94, 96, 125 |
| 神聖ローマ帝国 | ii |
| 心臓 | 5, 189 |
| 親族 | 44 |
| シンデレラ（シンドローム） | 65, 75 |
| 神殿 | 92 |
| 神罰 | 129, 134 |
| 審判 | 132 |
| 神秘的な数 | 85 |
| 人文主義者 | 97 |
| 神明裁判 | 9, 131 |
| 人狼（ブズー） | 57, 58 |
| 水審 | 9 |
| 垂直飛び | 80 |
| 水脈 | 70 |
| 水陸両方 | 30 |
| 末息子（王子） | 127, 151 |
| 末娘 | 114 |
| スカトロジー（糞尿趣味） | 59, 61 |

| | |
|---|---|
| ずきん | 53, 55 |
| スクルド | 34 |
| スコラ学者 | 99 |
| 素性 | 125, 132-133 |
| 素敵な王子 | 74, 200 |
| 捨てる（置き去り） | 10, 111, 114, 116 |
| ステレオタイプ | 74, 152, 203 |
| ストーブ | 156 |
| ストリップショー | 59 |
| 炭 | 147, 167 |
| スモモの木 | 58 |
| 性愛 | 113-114, 117 |
| 生活（崩壊） | 132, 160 |
| 生活力 | 59 |
| 正義（の剣） | 24, 41, 99 |
| 性交 | 42, 45, 72, 92 |
| 性行為 | 34, 73, 113, 154 |
| 制裁 | 9, 154 |
| 正妻 | 19, 43, 44 |
| 生産（活動，場） | 7-8, 71, 77, 153 |
| 生産者 | 59, 80, 137 |
| 聖者 | 149 |
| 聖書 | 144 |
| 生殖 | 30, 98 |
| 成人 | 18 |
| 精神医学 | 171 |
| 精神的（意味） | 42, 154 |
| 精神病 | 170, 179 |
| 生存権 | 127 |
| 贅沢取締法 | 56-57 |
| 性的相性 | 72 |
| 性的快楽 | 61, 119 |
| 性的潔癖 | 42 |
| 性的（表現，意味，ニュアンス） | 42, 113, 119, 149, 150 |
| 性的メタファー | 29 |
| 性道徳 | 44 |
| 性犯罪 | 39 |
| 性別固定観念 | 152 |
| 性別役割分業（分担） | 7, 81, 149, 152-153, 204 |
| 生命力 | 28 |
| 『西洋古事神仙叢話』 | 148 |
| 西洋昔話 | 173 |
| 性欲 | 126 |
| 世間（体） | 110, 117 |
| 積極的 | 66, 72, 75 |
| 節制 | 99 |
| 絶対主義 | 153 |
| 絶対的服従 | 128 |
| 切断刑 | 79 |
| 接吻 | 154 |
| 背中を叩く | 16 |
| 世話（好き，する） | 117, 202 |
| 千 | 10 |
| 善悪 | 44 |
| 専業主婦 | 8, 153 |
| 前近代 | 17 |
| 善行（善） | 44, 91, 99 |
| 戦災 | 194 |
| 前妻 | 68 |
| 繊細 | 78 |
| 先妻の息子 | 112 |
| 占星術 | 12, 86, 95, 100 |
| 戦争 | 10, 128 |
| 全速力 | 58, 67 |
| 善人 | 74 |
| 「千枚皮」（KHM65） | 19 |

事項索引

| | |
|---|---|
| 全盲 | 69 |
| 善良な | 60, 117 |
| 洗礼水 | 112 |
| 早産 | 90, 98 |
| 葬式 | 28, 78 |
| 相続 | 70, 80, 119, 127, 131 |
| ——権 | 44, 127 |
| ——法 | 117 |
| ソーセージ | 50, 59 |
| 訴訟 | 127 |
| 祖父 | 112 |
| 祖母 | iii, 49 |
| 粗暴 | 129 |
| 空（の星） | 165, 166 |
| そら豆 | 147, 167, 254 |
| 損害 | 144 |
| 存続 | 118, 126, 136 |

## た 行

| | |
|---|---|
| ターラー金貨 | 88 |
| タール | 67, 69, 73, 76, 256 |
| 太陰暦 | 18, 39 |
| 大英図書館 | 149 |
| 大工 | 124 |
| 対抗魔術 | 15 |
| 太古の信仰 | 32 |
| 大正期 | 192 |
| 怠惰 | 116 |
| 体罰 | 116, 194 |
| タイミング | 26 |
| ダイヤモンド | 166 |
| 太陽神 | 96 |
| 「太陽と月とターリア」 | 32, 39, 43 |
| 太陽暦 | 39, 96 |

| | |
|---|---|
| 鷹 | 43, 116 |
| 宝物 | 70, 128 |
| 托鉢 | 89, 98 |
| 逞しい | 58-59, 153 |
| 多産 | 130 |
| 多胎児 | 126, 130, 133 |
| 脱皮 | 30 |
| 脱魔術化 | 93, 104 |
| 堕天使の国（エンゲルラント） | 14, 18, 203 |
| 堕天使ルシファー | 18 |
| ダブルスタンダード | 119 |
| 騙す（される） | 50, 58, 111 |
| 魂 | 91 |
| 堕落した天使（ルシファー） | 14 |
| 他力本願 | 72 |
| 誕生 | 30, 34, 117 |
| ——日 | 24, 28 |
| ダンス | 36, 72 |
| 男性像 | 8, 149 |
| 単独相続 | 117-118 |
| 血 | 10, 54, 60, 68, 150, 199 |
| 地位 | 11, 55 |
| 「小さな赤ずきんの生と死」 | 49 |
| 小さな木 | 70 |
| 小さな帽子 | 53 |
| 知恵 | 50, 58-59, 61 |
| 『痴愚神礼讃』 | 97 |
| 知識階層 | 160 |
| 恥辱 | 73 |
| 知性 | 66 |
| 父王 | 15, 112, 203 |
| 父親 | v, 68-69, 77, 109, 149, 151 |
| 父なる神 | 39 |

# 事項索引

| | |
|---|---|
| 秩序 | 56 |
| 知的教育 | 118, 134 |
| 乳房 | 150 |
| 嫡出子 | 42, 44, 128 |
| 忠孝の徳 | 154 |
| 忠告 | 125, 128 |
| 「忠臣ヨハネス」(KHM6) | 26, 150, 157 |
| 中世 | i, ii, 120 |
| 忠誠心 | 152 |
| 『中世数義百科事典』 | 85 |
| 中世人（女） | 71, 79 |
| チューリンゲン国（王） | 127-128 |
| 長子相続 | 119 |
| 嘲笑 | 179 |
| 打擲（ちょうちゃく） | 16 |
| 長男（王子） | 151 |
| 超能力（保持者） | 130-131, 136 |
| 懲罰 | 69 |
| 超法的手段 | 118 |
| 跳躍力 | 76 |
| チョーク | 156 |
| 縮緬本 | 176 |
| 知力 | 80 |
| チロル地方 | 58 |
| 沈黙 | 89, 101 |
| 追放 | 111 |
| ツヴェーレン | 65 |
| 通過儀礼（イニシエーション） | 13, 98 |
| 杖 | 66 |
| 月 | 13, 92, 103, 189 |
| ——崇拝（信仰） | 94, 96 |
| ——の女神 | 92 |
| 妻 | 78, 109, 124, 134 |
| つま先 | 258 |

| | |
|---|---|
| 罪深い | 95 |
| 錘（紡ぎ車） | 24 |
| 紡ぐ | 114 |
| 爪 | 91 |
| 強い男と弱い女 | 59, 152 |
| 強く逞しく | 154 |
| つるはし | 67, 263 |
| 手 | 53 |
| ディアナ信仰（神殿） | 13, 93 |
| 帝室マリインスキー劇場 | 28 |
| 貞淑 | 153 |
| ディズニーアニメ | 196 |
| ディズニー定番 | 26 |
| 貞操（観） | 18, 130, 134-135 |
| 蹄鉄 | 144 |
| テイラー訳 | 159 |
| デーモン | 14 |
| 手紙 | 101, 125, 150 |
| 溺愛 | 116, 131 |
| 溺死（刑） | 49, 50, 59, 88, 114, 130 |
| 敵陣 | 128 |
| 鉄 | 189 |
| 鉄砲 | 52 |
| 「手無し娘」(KHM31) | 19 |
| 手袋 | 19 |
| 天 | 145, 149 |
| 点 | 166 |
| 電気工学 | 178 |
| 天候 | 130 |
| 天国 | 14, 149 |
| 天使 | 89 |
| 天使の国（Engelland） | 13, 14, 203 |
| 伝承 | ii, 51, 102 |
| 伝説 | 25 |

事項索引

天女 189, 192
天罰 9, 179, 190, 193
ドイツ医学 174
『ドイツ英雄伝説』 32
ドイツ化 30, 51
独逸学校 175
ドイツ語 31, 158, 179
　——教師 173, 179
　——原典 145
　『——辞典』 70
　『——大辞典』 92
ドイツ国家主義 160
『ドイツ子ども童話集』 156, 176
ドイツ式挨拶 51
ドイツ諸侯 117
ドイツ神話 32
　『——学』 70
『ドイツ伝説集』 v, 102, 123
ドイツ法（ゲルマン法） 127
『ドイツ法律故事誌』 41
ドイツ民族 ii, 4
ドイツ留学 169, 171
塔 24, 89
銅 189
東京大学（予備門） 143, 156, 173, 175
統計学 176
　『——論』 176
銅山 189
道徳観（モラル） 45, 194
道徳教育 118, 134
塔に幽閉 114
銅版画 35
徳 25, 33
毒（櫛, 蛇, 林檎） 5, 37, 187, 190

床入り 37
年老いて 92
歳の市 67
土星 95
富 25, 33, 73, 113
ドミニコ会 98
『富への道』 144
土曜日 92
ドラゴン 24
鳥 89, 112
取り替えっ子 128
鳥籠 88
奴隷 94
ドレス 56, 66-67, 76, 86
泥棒 112
貪欲 95, 112

　　　な　行

ナイフ 88
泣く 5, 67, 152, 195
殴る 15, 110, 129
梨の木 67, 76, 264
なぞなぞ笑話 166
7 v, 5, 12, 85, 93, 204
7ヶ月間 89-90
7歳 10, 12, 29, 90, 98, 103, 200
70歳 13, 29, 103
7千 88
7つ子（小犬） 133
7つの頭 97
7つの大罪 98
7つの美徳 99
7つの封印 85
7人 36-37, 88, 112

事項索引

| | |
|---|---|
| 7年間 | 89, 101, 114 |
| 7年目 | 91 |
| 7の倍数 | 29, 98 |
| 7番目 | 13, 90, 101 |
| 7マイル靴 | 85 |
| 7惑星 | 100 |
| 「7羽の鴉」(KHM25) | 90, 101 |
| 7日間 | 85, 89-90 |
| 7日目 | 92, 96 |
| ナポレオン | 3 |
| 怠け者 | 114 |
| 涙 | 114, 195, 198 |
| ナラ | iii, 51 |
| 難題（問） | 110, 113 |
| 『ニーベルンゲンの歌』 | 32 |
| 肉 | 54 |
| 肉欲 | 61 |
| 西フランク | 135 |
| 21歳 | 29 |
| 煮炊き | 189 |
| 日没 | 94 |
| 日曜休業令 | 96 |
| 日曜日 | 93 |
| 日曜礼拝 | 134 |
| 日本的改変 | 154, 156, 194 |
| 日本の絵本 | 198 |
| 日本（の）昔話 | 45, 156, 173 |
| 日本羅馬字会 | 177, 178 |
| 入浴 | 94 |
| 鶏の丸焼き | 112 |
| 2羽の鳩 | 68, 79 |
| 人間 | 52, 88 |
| 妊娠（出産） | 32, 43, 45, 72, 90, 129 |
| 縫い目 | 167 |
| ネーデルランド | 97 |
| 願い（う） | 6, 136 |
| 猫 | 110, 146, 195 |
| ネズミ | 66 |
| 熱湯 | 50 |
| 熱病 | 190 |
| 眠る | 24, 116 |
| 「眠れる森の美女」 | 23 |
| 寝る（とき） | 73, 153 |
| 年季奉公 | 89 |
| 年齢 | 29, 87, 90 |
| ノアの箱舟 | 100 |
| 農家の娘 | 58 |
| 農耕 | 39, 94 |
| 農民 | 13, 51, 59, 103, 128 |
| ノルウェー | 31 |
| 呪い（呪術, 呪力） | 25, 36, 71, 118, 129, 133-134 |
| 「のんき者」(KHM81) | 149 |

**は　行**

| | |
|---|---|
| 歯 | 53 |
| バーデン国 | 119 |
| 肺 | 5, 186 |
| 灰色 | 56, 59 |
| ——のダンス | 72 |
| バイエルン（地方） | 31, 72, 166 |
| バイオリズム | 13, 103 |
| 「灰かぶり」(KHM21) | i, 149, 151, 158 |
| 配偶者 | 78, 118 |
| ハインツェルメンヒェン | 200 |
| 蠅 | 88 |
| 墓 | 67 |
| 馬鹿 | 110, 111 |

289

事項索引

| | |
|---|---|
| 墓場（の安息日） | 93, 96, 133 |
| バガンダ族 | 130 |
| 伯爵 | 19, 111, 215 |
| ——夫人 | 130, 215 |
| 白鳥 | 112, 116 |
| 「——の騎士」 | 132 |
| 白馬 | 256 |
| ハサミ | 52 |
| 橋 | 167 |
| ハシバミ | iii, 66-67, 69-70, 80 |
| 馬車 | 10 |
| バター | 53 |
| 裸 | 60, 133 |
| 8 | 90, 93 |
| 8人 | 36 |
| 8年目 | 91 |
| 8番目 | 37 |
| 罰（する） | 69, 79, 112, 114, 118, 124 |
| 罰金刑 | 150 |
| 末子 | 130 |
| ——相続 | 118, 127, 135 |
| ハッピーエンド | 45 |
| 鳩 | 89, 91 |
| ——小屋 | 67, 76, 114, 151 |
| 花 | 10, 53, 198 |
| 「鼻という名の小人」 | 102 |
| 花嫁 | 56, 150, 197 |
| 羽根 | 56, 90 |
| 母親（母） | v, 92, 109, 200 |
| ——の愛（魂） | 194, 202 |
| 母と娘の葛藤 | 196 |
| 母なる月 | 39 |
| バビロン（暦） | 94, 100 |
| ハプスブルク家 | 98 |
| バラ | 10 |
| 針仕事 | 189 |
| 針鼠 | 111 |
| バレエ（台本） | 28, 38 |
| ハレの日 | 56-57 |
| 反キリスト | 126 |
| 反撃 | 126 |
| ハンサムな王子 | 197 |
| ハンス | 89 |
| 判断力 | 130-131, 133, 179 |
| 火 | 95 |
| 美 | 5, 9, 25, 33, 74, 117, 198 |
| ビーダーマイヤー | 8 |
| ヒエログリフ | 31 |
| 被害者 | 19 |
| 東フランク | 135 |
| 彼岸 | 30, 93 |
| 秘儀 | 94 |
| ヒキガエル | 112 |
| 日暮れ | 75 |
| 髭 | 91, 113 |
| 悲劇的 | 50, 57 |
| 非合法 | 39 |
| 美人 | 74 |
| ビゼット | 56 |
| 左の靴 | 67, 73 |
| 柩 | 6, 15 |
| 羊 | 157 |
| ——飼い | 145 |
| 否定的文脈 | 97, 150 |
| 美的存在 | 74 |
| 美徳 | 9 |
| 人食い（風習） | 11, 38, 42, 43 |
| 瞳 | 10 |

事項索引

一目惚れ……………………………… 26
美男美女……………………………… 26
火の使用……………………………… 94
秘密（婚）………………………… 37, 38
紐………………………………… 5, 187
百姓（女，妻）…………… 113, 115, 143
百年（の眠り）…………… 25, 36, 166
ピューリタン………………………… 53
ビュルガー（メルヒェン）…… i, 51, 61
病死…………………………… 190, 192
標準語………………………………… 51
ひら豆………………………………… 67
ヒルデスハイムの僧正…………… 127
昼間（開催）…………………… 75-76
ビロード………………………… 55-56
卑猥（さ）……………………… 39, 61
貧困…………………………… 114, 116
「貧乏な粉挽きの小僧と猫」（KHM106）
………………………………………… 91
貧乏人（貧民）………………… 56, 111
「貧乏人と金持ち」（KHM87）…… 158
無愛想………………………………… 92
ファウスト伝説…………………… 103
ファッション……………………… 56, 57
風車……………………………… 89, 97
夫婦………………………… 20, 110, 124
不運……………………………… 87, 95
フェーデ……………………………… 9
不可解な謎…………………………… 85
不吉………………………… 12, 85, 94, 96
フギン………………………………… 87
福音書………………………………… 92
復讐……………………… 9, 52, 78, 79
服飾規定……………………………… 56

服を脱ぐ……………………… 53, 54
不幸…………………………………… 85
富国強兵…………………………… 145
無作法……………………………… 198
不従順……………………………… 129
父性（愛）………… 8, 13, 18, 78, 114, 120
部族（社会）…………… 16, 132, 135
双子……………………… 43, 111, 119
「2人の旅職人」（KHM107）……… 91
普段着………………………………… 57
復活祭……………………………… 126
復活の日……………………………… 93
物々交換…………………………… 113
不貞………………………………… 130
舞踏会………………………………… 66
不動産相続………………… 127, 132
不道徳………………………………… 94
ブナ………………………………… iii
不妊不能……………………………… 98
『プファフェ・アミス』…………… 166
不法侵入…………………………… 198
富裕市民（の女性）………… 59, 153
フランク王国……………………… 135
フランクフルト（国民議会）… 35, 65
フランケン国……………………… 128
フランス…………… 3, 31, 51, 61, 78
——語……………………………… 31
ブリティッシュ・コロンビア… 130, 135
古着…………………………………… 56
ブルジョア階級……………………… 56
無礼講………………………………… 73
ブレーメン国……………………… 119
「ブレーメンの音楽隊」（KHM27）… 158
プロイセン一般ラント法……… 12, 98

291

事項索引

| | |
|---|---|
| プロシア | 173 |
| プロテスタント | 104 |
| 分割相続 | 117-118 |
| 文語体 | 157 |
| 焚殺（火刑） | 43 |
| 憤怒 | 98, 193 |
| 文明開化 | 145 |
| 分離儀礼 | 16 |
| 平衡感覚 | 76 |
| 兵隊 | 88, 113 |
| 平民 | 80, 111, 119, 127, 131 |
| 平和 | 74, 118, 125, 128, 132 |
| 蔑視 | 130 |
| 別の女 | 111 |
| ペニス | 72 |
| ヘボン式 | 177 |
| ヘルベルト派 | 141, 158 |
| ベルリン大学（教授） | 171, 172 |
| ベルリンの写真館 | 172 |
| ペローの『昔話』 | 31 |
| 偏見 | 127, 133 |
| 変質狂的趣味（死体フェチ） | 16 |
| 「ヘンゼルとグレーテル」（KHM15） | i, 158 |
| 『ペンタメローネ』 | 39, 43 |
| 弁当 | 114 |
| 弁明 | 100 |
| 法（行為） | 11, 26, 33, 72-73, 169 |
| 法医学（科） | 170-171 |
| 箒 | 101 |
| 封建制 | 179 |
| 帽子 | 70-71 |
| 放縦 | 44 |
| 豊穣（宗教, 神, 象徴, 力, 祈願） | 11, 72, 74, 92-94, 113, 130 |
| 「紡錘と杼と針」（KHM188） | 29 |
| 宝石 | 67, 80 |
| 法的（根拠, 手段, 制裁, メタファー） | iii, 71-72, 80, 109, 118, 136 |
| 冒瀆法 | 150, 153 |
| 防犯 | 34 |
| 報復 | 7, 66 |
| 放牧民 | 118 |
| 法律故事 | 172 |
| 法律の象徴 | 70 |
| 暴力（的） | 42, 110, 118, 149 |
| ポエジー（文学, 詩心） | 32 |
| ポール訳 | 149, 159 |
| 北欧（神話） | 31, 33 |
| 牧畜民 | 118, 135 |
| 「牧童」（KHM152） | 147 |
| 星 | 165 |
| 星の銀貨（KHM153） | 158 |
| 星のドレス | 86 |
| ポスト近代 | 81, 137, 204 |
| 母性（愛） | 8, 77-78, 120, 202 |
| ——（豊穣）宗教 | 13 |
| 頬 | 51 |
| 洞穴 | 89 |
| ポルトガル語 | 156 |
| 翻案 | 158, 187 |

ま 行

| | |
|---|---|
| マールブルク | 71 |
| 迷子 | 114 |
| マイン地方 | 49 |
| マカベア戦争 | 104 |
| 孫（娘） | 38, 50 |

|  |  |
|---|---|
| 「誠ありフェレナントと誠なしフェレナント」（KHM126） | 90 |
| 魔術 | 6, 85, 118, 136 |
| 魔女（Hexe, 告発, 集会） | 6, 93, 136, 151, 203 |
| ——術 | 27 |
| 『——の鉄槌』 | 98 |
| ——マレフィセント | 23 |
| 貧しさ | 110 |
| マタコ族 | 30 |
| 窓枠 | 10 |
| 魔法使い | 115-116 |
| 魔法（枝, 靴, ハンマー） | 70-71, 85, 215 |
| 継子（娘） | 12, 88 |
| 継母（Stiefmutter） | 5, 67, 115, 151, 186, 196, 203 |
| 魔物 | 92 |
| 「マリアの子」（KHM3） | 29 |
| 魔力 | 71, 95 |
| 未婚女性（少女） | 34, 55 |
| 水（底） | 125, 165 |
| ミステリアス | 76 |
| みすぼらしい | 151 |
| ミソジニー | 135 |
| 3日 | 101, 261 |
| 3つの難問 | 147 |
| 「蜜蜂の女王」（KHM62） | 151 |
| ミトラ祭 | 95 |
| 緑（藪） | 55, 70 |
| 醜い（くさ） | 69, 74, 113, 117, 125, 134 |
| 実り | 13, 18, 72 |
| 見放す | 117 |
| 身分（違いの婚姻, 剥奪） | 114, 132 |
| 耳 | 53 |
| 土産 | 67 |
| 民間信仰 | 11, 71, 94 |
| 民衆文化 | 36, 54 |
| 民族（衣装, 全体, の詩心, 文学） | 4, 55, 86 |
| 民俗習慣 | 103 |
| 民話 | 179 |
| 6日間 | 96 |
| 昔話教授法 | 175 |
| 無罪 | 9 |
| 無条件 | 188, 198, 200 |
| 息子 | 44, 109-110, 112, 115 |
| 娘 | 109, 113 |
| 無生物 | 88 |
| 無断飲食 | 198 |
| 無知 | 58, 131, 133 |
| 笞打ち | 16 |
| ムニン | 87 |
| 無分別 | 131 |
| 紫 | 55 |
| 無力 | 50 |
| 目 | 53, 79 |
| 冥界 | 101 |
| 明治期 | ii, 142, 185 |
| 迷信 | 85, 103 |
| 命令 | 128, 133 |
| 妾 | 44 |
| 女神 | 39, 191 |
| 目覚め | 197 |
| メシア | 104 |
| 雌鹿 | 37, 186 |
| メタファー | ii, 19, 113, 123, 199 |
| 目玉 | 69, 97 |
| メッセージ | ii, 194 |

事項索引

| | |
|---|---|
| メルヒェン（昔話） | i, 52, 101 |
| メロヴィング朝 | 135 |
| 盲目 | 79 |
| 黙示録 | 18, 97 |
| モチーフ | 65 |
| 喪服 | 55 |
| 木綿 | 56 |
| 桃太郎 | 173, 192 |
| モラリテ（moralité） | 53 |
| 森 | 10, 116 |
| 「森の中の3人の小人」（KHM13） | 158 |

や 行

| | |
|---|---|
| 山羊 | 157 |
| 焼き払う | 25 |
| 約束 | 51, 89, 132 |
| 焼けた鉄の靴 | 6, 201 |
| 優しい | 153, 199, 202 |
| 優しさ | 9, 193, 199 |
| 「屋敷ぼっこⅡ」（KHM39-Ⅱ） | 101 |
| 厄介払い | 117 |
| 『八ツ山羊』 | 155, 175 |
| 屋根職人 | 124 |
| 山 | 12, 88 |
| 山刀 | 52 |
| 山の神 | 186 |
| 山番 | 132 |
| 遺言 | 71, 111, 132 |
| 由緒正しい | 133 |
| 有益魔術 | 6 |
| 勇敢（勇ましい） | 26, 152 |
| 勇気 | 50 |
| 友好関係 | 125 |
| 有罪 | 9 |

| | |
|---|---|
| 有能者相続 | 119, 135 |
| 有能な男性 | 132 |
| 幽閉 | 89, 131 |
| 勇猛さ | 113 |
| 幽霊 | 89, 92 |
| 誘惑 | 117 |
| 行方不明 | 114, 196 |
| ユグノー | 23, 50 |
| 揺さぶり | 17 |
| 豊かさ | 11, 74, 199 |
| ユダヤ教（信仰） | 92, 103 |
| ユダヤ人 | 95, 130 |
| ユダヤ戦争 | 95 |
| ユダヤ文化 | 95 |
| ユダヤ暦 | 95 |
| ユニオン・リーダー | 142 |
| 指 | 24, 35 |
| 指輪 | 90 |
| 夢 | 45 |
| 養育費用 | 119 |
| 8日目 | 91 |
| 養子 | 166 |
| 妖術 | 98 |
| 妖精 | 23-24, 66, 69, 149 |
| 洋装 | 155-156 |
| 洋服 | 70, 80 |
| 養母 | 115, 194 |
| 欲情 | 118, 125-126, 128, 134 |
| 予言（予知） | 24, 86, 118, 125, 131, 133 |
| 四隅に縄 | 15, 203 |
| 予定説 | 61 |
| 夜中の12時 | 66 |
| 黄泉 | 12, 88 |
| 蘇る（蘇生） | 6, 184 |

読むメルヒェン……………………… 61
嫁 ………………………………… 38, 44, 133
嫁と姑 …………………………… 38, 45, 58
寄り道 ………………………………… 60
「ヨリンデとヨリンゲル」(KHM69)…… 88
弱い女 ……………………………… 60, 66
49歳 …………………………… 13, 29, 103

## ら 行

雷雨 ………………………………… 129
ライオン …………………………… 89, 91
来世 ………………………………… 136
ライデン大学 ……………………… 173
ラオディキア教会会議 ……………… 96
ラシャ ……………………………… 56
ラブストーリー …………………… 196
「ラプンツェル」(KHM12) ……… 113
ランプ ……………………………… 88
離婚 ………………………………… 44
理性的 ………………………… 131, 134
理想 ………………… 9, 38, 199, 201, 202
立憲君主 …………………………… 180
立身出世 …………………………… 180
リボン ……………………………… 56
竜 ……………………………… 18, 88, 97
流行 …………………………… 36, 56
猟犬 ………………………………… 146
良策 ………………………………… 146
猟銃 ………………………………… 52
両親 …………………………… 112, 198
両棲類 ……………………………… 30
両手を切断 ………………………… 89
両目をつつきだし ………………… 79
料理長（番）………………… 37, 116

凛々しさ …………………………… 152
林檎 ……………………………… 5, 113
臨終の床 …………………………… 70
類話 (Variante) ……………… 10, 19, 59
ルーツ ……………………………… 31
ルネッサンス …………………… 97, 99
「ルンペルシュティルツヒェン」(KHM55)
　………………………………… 158
霊 ………………………………… 125, 150
霊感 ………………………………… 131
礼儀作法 ……………… 51, 57, 60, 124
礼儀正しい ……………………… 198, 202
冷酷な父親 ………………………… 77
零細農民 ………………………… 118, 135
冷静さ ……………………………… 129
霊能者 ……………………………… 130
霊の洞窟 …………………………… 150
礼拝（堂）……………………… 36, 93
レイプ（罪）………………… 39, 43, 57
レーマン会 ………………………… 174
歴史法学者 ………………………… 33
レフォルミールテ（改革派）……… 53
恋愛結婚 ………………… 8, 73, 111, 204
恋愛（至上主義）………………… 7, 26
煉獄 ………………………………… 100
レンズ豆 …………………………… 261
聾唖者 …………………………… 196, 201
牢獄 ………………………………… 92
老人（介護，虐待，扶養）……… 112
労働（力）……………………… 8, 59, 94
老婆 ……………………………… 5, 25, 189
牢屋 ………………………………… 145
ローマ（帝国，国教）…… 34, 95-96, 104
ローマ教会 ………………………… 98

事項索引

| | |
|---|---|
| ローマ字 …………… 147, 172-173, 177 | ロマン派 ………………………… 4 |
| 羅馬字會 ………………… 172, 177 | ロワール河流域 ………………… 58 |
| ローマ字雑誌 ……………… ii, 147 | **わ 行** |
| ローマ人 ………………………… 135 | ワイン …………………………… 53 |
| ローマ神話 ……………………… 94 | 若い娘 …………………………… 53 |
| ローマ法 ………………………… 33 | 若枝 ………………………… 67, 70 |
| ローマ法王 ……………………… 124 | 「わきまえハンス」(KHM32) …… 157 |
| 6 ………………………………… 85 | 災い …………………………… 28, 100 |
| 6世紀 …………………………… 135 | 鷲 ……………………………… 115 |
| 6-7-8 ………………………… 93 | 渡し守 …………………………… 37 |
| 6人 ……………………………… 112 | 詫び …………………………… 198 |
| 「6人の家来」(KHM134) ……… 26 | 藁(楷) ……………… 71, 114, 147, 167 |
| 「六羽の白鳥」(KHM49) …… 116, 158 | 笑い ………… 61, 113, 119, 147, 167, 198 |
| ロバ ……………………………… 112 | 笑話 …………………………… 166 |
| 羅馬字会 ………………………… 172 | 「藁と炭とそら豆」(KHM18) …… 147, 158 |
| ロマンス語系 …………………… 33 | 笑わせる ………………… 113, 119 |
| ロマンス語圏 …………………… 45 | 悪い(女,女性) ………… 12, 74, 92 |
| ロマンティック ………………… 16 | 悪者 ……………………………… 44 |
| ──・ラブ ………………… 26, 120 | |

# 人 名 索 引

## あ 行

アーデルハイト（神聖ローマ帝国の摂政）
　……………………………………… 135
アウエルバッハー（ルードヴィッヒ）
　……………………………………… 166
アウグスティヌス（アウレリアス）
　………………………………… 93, 95, 96
アクィナス（トマス） ……………… 99
足立寛 ………………………………… 171
アダムズ（トーマス） ……………… 144
アプロディテー ……………………… 113
アリギエーリ（ダンテ） …………… 100
アルテミス ……………………… 93, 186
アレクサンドロス3世 ……………… 28
イエス・キリスト ……………… 104, 113
石井研堂 ……………………………… 186
井村忠介 ……………………………… 170
巖本善治 ……………… 157-158, 175, 186-187
インスティトリス（ハインリッヒ） …… 98
ヴァルデス（ブルクハルト） ……… 168
ヴィッカース（ジョージ） ………… 150
ヴィルト（ドロテーア・カタリーナ）
　……………………………………… 101, 168
ヴィルト家 …………………………… 101
ヴィンツェンブルク伯 ……………… 127
ウーラント（ルードヴィヒ） ……… 35
ウェストファール（カール） ……… 171
上田萬年 ………………………… 156, 176

ヴォーダン …………………………… 131
ヴォルムス司教ブルヒャルト ……… 44
ウベローデ（オットー） …………… 193
ヴラウン（サミュエル） …………… 177
エラスムス（デジデリウス） …… 97, 99
エルマンガルト（ナルボンヌ子爵領の女領
　主） ………………………………… 135
太田黒克彦 …………………………… 193
オーディン ……………………… 32, 87
オーノア夫人 ………………………… 30
荻生録造 ……………………………… 174
オットー（フランツ） ……………… 158
オトマル（筆名） …………………… 123

## か 行

カール大王 …………………………… 131
片山謹一郎 …………………………… 169
片山国嘉 ………………………… 169-170
金田鬼一 ……………………………… 193
カルヴァン（ジャン） …………… 52, 61
川島蔵吉 ……………………………… 174
岸英雄 ………………………………… 192
木村小舟 ……………………………… 191
巨人クロノス ………………………… 94
くすを生 ……………………………… 192
クテール医師 ………………………… 72
グリム（ヴィルヘルム） …………… 9
グリム（ヤーコプ） ……………… 9, 172
グリム兄弟 …………………………… i

人名索引

呉文聰 …………………………………… 155, 175
クレーヴェ公爵 ………………………… 127
呉黄石 …………………………………… 175
グレゴリウス1世 ……………………… 99
グレゴリウス13世 ……………………… 40
呉秀三 ……………………………… 170, 175
ゲーテ（ヨハン・ヴォルフガンク・フォン） …………………………………… 160
コルベール（ジャン・パティスト）
 ……………………………………… 35, 54, 57
コレッジョ（アントニオ・アッレグリ・ダ） ……………………………………… 99
コンスタンティヌス帝 ………………… 95

さ 行

サージェント（エプス）………… 142-143
ザヴィニー（フリードリヒ・カール・フォン） ……………………………………… 33
榊俶 ……………………………………… 170
ザクセン伯夫人 ………………………… 130
サタン …………………………………… 97
サトゥルヌス ………………………… 93-94
山君 ……………………………………… 190
サンダース（チャールズ・ウォルトン）
 …………………………………………… 142
ジーグルト ……………………………… 31
ジーベルト（フェルディナント） …… 10
シーモア（ジェーン）…………………… 43
ジェネップ（アルノルド・ヴァン）… 16
下田惟直 ………………………………… 194
シュヴァーベン伯夫人 ………………… 130
シュタイン（ハインリッヒ・レオポルト）
 …………………………………… 10, 65, 75
シュプレンガー（ヤーコプ）……… 98-99

女王ゼノビア …………………………… 96
処女マリア ……………………………… 31
シラー（フリードリヒ・フォン）
 ……………………………………… 160, 186
スウィントン（ウイリアム）…… 143, 146
菅了法 …………………………………… 148
ストリッカー（筆名）………………… 166
聖ゲオルギウス ……………………… 18, 97
聖者ペトルス …………………………… 149
聖パシリウス …………………………… 113
聖母マリア ……………………………… 114
聖ミカエル …………………………… 18, 97

た 行

太陽神ミトラ …………………………… 95
高木計 …………………………………… 174
タキトゥス（コルネリウス）………… 118
堕天使ルシファー …………………… 14, 97
田中館愛橘 ……………………………… 177
ダルマンクール（ピエール）………… 36
チェンバーズ（ウィリアム＆ロバート）
 …………………………………………… 177
チャイコフスキー（ピョートル）…… 28
ディアナ …………………………… 14, 92, 186
ティーク（ルードヴィッヒ）………… 49
ティーゲル（エルンスト）……… 171, 177
ディズニー（ウォルト）………… 28, 201
テイラー（エドガー）……… 145, 150, 190
テオドシウス1世 ……………………… 96
テオドシウス2世 ……………………… 95
デューラー（アルブレヒト）……… 18, 97
寺尾壽 …………………………………… 177
寺谷大波 ………………………………… 191
寺田勇吉 ………………………………… 174

外山正一 177
ドラリュ（ポール） 57-59

## な 行

中川霞城 158, 185
中川重麗（霞城） 174

## は 行

ハーバート（ジョージ） 144
ハインリヒ1世（ヘッセン伯） 127
ハウフ（ヴィルヘルム） 102, 160, 186
バジーレ（ジャン・バティスタ） 32, 39, 43
橋本青雨 189
長谷川武次郎 176
ハッセンプフルーク（ジャネット） 49
ハッセンプフルーク（マリー） 9, 49
浜田広介 194
原口隆造 175, 186
樋口勘次郎 178
ビスマルク 160
ピピン（ピピン1世・大ピピン） 131
ビロフ（フリッツ） 14
ビンゲン（ヒルデガルト・フォン） 113
ビンスフェルト（ペーター） 100
フィーマン（ドロテーア） 65, 75
フーゴー（フランケン国王） 127
深間内基（ふかまうち もとい） 142
福沢諭吉 142
福島風一郎 174
フセヴォロジスキー（イワン） 28
プティパ（マリウス） 28
ブラバント公爵 127
フランクリン（ベンジャミン） 144

ブリュンヒルト 31
ブルクマイヤー（ハンス） 99
フレイザー（サー・ジェームス・ジョージ） 127, 130
フレイヤ神 131
プレトーリウス（ヨハネス） 123
ヘクストハウゼン 65
ヘボン（ジェームス・カーティス） 177
ベルツ（エルヴィン） 171
ペロー（シャルル） 35, 49, 54, 57
ペロー（ベルナール） 75
ヘンネベルク伯夫人 130
ヘンリー8世 20, 43
ポイケルト（ヴィル・エーリッヒ） 103
ポール（H. B.） 149
ポール夫人（H. B.） 150, 152
ボッシュ（ヒエロニムス） 99
ホフマン（E. T. A） 171
ポンティコス（エヴァグリオス） 99

## ま 行

松山棟案 142
マリー（モンペリエ領主） 135
マントノン夫人 39
水野繁太郎 175
ミトラ 95
ミリアン（アシル） 58
ミル（ジョン・スチュアート） 142
女神ディアナ 93
女神ノルン 34
女神パルカ 34
女神ヘケト 31
メフィストフェレス 103
モーゼ 93, 104

人名索引

森於菟（もり・オットー）……… 172, 190
森川憲之助 ……………………… 192
森林太郎（森鷗外）……………… 172
モラエス（ヴェンセスラウ・デ）…… 156

や 行

矢田部良吉 ……………………… 177
山口小太郎 ……………………… 174
山口弘一 ………………………… 176
山本藤枝 ………………………… 196
吉田健次郎 ……………………… 174

ら 行

ラファエロ ……………………… 18, 97
ラムス姉妹 ……………………… 101

リーマン（カール）……………… 171
リュティ（マックス）…………… 58
ルイ14世 ………………………… 29, 57
ルージュ（ニコラ・ル）………… 99
ルードヴィッヒ（1世，敬虔王）…… 131
レイ（ジョン）…………………… 144
レヴィー＝ストロース（クロード）
 ……………………………… 115, 134
レーマン（ルドルフ）………… 173, 177
レレケ（ハインツ）…………… iii, 102
ロイテマン（ハインリッヒ）…… 156, 176

わ 行

ワッペウス（ヨハン・エドゥアルト）…176

著者略歴

1949年　大阪府生まれ（旧姓：柊木）
1974年　関西学院大学大学院修士課程修了
1977年　ドイツ・マールブルク大学大学院にてPh.D.取得
現　在　武庫川女子大学名誉教授
　　　　日本ジェンダー学会会長
主　著　『グリムのメルヒェン―その夢と現実』勁草書房 1994年
　　　　『グリム童話と魔女―魔女裁判とジェンダーの視点から』勁草書房 2002年
　　　　『卒論を楽しもう―グリム童話で書く人文科学系卒論』武庫川女子大学出版部 2012年
　　　　『魔女で学ぶドイツ語』（共著）三修社 2008年
　　　　『日本・ドイツ・イタリア　超少子高齢化社会からの脱却』（共著）明石書店 2008年
論　文　Das veränderte japanische Schneewittchen. In: daß gepfleget werde der feste Buchstab- Festschrift für Heinz Rölleke zum 65. Geburtstag, Hrsg.v.L.Bluhm u. A.Haelter, Trier 2001.
　　　　Influences of Victorian Values on Japanese Versions of Grimm's Fairy Tales Fabula No.56(1/2), 2015.（国際学会ISFNR発表論文）
　　　　「幕末にヤーコプ・グリムを訪問した日本人について」日本昔話学会編『昔話―研究と資料』44号 2016年
訳　本　イングリット・アーレント＝シュルテ著『魔女にされた女性たち』（共訳）勁草書房 2003年


グリム童話のメタファー
　固定観念を覆す解釈

2016年8月25日　第1版第1刷発行

著　者　野口芳子
発行者　井村寿人

発行所　株式会社　勁草書房
112-0005 東京都文京区水道2-1-1　振替 00150-2-175253
　　（編集）電話 03-3815-5277／FAX 03-3814-6968
　　（営業）電話 03-3814-6861／FAX 03-3814-6854
堀内印刷所・松岳社

©NOGUCHI Yoshiko　2016

ISBN978-4-326-80058-2　Printed in Japan

JCOPY ＜(社)出版者著作権管理機構　委託出版物＞
本書の無断複写は著作権法上での例外を除き禁じられています。複写される場合は、そのつど事前に、(社)出版者著作権管理機構（電話 03-3513-6969、FAX 03-3513-6979、e-mail: info@jcopy.or.jp）の許諾を得てください。

＊落丁本・乱丁本はお取替いたします。
http://www.keisoshobo.co.jp

| 著者 | 書名 | サブタイトル | 判型 | 価格 |
|---|---|---|---|---|
| 坂井妙子 | ウェディングドレスはなぜ白いのか | | 四六判 | 二八〇〇円 |
| 坂井妙子 | おとぎの国のモード | ファンタジーに見る服を着た動物たち | 四六判 | 三五〇〇円 |
| 坂井妙子 | アリスの服が着たい | ヴィクトリア朝児童文学と子供服の誕生 | 四六判 | 二九〇〇円 |
| 坂井妙子 | レディーの赤面 | ヴィクトリア朝社会と化粧文化 | 四六判 | 三〇〇〇円 |
| 神原正明 | 快読・西洋の美術 | 視覚とその時代 | 四六判 | 二四〇〇円 |
| 神原正明 | 快読・日本の美術 | 美意識のルーツを探る | 四六判 | 二三〇〇円 |
| 神原正明 | 快読・現代の美術 | 絵画から都市へ | 四六判 | 二四〇〇円 |
| 小池三枝 | 服飾の表情 | | 四六判 | 二六〇〇円 |
| 徳井淑子 | 服飾の中世 | | 四六判 | 二九〇〇円 |
| 佐々井啓 | ヴィクトリアン・ダンディ | オスカー・ワイルドの服飾観と「新しい女」 | A5判 | 三〇〇〇円 |
| 野口芳子 | グリム童話と魔女 | 魔女裁判とジェンダーの視点から | 四六判 | 二九〇〇円 |
| 野口芳子 | グリムのメルヒェン | その夢と現実 | 四六判 | 二二〇〇円 |
| アーレント=シュルテ 野口／小山 訳 | 魔女にされた女性たち | 近世初期ドイツにおける魔女裁判 | 四六判 | 二五〇〇円 |

＊表示価格は二〇一六年八月現在。消費税は含まれておりません。